Nicole Krauss, geboren 1974 in New York, studierte Literatur in Stanford und Oxford sowie Kunstgeschichte in London. Sie debütierte 2002 mit «Kommt ein Mann ins Zimmer» als Romanautorin. Mit ihrem zweiten Roman «Die Geschichte der Liebe» gelang ihr ein grandioser internationaler Erfolg. Er wurde in 35 Sprachen übersetzt und u. a. mit dem Prix du Meilleur Livre Étranger ausgezeichnet. Krauss lebt in Brooklyn.

«Nicole Krauss hat ihren besten Roman geschrieben.»
Frankfurter Allgemeine Sonntagszeitung

«Ein phantastischer Roman. Ich bin sehr beeindruckt.»
Philip Roth

«Mysteriös und verführerisch – ein Buch voller Rätsel, die sowohl im Literarischen als auch im Existenziellen gründen. Metaphysik und entschiedener Realismus gehen eine faszinierende Verbindung ein.»
Harper's Magazine

«Nicole Krauss gibt ihren Helden ganz im Sinne Kafkas die Freiheit zu scheitern. Diese Freiheit kann gar nicht hoch genug bewertet werden. Sie ist ein großes Geschenk nicht nur an ihre Figuren, sondern an ihre Leser.»
The New York Times

«In ‹Waldes Dunkel› zeigt Krauss sich auf der Höhe ihres Schaffens. Es ist von strahlender Intelligenz, elegant geschrieben und ein glatter Triumph.»
The Guardian

NICOLE KRAUSS
WALDES DUNKEL

ROMAN

Aus dem Englischen von
Grete Osterwald

Rowohlt Taschenbuch Verlag

Die Originalausgabe erschien 2017 unter dem Titel
«Forest Dark» bei HarperCollins, New York.

Sämtliche in diesem Roman zitierten Stellen aus den Werken
Franz Kafkas wurden der *Kritischen Ausgabe der Werke von Franz Kafka*,
herausgegeben von Gerhard Neumann, Jost Schillemeit,
Sir Malcolm Pasley und Gerhard Kurz, erschienen im S. Fischer Verlag,
Frankfurt am Main, 1982–2013, entnommen.

Veröffentlicht im Rowohlt Taschenbuch Verlag,
Hamburg, Oktober 2019
Copyright © 2018 by Rowohlt Verlag GmbH, Reinbek bei Hamburg
«Forest Dark» Copyright © 2017 by Nicole Krauss
Covergestaltung Hafen Werbeagentur, Hamburg
Coverabbildung Galit Julia Aloni
Satz aus der Adobe Garamond
Gesamtherstellung CPI books GmbH, Leck, Germany
ISBN 978-3-499-27345-2

Für meinen Vater
ולגב״א

Die Vertreibung aus dem Paradies ist in ihrem Hauptteil ewig: Es ist also zwar die Vertreibung aus dem Paradies endgültig, das Leben in der Welt unausweichlich, die Ewigkeit des Vorganges aber macht es trotzdem möglich, dass wir nicht nur dauernd im Paradiese bleiben könnten, sondern tatsächlich dort dauernd sind, gleichgültig, ob wir es hier wissen oder nicht.

Franz Kafka

INHALT

EINS

Ayeka 13
In den heiteren Himmel 58
Jedes Leben ist seltsam 129
Packen für Kanaan 157
Ist und ist nicht 190
Kaddisch für Kafka 220

ZWEI

Gilgul 241
Wälder Israels 268
Etwas zum Mitnehmen 292
Der letzte König 305
In die Wüste 327
Lech Lecha 357
Schon dort 368

EINS

AYEKA

Zur Zeit seines Verschwindens hatte Epstein seit drei Monaten in Tel Aviv gelebt. Niemand hatte seine Wohnung gesehen. Seine Tochter Lucie war mit ihren Kindern zu Besuch gekommen, doch Epstein brachte sie im Hilton unter, wo er sie zu üppigen Frühstücken traf, bei denen er nur am Tee nippte. Als Lucie fragte, ob sie nicht mal bei ihm vorbeikommen könne, hatte er abgewiegelt und erklärt, es sei klein und bescheiden, nicht dazu geeignet, Gäste zu empfangen. Noch verstört wegen der späten Scheidung ihrer Eltern, hatte sie ihn mit zusammengekniffenen Augen angesehen – nichts an Epstein war je klein oder bescheiden gewesen –, aber trotz ihres Argwohns hatte sie sich damit abfinden müssen, wie auch mit all den anderen Veränderungen, die über ihren Vater gekommen waren. Am Ende waren es die Beamten der Kriminalpolizei, die Lucie, Jonah und Maya in die Wohnung ihres Vaters führten, die sich, wie sich herausstellte, in einem verfallenden Gebäude nahe dem alten Hafen von Jaffa befand. Die Farbe blätterte ab, und die Dusche zielte direkt auf die Toilette. Eine Kakerlake stolzierte majestätisch über den Steinboden. Erst nachdem der Kriminalbeamte mit dem Schuh draufgetreten hatte, kam es Maya, Epsteins jüngstem und intelligentestem Kind, in den Sinn, dass sie, die Kakerlake, vielleicht die Letzte gewesen war, die ihren Vater gesehen hatte. Wenn Epstein überhaupt je wirklich dort gelebt hatte – die einzigen Dinge, die darauf hindeuteten, waren ein paar von der feuchten, durch ein offenes Fenster eindringenden Luft verzogene Bücher und ein Fläschchen der Coumadin-Tabletten, die er eingenommen hatte, seit fünf Jahre zuvor ein Vorhofflimmern entdeckt worden war. Man hätte den Ort kein Dreckloch nennen können, und doch hatte er mehr mit den Slums von Kalkutta gemein als mit den Räumen, in denen seine Kinder mit ihrem Vater an der Amalfiküste oder auf dem Cap d'Antibes gewesen waren. Obwohl, wie jene anderen Räume bot auch dieser einen Blick aufs Meer.

In diesen letzten Monaten war Epstein schwer erreichbar gewesen. Seine Antworten kamen nicht mehr prompt, egal, zu welcher Tages- oder Nachtzeit. Wenn er bis dahin immer das letzte Wort gehabt hatte, so weil er nie eine Antwort schuldig geblieben war. Doch allmählich wurden seine Nachrichten seltener. Die Zeit dazwischen dehnte sich aus, weil sie sich in ihm ausdehnte: die vierundzwanzig Stunden, die er einst mit Gott und der Welt gefüllt hatte, wurden durch einen Maßstab von Jahrtausenden ersetzt. Seine Familie und Freunde gewöhnten sich an sein unregelmäßiges Schweigen, und so schlug niemand gleich Alarm, als er sich in der ersten Februarwoche gar nicht mehr meldete. Am Ende war es Maya, die nachts mit dem Gefühl aufwachte, es liefe ein Zittern durch den unsichtbaren Draht, der sie noch immer mit ihrem Vater verband, und Epsteins Cousin bat, nach ihm zu sehen. Moti, der in den Genuss vieler tausend Dollar von Epstein gekommen war, streichelte dem schlafenden Lover in seinem Bett über den Hintern, dann zündete er sich eine Zigarette an und zwängte seine nackten Füße in die Schuhe, denn obwohl es mitten in der Nacht war, freute er sich über die Gelegenheit, Epstein von einem neu aufgetanen Investment zu erzählen. Doch als Moti bei der auf die Hand gekritzelten Adresse in Jaffa ankam, rief er Maya zurück. Es müsse ein Irrtum sein, sagte er ihr, ausgeschlossen, dass ihr Vater in einer derartigen Absteige lebe. Maya telefonierte mit Epsteins Anwalt Schloss, dem Einzigen, der überhaupt noch etwas wusste, aber der bestätigte die Adresse. Als Moti schließlich die junge Mieterin im ersten Stock aus dem Bett scheuchte, indem er einen kurzen dicken Finger stur auf die Klingel gedrückt hielt, bestätigte sie ihrerseits, dass Epstein die letzten paar Monate tatsächlich über ihr gewohnt habe, aber es sei etliche Tage her, seit sie ihn zuletzt gesehen oder vielmehr gehört hatte, denn das Geräusch seiner nachts über ihre Decke wandernden Schritte war ihr eine vertraute Gewohnheit geworden. Obwohl sie es nicht wissen konnte, während sie verschlafen an der Tür stand und mit dem zur Glatze neigenden Cousin ihres Nachbarn von oben sprach, sollte die junge Frau sich im Zuge der nunmehr rasant eskalierenden Ereignisse an das Geräusch vieler Leute gewöhnen, die über ihrem Kopf ein und aus gingen, um wieder und wieder die Schritte eines Mannes zu verfolgen, den sie kaum kannte und dem sie sich doch seltsam nahe gefühlt hatte.

Die Polizei behielt den Fall nur einen halben Tag, ehe er vom Schin Bet übernommen wurde. Schimon Peres persönlich rief die Familie an, um zu sagen, dass Berge versetzt würden. Der Taxifahrer, der Epstein sechs Tage zuvor abgeholt hatte, wurde ausfindig gemacht und zum Verhör gebracht. Zu Tode erschrocken, lächelte er die ganze Zeit, dass seine Goldzähne blitzten. Später führte er die Schin-Bet-Kriminalisten zu der Straße am Toten Meer, und nach einigen Verwirrungen wegen versagender Nerven gelang es ihm, die Stelle zu lokalisieren, wo er Epstein abgesetzt hatte, eine Kreuzung nahe den kahlen Hügeln auf halber Strecke zwischen den Höhlen von Qumran und Ein Gedi. Die Suchtrupps schwärmten in die Wüste aus, doch alles, was sie fanden, war Epsteins leere Aktentasche mit seinem Monogramm, was, wie Maya es ausdrückte, die Möglichkeit seiner Transsubstantiation nur umso realer erscheinen ließ.

Während jener Tage und Nächte waren seine Kinder, versammelt in den Gemächern der Hilton-Suite, hin und her gerissen zwischen Hoffnung und Schmerz. Irgendein Telefon klingelte immer – Schloss allein bediente drei –, und jedes Mal klammerten sie sich an die jüngste durchgegebene Information. Jonah, Lucie und Maya erfuhren Dinge über ihren Vater, die sie nicht gewusst hatten. Aber am Ende kamen sie der Beantwortung der Frage nicht näher, was er mit alldem beabsichtigt habe oder was aus ihm geworden sei. Im Lauf der Tage hatten die Anrufe nachgelassen und keine Wunder gewirkt. Allmählich stellten die Kinder sich auf die neue Realität ein, in der ihr Vater, der im Leben so stabil und entschieden gewesen war, sich mit einem äußerst dubiosen letzten Akt verabschiedet hatte.

Es wurde ein Rabbi bestellt, der ihnen auf Englisch mit schwerem Akzent erklärte, das jüdische Gesetz verlange absolute Gewissheit über den Tod, ehe die Trauerrituale befolgt werden könnten. In Fällen, in denen es keine Leiche gab, mochte ein Zeuge des Todes genügen. Und selbst ohne Leiche und ohne Zeugen genügte ein Bericht, dass die Person von Dieben getötet, ertrunken oder von einem wilden Tier verschleppt worden sei. Aber in diesem Fall gab es keine Leiche, keinen Zeugen, keinen Bericht. Weder Diebe noch wilde Tiere, soweit irgendjemand wusste. Nur eine unergründliche Abwesenheit, wo einst ihr Vater gewesen war.

Niemand hätte sich das vorstellen können, und doch erschien es letztlich als ein passendes Ende. Der Tod war zu klein für Epstein. Rückblickend nicht einmal eine reale Möglichkeit. Im Leben hatte er den ganzen Raum eingenommen. Er war nicht zu groß dimensioniert, nur einfach unbeherrschbar. Es gab zu viel von ihm, er quoll ständig über. Alles strömte nur so aus ihm heraus: die Leidenschaft, die Wut, die Begeisterung, die Verachtung gegenüber Menschen und die Liebe zur gesamten Menschheit. Streit war das Medium, mit dem er aufgewachsen war, und er brauchte ihn, um zu wissen, dass er lebte. Mit drei Vierteln derer, die er ins Herz geschlossen hatte, zerstritt er sich; wer blieb, konnte nichts falsch machen und wurde auf ewig von Epstein geliebt. Ihn zu kennen bedeutete, entweder von ihm zerquetscht oder wahnsinnig aufgebläht zu werden. Man erkannte sich selbst in seinen Beschreibungen kaum wieder. Er hatte eine lange Reihe von Schützlingen. Epstein blies ihnen seinen Atem ein, sie wurden groß und größer, wie jeder, den er zu lieben beschloss. Am Ende flogen sie wie Ballons bei Macy's Thanksgiving-Parade. Aber dann, eines Tages, verfingen sie sich in Epsteins hohem moralischem Geäst und platzten. Von da an waren ihre Namen verflucht. In seinen inflationären Gewohnheiten war Epstein zutiefst Amerikaner, in seinem mangelnden Respekt vor Grenzen und seinem Tribalismus jedoch nicht. Er war etwas anderes, und dieses andere führte ständig zu Missverständnissen.

Trotzdem hatte er eine Art, Leute mitzureißen, sie auf seine Seite zu bringen, unter den breiten Schirm seiner Politik. Er leuchtete von innen und strahlte dieses Licht so unbekümmert aus wie jemand, der es nicht nötig hat zu knausern oder zu sparen. Mit ihm zusammen zu sein, war nie langweilig. Seine Lebensgeister schwollen an und ab und wieder an, sein Temperament loderte, er war nachtragend, aber nie weniger als absolut vereinnahmend. Er war unendlich neugierig, und wenn sein Interesse an etwas oder jemandem geweckt war, ging er den Dingen erschöpfend auf den Grund. Er zweifelte nie daran, dass alle anderen sich ebenso für diese Themen interessierten wie er selbst. Doch nur wenige konnten seiner Ausdauer standhalten.

Am Schluss waren es stets seine Tischgefährten, die zuerst darauf drängten, nach Hause zu gehen, und selbst dann folgte Epstein ihnen noch aus dem Restaurant hinaus, mit dem Finger in die Luft stechend, begierig, seine Sache auf den Punkt zu bringen.

Er war immer und bei allem der Erste gewesen. Wenn seine natürlichen Anlagen nicht reichten, brachte er sich durch schiere Willenskraft dazu, die eigenen Grenzen zu überschreiten. Als junger Mann war er zum Beispiel kein geborener Redner gewesen; ein Lispeln kam ihm in die Quere. Auch war er keine Sportlernatur. Aber es gelang ihm, früh in beiden Dingen, und besonders in diesen, zu glänzen. Das Lispeln wurde überwunden – nur wenn man mit ganz feinem Ohr hinhörte, konnte man noch eine leichte Verschleifung infolge der Operation entdecken, die er hatte vornehmen lassen –, und viele Stunden Training und das Trimmen eines schlauen, mörderischen Instinkts machten ihn zum Meister im Leichtgewichtringen. Wenn er auf eine Wand stieß, warf er sich so oft dagegen und rappelte sich wieder auf, bis er eines Tages geradewegs hindurchmarschierte. Diese Verbindung von ungeheurem Druck und Anstrengung war hinter allem zu spüren, was er tat, und doch erschien das, was bei jedem anderen wohl nach Eifer ausgesehen hätte, bei ihm als eine Form von Anmut. Schon als Junge waren seine Bestrebungen gargantuesk gewesen. In der Siedlung von Long Beach, Long Island, in der er aufwuchs, hatte Epstein auf zehn Häuser eine monatliche Abschlagszahlung erhoben, gegen die er, bei einem Limit von zehn Stunden pro Monat, rund um

die Uhr verfügbar war, um seine Dienste zu verrichten, ein
immer umfangreicher werdendes Angebot, das er säuberlich gelistet mit den Abrechnungen herumschickte (Rasenmähen, Hundeausführen, Autowaschen, sogar verstopfte
Toiletten reinigen, denn er kannte keine Hemmschwelle).
Er würde endlos Geld haben, weil das sein Schicksal war;
lange bevor er in Geld einheiratete, wusste er schon genau,
was damit anzufangen war. Mit dreizehn kaufte er sich von
seinen Ersparnissen einen blauen Seidenschal, den er so
lässig trug wie seine Freunde ihre Turnschuhe. Wie viele
Leute wissen denn etwas mit Geld anzufangen? Seine Frau
Lianne war allergisch gegen das Vermögen ihrer Familie
gewesen; es ließ sie starr und stumm werden. Sie hatte
ihre frühen Jahre damit zugebracht, ihre Fußspuren in
formalisierten Gärten zu verwischen. Aber Epstein brachte
ihr bei, was man damit anfangen konnte. Er kaufte einen
Rubens, einen Sargent, eine Mortlake-Tapisserie. Er hängte sich einen kleinen Matisse in die Ankleide. Unter einer
Ballerina von Degas saß er ohne Hose. Es war keine Frage
von Grobschlächtigkeit oder dass er nicht in seinem Element gewesen wäre. Nein, Epstein war sehr geschliffen.
Er war nicht geläutert – er verspürte nicht den geringsten
Wunsch, seine Unreinheiten zu verlieren –, aber er war
auf Hochglanz poliert. Im Vergnügen sah er nichts, dessen
man sich schämen musste; seines war groß und echt, daher
konnte er sich auch unter den erlesensten Dingen zu Hause fühlen. Jeden Sommer mietete er dasselbe «schäbige»
Schlösschen in Granada, wo man die Zeitung fallen lassen
und die Füße hochlegen konnte. Er suchte sich eine Stelle

an der verputzten Wand, wo er mit Bleistiftstrichen die Größe seiner Kinder markierte. In späteren Jahren bekam er feuchte Augen, wenn dieser Ort erwähnt wurde – er hatte so viel falsch verstanden, er hatte es vermasselt, und doch hatte er dort, wo seine Kinder unbeschwert unter den Orangenbäumen spielten, etwas richtig gemacht.

Aber am Ende hatte es eine Art Abtrift gegeben. Im Nachhinein, als seine Kinder zurückblickten und zu begreifen versuchten, was geschehen war, konnten sie den Beginn seiner Verwandlung genau an dem Punkt festmachen, an dem er sein Interesse am Vergnügen verlor. Eine Kluft öffnete sich zwischen Epstein und seinem großen Hunger – dieser wich hinter den Horizont zurück, den ein Mensch in sich trägt. Fortan verzichtete er auf die Jagd nach exquisiter Schönheit. Ihm fehlte das, was nötig war, um alles in Einklang zu bringen, oder er war es leid, danach zu streben. Eine Weile hingen die Gemälde noch an den Wänden, aber er hatte nicht mehr viel mit ihnen zu tun. Sie führten, in ihren Rahmen träumend, ihr Eigenleben fort. Etwas in ihm hatte sich verändert. Der Starksturm, Epstein zu sein, blies nicht mehr nach draußen. Eine große, unnatürliche Stille legte sich über alles, wie vor radikalen Wetterereignissen. Dann wechselte der Wind und drehte sich nach innen.

Das war der Moment, in dem Epstein begann, Dinge wegzugeben. Zunächst eine kleine Maquette von Henry Moore, die er seinem Arzt gab, als dieser sie bei einem Hausbesuch bewunderte. Von seinem Bett aus erklärte der grippekranke Epstein Doktor Silverblatt, in welchem

Schrank die Luftpolsterfolie zu finden sei. Ein paar Tage danach zog er den Siegelring von seinem kleinen Finger und ließ ihn dem überraschten Pförtner Haaroon anstelle eines Trinkgelds in die Hand fallen; seine nackte Faust im Licht der Herbstsonne wendend, lächelte er in sich hinein. Bald danach gab er seine Patek Philippe weg. «Ich mag deine Uhr, Onkel Jules», hatte sein Neffe gesagt, und schon löste Epstein das Krokoarmband und schenkte sie ihm. «Ich mag auch deinen Mercedes», sagte sein Neffe, worauf Epstein nur lächelte und dem Jungen die Wange tätschelte. Aber rasch verstärkte er seine Bemühungen. Weiter gebend, schneller gebend, begann er genauso wild zu schenken, wie er früher akquiriert hatte. Die Gemälde gingen eins nach dem anderen an Museen; er hatte die Kunstspedition auf der automatischen Anwahl, wusste, welcher der Männer Roggensandwich mit Pute und welcher Fleischwurst liebte, und sorgte dafür, dass der Deli-Lieferdienst wartete, wenn sie ankamen. Als sein Sohn Jonah, darauf bedacht, nicht den Anschein selbstsüchtiger Motive zu erwecken, ihn von weiterer Philanthropie abzubringen versuchte, sagte Epstein ihm, er schaffe sich Raum zum Denken. Wenn Jonah darauf hingewiesen hätte, sein Vater sei doch sein Leben lang ein rigoroser Denker gewesen, hätte Epstein vielleicht erklärt, dieses Denken sei von einer ganz anderen Art: ein Denken, das noch nicht wisse, worauf es hinauswolle. Ein Denken ohne Hoffnung auf Erfolg. Aber Jonah – der so überempfindlich war, dass Epstein eines Nachmittags, auf einer privaten Führung durch die neuen Galerien griechischer und römischer Kunst im Met, vor einer Büste aus dem zweiten Jahrhundert gestanden und seinen Erstgeborenen darin gesehen hatte – antwortete nur mit verletztem Schweigen. Wie bei allem, was Epstein tat, fasste Jonah die absichtliche Entsorgung von Vermögenswerten durch seinen Vater als Affront und einen Grund mehr auf, sich gekränkt zu fühlen.

Ansonsten machte Epstein keine Anstalten, sich irgendjemandem gegenüber zu erklären, außer einmal Maya. Dreizehn Jahre nach Jonah und zehn nach Lucie, zu einer weniger turbulenten und bewegten Zeit in Epsteins Leben auf die Welt gekommen, sah Maya ihren Vater in einem anderen Licht. Zwischen ihnen herrschte eine natürliche Ungezwungenheit. Auf einem Spaziergang durch die nördlichen Gebiete des Central Park, wo Eiszapfen von den großen Schiefernasen hingen, erzählte er seiner jüngsten Tochter, dass er sich allmählich von all diesen Dingen um ihn erstickt fühle. Dass er eine unwiderstehliche Sehnsucht nach Leichtigkeit empfinde – etwas, was ihm, wie er erst jetzt merke, sein Leben lang fremd gewesen sei. Sie blieben einen Augenblick am oberen See stehen, der mit einer dünnen grünlichen Eisschicht bedeckt war. Als eine Schneeflocke auf Mayas schwarze Wimpern fiel, wischte Epstein sie sanft mit dem Daumen weg, und Maya sah ihren Vater mit fingerlosen Handschuhen einen leeren Einkaufswagen den Upper Broadway hinunterschieben.

Er schickte Kinder von Freunden aufs College, ließ Kühlschränke liefern, bezahlte der Frau des altgedienten Hausmeisters seiner Anwaltskanzlei ein Paar neue Hüften. Er leistete sogar die Anzahlung auf ein Haus für die Tochter eines alten Freundes; kein beliebiges Haus, sondern ein großzügiges Anwesen im Greek-Revival-Stil mit alten Bäumen und mehr Rasen, als die überraschte neue Eigentümerin gebrauchen konnte. Sein Anwalt Schloss –Testamentsvollstrecker und langjähriger Vertrauter –, durfte sich nicht einmischen. Schloss hatte schon einmal einen Mandanten gehabt, der von der Krankheit radikaler Wohltätigkeit befallen worden war, ein Milliardär, der seine Häuser eins nach dem anderen verschenkte, gefolgt von dem Boden unter seinen Füßen. Das sei eine Art Sucht, sagte er Epstein, und später werde er es vielleicht bereuen. Schließlich sei er noch keine siebzig; er könne noch dreißig Jahre leben. Aber Epstein schien ihm kaum zugehört zu haben, genau wie er nicht zugehört hatte, als der Anwalt heftig davon abriet, Lianne mit ihrem ganzen Vermögen gehen zu lassen, und wie er ein paar Monate später nicht zuhörte, als Schloss erneut versuchte, ihn von etwas abzubringen, diesmal von seinem Rückzug aus der Anwaltskanzlei, deren Partner er fünfundzwanzig Jahre lang gewesen war. Epstein hatte nur über den Tisch hinweg gelächelt und das Thema auf seine Lesevorlieben gebracht, die neuerdings eine Wendung zum Mystischen genommen hatten.

Es habe mit einem Buch begonnen, einem Geburtstagsgeschenk von Maya, erzählte er Schloss. Sie schenkte ihm immer seltsame Bücher, die er manchmal las und meistens nicht, was sie jedoch nicht zu stören schien – von Natur aus ein freier Geist, war sie das Gegenteil ihres Bruders Jonah und nahm selten etwas übel. Epstein hatte es eines Abends aufgeschlagen, ohne die Absicht, es wirklich zu lesen, aber es hatte ihn mit fast magnetischer Kraft hineingezogen. Es stammte von einem israelischen, in Polen geborenen Dichter, der mit sechsundsechzig gestorben war, zwei Jahre jünger als Epstein jetzt. Aber das autobiographische Büchlein, das Zeugnis eines Menschen allein im Angesicht Gottes, war geschrieben worden, als der Dichter erst siebenundzwanzig war. Das, sagte Epstein zu Schloss, habe ihn überwältigt. Mit siebenundzwanzig sei er selbst geblendet gewesen von Ehrgeiz und Hunger – auf Geld, Sex, Schönheit, Liebe, Größe, aber auch auf das Alltägliche, auf alles Sichtbare, Riechbare, Fühlbare. Wie hätte sein Leben verlaufen können, wenn er sich mit der gleichen Intensität dem Reich des Spirituellen gewidmet hätte? Warum hatte er sich dem so vollständig verschlossen?

Während er sprach, hatte Schloss ihn auf sich wirken lassen: seinen hin und her irrenden Blick, das silbergraue Haar, das bis über den Kragen fiel, erstaunlich, wo er doch immer so peinlich auf sein Äußeres geachtet hatte. «Was haben Sie zum Vorteil des Steaks gegen seine Konkurrenten zu sagen?», war die berühmte Frage, die Epstein dem Ober zu stellen pflegte. Aber jetzt blieb die Platte mit der Seezunge unberührt und strafte seinen gewohnten Hunger Lügen. Erst als der Ober kam, um zu fragen, ob etwas nicht in Ordnung sei, senkte Epstein den Blick und erinnerte sich an das Essen, aber auch dann stocherte er nur mit der Gabel darin herum. Nach Schloss' Eindruck hatte das, was Epstein widerfuhr – die Scheidung, der Rückzug, dass alles sich auflöste, von ihm abfiel –, nicht mit einem Buch begonnen, sondern vielmehr mit dem Tod seiner

Eltern. Aber dann, als Schloss Epstein in den Fond der dunklen Limousine steigen ließ, die vor dem Restaurant auf ihn wartete, besann der Anwalt sich einen Augenblick, die Hand auf dem Autodach. Er blickte zu dem im dunklen Inneren merkwürdig verschwommenen Epstein hinein und fragte sich kurz, ob mit seinem langjährigen Mandanten nicht etwas Schlimmeres sei – eine Art neurologische Verwirrung vielleicht, die sich ins Extreme steigern könnte, ehe sie als Krankheit diagnostiziert würde. Damals hatte Schloss den Gedanken vertrieben, aber später erschien er ihm als visionär.

Und tatsächlich, nach fast einjährigem Abhämmern all dessen, was sich ein Leben lang aufgetürmt hatte, erreichte Epstein schließlich die unterste Schicht. Dort stieß er auf die Erinnerung an seine Eltern, die nach dem Krieg an die Ufer Palästinas gespült worden waren und ihn unter einer durchgebrannten Glühbirne gezeugt hatten, die zu ersetzen sie nicht das Geld besaßen. Im Alter von achtundsechzig Jahren, mit nunmehr freiem Raum zum Denken, fühlte er sich verzehrt von jener Dunkelheit, tief davon berührt. Seine Eltern hatten ihn, ihren einzigen Sohn, nach Amerika gebracht und, kaum dass sie Englisch gelernt hatten, ihre in anderen Sprachen begonnenen Schreikämpfe wieder aufgenommen. Später kam seine Schwester Joanie dazu, aber sie, ein verträumtes, teilnahmsloses Kind, ließ sich nicht ködern, und so blieb es ein Dreieckskampf. Seine Eltern schrien einander an, und sie schrien ihn an, worauf er gegen einen oder beide zurückschrie. Seine Frau

Lianne hatte sich nie an solch heftige Liebe gewöhnen können, obwohl sie deren Hitze anfangs, da sie selbst aus einer Familie kam, in der sogar das Niesen unterdrückt wurde, anziehend gefunden hatte. Schon früh, während der Brautwerbung, hatte Epstein ihr erzählt, die Brutalität und Zärtlichkeit seines Vaters hätten ihn gelehrt, dass ein Mensch nicht kleinzukriegen sei, eine Lektion, die ihm sein Leben lang als Leitfaden dienen sollte, und lange Zeit hatte Lianne darin – in Epsteins eigener Komplexität, seiner Widersetzlichkeit gegen leichte Einordnung – etwas Liebenswertes gesehen. Doch schließlich war es ihr zu viel geworden, wie es so vielen anderen zu viel geworden war, wenngleich nie seinen Eltern, die seine unermüdlichen Sparringpartner blieben und, wie Epstein es manchmal empfand, nur deshalb so hartnäckig fortgelebt hatten, um ihn zu quälen. Er hatte sich um sie gekümmert bis ans Ende, welches sie in einem Penthouse in Miami verlebten, das er ihnen gekauft hatte, mit Hochflorteppichen, in denen sie bis zu den Knöcheln versanken. Aber Frieden hatte er nie mit ihnen gefunden, und erst nach ihrer beider Tod – seine Mutter war dem Vater innerhalb von drei Monaten gefolgt – und nachdem er fast alles weggegeben hatte, verspürte Epstein den scharfen Stich des Bedauerns. Die nackte Glühbirne flackerte hinter seinen entzündeten Lidern, wenn er zu schlafen versuchte. Er konnte nicht schlafen. Hatte er versehentlich den Schlaf weggegeben, mit allem anderen?

Er wollte etwas im Namen seiner Eltern tun. Aber was? Seine Mutter hatte, noch zu Lebzeiten, eine Gedenkbank in dem kleinen Park vorgeschlagen, in dem sie zu sitzen pflegte, während sein Vater oben in Anwesenheit Conchitas, der Tag-und-Nacht-Betreuerin, den Geist aufgab. Von jeher eine große Leserin, nahm seine Mutter stets ein Buch mit in den Park. In ihren letzten Jahren hatte sie sich an Shakespeare gemacht. Einmal hörte Epstein sie zu Conchita sagen, sie müsse unbedingt *König Lear* lesen. «Das gibt es sicher auch auf Spanisch», hatte sie zu der Betreuerin gesagt. Jeden Nachmittag, wenn die Sonne nicht mehr auf dem höchsten Stand war, fuhr seine Mutter, die Großdruckausgabe eines Stücks von dem Barden in der nachgemachten Prada-Tasche, die sie – gegen Epsteins Proteste, dass er ihr eine echte kaufen würde – bei einem Afrikaner am Strand erstanden hatte (was brauchte sie eine echte?), mit dem Aufzug nach unten. Der Park war heruntergekommen, die Spielgeräte von Möwen verschissen, aber in der Nachbarschaft gab es sowieso niemanden unter fünfundsechzig, der darauf hätte herumklettern können. Hatte seine Mutter es ernst gemeint mit der Bank, oder hatte sie das nur mit dem üblichen Sarkasmus vorgeschlagen? Epstein wusste es nicht, und so wurde zur Sicherheit eine Bank aus Lapachoholz, das dem tropischen Wetter standhalten konnte, für den schmuddeligen Park in Florida bestellt, an der Lehne ein angeschraubtes Messingschild, auf dem stand: ZUR ERINNERUNG AN EDITH «EDIE» EPSTEIN. «NICHT BRAUCH' ICH ZU GEFALLEN DIR DURCH ANTWORT.» – WILLIAM SHAKESPEARE. Er ließ dem kolumbianischen Pförtner des Gebäudes seiner Eltern zweihundert Dollar da, damit er es zweimal im Monat zugleich mit dem Messing in der Eingangshalle polierte. Doch als der Pförtner ihm ein Foto von der makellosen Bank schickte, schien es Epstein schlimmer zu sein, als wenn er gar nichts getan hätte. Er erinnerte sich daran, wie seine Mutter ihn immer angerufen hatte, wenn er zu lange nichts von sich hören ließ, und mit von sechzig Jahren Rauchen heiserer Stimme Gott zitierte, der den gefallenen Adam rief: «Ayeka?» *Wo bist du?* Dabei wusste Gott sehr wohl, wo Adam steckte.

Am Abend vor dem ersten Jahrestag des Todes seiner Eltern beschloss Epstein zwei Dinge: einen Zwei-Millionen-Kredit gegen die Sicherheit seines Apartments an der Fifth Avenue aufzunehmen und nach Israel zu reisen. Das Geldaufnehmen war neu, aber nach Israel war er, einem Wust von Bindungen verpflichtet, im Lauf der Jahre oft zurückgekehrt. Mit der Executive Lounge im fünfzehnten Stock des Hilton als rituellem Stammsitz hatte er dort regelmäßig Besuche von einer langen Reihe von Freunden, Verwandten und Geschäftspartnern empfangen, sich für alles begeistert, Geld, Meinungen, Ratschläge ausgeteilt, alte Streitigkeiten beigelegt und neue entzündet. Aber diesmal wurde seine Assistentin angewiesen, den Kalender nicht wie üblich zu füllen. Stattdessen wurde sie gebeten, Termine mit den Entwicklungsbüros der Hadassah, des Weizmann-Instituts und der Ben-Gurion-Universität zu vereinbaren, um die Möglichkeiten einer Stiftung im Namen seiner Eltern zu eruieren. Die restliche Zeit solle frei bleiben, sagte Epstein ihr; vielleicht werde er endlich ein Auto mieten, um eine Rundfahrt durch Teile des Landes zu machen, wo er seit vielen Jahren nicht gewesen sei, wie er es schon oft gesagt, aber nie getan habe, weil er dauernd damit beschäftigt gewesen sei, Konflikte beizulegen, sich in alles Mögliche zu verstricken und sich den Mund fusselig zu reden. Er wolle den See Genezareth, den Negev, die Felshügel von Judäa wiedersehen. Das Mineralblau des Toten Meeres.

Während er sprach, blickte Sharon, die Assistentin, zu ihm auf, und im vertrauten Gesicht ihres Chefs sah sie etwas, was sie nicht kannte. Falls dies sie leicht beunruhigte, dann nur, weil es ihr wichtig war, ihren Job gut zu machen, und gut bedeutete zu wissen, was Epstein wollte und wie genau er es gern haben mochte. Nachdem sie seine Explosionen überlebt hatte, war ihr bewusst geworden, welche Großzügigkeit mit Epsteins Temperament einherging, und über die Jahre hatte er ihre Loyalität durch die seine gewonnen.

Am Tag vor der Abreise nach Israel besuchte Epstein eine kleine Veranstaltung mit Mahmud Abbas, die das Center for Middle East Peace im Plaza Hotel organisiert hatte. An die fünfzig Vertreter der Führung amerikanischer Juden waren eingeladen worden, sich mit dem Präsidenten der Palästinensischen Autonomiebehörde zusammenzusetzen, der wegen einer Rede vor dem UN-Sicherheitsrat in der Stadt war und sich bereiterklärt hatte, ihre jüdischen Ängste bei einem Drei-Gänge-Menü zu beschwichtigen. Früher hätte die Einladung Epstein elektrisiert. Er wäre hingeeilt und hätte sich wichtiggemacht. Aber was konnte sie ihm jetzt noch bringen? Was konnte der vierschrötige

Mann aus Safed ihm erzählen, was er nicht schon wusste? Er hatte das alles satt – die heiße Luft ebenso wie die Lippenbekenntnisse, seine eigenen und die anderer. Auch er wollte Frieden. Erst in letzter Minute entschied er sich um und textete kurzerhand Sharon, die seinen Platz nur mit Mühe von einer spät hinzugekommenen Delegation des Außenministeriums zurückerobern konnte. Er hatte so viel aufgegeben, doch seine Neugier hatte er noch nicht verloren. Jedenfalls wäre er vorher sowieso um die Ecke bei der Rechtsabteilung der Bank, um – ungeachtet Schloss' inständiger Bitten – die Dokumente für die Grundschuld auf sein Apartment zu unterzeichnen.

Und doch, kaum saß Epstein an der langen Tafel, Schulter an Schulter mit den Bannerträgern seines Volkes, die fleißig Schnittlauchbutter auf ihre Hefebrötchen strichen, während der leise sprechende Palästinenser vom Ende des Konflikts und vom Ende der Forderungen sprach, bereute er seinen Sinneswandel. Der Saal war klein, es gab keinen Weg hinaus. Früher hätte er es getan. Erst letztes Jahr, bei einem Staatsbankett zu Ehren von Schimon Peres im Weißen Haus, war er mitten in Itzhak Perlmans Interpretation des *Tempo di Minuetto* aufgestanden, um pinkeln zu gehen – wie viele Stunden seines Lebens hatte er summa summarum damit verbracht, Perlman zuzuhören? Eine stramme Woche? Der Secret Service hatte sich schlagartig vor ihm aufgebaut; sobald der Präsident seinen Platz eingenommen hatte, durfte niemand mehr den Saal verlassen. Aber beim Ruf der Natur sind alle Menschen gleich. «Es ist ein Notfall, Gentlemen», hatte er gesagt, während er sich an den schwarzen Anzügen vorbeidrängte. Etwas gab nach, wie es für Epstein immer nachgegeben hatte; er wurde an den messingbeknopften Militärwachen vorbei zur Toilette eskortiert. Aber dieses Bedürfnis, sich Geltung zu verschaffen, war in Epstein erloschen.

Der Caesar Salad wurde serviert, die Diskussion eröffnet, und Dershowitz' sonore Stimme – «Mein lieber alter Freund Abu Mazen» – ertönte. Rechts neben Epstein fingerte der Botschafter von Saudi-Arabien an seinem schnurlosen Mikrophon, in Unkenntnis dessen, wie es funktionierte. Gegenüber am Tisch saß mit schweren Lidern gleich einer Eidechse in der Sonne Madeleine Albright, eine innere Intelligenz ausstrahlend; auch sie war schon nicht mehr wirklich dort, zu Angelegenheiten metaphysischer Natur entrückt, so jedenfalls erschien es Epstein, der plötzlich den Wunsch empfand, sie beiseitezunehmen und diese tieferen Anliegen zu diskutieren. Er tastete in seiner Innentasche nach dem Büchlein mit dem abgewetzten grünen Leineneinband, das Maya ihm zum Geburtstag geschenkt hatte und das er seit einem Monat überall mit sich herumtrug. Es war nicht dort, er musste es im Mantel gelassen haben.

Genau in dem Moment, als er seine Hand wieder aus der Tasche zog, bemerkte Epstein aus dem Augenwinkel zum ersten Mal den hünenhaften bärtigen Mann mit dunklem Anzug und einer großen schwarzen Kopfbedeckung, der am Rand der Gruppe stand, nicht bedeutend genug, um einen Platz am Tisch zu erhalten. Das kleine Lächeln auf seinen Lippen rief zahlreiche Fältchen um die Augen hervor, und seine Arme waren über der Brust verschränkt, als hielte er eine unbändige Energie im Zaum. Aber Epstein spürte, dass in ihm keine Selbstbeherrschung aus Bescheidenheit arbeitete, sondern etwas anderes.

Die Führung der amerikanischen Juden fuhr fort, ihre fraglosen Fragen abzuspulen; die Salatteller wurden von den indischen Obern abgeräumt und durch pochierten Lachs ersetzt. Schließlich war Epstein mit seinem Beitrag an der Reihe. Er beugte sich vor und schaltete das Mikro ein. Es gab ein lautes statisches Knacken, das den saudischen Botschafter zusammenzucken ließ. Während der folgenden Stille blickte Epstein in die Runde der ihm erwartungsvoll zugewandten Gesichter. Er hatte keinen Gedanken daran verschwendet, was er sagen wollte, und jetzt schweifte sein Geist, der immer auf sein Ziel zugesteuert war wie eine Drohne, geruhsam ab. Er schaute sich bedächtig um. Die Gesichter der anderen, verunsichert, wie sie auf sein Schweigen reagieren sollten, faszinierten ihn auf einmal. Ihr Unbehagen faszinierte ihn. War er sonst immun gegen das Unbehagen anderer gewesen? Nein, immun war ein zu starkes Wort. Aber er hatte nicht groß darauf geachtet. Jetzt beobachtete er sie, wie sie den Blick auf ihre Teller senkten und unbehaglich auf den Stühlen hin und her rutschten, bis die Moderatorin sich schließlich einschaltete. «Wenn Jules … Mr. Epstein … nichts hinzuzufügen hat, sollten wir dazu übergehen –», aber genau in diesem Moment musste die Moderatorin sich, unterbrochen von einer Stimme hinter ihr, plötzlich umwenden.

«Wenn er nichts sagen möchte, springe ich ein.»

Auf der Suche danach, woher der Einwurf gekommen war, begegnete Epstein den blitzenden Augen des Hünen mit der gestrickten schwarzen Kippa. Er wollte gerade antworten, als der Mann erneut das Wort ergriff.

«Präsident Abbas, danke, dass Sie heute hier sind. Sie mögen mich entschuldigen: wie meine Kollegen habe ich keine Frage an Sie, nur etwas zu sagen.»

Ein erleichtertes Lachen rippelte durch den Saal. Seine mühelos tragende Stimme ließ die Benutzung eines Mikrophons lächerlich erscheinen.

«Mein Name ist Rabbi Menachem Klausner. Ich habe fünfundzwanzig Jahre in Israel gelebt. Ich bin der Gründer von Gilgul, einem Programm, das Amerikaner nach Safed bringt, um jüdische Mystik zu studieren. Ich lade Sie alle ein, sich über uns zu informieren, vielleicht sogar einmal an unseren Tagen der Einkehr teilzunehmen – wir sind jetzt bei fünfzehn im Jahr, und es werden mehr. Präsident Abbas, es wäre eine Ehre, Sie zu empfangen, obwohl Sie die Höhen von Safed natürlich besser kennen als die meisten von uns.»

Der Rabbi legte eine Pause ein und rieb seinen glänzenden Bart.

«Während ich hier stand und meinen Freunden lauschte, kam mir eine Geschichte in den Sinn. Eine Lektion fürwahr, die der Rabbi uns einmal in der Schule erteilte. Ein wirklicher *tzaddik*, einer der besten Lehrer, die ich hatte – wäre er nicht gewesen, hätte mein Leben sich anders entwickelt. Er las uns immer aus der Tora vor. An jenem Tag war es die Genesis, und bei der Zeile ‹Da vollendete Gott am siebten Tag seine Arbeit› hielt er inne und blickte auf. Ob wir etwas Seltsames bemerkt haben?, will er wissen. Wir kratzen uns die Köpfe. Jeder weiß, dass der siebte Tag der Sabbat ist, was also war so seltsam?

‹Aha!›, sagt der Rabbi und springt auf, wie immer, wenn er erregt ist. Aber es heißt nicht, dass Gott am siebten Tag ruhte! Es heißt, dass er *seine Arbeit vollendete*. Wie viele Tage hat es gebraucht, um den Himmel und die Erde zu erschaffen?, fragt er uns. Sechs, sagen wir. Also, warum heißt es nicht, Gott habe es *da* vollendet. Am *sechsten* vollendet und am siebten geruht?»

Epstein blickte sich um und fragte sich, wohin das alles führen sollte.

«Nun, der Rabbi erzählt uns, als die alten Weisen sich versammelten, um über dieses Problem zu beraten, kamen sie zu dem Schluss, es müsse auch am siebten Tag einen Schöpfungsakt gegeben haben. Aber was für einen? Die Meere und das Land existierten schon. Die Sonne und der Mond. Pflanzen und Bäume, Tiere und Vögel. Sogar der Mensch. Was mochte dem Universum noch fehlen?, fragten die alten Weisen. Zuletzt machte ein grauhaariger Gelehrter, der immer allein in einer Ecke saß, den Mund auf. ‹Menucha›, sagte er. ‹Was?›, fragten die anderen. ‹Sprich lauter, wir können dich nicht hören.› – ‹Mit dem Sabbat schuf Gott *menucha*›, sagte der alte Gelehrte, ‹und dann war die Welt vollendet.›»

Madeleine Albright schob ihren Stuhl zurück und strebte aus dem Saal, wobei der Stoff ihres Hosenanzugs ein sacht

35

scheuerndes Geräusch machte. Der Redner wirkte unbeeindruckt. Einen Augenblick dachte Epstein, er würde sich ihres leeren Stuhls bemächtigen, genau wie der Redezeit, die Epstein hatte verfallen lassen. Aber er blieb stehen, die bessere Voraussetzung, um den Raum zu beherrschen. Die in seiner Nähe waren ein wenig abgerückt, um ihm Platz zu verschaffen.

«‹Also, was bedeutet *menucha*?›, fragt der Rabbi uns. Eine Bande zappliger Kinder, die aus dem Fenster starren und sich für nichts interessieren, als draußen zu sein und Ball zu spielen. Niemand sagt etwas. Der Rabbi wartet, und als klarwird, dass er uns die Antwort nicht geben wird, macht ein Junge hinten im Raum, der Einzige mit polierten Schuhen, der immer direkt zu seiner Mutter nach Hause geht, der viele Generationen entfernte Nachkomme des grauhaarigen Gelehrten, der die alte Weisheit des Eckensitzens schon in sich trägt, den Mund auf: ‹Ruhe›, sagt er. ‹Ruhe!›, ruft der Rabbi speichelsprühend wie immer, wenn er erregt ist. ‹Aber nicht nur das! Weil *menucha* nicht nur eine Pause von der Arbeit bedeutet. Nicht nur eine Unterbrechung der Anstrengung. Es ist nicht einfach das Gegenteil von Schweiß und Mühen. Wenn es eines besonderen Schöpfungsakts bedurfte, um es ins Leben zu rufen, muss es jedenfalls etwas Außerordentliches sein. Nicht das Negativ von etwas bereits Existierendem, sondern ein einzigartiges Positivum, ohne das die Welt unvollendet wäre. Nein, nicht einfach Ruhe›, sagt der Rabbi. ‹Beschaulichkeit! Heiterkeit! Erholung! *Frieden*. Ein Zustand, in dem es keinen Zwist und kein Kämpfen gibt. Keine Angst und kein Misstrauen. *Menucha.* Der Zustand, in dem der Mensch still liegt.›

Abu Mazen, mit Verlaub» – Klausner senkte die Stimme und rückte seine auf den Hinterkopf gerutschte Kippa zurecht –, «in jenem Klassenraum mit lauter Zwölfjährigen verstand kein Einziger, was der Rabbi meinte. Aber ich frage Sie: Versteht auch nur einer der unsrigen in diesem Raum es besser? Diesen Schöpfungsakt, der unter allen anderen hervorsticht, den einzigen, der nicht etwas Ewiges begründete? Am siebten Tag schuf Gott *menucha.* Aber Er machte sie vergänglich. Unfähig, zu dauern. Warum? Warum, wo doch alles andere, was er schuf, der Zeit widersteht?»

Klausner hielt inne, ließ den Blick durch den Saal schweifen. Seine gewaltige Stirn glänzte vor Schweiß, obwohl sonst nichts darauf hindeutete, dass er sich verausgabte. Epstein beugte sich vor, wartete.

«Damit es dem Menschen zufalle, sie immer wieder neu zu erschaffen», sagte Klausner schließlich. «*Menucha* neu zu erschaffen, damit er sich dessen inne sei, dass er der Welt kein Zuschauer ist, sondern ein Beteiligter. Dass ohne seine Handlungen die Welt, die Gott für uns bestimmt hat, unvollendet bleiben wird.»

Ein einsames, müdes Klatschen ertönte von weit hinten aus dem Saal. Als es sich, unbegleitet, in Stille verlor, begann der Palästinenserführer zu sprechen, verkündete, mit Unterbrechungen zur Übermittlung durch den Übersetzer, die Botschaft von seinen acht Enkelkindern, die alle das Seeds of Peace Camp besucht hatten, vom Zusammenleben im

Miteinander, von der Ermutigung zum Dialog, vom Aufbau von Beziehungen. Seinen Kommentaren schlossen sich ein paar letzte Redner an, dann war die Veranstaltung zu Ende, alle erhoben sich, und Abbas marschierte mit seiner Entourage im Gefolge, eine Reihe ausgestreckter Hände drückend, am Tisch entlang und aus dem Saal.

Epstein, begierig, hinauszukommen und seiner Wege zu gehen, strebte zur Garderobe. Doch während er in der Schlange stand, spürte er einen Klaps auf der Schulter. Als er sich umdrehte, sah er ins Gesicht des Rabbi, der die Predigt mit Hilfe gestohlener Zeit gehalten hatte. Eineinhalb Köpfe größer als Epstein, strahlte er die drahtige, sonnengegerbte Stärke von jemandem aus, der lange in der Levante gelebt hat. Aus der Nähe leuchteten seine blauen Augen von gespeichertem Sonnenlicht. «Menachem Klausner», wiederholte er für den Fall, dass es Epstein vorher entgangen war. «Ich hoffe, ich bin Ihnen eben da drinnnen nicht auf die Zehen getreten?»

«Nein», sagte Epstein, während er die Marke für seinen Mantel auf den Tresen klatschte. «Sie haben gut gesprochen. Ich hätte es nicht besser sagen können.» Er meinte es ehrlich, hatte aber keine Lust, jetzt weiter darauf einzugehen. Die Garderobenfrau humpelte, und Epstein beobachtete, wie sie sich entfernte, um ihre Aufgabe zu erfüllen.

«Danke, aber ich habe nicht viel dazu beigetragen. Das meiste ist von Heschel.»

«Ich dachte, Sie hätten gesagt, es sei Ihr alter Rabbi gewesen.»

«So gibt es eine bessere Geschichte her», sagte Klausner

und zog die Augenbrauen hoch. Über ihnen änderte sich das Muster der tiefen Falten mit jedem übertriebenen Mienenspiel.

Epstein hatte Heschel nie gelesen, und überhaupt war es warm im Raum, und was er am dringendsten wollte, war, endlich im Freien zu sein, erfrischt von der Kälte. Doch als die Garderobenfrau von dem Drehständer zurückkehrte, hing ein fremder Mantel über ihrem Arm.

«Das ist nicht meiner», sagte Epstein und schob den Mantel über den Tresen zurück.

Die Frau sah ihn voller Verachtung an. Doch als er ihren starren Blick mit einem noch starreren erwiderte, kapitulierte sie und humpelte zum Ständer zurück. Ein Bein war kürzer als das andere, aber man hätte ein Heiliger sein müssen, um es ihr nicht zu verübeln.

«Tatsächlich sind wir uns schon mal begegnet», sagte Menachem Klausner hinter ihm.

«Wirklich?», sagte Epstein, kaum den Kopf wendend.

«In Jerusalem, bei der Hochzeit der Tochter von den Schulmanns.»

Epstein nickte, konnte sich aber nicht daran erinnern.

«Einen Epstein vergesse ich nie.»

«Wieso das?»

«Weder einen Epstein noch einen Abravanel, einen Dayan oder sonst wen von einem Geschlecht, das sich bis zum Geblüt des Hauses David zurückverfolgen lässt.»

«Epstein? Es sei denn, Sie beziehen sich auf das Königtum irgendeines hinterwäldlerischen Stetl, liegen Sie mit Epstein falsch.»

39

«Aber selbstverständlich sind Sie einer von uns.»

Jetzt musste Epstein lachen.

«Von uns?»

«Natürlich. Klausner ist ein großer Name in der Davidischen Genealogie. Nicht ganz vom selben Schlag wie Epstein, wohlgemerkt. Wenn nicht einer Ihrer Vorfahren den Namen aus der Luft gegriffen hat, was unwahrscheinlich ist, führt die Linie der Erzeuger, die Sie hervorgebracht hat, geradewegs zum König von Israel zurück.»

Epstein verspürte den widerstreitenden Drang, einen Fünfziger aus seiner Geldbörse zu ziehen, um Klausner loszuwerden, und ihn weiter zu befragen. Der Rabbi hatte etwas Fesselndes oder hätte es jedenfalls ein andermal gehabt.

Die Garderobenfrau drehte noch immer müßig an dem Ständer, ab und zu anhaltend, um die Nummern über den Haken zu sichten. Sie nahm einen khakifarbenen Trenchcoat herunter. «Nicht der», rief Epstein, bevor sie versuchen konnte, ihn ihm zu geben. Sie schleuderte ihm einen vernichtenden Blick zu und setzte ihr Drehen und Suchen fort.

Epstein, der es nicht länger aushielt, bahnte sich einen Weg hinter den Tresen. Die Frau sprang mit übertriebenem Entsetzen zurück, als befürchtete sie, er werde ihr einen Knüppel über den Kopf schlagen. Aber als Epstein selbst erfolglos die aufgehängten Mäntel zu durchsuchen begann, wurde ihre Miene eher süffisant. Als sie nach vorne humpelte, um Menachem Klausners Marke zu nehmen, protestierte der Predigtmacher mit dem dreitausend Jahre alten Stammbaum: «Nein, nein. Ich kann warten. Wie sieht der Mantel denn aus, Jules?»

«Marineblau», brummte Epstein, während er die Tweed- und Wollärmel unter leichten Schlägen an sich vorbeischwingen ließ. Aber der Mantel, von dem er jetzt schlecht behaupten konnte, er habe große Ähnlichkeit mit dem auf dem Tresen, sei nur einfach unendlich viel weicher und teurer, war nirgendwo zu finden. «Das ist ja lächerlich», stotterte er. «Jemand muss ihn mitgenommen haben.»

Epstein hätte schwören können, dass er die Garderobenfrau lachen hörte. Doch als er sich nach ihr umdrehte, kehrte sie ihm ihren gebeugten, fast quadratischen Rücken zu und bediente bereits die nächste Person in der Schlange hinter Klausner. Epstein spürte, wie ihm die Hitze ins Gesicht stieg und die Kehle sich zuschnürte. Es war eine Sache, aus freiem Willen Millionen wegzugeben, aber dass man ihm seinen Mantel vom Rücken nahm, war etwas anderes. Er wollte nur noch weg von hier, allein in seinem eigenen Mantel durch den Park gehen.

Ein Klingelton kündigte den Aufzug an, dessen Türen sich öffneten. Ohne ein weiteres Wort schnappte Epstein sich den Mantel, der auf dem Tresen lag, und ging los. Klausner rief ihm hinterher, aber gerade noch rechtzeitig schlossen sich die Türen, und Epstein wurde allein durch die Etagen nach unten befördert.

Vor dem Seitenausgang des Hotels drängten sich Abu Mazens Männer in die Limousine. An dem letzten von ihnen entdeckte Epstein seinen Mantel. «Hey!», rief er, indem er das derbe Kleidungsstück auf seinem Arm schwenkte. «HEY! Sie haben meinen Mantel an!» Aber der Mann hörte es nicht, oder wollte es nicht hören, und kaum hatte er die Tür hinter sich zugeschlagen, löste die Limousine sich von der Bordsteinkante und glitt die Fifty-Eighth Street hinunter.

Epstein sah ungläubig hinterher. Der Hotelportier beäugte ihn nervös, vielleicht in Sorge, er würde eine Szene machen. Stattdessen blickte Epstein missmutig auf den Mantel in seinen Händen, ehe er seufzend einen Arm, dann den anderen in die Ärmel steckte und ihn mit den Schultern hochzog. Die Aufschläge hingen über seinen Knöcheln. Als er die Central Park South überquerte, blies ein kalter Wind durch den dünnen Stoff, und Epstein griff instinktiv nach den Lederhandschuhen in die Taschen. Aber alles, was er fand, war eine kleine, arabisch beschriftete Blechdose mit Pfefferminzbonbons. Er warf sich eins in den Mund und begann zu lutschen; es war so scharf, dass ihm die Augen tränten. Damit also regten sie das Wachstum ihrer Brustbehaarung an. Er stieg die Treppe hinunter und schlug am Parkeingang den Weg ein, der an dem verschilften Weiher entlangführte.

Der Himmel war jetzt von einem staubigen Rosa, im Westen schwach orange. Bald würden die Laternen angehen. Der Wind nahm zu, und hoch oben wogte, langsam ihre Form verändernd, eine weiße Plastiktüte vorbei.

Die Seele ist ein Meer, in dem wir schwimmen. Es gibt kein Ufer diesseits, nur jenseits, in weiter Ferne, ist ein Ufer, und das ist Gott.

Es war eine Zeile aus dem kleinen grünen Büchlein, das Maya ihm vor bald zwei Monaten zum Geburtstag geschenkt und in dem er manche Abschnitte so oft gelesen hatte, dass er sie auswendig konnte. Eben an einer Bank vorbeigekommen, machte Epstein kehrt und setzte sich, während er in die Innentasche seines Jacketts langte. Daran erinnert, dass sie leer war, sprang er erschrocken auf. Das Buch! Er hatte es in seinem Mantel gelassen! Seinem Mantel, der momentan auf dem Rücken eines von Abbas' Gefolgsmännern unterwegs nach Osten war. Er fummelte nach seinem Handy, um seiner Assistentin Sharon zu texten. Aber auch das Handy war nirgendwo zu finden. «Scheiße!», rief Epstein. Eine Mutter, die einen Doppelkinderwagen den Weg entlangschob, warf ihm einen misstrauischen Blick zu und beschleunigte das Tempo.

«Hey!», rief Epstein. «Entschuldigen Sie!» Die Frau sah sich kurz um, ohne ihren hurtigen Schritt zu verlangsamen. Epstein rannte ihr hinterher. «Hören Sie», sagte er atemlos, neben ihr in Gleichschritt fallend, «ich habe gerade gemerkt, dass ich mein Handy verlegt habe. Könnte ich Ihres eine Sekunde ausleihen?»

Die Frau sah ihre Kinder an – Zwillinge offenbar, in pelzgefütterte Schlafsäcke gepackt, Triefnasen und wache schwarze Augen. Mit zusammengebissenen Zähnen griff sie in ihre Tasche und zog ihr Handy heraus. Epstein klaubte es ihr aus der Hand, kehrte ihr den Rücken und wählte seine eigene Nummer. Es klingelte, dann meldete sich seine Mailbox. Hatte er das Handy vorhin bei der Unterzeichnung des Kreditvertrags ausgeschaltet, oder hatte

Abbas' Mann es getan? Der Gedanke, dass seine Anrufe bei dem Palästinenser landeten, erfüllte ihn mit Schrecken. Er wählte Sharons Nummer, aber auch dort antwortete niemand.

«Nur ein schneller Text», erklärte Epstein und tippte mit klammen Fingern die Nachricht ein: *Sofort UN-Sicherheitsrat kontaktieren. Mantelverwechslung im Plaza. Einer von Abbas' Spezis ist mit meinem abgehauen: Loro Piana, Kaschmir, marineblau.* Er drückte auf Senden, dann tippte er noch etwas: *Handy und andere Wertsachen in Manteltasche.* Doch als er im Begriff war, auch dies abzufeuern, besann er sich eines Besseren und löschte es, damit Abbas' Mann nicht noch mit der Nase darauf gestoßen wurde, was er da unwissentlich in Besitz hatte. Aber nein: Das war lächerlich. Was wollte der schon mit einem fremden Telefon und dem obskuren Buch eines toten israelischen Dichters?

Die Zwillinge begannen zu niesen und zu schniefen, während die Mutter ungeduldig von einem Fuß auf den anderen trat. Epstein, der keine Erfahrung mit der Empfängerseite von Wohltätigkeit hatte, tippte den Satz noch einmal, schickte ihn ab und behielt das Telefon weiter in der Hand, um abzuwarten, dass es sich mit der Antwort seiner Assistentin rührte. Aber es blieb reglos in seinen Händen. Wo zum Teufel war sie? *Nicht mein Handy natürlich,* tippte er. *Versuche es gleich noch mal.* Er wandte sich zu der Frau um, die ihr Telefon mit einem genervten Brummen an sich nahm und ohne auch nur ein Wort des Abschieds davonmarschierte.

In einer Dreiviertelstunde sollte er Maura in der Avery

Fisher Hall treffen. Sie kannten einander aus der Kindheit, und nach Epsteins Scheidung war Maura seine häufige Begleitung bei Konzerten geworden. Er begann nord- und westwärts zu gehen, kürzte quer über den Rasen ab, im Kopf fieberhaft damit beschäftigt, Textnachrichten zu verfassen. Doch als er sich einem Gebüsch näherte, stob eine Schar brauner Spatzen daraus hervor und zerstreute sich im düsteren Himmel. Bei ihrem plötzlichen Ausbruch in die Freiheit verspürte Epstein eine Welle des Trostes. Es war ja nur ein altes Buch, nicht wahr? Sicher konnte er ein anderes Exemplar auftreiben. Er würde Sharon darauf ansetzen. Oder besser noch, warum das Buch nicht genauso leicht verschwinden lassen, wie es gekommen war? Hatte er nicht schon genommen, was er daraus brauchte?

Gedankenverloren betrat er einen Tunnel unter einem erhöhten Fußweg. Ihn fröstelte in der feuchtkalten Luft, als ein Obdachloser aus der Dunkelheit trat und sich ihm in den Weg stellte. Sein Haar war lang und verfilzt, und er stank nach Urin und etwas Eitrigem. Epstein entnahm seiner Geldbörse einen Zwanzigdollarschein und stopfte ihn in die schwielige Hand des Mannes. Nachträglich fischte er noch die Dose mit den Pfefferminzbonbons heraus und gab ihm auch die. Aber das war die falsche Entscheidung, denn jetzt bewegte der Mann sich ruckartig, und in der Dunkelheit sah Epstein ein Messer blitzen.

«Her mit der Geldbörse», knurrte der Mann.

Epstein war überrascht – Wirklich? Konnte der Nachmittag ihn noch weiter entblößen? Hatte er so viel gegeben, stank er so nach Wohltätigkeit, dass die Welt sich nunmehr frei fühlte, von ihm zu nehmen? Oder versuchte sie ihm ganz im Gegenteil zu sagen, dass er noch nicht genug gegeben habe, dass es nicht genug sein würde, bis nichts mehr da war? Und war es wirklich möglich, dass im Central Park ein einziger Straßenräuber überlebt hatte?

Überrascht, ja, aber nicht verängstigt. Er war in seinem Leben mit einer Menge von Irren zurechtgekommen. Man könnte sogar sagen, als Anwalt habe er ein Händchen für sie gehabt. Er wog die Lage ab: Das Messer war nicht groß. Es konnte verletzen, aber nicht töten.

«Also gut dann», begann er ruhig. «Wie wäre es, wenn ich Ihnen das Bargeld gebe? Da sind mindestens dreihundert Dollar drin, vielleicht mehr. Sie nehmen alles, und ich behalte nur die Karten. Mit denen können Sie nichts anfangen … die sind im Nu gesperrt, und wahrscheinlich schmeißen Sie die Dinger sowieso nur in den Müll. Auf diese Weise gehen wir beide glücklich auseinander.» Während Epstein sprach, hielt er die Geldbörse vor sich, auf Abstand von seinem Körper, und zog langsam das Bündel Scheine heraus. Der Mann schnappte es sich, aber offensichtlich war er noch nicht mit ihm fertig, denn jetzt bellte er etwas anderes. Epstein verstand nicht.

«Was?»

Der Mann fuhr blitzschnell mit der Klinge über Epsteins Brust. «Was ist da drin?»

Epstein trat zurück, die Hand auf dem Herzen.

«Wo?», japste er.

«Innen!»

«Nichts», sagte er leise.

«Zeig her», sagte der Obdachlose, oder so ähnlich, dachte Epstein; es war fast unmöglich, die lallende Sprache zu verstehen. Der Gedanke an seinen Vater, der nach einem Schlaganfall seinerseits nur noch lallend gesprochen hatte, schoss Epstein durch den Kopf, während der Mann weiter schwer atmend die Waffe auf ihn gerichtet hielt.

Langsam knöpfte Epstein den Mantel auf, der nicht seiner war, dann sein eigenes graues Flanelljackett. Er öffnete die seidengefütterte Innentasche, in der normalerweise das kleine grüne Büchlein steckte, und beugte sich auf Zehenspitzen vor, um dem Mann zu zeigen, dass sie leer war. Es war alles so absurd, dass er hätte lachen können, wäre da nicht ein Messer so nah an seiner Kehle gewesen. Vielleicht konnte es am Ende doch töten. Mit gesenktem Blick sah Epstein sich in einer Blutlache am Boden liegen, unfähig, Hilfe zu rufen. Eine Frage kristallisierte sich in seinem Geist heraus, eine, die seit mehreren Wochen vage in der Luft hing, und jetzt versuchte er sie, wie um zu testen, ob sie passte: Hatte die Hand Gottes sich nach unten gestreckt und auf ihn gedeutet? Aber weshalb auf ihn? Als er den Blick wieder hob, war das Messer verschwunden, der Mann hatte sich umgedreht und eilte davon. Epstein stand einen Moment wie angewurzelt, bis der Mann in den Lichtkreis am anderen Ende eintauchte und er allein im Tunnel war. Erst als er sich an die Kehle fasste, wurde ihm bewusst, dass seine Finger zitterten.

Zehn Minuten später, wohlbehalten in der Lobby des Dakota angelangt, borgte Epstein sich ein anderes Telefon. «Ich bin ein Freund der Rosenblatts», hatte er zum Portier gesagt. «Ich wurde eben ausgeraubt. Auch mein Handy.» Der Portier griff zum Haustelefon, um oben bei der 14B anzurufen. «Das ist nicht nötig», sagte Epstein schnell. «Ich telefoniere nur eben mal und bin gleich wieder weg.» Er langte hinter den Tresen und wählte noch einmal sich selbst. Wieder hörte er seine eigene Stimme, vor langer Zeit aufgenommen, aber noch immer da. Er brach die Verbindung ab und rief Sharon an. Sie meldete sich, überschlug sich vor Entschuldigungen, ihn eben verpasst zu haben. Sie hatte schon bei der UN angefragt. Abbas sollte in einer Viertelstunde sprechen, und im Augenblick war niemand von seinen Leuten zu erreichen, aber sie würde jetzt ein Taxi nehmen, um sie mit Sicherheit abzufangen, bevor sie das Gebäude verließen. Epstein bat sie, Maura anzurufen und ihr auszurichten, sie solle ohne ihn in das Konzert gehen.

«Sagen Sie ihr, dass ich überfallen wurde», sagte er.

«Okay, Sie wurden überfallen», sagte sie.

«Das wurde ich wirklich», sagte Epstein sanfter als beabsichtigt, denn er sah sich erneut hingestreckt am Boden liegen, während das dunkle Blut sich langsam ausbreitete. Aufblickend und plötzlich Auge in Auge mit dem Portier, erkannte er, dass auch dieser ihm nicht glaubte.

«Im Ernst?», fragte seine Assistentin.

Epstein schnitt ihr das Wort ab: «Ich bin in einer halben Stunde zu Hause. Rufen Sie mich dann an.»

«Hören Sie», sagte er zu dem Portier. «Ich sitze in der Klemme. Könnten Sie mir einen Zwanziger leihen? Ich werde Weihnachten an Sie denken. In der Zwischenzeit halten Sie sich an die Rosenblatts.»

Nachdem der Portier ihm die Scheine gegeben hatte, winkte er ein Taxi heran, das auf der Central Park West nach Süden fuhr. Da Epstein nichts mehr hatte, um ihm ein Trinkgeld zu geben, weder Bares noch Ringe, bot er nur ein demütiges Nicken und gab seine Adresse an, auf der anderen Seite des Parks und fünfzehn Blocks nach Norden. Der Taxifahrer schüttelte missmutig den Kopf, ließ die Scheibe herunter und spuckte aus dem Fenster. Es war immer das Gleiche: Wenn man sie von ihrem natürlichen Kurs abbrachte und in die umgekehrte Richtung wollte, waren sie unvermeidlich sauer. Es sei ein fast universeller Aspekt der Psychologie von New Yorker Taxifahrern, hatte Epstein schon oft und jedem erklärt, der mit ihm hinten im Fond saß. Nach dauernden Behinderungen durch Staus und rote Ampeln einmal ins Rollen gekommen, sehnte sich alles in ihnen danach, einfach weiterzurollen. Dass es Geld einbrachte, zu wenden und in die entgegengesetzte Richtung zu fahren, war in dem Moment, in dem es verkündet wurde, kaum von Bedeutung; sie empfanden es als Schlappe und reagierten ungehalten.

Die Atmosphäre in dem Taxi verdüsterte sich noch, als sich herausstellte, dass der Verkehr in Richtung uptown auf der Madison vollkommen stillstand und die Straßen nach Westen gesperrt waren. Epstein ließ das Fenster herunter und rief einem Polizisten zu, der fett und muskulös wie ein Footballspieler an einem Sägebock postiert war:

«Was ist hier los?»

«Da wird ein Film gedreht», berichtete der Beamte stumpf, während er den Himmel nach Flugbällen absuchte.

«Sie machen wohl Witze, was? Das ist das zweite Mal in diesem Monat! Wer hat Bloomberg gesagt, er könne die Stadt an Hollywood verkaufen? Hier leben zufällig noch ein paar Leute!»

Aus dem muffligen Taxi entlassen, ging Epstein zu Fuß die Eighty-Fifth Street hinunter, vorbei an einer Reihe dröhnender Trailer, die ihren Saft aus einem riesigen, brüllenden Generator bezogen. Am Cateringtisch angelangt, schnappte er sich im Vorübergehen, ohne zu verlangsamen, einen Donut und biss hinein, dass das Gelee spritzte.

Doch als er in die Fifth Avenue einbog, hielt er inne, denn dort bemerkte er, dass Schnee gefallen war. Die Bäume, von großen Scheinwerfern beleuchtet, waren in Weiß gehüllt, und am Gehsteig funkelten hohe Verwehungen wie Glimmer. Alles war still und wie betäubt; sogar die beiden vor einen Leichenwagen gespannten Rappen standen reglos, von Schnee umwirbelt, mit gesenkten Köpfen da. Durch das Glasfenster der Kutsche sah Epstein den langen Schatten eines Ebenholzsarges. Eine Flut ernster Hochachtung durchströmte ihn – nicht nur die reflexartige Ehrfurcht, die man angesichts des Hinscheidens aus dem Leben empfindet, sondern noch etwas anderes: eine Ahnung davon, wozu die Welt mit ihren unergründlichen Geheimnissen fähig war. Doch das alles war flüchtig. Im nächsten Moment kam der Kamerakran die Straße entlanggerollt, und der Zauber war gebrochen.

Als er endlich in Sichtweite der warm erleuchteten Eingangshalle seines Gebäudes gelangte, überkam Epstein die

Erschöpfung. Er hatte jetzt nur noch einen Wunsch: zu Hause zu sein, wo er sich in die riesige Badewanne legen und den Tag dahinschwinden lassen konnte. Aber als er auf den Eingang zuzugehen begann, wurde seine Absicht erneut durchkreuzt, diesmal von einer Frau in einem dick wattierten Anorak, die ein Klemmbrett schwenkte.

«Hier wird gefilmt!», zischte sie. «Sie müssen an der Ecke warten.»

«Ich wohne hier», fauchte Epstein zurück.

«Das tun viele, und sie warten alle. Haben Sie etwas Geduld.»

Aber Epstein war mit der Geduld am Ende, und als die Frau sich nach dem knarrenden Leichenwagen umsah, der sich hinter den Pferden gerade in Bewegung setzte, umging er sie und rannte mit letzter Kraft zu dem Gebäude hinüber. Er konnte Haaroon sehen, den Türhüter, der zu dem Spektakel draußen auf der Straße hinausspähte. Er war immer dort, das Gesicht dem Glas zugewandt. Wenn nichts Aufregendes geschah, suchte er gern den Himmel ab und hielt Ausschau nach dem Rotschwanzbussard, der auf einem Gesims weiter unten an der Straße nistete. Im letzten Moment erblickte Haaroon den auf ihn zustürzenden Epstein und riss mit einem überraschten Ausdruck gerade noch rechtzeitig die Tür auf, bevor der Bewohner von Penthouse B dagegenknallte. Epstein segelte ungehindert hinein, worauf der Pförtner die Tür schnell wieder verriegelte, ruckartig herumwirbelte und sich mit dem Rücken dagegenstemmte.

«Das ist ein Film, Haaroon, keine Revolution», sagte Epstein schnaufend.

Immer wieder erstaunt über die neuesten Eigenarten seiner Wahlheimat, nickte der Pförtner und glättete das schwere grüne Cape mit den goldenen Knöpfen, das während der kalten Monate zu seiner Uniform gehörte. Selbst im Innenraum wollte er es nicht ablegen.

«Wissen Sie, was verkehrt ist an dieser Stadt?», sagte Epstein.

«Was, Sir?», fragte Haaroon.

Doch bei einem Blick in die ernsten Augen des Pförtners, die nach fünf Jahren Beobachtung dessen, was auf der Fifth Avenue vor sich ging, noch immer mit Staunen erfüllt waren, besann Epstein sich eines Besseren und behielt es für sich. Die Hände des Pförtners waren ungeschmückt, und plötzlich hätte Epstein ihn gern gefragt, was er mit dem Siegelring gemacht hatte. Aber auch hier schluckte er seine Worte hinunter.

Als der holzverkleidete Aufzug sich zu dem vertrauten farbigen Isfahanteppich in seinem Foyer öffnete, seufzte Epstein vor Erleichterung. Einmal drinnen, schaltete er das Licht an, hängte den verkehrten Mantel in den Schrank und schlüpfte in seine Hausschuhe. Er hatte zehn Monate hier gewohnt, seit er und Lianne geschieden waren, und es gab noch immer Nächte, in denen er den Körper seiner Frau neben sich im Bett vermisste. Er hatte sechsunddreißig Jahre neben ihr geschlafen, und die Matratze fühlte sich anders an ohne ihr Gewicht, so leicht es auch sein mochte, und ohne den Rhythmus ihres Atems hatte die Dunkelheit kein Maß. Es gab Zeiten, da wachte er mit einem Gefühl von Kälte auf, so sehr fehlte ihm die Hitze, die einst von zwischen ihren Schenkeln und der Region hinter ihren Knien ausgedünstet war. Er hätte sie sogar anrufen mögen, hätte er nur einen Moment lang vergessen können, dass er immer schon im Voraus wusste, was sie sagen würde. In Wahrheit sehnte er sich, wenn ihn die Sehnsucht packte, nicht nach dem, was er gehabt und aufgegeben hatte.

Das Apartment war nicht groß, aber die Haupträume boten einen Ausblick auf den Central Park und das Metropolitan Museum im Süden, wo der Tempel von Dendur unter Glas beherbergt wurde. Diese Nähe zur Welt der Antike bedeutete ihm etwas; obwohl die römische Nachbildung eines ägyptischen Tempels als solche ihn nie beeindruckt hatte, spürte er manchmal, wenn er nachts einen Blick darauf warf, wie seine Lungen sich weiteten, als erinnerte sein Körper sich daran, was er über die unermessliche Ausdehnung der Zeit vergessen hatte. Was er notwendigerweise hatte vergessen müssen, um an die Größe und Einzigartigkeit jener Dinge zu glauben, die einem widerfuhren und das Leben auf ähnliche Weise prägen konnten, wie sich eine neue Kombination von Buchstaben in das Farbband einer Schreibmaschine drücken ließ. Aber er war nicht mehr jung. Er war aus älterer Materie gemacht als jeder Tempel, und neuerdings kam etwas zu ihm zurück. Kehrte wieder in ihn ein wie Wasser in ein trockenes Flussbett, das es vor langer Zeit geformt hat.

Jetzt, da keine Gemälde mehr an den Wänden des Apartments hingen und er die teuren Möbel weggegeben hatte, brauchte er nur in der Mitte des leeren Wohnzimmers zu stehen, mit den dunkel sich bewegenden Baumspitzen vor

Augen, und schon spürte er, wie ihm eine Gänsehaut über die Arme lief. Weshalb? Einfach wegen der Tatsache, dass er noch da war. Dass er lange genug gelebt hatte, um einen Punkt zu erreichen, an dem der Kreis sich zu schließen begann, dass es fast zu spät gewesen wäre; um ein Haar hätte er es verpasst, doch in letzter Sekunde war es ihm bewusst geworden. Was? Die Zeit als Lichtstrahl, der sich über den Boden bewegte, und dass am Ende seines langen Schweifs das Licht war, das auf den Boden jenes Hauses fiel, in dem er ein Kind gewesen war, in Long Beach. Oder dass der Himmel über ihm derselbe war, unter dem er schon als kleiner Knirps laufen gelernt hatte. Nein, es war mehr als das. Selten hatte er den Kopf aus den mächtigen Strömungen seines Lebens erhoben, war zu sehr damit beschäftigt gewesen, mitten hindurchzutauchen. Aber jetzt gab es Momente, in denen er die Totale sah, bis zum fernen Horizont. Und das erfüllte ihn gleichermaßen mit Freude und mit Sehnsucht.

Noch hier. Ohne Möbel, des Bargelds, des Handys, des Mantels auf seinem Rücken beraubt, aber immerhin noch nicht ätherisch, verspürte Epstein ein Nagen in der Magengrube. Im Plaza hatte er kaum etwas gegessen, und der Donut regte seinen Appetit an. Im Kühlschrank stöbernd, entdeckte er eine Hähnchenkeule, die der Koch, der dreimal in der Woche für ihn kochte, zurückgelassen hatte, und aß sie, während er am Fenster stand. Ein Ur-Ur-Ur-Ur-Großverwandter von David. Dem Hirtenjungen, der Goliath einen Stein an den Kopf schleuderte und von dem die Frauen zu sagen pflegten, «Saul hat tausend geschlagen, aber David zehntausend», den sie jedoch später, auf dass er nicht ein kalter und berechnender Wüstling bleibe, auf dass ihm jüdische Sanftmut, jüdische Intelligenz, jüdische Tiefe gegeben seien, zum Verfasser der schönsten Dichtung machten, die je geschrieben wurde. Epstein lächelte. Was konnte er noch alles über sich erfahren? Die Keule war gut, aber bevor er an den Knochen kam, warf er den Rest in den Abfall. Er hob den Arm, um ein Glas aus dem Schrank zu nehmen, besann sich eines Besseren, duckte seinen Kopf unter den Wasserhahn und trank begierig.

Im Wohnzimmer berührte Epstein einen Schalter, und die an einen automatischen Dimmer angeschlossenen Lampen gingen an, erleuchteten das brünierte Gold der beiden Heiligenscheine auf einem kleinen Tafelbild, das allein an der Ostseite hing. Sooft er es auch schon gesehen hatte, konnte er diesen Effekt nicht ohne ein Kribbeln auf der Kopfhaut beobachten. Es war das einzige Meisterwerk, das er behalten hatte, ein Altarbild, das vor fast sechshundert Jahren in Florenz gemalt worden war. Er hatte sich nicht dazu durchringen können, es wegzugeben. Damit wollte er noch etwas länger leben.

Epstein näherte sich ihnen: Maria, gebeugt und nahezu körperlos in den blassrosa Falten, die von ihrem Gewand herabfielen, und dem Engel Gabriel, den man selbst für eine Frau hätte halten können, wären da nicht seine kolorierten Flügel gewesen. Aus der kleinen Holzbank vor Maria konnte man darauf schließen, dass sie kniete oder knien würde, sofern denn unter dem Gewand noch etwas Physisches von ihr übrig war – sofern sich das, was Maria war, nicht schon verflüchtigt hatte, auf dass der Sohn Gottes in sie einziehe. Ihre geneigte Gestalt entsprach genau den weißen Bogen über ihr: sie war sich selbst bereits entrückt. Ihre langfingrigen Hände waren vor ihrer flachen Brust zusammengelegt, ihr ernster Gesichtsausdruck der eines reifen Kindes, das seinem schwierigen, erhabenen Schicksal entgegensieht. Ein paar Schritte entfernt schaute der Engel Gabriel liebevoll auf sie herab, die Hand auf dem Herzen, als empfände auch er den Schmerz ihrer notwendigen Zukunft. Die Farben waren rissig, aber das verstärkte nur das Gefühl der Atemnot, des Drängens einer großen und gewaltigen Kraft unter der stillen Oberfläche. Allein die flachen goldenen Scheiben um ihre Köpfe waren seltsam statisch. Weshalb bestanden sie darauf, Heiligenscheine so zu malen? Weshalb kehrten sie, wo sie doch schon entdeckt hatten, wie die Illusion von Tiefe zu erzeugen war, nur dabei zu einer hartnäckigen Planheit zurück? Und nicht bei etwas Beliebigem, sondern ausgerechnet beim Symbol dessen, was, eng mit Gott verbunden, von Unendlichkeit durchflutet wird?

Epstein nahm den Rahmen von der Wand und trug ihn unter dem Arm in sein Schlafzimmer. Im letzten Monat war eine Nackte von Bonnard auf dem Rücken liegend hinausgetragen worden, und seitdem war die Wand gegenüber seinem Bett leer. Jetzt hatte er das plötzliche Verlangen, die kleine Verkündigung dort hängen zu sehen: morgens mit ihr aufzuwachen und sie als Letztes zu betrachten, wenn er in den Schlaf hinüberdämmerte. Doch ehe er den Draht über den Haken bekam, klingelte das Telefon und störte die Ruhe. Epstein bewegte sich mit großen Schritten zum Bett, lehnte den Rahmen gegen die Kissen und nahm den Hörer ab.

«Jules? Hier ist Sharon. Tut mir leid, aber wie es aussieht, ist dem Kerl mit Ihrem Mantel schlecht geworden, er ist ins Hotel zurückgegangen.»

Draußen, jenseits des ausgedehnten Dunkels, schimmerten die Lichter der West Side. Epstein sank neben der Jungfrau aufs Bett. Er stellte sich den Palästinenser in seinem Mantel vor, kniend über eine Toilette gebeugt.

«Ich habe eine Nachricht hinterlassen, bin aber noch nicht durchgekommen», fuhr Sharon fort. «Wäre es in Ordnung, wenn ich morgen früh hingehe? Ihr Flug geht erst um neun Uhr abends, da bleibt mir jede Menge Zeit, wenn ich es morgen früh gleich als Erstes mache. Meine Schwester hat nämlich heute Geburtstag, es gibt eine Party.»

«Gehen Sie», seufzte Epstein. «Machen Sie sich nichts daraus. Es kann warten.»

«Sind Sie sicher? Ich werde es mit dem Handy weiter versuchen.»

Aber Epstein war sich nicht sicher; so unabweislich war die langsame Entfaltung von Selbsterkenntnis in diesen letzten Monaten gewesen, aber erst jetzt, als seine Assistentin die Frage stellte, spürte er den Flügelschlag der Klarheit über sich. Er wollte sich nicht sicher sein. Hatte sein Vertrauen darein verloren.

IN DEN HEITEREN HIMMEL

Die Idee, an zwei Orten zugleich zu sein, begleitet mich schon lange. Solange ich mich erinnern kann, sollte ich sagen, denn eine meiner frühesten Erinnerungen ist die an eine Kindersendung im Fernsehen, bei der ich mich plötzlich selbst in dem kleinen Publikum im Studio entdeckte. Noch heute kann ich das Gefühl des braunen Teppichs im Schlafzimmer meiner Eltern unter meinen Beinen wachrufen und wie ich meinen Hals nach dem Fernsehschirm verrenkte, der hoch über mir zu stehen schien, und dann das üble Gefühl im Bauch, als die Aufregung darüber, mich in jener anderen Welt zu erblicken, dem sicheren Wissen wich, dass ich nie dort gewesen war. Man könnte sagen, das Ichgefühl kleiner Kinder sei noch schwammig. Das ozeanische Gefühl dauere noch einige Zeit an, bis schließlich das Gerüst von den Wänden entfernt wird, die wir unter dem Einfluss eines angeborenen Instinkts mühsam um uns errichten, jedoch berührt von einer Traurigkeit, die dem Wissen entspringt, dass wir den Rest unseres Lebens damit verbringen werden, einen Fluchtweg hinaus zu suchen. Und doch besteht für mich bis heute absolut kein

Zweifel an dem, was ich damals sah. Das kleine Mädchen im Fernsehen hatte genau mein Gesicht, es trug meine roten Turnschuhe und das gestreifte T-Shirt, obwohl auch das auf den Zufall geschoben werden mag. Nicht darauf schieben kann man, dass ich während der paar Sekunden, in denen die Kamera auf seinen Augen ruhte, erkannte, wie es sich anfühlte, ich zu sein.

Das mag eines der frühesten Dinge sein, die mir im Gedächtnis geblieben sind, aber im Lauf der Jahre dachte ich nicht mehr viel darüber nach. Es gab keinen Grund; ich begegnete mir nie wieder irgendwo. Und doch muss sich die Überraschung darüber, was ich gesehen hatte, tief in mir festgesetzt und, da meine Wahrnehmung von der Welt darauf aufbaute, wie durch Alchemie in einen Glauben verwandelt haben: nicht, dass es mich zweimal gäbe, was der Stoff von Albträumen ist, sondern dass ich in meiner Einzigartigkeit möglicherweise zwei verschiedene Ebenen des Daseins einnehmen könnte. Vielleicht wäre es auch richtiger, es aus der entgegengesetzten Perspektive zu betrachten und das, was sich damals in mir herauszukristallisieren begann, ein Gefühl des Zweifels zu nennen – eine Skepsis gegenüber der Wirklichkeit, die mir untergeschoben wurde, wie sie allen Kindern untergeschoben wird, und die jene anderen, weicheren Wirklichkeiten, die sich ihnen von Natur aus präsentieren, allmählich verdrängt. In beiden Fällen war die Möglichkeit, sowohl *hier* als auch *dort* zu sein, ein zusammen mit all meinen anderen kindlichen Vorstellungen gespeichertes Substrat, bis zu einem Herbstnachmittag, als ich durch die Tür des Hauses kam, das ich mit meinem Mann und unseren beiden Kindern bewohnte, und spürte, dass ich schon dort war.

Einfach das: schon dort. Irgendwo in den Zimmern oben beschäftigt oder schlafend im Bett; es war kaum von Bedeutung, wo ich mich aufhielt oder was ich tat, von Bedeutung war nur die Sicherheit, mit der ich wusste, dass ich schon im Haus war. Ich war ich selbst, fühlte mich vollkommen normal in meiner Haut, und doch hatte ich gleichzeitig das plötzliche Gefühl, nicht mehr auf meinen Körper beschränkt zu sein, nicht auf die Hände, Arme oder Beine, die ich mein Leben lang gesehen hatte, und dass diese Extremitäten, die sich ständig in meinem Blickfeld bewegten oder still verhielten und die ich neununddreißig Jahre lang Minute für Minute beobachtet hatte, letztlich gar nicht meine Extremitäten waren, nicht die äußerste Grenze meiner selbst, sondern dass ich über sie hinaus und getrennt von ihnen existierte. Und dies nicht in einem abstrakten Sinn. Nicht als Seele oder Schwingung. Sondern mit dem ganzen Körper, genau wie ich dort auf der Schwelle der Küchentür stand, nur irgendwie – *wieder* – anderswo, oben.

Draußen vor dem Fenster schienen die Wolken rasch vorbeizuziehen, aber sonst erschien nichts seltsam oder ver-rückt. Ganz im Gegenteil: Alles im Haus, jedes Ding, ob Tasse, Tisch, Stuhl oder Vase, schien an seinem Platz zu sein. Oder sogar *genau* an seinem Platz, auf eine Art, wie es selten der Fall ist, weil das Leben eine Art hat, über das Unbelebte zu verfügen, indem es Objekte andauernd ein wenig nach links oder nach rechts verschiebt. Mit der

Zeit wächst sich diese Verschiebung zu etwas Beachtlichem aus – der Rahmen an der Wand hängt plötzlich schief, die Bücher sind hinten ins Regal gerutscht –, und so wird ein großer Teil unserer Zeit müßig, oft unbewusst damit verbracht, die Dinge wieder dorthin zu tun, wo sie hingehören. Auch wir möchten über das Unbelebte verfügen, von dem wir glauben wollen, dass wir es beherrschen. Aber in Wirklichkeit ist es die unaufhaltsame Kraft und Eigendynamik des Lebens, die wir kontrollieren wollen und mit denen wir uns in einen Willenskampf verbissen haben, den wir nie gewinnen können.

Doch an jenem Tag war es, als wäre ein Magnet unter dem Haus entlanggefahren und hätte jedes Ding in seine ursprüngliche Position gerückt. Alles war von Stille berührt, nur die Wolken eilten dahin, als hätte die Erde begonnen, sich etwas schneller zu drehen. Und als ich wie festgenagelt in der Küchentür stand, war das mein erster Gedanke: dass die Zeit schneller geworden und ich auf meinem Weg nach Hause irgendwie zurückgeblieben sei.

Die Haut unten an meinem Rücken kribbelte, während ich wie erstarrt dastand, voller Angst, mich zu bewegen. Irgendein Fehler war aufgetreten, neurologisch oder metaphysisch, sei es gutartig wie ein Déjà-vu oder auch das Gegenteil. Etwas stimmte nicht mehr, und ich hatte das Gefühl, wenn ich mich bewegte, könnte ich die Chance einer natürlichen Selbstkorrektur zerstören.

Sekunden vergingen, dann klingelte das Telefon an der Wand. Instinktiv warf ich einen Blick nach hinten, auf den Apparat. Irgendwie brach das den Bann, denn als ich wieder geradeaus blickte, rasten die Wolken nicht mehr, und das Gefühl, ich sei zugleich hier und dort – oben –, war verschwunden. Das Haus war wieder leer bis auf mich, die ich dort in der Küche stand, in die vertrauten Grenzen meiner selbst zurückgekehrt.

Ich hatte seit Wochen schlecht geschlafen. Mit meiner Arbeit ging es nicht gut voran, und das versetzte mich in eine permanente Angst. Aber wenn mein Schreiben als eine Art sinkendes Schiff erschien, war die weitere Umgebung – das Meer, in dem ich das Gefühl bekommen hatte, dass jedes Boot, mit dem ich zu segeln versuchte, schließlich untergehen würde – meine scheiternde Ehe. Mein Mann und ich hatten uns weit auseinandergelebt. Wir waren unseren Kindern so ergeben, dass die wachsende Entfernung zwischen uns mit all der Liebe und Aufmerksamkeit, die in unserem Haus regelmäßig gegenwärtig war, zuerst entschuldigt, dann verschleiert werden konnte. Aber an einem gewissen Punkt hatte das Hilfreiche an unserer geteilten Liebe zu den Kindern eine Art Höhepunkt erreicht und zu schwinden begonnen, bis es sich als gar nicht mehr hilfreich für unsere Beziehung erwies, weil es nur ein Licht darauf warf, wie allein jeder von uns war und, verglichen mit unseren Kindern, wie ungeliebt. Die Liebe, die wir einmal füreinander empfunden und zum Ausdruck gebracht hatten, war entweder vertrocknet oder wurde zurückgehalten – es war zu verwirrend, das herauszufinden –, und doch wurde jeder von uns tagein, tagaus gerührt Zeuge der von den Kindern hervorgerufenen spektakulären Liebesfähigkeit des anderen. Es widerstrebte der Natur meines

Mannes, über schwierige Gefühle zu sprechen. Die hatte er vor langer Zeit nicht nur vor mir, sondern auch vor sich selbst zu verbergen gelernt, und nach vielen Jahren erfolgloser Versuche, ihn irgendwie zum Reden zu bringen, hatte ich allmählich aufgegeben. Konflikte zwischen uns waren nicht erlaubt, geschweige denn Wut; alles musste unausgesprochen bleiben, die Oberfläche unbewegt. So fand ich mich in eine grenzenlose Einsamkeit zurückgeworfen, die mir bei allem Unglück zumindest nicht fremd war. «Ich bin eigentlich ein Mensch, der mit Schwung an die Dinge herangeht», hatte mein Mann einmal zu mir gesagt, «während du immer alles abwägen musst.» Aber mit der Zeit waren die inneren wie die äußeren Bedingungen zu viel für seinen Schwung geworden, und auch er versank in seinem separaten Meer. Jeder auf seine Weise hatten wir beide verstanden, dass uns der Glaube an unsere Ehe abhandengekommen war. Und doch wussten wir nicht, wie wir mit diesem Verständnis umgehen sollten, wie man zum Beispiel auch nicht damit umzugehen weiß, verstanden zu haben, dass es kein Leben nach dem Tod gibt.

So standen die Dinge in meinem Leben. Und nun konnte ich nicht einmal mehr schreiben und, in zunehmendem Maße, nicht mehr schlafen. Es wäre vielleicht einfach gewesen, das seltsame Gefühl, das ich an diesem Nachmittag erlebt hatte, als Ausrutscher eines gestressten und benebelten Gehirns abzutun. Aber ich konnte mich, ganz im Gegenteil, nicht daran erinnern, meinen Geist je als so klar empfunden zu haben wie in den Momenten, als ich mit der Überzeugung in der Küche stand, gleichzeitig irgendwo anders in der Nähe zu sein. Als wäre mein Geist nicht nur von Klarheit angehaucht worden, sondern zur äußersten Klarsicht geschärft, als kämen alle meine Gedanken und Wahrnehmungen in Glas geätzt daher. Und doch war es nicht die übliche Klarheit, die durch Verstehen geschaffen wird. Es war, als hätten Vordergrund und Hintergrund die Plätze getauscht, als hätte ich alles sehen können, was der Geist normalerweise ausblendet: die endlose Weite des Nicht-Verstehens, die die winzige Insel dessen umgibt, was wir zu begreifen vermögen.

Zehn Minuten später klingelte es an der Tür. Es war der UPS-Dienst, und ich unterzeichnete den Empfang. Der Lieferant nahm sein kleines elektronisches Gerät wieder an sich und händigte mir das große Päckchen aus. Ich sah die Schweißperlen auf seiner Stirn, im Widerspruch zu der frostigen Luft, und atmete den Geruch von feuchtem Karton. Von der Straße rief mein Nachbar, ein älterer Schauspieler, einen Gruß herüber. Ein Hund hob das Bein und erleichterte sich an einem Autoreifen. Doch all das dämpfte weder die Intensität noch die Fremdheit des Gefühls, das ich gerade erlebt hatte. Es löste sich nicht allmählich auf wie ein Traum beim Übergang in den Wachzustand. Es blieb unglaublich lebhaft, während ich mich an den Schränken zu schaffen machte und die Zutaten fürs Abendessen herausnahm. Das Gefühl war nach wie vor so mächtig, dass ich mich setzen musste, um es zu verkraften.

Eine halbe Stunde später, als der Babysitter mit den Kindern nach Hause kam, saß ich noch immer da. Meine Söhne tanzten um mich herum, erfüllt von den Neuigkeiten des Tages. Dann lösten sie sich aus meiner Umlaufbahn und rasten ums Haus. Kurz danach kam mein Mann. Er betrat die Küche, noch in der reflektierenden Fahrradweste, in der er nach Hause geradelt war. Einen Augenblick lang leuchtete er. Ich empfand plötzlich das dringende Bedürfnis, ihm das Erlebnis zu beschreiben, aber als ich fertig war, schenkte er mir nur ein gezwungenes halbes Lächeln, warf einen Blick auf die ungekochten Essenszutaten, zog die Mappe mit den Lieferservice-Adressen heraus und fragte, was ich von indisch hielte. Dann ging er nach oben zu den Kindern. Ich bereute sofort, ihm überhaupt etwas gesagt zu haben. Der Vorfall berührte eine Spannungslinie zwischen uns. Mein Mann schätzte Fakten höher als das Ungreifbare und hatte begonnen, sie wie ein aufgeschichtetes Bollwerk um sich zu versammeln. Nachts blieb er auf, um Dokumentarfilme zu sehen, und wenn bei Geselligkeiten jemand Erstaunen darüber äußerte, dass er wusste, welchen Prozentsatz die Hundertdollarscheine an den in den USA gedruckten Banknoten ausmachten oder dass Scarlett Johansson Halbjüdin war, sagte er gern, er mache es sich zur Aufgabe, alles zu wissen.

Die Tage vergingen, und das Gefühl kehrte nicht wieder. Ich hatte gerade die Grippe hinter mir, dabei fröstelnd und schwitzend im Bett gelegen und mit einem leicht veränderten Bewusstsein, wie es mich bei Krankheiten immer überkommt, in den Himmel hinausgeschaut, und nun begann ich mich zu fragen, ob das eine vielleicht mit dem anderen zu tun hatte. Wenn ich krank bin, kommt es mir so vor, als würden die Wände zwischen mir und der Außenwelt durchlässiger – und tatsächlich sind sie es, denn was auch immer mich krank gemacht hat, hat eine Möglichkeit gefunden, einzudringen, die üblichen Schutzmechanismen des Körpers zu durchbrechen, und als spiegelte mein Geist den Körper, nimmt auch er mehr auf, und die Dinge, die ich normalerweise von mir fernhalte, weil sie zu schwierig oder intensiv sind, um darüber nachzudenken, beginnen hereinzuströmen. Dieser Zustand von Offenheit, von extremer Sensibilität, in dem ich für fast alles um mich her empfänglich werde, wird verstärkt durch die Einsamkeit, im Bett zu liegen, während alle anderen geschäftig ihren gewohnten Aktivitäten nachgehen. Und so konnte ich das ungewöhnliche Gefühl, das ich empfunden hatte, leicht meiner Krankheit zuschreiben, obwohl ich im besagten Moment schon auf dem Weg der Besserung gewesen war.

Dann, eines Nachmittags einen Monat später, als ich beim Geschirrspülen Radio hörte, kam eine Sendung über das Multiversum – die Möglichkeit, dass das Universum in Wirklichkeit viele Welten enthält, vielleicht sogar eine unendliche Zahl. Dass das frühe Universum infolge der Gravitationswellen im ersten Bruchteil einer Sekunde nach dem Urknall – oder einer Serie von Urknallrückstößen, wie man heute annimmt – eine Inflation erlebte, die eine exponentielle Expansion der räumlichen Dimensionen zu einem Vielfachen unseres eigenen Kosmos verursachte und vollkommen verschiedene Welten mit unbekannten physikalischen Eigenschaften entstehen ließ, ohne Sterne

66

vielleicht, ohne Atome oder ohne Licht, und dass diese, alle zusammengenommen, die Gesamtheit von Raum, Zeit, Materie und Energie ausmachen.

Ich hatte nur ein laienhaftes Verständnis von den gängigen kosmologischen Theorien, aber sooft ich auf einen Artikel über die Stringtheorie oder Branen oder die Forschungsarbeit im Großen Hadronen-Speicherring in Genf stieß, war mein Interesse geweckt, und so kannte ich mich inzwischen ein bisschen aus. Der Physiker, der interviewt wurde, hatte eine hypnotisierende Stimme, zugleich geduldig und intim, voll tiefer, untergründiger Intelligenz, und irgendwann begann er auf das unvermeidliche Drängen des Moderators hin, über die theologischen Auswirkungen der Viel-Welten-Theorien zu sprechen, oder zumindest darüber, wie sie die Rolle des Zufalls bei der Entstehung von Leben bestätigten, denn wenn es nicht eine, sondern eine unendliche oder fast unendliche Anzahl von Welten gibt, jede mit ihren eigenen physikalischen Gesetzen, dann kann kein Zustand mehr als das Ergebnis außerordentlicher mathematischer Unwahrscheinlichkeiten betrachtet werden.

Als die Sendung zu Ende war, stellte ich das Radio aus und hörte das dumpfe, anschwellende Brummen der nahenden Autos, nachdem die Ampel ein paar Ecken weiter umgesprungen war, und die klaren, hellen Stimmen der aus der Vorschule im Untergeschoss des Nachbarhauses stürmenden Kinder, und dann das tiefe, schwermütige Tuten eines Schiffs in dem etwa drei Meilen entfernten Hafen, als wäre ein Finger auf dem Harmonium liegen geblieben. Ich hatte mir nie gestattet, an Gott zu glauben, aber mir wurde klar, weshalb Theorien von einem Multiversum bestimmten Menschen unter die Haut gehen konnten – allein schon deshalb, weil die Aussage, alles könne irgendwo wahr sein, nicht nur einen Hauch von Eskapismus an sich hat, sondern auch jegliche Suche sinnlos macht, da alle Ergebnisse gleichermaßen gültig sind. Rührt nicht ein Teil der Ehrfurcht, die uns im Angesicht des Unbekannten erfüllt, von dem Verständnis her, dass wir, sollte es schließlich in uns eindringen und bekannt werden, selbst verändert würden? Im Anblick der Sterne finden wir ein Maß unserer eigenen Unvollkommenheit, unserer noch immer bestehenden Unfertigkeit, was gleichbedeutend ist mit unserem Potenzial zur Veränderung oder gar Transformation. Wenn unsere Spezies sich von anderen durch unsere Lust und Fähigkeit zur Veränderung unterscheidet, so nur, weil wir in der Lage sind, die Grenzen unseres Verständnisses zu erkennen und Betrachtungen über das Unergründliche anzustellen. Doch in einem Multiversum werden die Begriffe des Bekannten und Unbekannten sinnlos, da alles gleichermaßen bekannt und unbekannt ist. Wenn es unendlich viele Welten und unendlich viele Gesetzmäßigkeiten gibt, dann ist nichts mehr wesentlich, und wir sind von der Anstrengung entbunden, über die Grenzen der unmittelbaren Realität und unseres Verständnisses hinauszustreben, da alles jenseits Liegende nicht nur nicht für uns gilt, sondern auch keine Hoffnung lässt, mehr als ein unendlich geringes Verständnis davon zu erlangen. In diesem Sinn ermutigt die Viel-Welten-Theorie uns nur, dem Unerkennbaren erst recht den Rücken zuzukehren, und was täten wir lieber, wo wir uns doch an unserer Wissensmacht berauscht, wo wir das Wissen zur *Heiligkeit* erhoben haben und tagein, tagaus damit beschäftigt sind, ihm nachzujagen. Wie die Religion sich als eine Möglichkeit entwickelte, Betrachtungen über das Unerkennbare anzustellen und mit ihm zu leben, so sind wir jetzt zur umgekehrten Praxis konvertiert, der wir nicht weniger frönen: der Praxis, alles zu wissen, und zu glauben, Wissen sei konkret und stets kraft des Verstandes erworben worden. Seit Descartes ist das Wissen in fast unvorstellbarem Maße gewachsen. Aber am Ende hat es nicht zu der Beherrschung und Unterwerfung der Natur geführt, die er sich vorstellte, sondern nur zur Illusion ihrer Beherrschung und Unterwerfung. Am Ende haben wir uns krank gemacht vor lauter Wissen. Offen gesagt, ich hasse Descartes und habe nie verstanden, weshalb man seinem Axiom als unerschütterliche Grundlage für irgendetwas vertrauen sollte. Je mehr er darüber spricht, derselben Richtung, in der man hineingegangen ist, geradewegs aus dem Wald heraus zu folgen, umso verlockender klingt es mir, sich in jenem Wald zu verlieren, in dem wir einst voller Staunen lebten und dies als Voraussetzung für ein authentisches Bewusstsein vom Dasein und von der Welt verstanden. Heute haben wir kaum eine andere Wahl, als in den Trockengebieten der Vernunft zu leben, und was das Unbekannte betrifft, das einst glitzernd an der fernsten Grenze unseres Blicks lag, das unsere Angst, aber auch unsere Hoffnung und Sehnsucht kanalisierte, so können wir es nur mit Abneigung betrachten.

Das alles erfuhr durch die Idee, die sich, nachdem ich das Radio ausgeschaltet hatte, in meinem Geist herausbildete, eine Art Erleichterung. Was, dachte ich, wenn jeder von uns, statt in einem universellen Raum zu existieren, allein in eine leuchtende Leere hineingeboren würde und wir es wären, die sie in Stücke schnitten, Treppenhäuser, Gärten und Bahnhöfe darin nach unserem eigenen besonderen Geschmack versammelten, bis wir unseren Raum zu einer Welt gestaltet hätten? Mit anderen Worten, was, wenn die menschliche Wahrnehmung und Kreativität dafür verantwortlich wären, das Multiversum zu schaffen? Oder vielleicht …

Was, wenn sich das Leben, das auf zahllosen langen Fluren, in Wartezimmern und ausländischen Städten, auf Terrassen, in Krankenhäusern und Gärten, gemieteten Zimmern und überfüllten Zügen stattzufinden scheint, in Wahrheit nur an einem Ort ereignete, an einem einzigen Standort, von dem aus man alle anderen Orte träumte?

War das wirklich so abwegig? Könnte nicht der Raum auf ähnliche Weise von uns abhängen, wie Pflanzen unseren Sinn für den Reiz ihrer Blüten brauchen, damit sie gedeihen und sich vermehren? Wir glauben, ihn mit unseren Häusern, den Straßen und den Städten erobert zu haben, aber was, wenn wir es wären, die, ohne sich dessen bewusst zu sein, dem Raum untertan gemacht worden wären, seinem eleganten Plan, sich durch die Träume endlicher Wesen unendlich auszubreiten? Was, wenn nicht wir uns durch den Raum, sondern der Raum sich durch uns bewegte, sich aus unserem Geist entspönne? Und wenn alldem so wäre, wo läge dann dieser Ort, von dem aus wir träumen? In einem Behältnis im Nicht-Raum? In einer Dimension, die uns nicht bewusst ist? Oder irgendwo in der einen endlichen Welt, aus der Milliarden von Welten geboren wurden und geboren werden, ein einziger Ort, der für jeden von uns verschieden ist, so gewöhnlich wie jeder andere?

In diesem Moment wusste ich eindeutig, wenn ich mein Leben von irgendeinem Ort aus träumte, dann war es das Hilton in Tel Aviv.

——

Es fängt schon damit an, dass ich dort gezeugt wurde. In der Folge des Jom-Kippur-Kriegs, drei Jahre nachdem meine Eltern bei starkem Wind auf der Terrasse des Hilton geheiratet hatten, bewohnten sie ein Zimmer im sechzehnten Stock des Hotels, wo die einzigartigen Bedingungen, die die Voraussetzungen für meine Existenz erfüllten, plötzlich zusammenkamen. Mit einer nur leisen Ahnung von den Konsequenzen handelten meine Mutter und mein Vater instinktiv danach. Geboren wurde ich im Beth Israel Hospital in New York City. Aber weniger als ein Jahr später brachten meine Eltern mich, gegen den Strom schwimmend, wieder ins Hilton von Tel Aviv, und von da an kehrte ich fast jedes Jahr in dieses Hotel auf einem Hügel zwischen der Hayarkon Street und dem Mittelmeer zurück. (Jedes Jahr, das heißt, wenn man die Dinge in dem Glauben betrachtet, ich hätte es überhaupt jemals verlassen.) Aber wenn dieser Ort eine Art mystische Aura für mich hat, dann nicht nur, weil mein Leben dort begann oder weil ich später so viele Ferien in dem Hotel verbrachte. Sondern auch wegen der ergreifenden Natur dessen, was ich einmal dort erlebte, einer Erfahrung, die mein Bewusstsein von einer Öffnung, einem kleinen Riss im Stoff der Wirklichkeit, noch verschärfte.

Es geschah im Schwimmbecken des Hotels, als ich sieben war. Ich verbrachte eine Menge Zeit in diesem Becken, das auf einer großen Terrasse über dem Meer lag und von dessen Salzwasser gespeist wurde. Im Jahr davor hatte sich unser Aufenthalt mit dem von Itzhak Perlman überschnitten, und eines Morgens kamen wir nach dem Frühstück nach draußen und fanden ihn am tiefen Ende des Beckens geparkt, beim Ballspiel mit seinen Kindern, die abwechselnd ins Wasser hechteten, um seinen Wurf zu fangen. Der Anblick des großen Geigers in seinem glänzenden Rollstuhl, einhergehend mit einer dunklen Ahnung, dass die Kinderlähmung, die ihn verkrüppelt hatte, etwas mit Schwimmbecken zu tun habe, versetzte mich in Angst und Schrecken. Am nächsten Tag weigerte ich mich, überhaupt nach unten an den Pool zu gehen, und am Tag danach verließen wir Israel und flogen nach New York. Im folgenden Jahr kehrte ich mit unwohlen Gefühlen in das Hotel zurück, aber Perlman erschien nicht wieder. Zudem entdeckten mein Bruder und ich gleich am ersten Tag, dass der Pool voller Münzen war – überall Schekel, die stumm am Grund des Beckens schimmerten, als wäre es an den Abfluss der Bank Hapoalim angeschlossen. Was auch immer an Ängsten vor dem Schwimmen noch in mir schlummerte, wurde von dem stetigen Geldfluss, den wir herausholen konnten, verdrängt. Wie bei jedem gut geführten Unternehmen teilten wir uns bald auf und spezialisierten uns: Mein zwei Jahre älterer Bruder wurde der Taucher, und ich, mit geringerer Lungenkapazität und schärferen Augen, übernahm das Sichten. Auf meine Anweisung hin tauchte er ab und grabschte an dem verschwommenen Boden herum. Wenn ich recht gehabt hatte, und das hatte ich in etwa fünfundsechzig Prozent der Fälle, schoss er aufgeregt wieder an die Oberfläche, die Münze in der Hand.

Eines Nachmittags, nach einer Reihe von Fehlgriffen, begann ich zu verzweifeln. Der Tag ging zur Neige, und unsere Zeit im Schwimmbecken war fast um. Mein Bruder watete mürrisch am Rand des flachen Endes entlang. Ich konnte nicht anders und rief von der Mitte des Beckens: «Dort!» Ich log – ich hatte nichts gesehen –, aber ich war außerstande, der Versuchung zu widerstehen, meinen Bruder wieder glücklich zu machen. Er kam planschend auf mich zu. «Dort, ja, genau!», kreischte ich.

Er tauchte unter. Ich wusste, dass dort nichts war, und nun, während ich Wasser tretend oben blieb, wartete ich in elendiger Stimmung darauf, dass mein Bruder es ebenfalls herausfand. Das erdrückende Schuldgefühl, das ich in jenen kurzen Momenten empfand, kehrt bei der Erinnerung noch über dreißig Jahre später lebhaft wieder. Es war eine Sache, meine Eltern zu belügen, aber meinen Bruder so unverfroren zu verraten, war etwas ganz anderes.

Für das, was dann geschah, habe ich keine Erklärung.

Oder keine außer der Möglichkeit, dass die Gesetze, an denen wir festhalten, um uns zu vergewissern, dass alles so ist, wie es zu sein scheint, eine komplexere Sicht des Universums verschleiert hätten, eine Sicht, die auf die Bequemlichkeit verzichtet, die Welt so zusammenzupressen, dass sie in den Rahmen der begrenzten Reichweite unseres Verstehens passt. Wie sonst wäre zu erklären, dass mein Bruder, als er auftauchte und seine Finger öffnete, einen Ohrring mit drei Diamanten und einem an einer goldenen Schlaufe hängenden Rubinherzen in der Hand hielt?

In tropfenden Badesachen folgten wir unserer Mutter durch die eisigen, klimatisierten Gänge des Hotels zum H.-Stern-Laden in der Lobby. Sie erklärte dem Juwelier, einem Mann mit schütterem Haar, der uns zweifelnd ansah, während er eine mit blauem Samt ausgekleidete Ablage über die Glasfläche schob, die Situation. Sie legte den Ohrring hinein, und der Juwelier setzte die Lupe vors Auge. Er untersuchte unseren Schatz. Als er endlich den Kopf hob, schwenkte sein riesig vergrößertes Auge über uns hinweg. «Echt», sagte er. «Wirklich. Und achtzehn Karat Gold.»

Echt. Wirklich. Worte, die in der Kehle stecken blieben und nicht runtergehen wollten. Ich kam damals gar nicht auf die Idee, dass der Ohrring in dem Sinn falsch sein könnte, wie meine Mutter es vermutet hatte. Und doch wusste nur ich, wie *unecht*, wie *unwirklich* er in Wirklichkeit war, der Fund meines Bruders, wie gegen alle Wahrscheinlichkeit. Wie klar er sich als Antwort auf ein Bedürfnis materialisiert hatte. Kein kleines Kind glaubt von Natur aus, die Wirklichkeit sei fest. Für ein kindliches

Wesen sind die Sprungfedern der Realität locker; sie ist offen für sein besonderes Bitten. Aber allmählich wird ihm beigebracht, etwas anderes zu glauben, und ich war damals sieben, alt genug, um einigermaßen akzeptiert zu haben, dass die Wirklichkeit festgelegt und vollkommen gleichgültig gegenüber meinen Wünschen sei. Jetzt, in letzter Minute, klemmte sich ein Fuß in die fast geschlossene Tür.

Wieder in New York, ließ meine Mutter den Ohrring zu einem Anhänger umarbeiten, den sie auf eine Kette zog, damit ich ihn am Hals tragen konnte. Ich trug ihn jahrelang, und obwohl meine Mutter es nicht wissen konnte, diente die Halskette mir als Erinnerung an einen unbekannten Willen, an die Akkordeonfalten unter der Oberfläche all dessen, was glatt erscheint. Erst letztes Jahr erfuhren mein Bruder und ich, dass es unser Vater gewesen war, der die ganzen Münzen in das Schwimmbecken geworfen hatte – unser Vater, der sich uns damals entweder mit Liebe oder mit fürchterlicher Wut zuwenden konnte; wir wussten nie, was uns erwartete. Ich hatte die Kette verloren geglaubt, aber unverhofft war sie wieder aufgetaucht, als meine Eltern ein Tresorfach leerten, in dem sie einigen Schmuck meiner Mutter aufbewahrten. Sie wurde mir in einem kleinen Kästchen zurückgegeben, das auch eines der omnipräsenten Etiketten meines Vaters enthielt, vor langer Zeit mit seiner treuen Brother P-touch beschriftet: *Nicoles Halskette, gefunden im Pool des Hilton.* Die Kette rief einige Geschichten in Erinnerung, und bei dieser Gelegenheit erwähnte mein Vater beiläufig, dass er das Schwimmbecken mit Münzen gefüllt hatte. Er wunderte sich, dass wir nie darauf gekommen waren. Aber nein, der Ohrring mit dem Rubinherzen, damit hatte er nichts zu tun.

———

Als mir die Idee kam, mein Leben vom Hilton aus zu träumen, war ich, wie gesagt, an einem schwierigen Punkt in meinem Leben und in meiner Arbeit angelangt. Die Dinge, an die zu glauben ich mir gestattet hatte – die Unangreifbarkeit der Liebe, die Macht des Narrativs, das Menschen gemeinsam durchs Leben tragen könne, ohne dass sie auseinanderstrebten, die grundlegende Gesundheit des Familienlebens –, an die glaubte ich nicht mehr. Ich hatte die Orientierung verloren. Und so war die Theorie, ich sei immer irgendwo fest verankert gewesen und träumte nur vom Verlorensein, besonders verlockend. Ich war in einer Phase zwischen zwei Büchern und wusste, dass es Jahre dauern konnte, bis ich meinen Weg in ein neues Buch fand. In solch erschöpfenden und inkohärenten Zeiten glaube ich manchmal, spüren zu können, wie mein Geist sich selbst zerlegt. Meine Gedanken werden unruhig und rastlos, und meine Phantasie schießt wild umher, greift alles Mögliche auf, ehe sie es für nutzlos erachtet und wieder fallenlässt.

Doch jetzt geschah etwas anderes. Das Hilton nistete sich wie eine Art Blockade in meinem Kopf ein, und monatelang kam mir sonst kaum etwas in den Sinn, wenn ich mich hinsetzte, um zu schreiben. Tag für Tag fand ich mich pflichtbewusst an meinem Schreibtisch ein – das heißt, wie die Dinge lagen, im Hilton Tel Aviv. Zunächst war ich interessiert: Vielleicht gab es etwas darin zu entdecken? Und dann, als es nichts zu geben schien, wurde es zermürbend. Schließlich war es nur noch zum Verrücktwerden. Das Hotel ging weder weg, noch konnte ich irgendetwas aus ihm herauspressen.

Und es war nicht irgendein Hotel: ein massiver rechteckiger Betonkasten auf Stelzen, der die Küste von Tel Aviv beherrscht, im brutalistischen Stil erbaut. Die langen Seiten des Rechtecks sind mit Terrassen bedeckt, vierzehn Reihen von oben nach unten und dreiundzwanzig quer. Auf der Südseite ist das Raster einheitlich, aber auf der Nordseite wird es nach zwei Dritteln der Querreihen von einer gigantischen Betonsäule unterbrochen, die wie nachträglich hineingezwängt erscheint, um sicherzustellen, dass das Gebäude auch den Anforderungen der extremsten Brutalisten genüge. Das oberste Ende dieser Betonsäule erhebt sich über das Dach und stellt auf der Südseite das Hilton-Logo zur Schau. Darüber ragt eine hohe Antenne auf, deren Spitze nachts rot leuchtet, damit Leichtflugzeuge, die den Sde-Dov-Flughafen ansteuern, nicht hineinkrachen. Je länger man diese über die Küste auskragende Monstrosität betrachtet, umso mehr beginnt man zu ahnen, dass sie irgendeinem höheren Zweck dient, den man nur vermuten kann, geologisch oder mystisch – etwas, was nichts mit uns, sondern mit viel größeren Wesenheiten zu tun hat. Von Süden gesehen, hebt sich das Hotel allein gegen den blauen Himmel ab, und in dem erbarmungslosen Beton scheint eine fast ebenso geheimnisvolle Botschaft verschlüsselt zu sein wie die, die wir in Stonehenge noch immer nicht entziffert haben.

Auf diesen Monolithen also war ich ein halbes Jahr lang mental fixiert. Was als eine skurrile Idee begann, mein ganzes Leben von einem Fixpunkt aus zu träumen, wurde zu dem verstörenden Gefühl, an diesen Punkt gefesselt zu sein, in ihm eingesperrt, ohne Zugang zu dem Traum von anderen Räumen. Tagein, tagaus, Monat für Monat kratzte die Nadel meiner Vorstellungskraft eine tiefere Rille. Ich konnte mir meine Besessenheit kaum selbst erklären, geschweige denn jemand anderem. Langsam ging das Hotel in Unwirklichkeit über. Je mehr ich daran klebte, steckenblieb im vergeblichen Bemühen, ihm etwas abzuringen, umso weiter entfernte sich das Hotel davon, real zu sein, umso mehr erschien es als eine Metapher, deren Schlüssel ich nicht finden konnte. Verzweifelt Abhilfe suchend, stellte ich mir eine Flut vor, in der das Hilton von der Küste abbrechen würde.

Dann, eines Morgens Anfang März, rief Effie, der Cousin meines Vaters, aus Israel an. Nach seiner Tätigkeit im diplomatischen Dienst hatte Effie im Ruhestand die Gewohnheit beibehalten, täglich drei oder vier Zeitungen zu lesen. Wenn er darin gelegentlich auf meinen Namen stieß, rief er mich an. Jetzt redeten wir über die Kolitis seiner Frau Naama, die Ergebnisse der jüngsten Wahlen und darüber, ob er sich wegen einer Arthroskopie am Knie operieren lassen solle oder nicht. Als wir auf mich zu sprechen kamen und Effie fragte, wie es mit meiner Arbeit vorangehe, erzählte ich ihm spontan von meinem Kampf

mit dem Hilton und wie ich mich davon verfolgt fühlte. Ich spreche selten über meine Arbeit, während ich mittendrin bin, aber Effie hatte über vier Jahrzehnte hinweg von Anfang an, seit das Hotel 1965 eröffnet worden war und meine Großeltern dort abzusteigen begannen, regelmäßig mit meiner Familie in der Lobby gesessen, war öfter als irgendjemand anders, an den ich mich erinnern könnte, mit uns am Schwimmbecken oder im King Solomon Restaurant gewesen, und ich dachte, er sei vielleicht der Einzige von allen, der in der Lage wäre, den seltsamen Bann, in den das Hilton mich schlug, zu verstehen. Aber genau in dem Moment wurde er durch einen Anruf seiner Enkelin auf dem Handy abgelenkt, und nachdem er ihr kurz geantwortet hatte und wieder bei mir war, wechselte er das Thema zu ihrer angehenden Karriere als Chansonsängerin.

Unser Gespräch neigte sich dem Ende zu. Effie bat mich, meinem Vater liebe Grüße auszurichten. Wir waren schon im Begriff aufzulegen, da sagte er beiläufig, als wäre ihm gerade noch etwas zum Familienschwatz eingefallen: «Hast du gehört, dass vorige Woche dort ein Mann zu Tode gestürzt ist?»

«Wo?»

«Du hast doch vom Hilton gesprochen, nicht?»

Ich nahm an, es handele sich um einen Selbstmord, wenngleich ich mich in den folgenden Tagen – ohne das Geringste über den toten Mann zu wissen, nicht einmal seinen Namen – doch zu fragen begann, ob es nicht ein Unfall gewesen war. Obwohl die langen Seiten des Rechtecks nach Norden und nach Süden ausgerichtet sind, stehen die Fenster und Terrassen in einem Sägezahnmuster diagonal hervor, um einen besseren Ausblick auf das westwärtige Mittelmeer zu ermöglichen. Auf diese Weise kann man sich einen Teil des Meeres zu Gemüte führen, doch beim Hinausschauen, ob nach Nordwesten zum Hafen von Tel Aviv oder nach Südwesten in Richtung Jaffa, bekommt man das irritierende Gefühl, trotzdem nicht in der Lage zu sein, genug davon zu sehen – daran gehindert zu sein, es richtig zu sehen. Selten muss der Gast sein, der die Architekten des Hotels nicht verflucht. Wie oft hatte ich nicht schon frustriert die Schiebetür in meinem Zimmer geöffnet und war auf die Terrasse hinausgetreten, um eine bessere Aussicht zu haben? Aber selbst dort bleibt der Unmut, weil es immer noch unmöglich ist, das Meer und den Horizont frontal vor sich zu sehen, wonach jede Faser in deinem Körper schreit. Das Einzige, was du machen kannst, ist, dich über das Terrassengeländer zu lehnen und den Hals zu recken. Auf diese Weise, begierig nach einer besseren Sicht der Wellen, welche die Zedern aus dem Libanon brachten und Jona nach Tarsis trugen, konnte man leicht zu weit gehen – weit genug, um hinüberzugehen.

Effie versprach, er würde versuchen, den Zeitungsausschnitt zu finden, bezweifelte jedoch, ihn noch auftreiben zu können: Naana brachte jeden Sonntag den Müll nach draußen, und es war mindestens eine Woche her, dass er die Geschichte gelesen hatte. Ich konnte nirgendwo etwas über den Todesfall finden, weder in *Haaretz* noch auf *Ynet* oder einer anderen englischsprachigen Onlinequelle israelischer Nachrichten. Am selben Nachmittag schrieb ich meinem Freund Matti Friedman, einem Journalisten aus Toronto, der jetzt in Jerusalem war, und bat ihn um den Gefallen, die israelische Presse nach einer Meldung über einen Todesfall im Hilton zu durchforsten. Wegen des Zeitunterschieds erhielt ich seine Antwort erst am nächsten Morgen. Er habe nichts finden können, schrieb er. Ob ich mir sicher sei, dass es um das Hilton gehe?

———

Wenn ich glaubte, mich auf Effie nicht ganz verlassen zu können, hatte ich meine Gründe. In meiner Kindheit war er der konsularische Vertreter Israels in einer Reihe von Ländern gewesen, jedes kleiner als das letzte – erst Costa Rica, dann Swasiland und schließlich Liechtenstein, wonach er keine andere Wahl mehr hatte, als in den Ruhestand zu gehen. Er war zwölf Jahre älter als mein Vater, und die Rationierungen während des Zweiten Weltkriegs hatten sein Wachstum behindert, sodass er bei einem Meter fünfzig stehenblieb. Als ich ein kleines Mädchen war, hatte ich den Eindruck gewonnen, dass nicht nur die diplomatischen Berufungen von seiner Körpergröße abhingen, sondern alles an diesen winzigen Nationen passend zum Cousin meines Vaters maßstäblich verkleinert sei: die Autos, die Türen und Stühle, die Zwergfrüchte und die Hausschuhe, die in Kindergrößen bei den Fabriken größerer Länder bestellt würden. Mit anderen Worten: Effie schien mir in einer ziemlich phantastischen Welt zu leben, ein Eindruck, der, wie so viele, die sich in der Kindheit ausgebildet haben, nie ganz aus meinen Empfindungen verschwand. Eher wurde er noch einmal bekräftigt, als Effie mich ein paar Tage später zurückrief. Da er selbst sein Leben lang im Morgengrauen aufgestanden war – die Nacht war, wie alles andere, zu groß für ihn –, hatte er keine Skrupel, andere in aller Frühe anzurufen, aber an diesem Tag, um sieben Uhr morgens, war ich zufällig schon an meinem Schreibtisch.

Ein Getöse kam durchs Telefon, und ich konnte nicht verstehen, was am anderen Ende gesagt wurde.

«Was war das?», unterbrach ich. «Ich habe den ersten Teil nicht gehört.»

«Kampfflugzeuge. Warte einen Moment.» Es folgte das gedämpfte Geräusch einer Hand, die sich über den Hörer legte. Dann war Effie wieder dran. «Müssen Trainingsübungen sein. Kannst du mich jetzt hören?»

Der Artikel sei nicht aufgetaucht, sagte Effie, dafür aber etwas anderes, was, so glaube er, viel interessanter für mich sei. Er habe am Vortag einen Anruf bekommen, sagte er. «In den heiteren Himmel», fügte er hinzu. Fremdsprachige Idiome bereiteten ihm ein besonderes Vergnügen, aber er bekam sie selten richtig hin.

«Es war Eliezer Friedman. Wir haben lange für Abba Eban zusammengearbeitet. Ich ging, aber Eliezer blieb, als Eban Außenminister wurde. Danach hatte er mit dem Geheimdienst zu tun. Später kehrte er an die Universität zurück und wurde Professor für Literatur in Tel Aviv. Aber du weißt ja, wie solche Dinge laufen – seine Verbindungen zum Mossad hat er nie aufgegeben.»

Während Effie sprach, blickte ich aus dem Fenster. Es hatte den ganzen Morgen gestürmt, aber der Regen war vorbei, und der Himmel hatte sich aufgetan, um ein sanftes Licht herabzulassen. Ich arbeitete im obersten Stock, in einem Zimmer mit Blick über die Dächer der Nachbarhäuser. Während Effie weiterredete, mir erzählte, dass seinem Freund daran gelegen sei, in Kontakt mit mir zu kommen, sprang plötzlich die Dachluke jenseits der Straße auf, und mein Nachbar kletterte auf die nasse, silbrige Beschichtung seines makellosen Dachs hinaus. Er trug einen dunklen Anzug, wie für seine Arbeit an der Wall Street. Ohne das geringste Anzeichen von Vorsicht näherte sich dieser große dünne Mann aus dem nordholländischen Flachland der Dachkante in polierten schwarzen Halbschuhen. Mit der peinlichen Genauigkeit eines Chirurgen zog er ein Paar blaue Gummihandschuhe an. Dann kehrte er mir den Rücken zu, griff in seine Tasche, als wollte er einen Anruf auf dem klingelnden Handy beantworten, und holte eine Plastiktüte heraus. Am äußersten Rand des glitschigen Dachs stehend, spähte er nach unten. Einen Augenblick schien er springen zu wollen. Wenn nicht das, würde er sicher in den glatten Lederhalbschuhen ausrutschen. Doch am Ende geschah nichts anderes, als dass er sich hinkniete und nasse Blätter aus der Abflussrinne zu fischen begann. Dieser Vorgang, der mit obskurer Bedeutung aufgeladen schien, dauerte drei oder vier Minuten. Als er fertig war, knotete er die Tüte zusammen, zog sich rasch zu der offenen Luke zurück, stieg rückwärts wieder ein und schloss sie hinter sich.

«Also, was meinst du?», sagte Effie.

«Wozu?»

«Wirst du mit ihm sprechen?»

«Mit wem? Deinem Mossad-Freund?»

«Ich hab dir doch gesagt, er hat etwas, worüber er sprechen will.»

«Mit mir?» Ich lachte. «Das ist nicht dein Ernst.»

«Ernster könnte ich nicht sein», sagte er feierlich.

«Was will er denn?»

«Das sagt er mir nicht. Will nur mit dir sprechen.»

Mir kam der Gedanke, dass Effie vielleicht allmählich den Verstand verlor – er war schon neunundsiebzig; der Geist hält ja nicht ewig. Aber nein, wahrscheinlich übertrieb er nur auf seine gewohnte Art. Wenn die Zeit kam, würde ich herausfinden, dass eigentlich nicht sein Freund ein ehemaliger Mossad-Mann war, sondern ein Freund seines Freundes. Oder dass sein Freund nur die Post in die Geschäftsstellen des Mossad gebracht oder bei dessen Festen aufgetreten war.

«Na gut, dann gib ihm meine Nummer.»

«Er will wissen, ob du Pläne hast, irgendwann demnächst nach Israel zu kommen.»

Nein, ich hätte keine solchen Pläne, sagte ich zu Effie, und indem ich es sagte, wurde mir bewusst, dass ich ganz allgemein keine Pläne hatte und seit einiger Zeit nicht imstande gewesen war, welche zu machen. Als ich den Kalender auf meinen Computerbildschirm holte, war er, bis auf die Aktivitäten der Kinder, größtenteils leer. Um Dinge zu planen, muss man in der Lage sein, sich in einer Zukunft vorzustellen, die eine Erweiterung der Gegenwart ist, und mir schien, dass ich aufgehört hatte, mir dergleichen vorzustellen, ob aus Unfähigkeit oder fehlendem Verlangen, konnte ich nicht sagen. Aber natürlich konnte Effie das nicht wissen. Er wusste nur, dass ich noch immer häufig nach Israel reiste – mein Bruder lebte jetzt mit seiner Familie in Tel Aviv, und auch meine Schwester hatte eine Wohnung dort, in der sie einen Teil des Jahres verbrachte. Außerdem hatte ich viele gute Freunde in Tel Aviv, und meine Kinder waren ebenfalls oft genug dort gewesen, dass sie den Ort in die Landschaft ihrer Kindheit integriert hatten.

«Mag schon sein, dass ich demnächst komme», sagte ich, ohne den Worten viel Bedeutung beizumessen. Effie sagte, er werde mit Friedman sprechen und sich wieder melden, und ich maß auch seinen Worten nicht viel Bedeutung bei.

Zwischen uns trat ein Schweigen ein, und plötzlich hellte es sich draußen auf, als wäre das Licht klargespült worden. Dann erinnerte Effie mich daran, meinem Vater zu sagen, er solle ihn anrufen.

———

Einen Monat später sagte ich meinem Mann und den Kindern auf Wiedersehen und flog von New York nach Tel Aviv. Die Idee dafür war mir mitten in der Nacht gekommen, während einer der langen Phasen außerhalb der Zeit, die ich hellwach verbrachte, obwohl ich mich zunehmend erschöpft fühlte. Oder vielmehr, ich hatte um drei Uhr morgens einen Koffer aus dem Schrank im Erdgeschoss gezogen und ein Sortiment von Kleidern hineingepackt, ohne mit meinem Mann über die Idee gesprochen oder mich bei den Fluggesellschaften nach einem Flug erkundigt zu haben. Dann schlief ich endlich ein und vergaß den Koffer vollständig, sodass beim Aufwachen nicht nur mein Mann überrascht war, ihn hoffnungsvoll an der Tür hocken zu sehen, sondern auch ich. Auf diese Weise schien ich die Unmöglichkeit, zu planen, umschifft zu haben. Ich war sozusagen schon unterwegs, hatte das Stadium der Planung, das eine gewisse, mir derzeit nicht mögliche Überzeugung und Projektionskraft erfordert hätte, einfach übersprungen.

Als meine Söhne nach dem Grund meiner Reise fragten, sagte ich, ich müsse Recherchen für mein Buch machen. Wovon es handele?, fragte der Jüngere. Er schrieb am laufenden Band Geschichten, mindestens drei am Tag, und eine solche Frage in Bezug auf sein eigenes Schreiben hätte ihn nicht in Verlegenheit gebracht. Lange Zeit hatte er die Wörter so buchstabiert, wie er glaubte, dass sie vielleicht buchstabiert würden, ohne irgendwelche Abstände, wodurch das, was er schrieb, genau wie die ununterbrochene Buchstabenfolge der Tora unendlich viele Deutungen zuließ. Er fing erst an, uns zu fragen, wie Dinge geschrieben würden, nachdem er begonnen hatte, die elektrische Schreibmaschine zu benutzen, die er zum Geburtstag bekommen hatte, als wäre es die Maschine, die es ihm abverlangte – die Maschine mit ihrem professionellen Aussehen und dem Vorhalt der riesengroßen Leertaste, die forderte, was auf ihr geschrieben würde, müsse verständlich sein. Mein Sohn selbst indessen blieb ambivalent in der Angelegenheit. Wenn er mit der Hand schrieb, kehrte er zu seiner alten Gewohnheit zurück.

Ich sagte ihm, das Buch habe etwas mit dem Hilton in Tel Aviv zu tun, und fragte, ob er sich an das Hotel erinnere, wo wir mehrmals mit meinen Eltern gewesen waren. Er schüttelte den Kopf. Anders als mein älterer Sohn, der ein Gedächtnis wie ein Fangeisen hatte, schien der jüngere sich wenig an seine Erfahrungen zu erinnern. Ich entschied mich, dies nicht für einen angeborenen Mangel zu halten, sondern eher für die Folge seiner zu großen Vertiefung in die Erfindung anderer Welten, die ihn dem Geschehen in der einen, in der er so wenig zu sagen hatte, keine große Aufmerksamkeit schenken ließ. Mein älterer Sohn wollte wissen, weshalb ich in einem Hotel, in dem ich so oft gewesen war, Recherchen machen müsse, und der jüngere wollte die Bedeutung von «Recherchen» wissen. Natürlich sind sie beide Künstler, meine Kinder. Schließlich ist die Weltbevölkerung der Künstler derartig explodiert, dass heute fast niemand mehr kein Künstler ist; mit unserer nach innen gekehrten Aufmerksamkeit haben wir unsere ganze Hoffnung nach innen gekehrt, in dem Glauben, dort könne Bedeutung gefunden oder geschaffen werden. Nachdem wir uns von allem abgeschnitten haben, was unerkennbar ist und uns wirklich mit Ehrfurcht erfüllen könnte, liegt die einzige Möglichkeit zum Staunen in der Macht unserer Kreativität. Die progressive, hoch kreative Privatschule meiner Kinder war vorrangig darauf bedacht, jedes dort angemeldete Kind glauben zu lehren, er oder sie sei und könne nur ein Künstler oder eine Künstlerin sein. Eines Tages, als wir auf dem Schulweg über meinen Vater sprachen, blieb mein jüngerer Sohn plötzlich stehen und sah mich verwundert an. «Ist das nicht *erstaunlich*?», fragte er. «*Überleg* doch mal. Großpapa ist Doktor. Ein *Doktor*!»

Als sie im Bett waren, rief ich das Hilton an, um mich nach einem freien Zimmer zu erkundigen. Wenn ich einen Roman über das Hilton schreiben wollte, oder ans Vorbild des Hilton angelehnt, oder gar darüber, das Hilton dem Erdboden gleichzumachen, dann, so folgerte ich, leuchtete es ein, dass der beste Ort, um endlich mit dem Schreiben zu beginnen, tatsächlich das Hilton selber war.

Der El-Al-Flug war wie gewöhnlich überbucht, was schon vor dem Abheben eine angespannte und feindselige Atmosphäre garantierte; die Mischung von Orthodoxen und Säkularen auf so engem Raum verschlimmerte die Dinge noch, genau wie die wachsende Spannung der Situation. In den letzten Wochen waren der Erschießung eines jungen Palästinensers durch die israelische Armee brutale Ermordungen sowohl israelischer als auch palästinensischer Jugendlicher gefolgt und hatten die lange Serie grausamer Racheakte fortgesetzt. In der Westbank wurden Häuser zerstört und aus dem Gazastreifen Raketen abgefeuert, die in einigen Fällen den Himmel über Tel Aviv erreichten, wo sie von Israels Abfangraketen zur Explosion gebracht wurden. Ich hörte niemanden in meiner Umgebung darüber sprechen; es war ein allzu vertrautes Szenario. Aber kaum eine

Stunde nach Abflug entlud sich die Nervosität in einem Streit zwischen einer Frau mit graubraunem Kopftuch und einer Collegestudentin, die ihren Sitz nach hinten gekippt hatte. «Gehen Sie raus aus meinem Schoß!», kreischte die Orthodoxe und trommelte mit beiden Fäusten an die Rückenlehne des Mädchens. Ein amerikanischer Passagier mittleren Alters legte der Frau beschwichtigend die Hand auf den Arm, doch dieser neuerliche Affront – eine orthodoxe Frau darf von keinem Mann außer ihrem Ehemann berührt werden – ließ sie erst richtig ausrasten. Am Ende konnte nur der Chefsteward, ebenso im Umgang mit soziologischen Reibungen trainiert wie mit einem Druckverlust in der Kabine oder einer Entführung, die Frau beruhigen, indem er jemanden fand, der bereit war, den Platz mit ihr zu tauschen. Während sich das alles abspielte, fuhr ein älteres Paar auf der anderen Seite des Ganges neben mir sich ständig an die Gurgel, wie sie es seit mehr als einem halben Jahrhundert getan haben mussten («Woher zum Teufel soll ich das wissen? Lass mich in Ruhe. Sprich mich nicht an», fauchte der Mann, aber die Frau, immun gegen seine Beschimpfungen, redete trotzdem weiter auf ihn ein). Manche von uns sind zu dünn-, andere zu dickhäutig: Es ist das Gleichgewicht, das zu erreichen unmöglich scheint und dessen Fehlen die meisten Beziehungen am Ende zerrüttet. In der Reihe vor dem Ehepaar balancierte eine Frau eine Perücke auf der Faust und bürstete geduldig die kupferroten Locken, während sie fasziniert auf den kleinen Bildschirm an der Rückenlehne vor ihr starrte, wo Russell Crowe in seinem metallenen Gladiatorengewand umherlatschte. Als sie mit dem Haar fertig war, holte sie einen Styroporkopf unter ihren Füßen hervor, stülpte den Scheitel drüber und stopfte das ganze Ding mit einer Nachlässigkeit, die des vielen Bürstens spottete, in die Ablage neben das bauchige Handgepäck der redseligen Frau, das nur dank der Kraft von drei mit Birthright nach Israel reisenden Teenagern in das enge Fach gequetscht worden war.

Zwölf Stunden später traf ich Meir, den Taxifahrer, der meine Familie seit dreißig Jahren vom Ben-Gurion-Flughafen abholte, vor der Gepäckausgabe. Nachdem ich während meiner Collegezeit einen Sommer bei einer Familie in Barcelona verbracht hatte, hatte Meir die Gewohnheit angenommen, mich auf Spanisch anzureden, da er mit Ladino sprechenden Eltern aufgewachsen und sein Spanisch besser war als sein Englisch oder mein Hebräisch. Im Lauf der Jahre war mir das bisschen Spanisch, das ich einmal gekonnt hatte, wieder abhandengekommen, sodass ich ihn, während ich ihn früher irgendwie verstanden hatte, jetzt fast gar nicht mehr verstand. Sobald wir losfuhren, begann er aufgeregt lang und breit über die Raketen und den Erfolg des Iron Dome zu reden, und ich tat so, als verstünde ich, was er sagte, da es viel zu spät war, ihm die Wahrheit zu erklären.

Es war Winter in Tel Aviv, unvereinbar mit der Logik dieser Stadt, in der sich alles um die Sonne und das Meer drehte, einer mediterranen Stadt, rund um die Uhr lebendig und umso frenetischer, je später es wurde. Schmutziges Laub und lose Seiten alter Zeitungen wehten die Straßen hinunter, und manchmal griffen die Leute sie aus der Luft und hielten sie sich über den Kopf, um sich gegen den unverhofften Regen zu schützen. Die Wohnungen waren alle kalt, weil sie Steinböden hatten, und während der heißen Monate, die sich endlos anfühlten, erschien es absurd, sich vorzustellen, dass es je wieder kalt werden könnte, also machte niemand sich die Mühe, eine Zentralheizung einzurichten. Ich öffnete das Fenster von Meirs Taxi, und in der mit Regen vermischten Meeresluft roch ich förmlich die metallischen Dünste der Elektroheizer, deren leuchtend orange Spiralen wie künstliche Herzen in sämtlichen Wohnungen glühten, immer drohend, gleich zu explodieren oder der Stadt zumindest einen Kurzschluss zu bescheren.

Während wir durch die Straßen fuhren, sah ich wieder die vertraute Kulisse alles Israelischen – Kinnbacken, Körperhaltungen, Häuser, Bäume –, als brächten die seltsamen Bedingungen dafür, dass man in dieser kleinen Ecke der Levante ausharrte, ein einheitliches Profil hervor: die harte, entschiedene Form dessen, was in Opposition lebt und gedeiht.

Weshalb war ich wirklich nach Tel Aviv gekommen? In einer Geschichte braucht die Figur immer einen Grund für die Dinge, die sie tut. Selbst wenn es keine Motivation zu geben scheint, wird später dank der subtilen Architektur von Handlung und Resonanz stets enthüllt, dass es doch eine gab. Eine Erzählung kann Formlosigkeit ebenso wenig ertragen, wie Licht die Dunkelheit erträgt – sie ist die Antithese von Formlosigkeit und kann diese daher nie wahrheitsgemäß vermitteln. Chaos ist die einzige Wahrheit, die in einer Erzählung immer verraten werden muss, da bei der Schöpfung ihrer delikaten Strukturen, die viele Wahrheiten über das Leben ans Licht bringen, jener Anteil an Wahrheit, der mit Inkohärenz und Unordnung zu tun hat, verdeckt werden muss. Mehr und mehr hatte ich bei den Dingen, die ich schrieb, das Gefühl bekommen, dass der Grad an Künstlichkeit höher war als der Grad an Wahrheit, dass der Preis dafür, dem, was im Wesentlichen formlos ist, eine Form zu geben, ähnlich dem Preis der Bändigung eines Tieres war, das sonst zu gefährlich wäre, um mit ihm zu leben. Man konnte die Wahrheit des Tieres ohne Risiko aus größerer Nähe beobachten, aber es war eine in ihrem Wesen gebrochene Wahrheit. Je mehr ich schrieb, umso verdächtiger erschienen mir der eingängige Sinn und die kunstvolle Schönheit, die durch die Mechanismen der Erzählung erreicht wurden. Ich wollte sie nicht aufgeben – nicht ohne ihren Trost leben. Ich wollte sie in einer Form gebrauchen, die das Formlose beinhaltet, damit es festgehalten werde, wie Bedeutung festgehalten wird, und man damit ringen konnte. Es hätte unmöglich erscheinen müssen, aber stattdessen erschien es nur schwer fassbar, und so konnte ich das Bestreben nicht aufgeben. Das Hilton schien sich als eine solche Form verheißen zu haben – das Haus des Geistes, der die Welt heraufbeschwört –, aber am Ende versagte ich dabei, es irgend mit Bedeutung zu füllen.

In diesen Gedanken verloren, während das Gemurmel von Meirs Spanisch in sich hebenden und fallenden Silben über mich hinwegzog, bemerkte ich kaum, dass wir die Zufahrt zum wirklichen Hilton hinauffuhren. Erst als wir unter dem Betondach vor dem Eingang der Lobby hielten und mein Blick auf die gigantische, in einen Stahlzylinder eingelassene Drehtür mit den Wörtern HILTON TEL AVIV darüber fiel, traf mich plötzlich das Seltsame an der Tatsache, dort anzukommen. Ich hatte das Hotel so viele Monate lang psychisch bewohnt, dass seine reale, physische Präsenz erschütternd war; und doch, zugleich war und konnte es nur ein zutiefst vertrauter Ort sein. Freud nannte diese Kombination von Gefühlsregungen das *Unheimliche*, ein Wort, das das schleichende Grauen im Kern des Gefühls weitaus besser erfasst als das englische *uncanny*. Ich hatte seine kleine Schrift zu dem Thema auf dem College gelesen, erinnerte mich aber nur noch vage daran, und als ich in mein Zimmer kam, war ich zu erschöpft, um etwas anderes zu tun, als ein Nickerchen zu halten. Im Übrigen kam mir jetzt, endlich dort, im Hotel, alles – die mit Teppichboden ausgelegten Gänge, die sterile Einrichtung und Plastikkartenschlüssel – dermaßen banal vor, dass ich die absurde Obsession meiner letzten paar Monate nur noch albern finden konnte.

Trotzdem, am nächsten Morgen, nachdem ich zu Hause angerufen und mit meinen Kindern gesprochen hatte, machte ich mich auf die Internetsuche nach Freuds Essay, dessen Lektüre mir nun so entscheidend für meinen Hilton-Roman erschien, dass ich ohne ihn gar nicht würde beginnen können. Quer auf dem Hotelbett ausgestreckt, begann ich über die Etymologie des deutschen Worts zu lesen, dessen Wurzel *Heim* ist, zu Hause, sodass *heimlich* «vertraut, heimelig, zum Haus gehörig» bedeutet. Freud antwortete in seinen Ausführungen auf eine Abhandlung von Ernst Jentsch, der *unheimlich* als Gegensatz zu *heimlich* beschrieben hatte: das Ergebnis einer Begegnung mit Neuem und Unbekanntem, die ein Gefühl von Unsicherheit auslöst, etwas, «worin man sich nicht auskennt». Wenngleich *heimlich* indessen «vertraut» und «heimisch» bedeuten mag, hebt Freud hervor, dass die zweite Bedeutung sowohl «verborgen» und «des Fremden Augen entzogen» als auch «Heimlichkeiten entdecken, offenbaren» und sogar «der Erkenntnis entzogen, unbewuszt» (Grimms *Deutsches Wörterbuch*) umschließe, und während *heimlich* sich also durch die Nuancen sich wandelnder Bedeutung entwickele, falle es schließlich mit seinem Gegenteil, *unheimlich*, zusammen, das der deutsche Schriftsteller Schelling als Bezeichnung für alles definierte, «was im Geheimnis, im Verborgnen [...] bleiben sollte und hervorgetreten ist».

Von den Umständen, die leicht ein unheimliches Gefühl erzeugen, nennt Freud zuerst die Idee des Doppelgängers. Wie vor den Kopf geschlagen, erinnerte ich mich daran, was sich ein halbes Jahr zuvor ereignet hatte, als ich nach Hause gekommen und mir sicher gewesen war, schon dort zu sein, jene Erfahrung, mit der die Gedankenkette begann, die mich hierhergebracht hatte, ins Hilton. Andere von Freud genannte Beispiele sind die unbeabsichtigte Wiederholung der gleichen Situation und die Wiederkehr von etwas Zufälligem, infolge derer sich die Idee des Verhängnisvollen oder Unentrinnbaren aufdrängt. Ihnen

allen gemeinsam ist die zentrale Bedeutung des Wieder-
holungszwangs, und beim Kern seiner Untersuchung angelangt, beschreibt Freud das *Unheimliche* schließlich als
eine bestimmte Sorte von Ängsten, die durch etwas wie-
derkehrendes Verdrängtes hervorgerufen werden. In den
Annalen der Etymologie, wo *heimlich* und *unheimlich* sich
als ein und dasselbe erweisen, finden wir das Geheimnis
dieser ganz speziellen Angst, die, wie Freud sagt, aus der
Begegnung nicht etwa mit etwas Neuem und Fremdem er-
wächst, sondern vielmehr mit etwas dem Seelenleben von
alters her Vertrautem, das einem nur durch den Prozess der
Verdrängung entfremdet worden ist. *Etwas, was im Verborgenen hätte bleiben sollen und hervorgetreten ist.*

Ich klappte meinen Laptop zu und ging auf den Balkon
hinaus. Doch eine plötzliche Übelkeit erfasste mich, als ich
auf den steinernen Gehweg zwölf Stockwerke unter mir
hinabschaute und mich an den Mann erinnerte, der sich
dort das Rückgrat gebrochen oder den Schädel zerschmet-
tert haben mochte. Am Vortag, als ich zu einem Abendspa-
ziergang im Nieselregen hinausging, hatte ich den Generaldirektor des Hotels in der Lobby erblickt und mich fast
auf ihn gestürzt, um ihn über den Vorfall zu befragen. Aber
er war stehen geblieben, um einem wiederkehrenden Gast
die Hand zu schütteln, und ich sah, was für ein sanftes Vertrauen er ausstrahlte, das, so schien es mir, darauf beruhte,
dass er besser wusste, was in den Köpfen seiner Gäste vor
sich ging, als sie selbst, dass er ihre Wünsche und sogar
ihre Schwächen verstand, gleichzeitig jedoch so tat, als
wüsste er es *nicht*, denn das Geheimnis seines Jobs musste

darin liegen, dem Gast das Gefühl zu vermitteln, dass *er* es sei, der die Dinge in der Hand habe, *er*, der bitte und empfange, *er*, dessen Befehle alle umherschwirren ließen. Während ich den Generaldirektor im Einsatz beobachtete, derart glühend vor verborgener Intelligenz, am Revers eine lichtfunkelnde Goldnadel, die irgendeinen obskuren Rang von Exzellenz anzeigte, verlor ich jede Hoffnung, auch nur irgendetwas aus ihm herauszubekommen. Wenn tatsächlich einer seiner Gäste zu Tode gestürzt oder in den Tod gesprungen war, hätte dieser Generaldirektor mit Sicherheit alles in seiner Macht Stehende getan, die Nachricht totzuschweigen, um die anderen Gäste nicht zu verstören, genau wie er soeben alles nur irgend Mögliche getan hatte, um sie in die Lage zu versetzen, über die Tatsache hinwegzusehen, dass eine gelegentliche Rakete von Gaza herübergelupft werden könnte: Schließlich war es nur eine Sache von Sekunden, bis sie sich dort oben von wirklich in unwirklich verwandeln würde, mit keinem anderen Beweis als einem Überschallknall.

Inzwischen war die Sonne wieder hervorgekommen, die Welt wieder geschärft von ihrer Intelligenz. Nichts deutete auf eine Störung hin. Licht glitzerte auf der blaugrünen Oberfläche des Wassers. Wie oft hatte ich diesen Ausblick schon genossen? Sehr viel öfter, als ich mich erinnern konnte, das stand fest. Wenn Freud recht hatte damit, das Unheimliche stamme von etwas Verdrängtem, das wieder ans Licht komme, was konnte dann *unheimlicher* sein, als an einen Ort zurückzukehren, von dem einem bewusst wird, dass man ihn womöglich nie verlassen hat?

Heim – Zuhause. Ja, nur so konnte der Ort genannt werden, an dem man immer gewesen ist, so verborgen auch immer, selbst vor dem eigenen Bewusstsein, nicht wahr? Und doch, wird ein Zuhause auf andere Art und Weise nicht erst dann ein Zuhause, wenn man fortgeht, da wir es nur aus der Entfernung, nur bei der Rückkehr als den Ort zu erkennen vermögen, der unser wahres Selbst beschützt?

Vielleicht suchte ich die Antwort auch in der falschen Sprache. Auf Hebräisch heißt das Wort *olam*, und jetzt erinnerte ich mich, dass mein Vater mir einmal gesagt hatte, die Wurzel dieses Wortes sei *alam*, was «verstecken» oder «verbergen» bedeute. In seiner Untersuchung des Übergangs, bei dem *heimlich* und *unheimlich* zusammenfallen und etwas Angsterregendes beleuchten *(etwas, was im Verborgenen hätte bleiben sollen und hervorgetreten ist)*, erreichte Freud fast die Weisheit seiner jüdischen Ahnen. Aber letzten Endes blieb er, am Deutschen und den Ängsten des modernen Geistes klebend, hinter deren Radikalität zurück. Für die alten Juden war das Wort immer beides gewesen, verborgen und enthüllt.

———

Als ich Eliezer Friedman zwei Tage später endlich traf, kam ich über eine halbe Stunde zu spät. Dem Plan nach sollten wir uns zum Frühstück im Fortuna del Mare treffen, ein paar Minuten zu Fuß vom Hilton entfernt. Aber da ich erst um drei Uhr morgens eingeschlafen war, verschlief ich den Wecker und wachte erst auf, als Friedman im Zimmer anrief. Es war das erste Mal, dass wir miteinander sprachen – alle Vereinbarungen waren über Effie gelaufen –, trotzdem war mir sein Akzent, typisch israelisch, aber mit einem Einschlag von Kindheitsdeutsch, zutiefst vertraut durch meine Großmutter und ihre Freundinnen, jene Frauen, zu denen sie mich als Kind oft mitgenommen hatte, deren Wohnungstüren sich in Tel Aviv öffneten, deren Flure jedoch zu verlorenen Ecken in Nürnberg und Berlin führten.

Ich stotterte eine Entschuldigung, zog mir etwas über und raste durch die Hintertür des Hotels zum Strand hinunter. Ich war schon einmal in dem Restaurant gewesen, ein kleiner Italiener mit ein paar Tischen und Ausblick auf die Masten der Segelschiffe im Yachthafen. Am fernsten Tisch hinten in der Ecke saß ein kleiner Mann mit einer lichten weißen Haardecke; die ganze Farbe war von seinen buschigen dunklen Augenbrauen aufgesogen worden. Zwei tiefe Furchen zogen sich beiderseits von den Nasenflügeln bis zu den scharf abfallenden Mundwinkeln hinunter. Insgesamt war sein Ausdruck von einem Ernst, der unabänderlich erschien, bis auf das in stolzem Trotz vorgereckte Kinn. Er trug eine alte Khakifeldjacke mit bauschigen Taschen, wenngleich nach dem Stock zu urteilen, der ordentlich an der Tischecke neben seinem rechten Bein hing, jegliche Art von Feldarbeit längst unmöglich geworden war. Ich eilte zu dem Tisch hinüber und erging mich in weiteren Entschuldigungen.

«Setzen Sie sich», sagte Friedman, «ich stehe nicht auf,

wenn es Ihnen recht ist», fügte er hinzu. Ich schüttelte die dickfingrige Hand, die er mir entgegenstreckte, und setzte mich, noch immer um Atem ringend, ihm gegenüber. Während ich an den Knöpfen meiner Jeansjacke fummelte, spürte ich seinen unverwandt mich musternden Blick.

«Sie sind jünger, als ich dachte.»

Ich verkniff es, mir zu sagen, er sei mehr oder weniger so alt, wie ich dachte, und ich nicht mehr so jung, wie ich aussah.

Friedman rief die Bedienung und bestand darauf, dass ich ein Frühstück bestellte, obwohl ich nicht hungrig war. Ich nahm an, er habe seines schon bestellt, und suchte etwas aus, damit er nicht allein essen musste. Aber als sie wiederkam, brachte sie eine Platte mit Essen für mich und für ihn nur eine Tasse Tee. Trotz seiner kleinen Gestalt – kein Wunder, dass er und Effie einander ausgeguckt hatten – war etwas Beherrschendes an ihm. Und doch, als er den Löffel hob, um den Teebeutel auszudrücken, glaubte ich, seine Hand zittern zu sehen. Aber seinen grauen, hinter den rauchigen Gläsern vergrößerten Augen schien nichts zu entgehen.

Er verschwendete keine Zeit mit Smalltalk und stürzte sich geradewegs in Fragen. Ich hatte nicht erwartet, interviewt zu werden. Doch es war nicht nur seine autoritative Präsenz, die mich geneigt machte, mich zu offenbaren, sondern auch etwas an der Aufmerksamkeit, mit der er meinen Antworten zuhörte. Es war ein windiger Tag, und die Segelschiffe schaukelten und klimperten sanft im Yachthafen, während Schaumkronen gegen die Mole schwappten.

Ich ertappte mich dabei, dass ich frei über meine vielen Erinnerungen an Israel sprach, über Geschichten, die mein Vater mir von seiner Kindheit in Tel Aviv erzählt hatte, und meine eigene Beziehung zu der Stadt, die mir oft mehr wie mein wahres Zuhause vorkam als irgendein anderer Ort. Als er fragte, was ich damit meinte, versuchte ich zu erklären, wie wohl ich mich mit den Menschen hier fühlte, in einer Weise, die ich in Amerika nie empfand, weil alles geäußert werden konnte, so wenig versteckt oder zurückgehalten wurde, die Menschen danach hungerten, sich auf egal was einzulassen, was der andere zu bieten hatte, wie chaotisch oder intensiv auch immer, und diese Offenheit und Unmittelbarkeit mir das Gefühl gaben, lebendiger und weniger allein zu sein; das Gefühl, vermute ich, dass ein authentisches Leben hier eher möglich sei. Vieles, was in Amerika möglich war, war in Israel unmöglich, doch in Israel war es eben auch unmöglich, nichts zu empfinden, nichts auszulösen, eine Straße entlangzugehen und nicht zu existieren. Aber meine Liebe zu Tel Aviv gehe darüber hinaus, sagte ich zu ihm. Die schamlose Vernachlässigung der Gebäude, versüßt durch das leuchtende Fuchsienrot der über Rost und Risse rankenden Bougainvilleen, das die Bedeutung zufälliger Schönheit gegenüber der Wahrung des äußeren Scheins unterstrich. Die Art, wie die Stadt jede Einengung abzulehnen schien; wie man überall, ständig, urplötzlich auf Einschlüsse von Surrealität stieß, wo die Vernunft gesprengt wurde wie ein herrenloser Koffer am Ben-Gurion-Flughafen.

Zu alldem nickte Friedman und sagte, das wundere

ihn nicht, er habe in meiner Arbeit immer eine Affinität zu diesem Ort gespürt. Erst da begann er, das Gespräch schließlich auf mein Schreiben zu lenken und den Grund, weshalb er mich hatte treffen wollen.

«Ich habe Ihre Romane gelesen. Wir alle haben sie gelesen», sagte er, zu den anderen Tischen im Restaurant gestikulierend. «Sie tragen zur jüdischen Geschichte bei. Deswegen sind wir sehr stolz auf Sie.»

Es war unklar, wer die fraglichen «wir» sein sollten, denn das Restaurant war leer bis auf einen alten Hund mit staubigem krausem Fell, der im Sonnenlicht auf der Seite lag. Ungeachtet dessen berührte das Kompliment einen Nerv in mir, wie es in der jüdischen Nachkommenschaft jahrtausendelang einen Nerv berührt hatte. Einerseits fühlte ich mich geschmeichelt. Ich *wollte* gefallen. Schon als Kind hatte ich die Notwendigkeit verstanden, gut zu sein und alles Erdenkliche zu tun, um meine Eltern stolz zu machen. Ich wüsste nicht, dass ich je genau erkundet hätte, was sich hinter dieser Notwendigkeit verbarg, außer dass es ein Loch stopfte, durch das sonst Dunkelheit hervorbrechen konnte, eine Dunkelheit, die meine Eltern immer unter sich zu ziehen drohte. Aber schon während ich ganze Sträuße von Auszeichnungen nach Hause brachte und meine Eltern mit Stolz vollstopfte, hasste ich die Belastung und die Verrenkungen, die es erforderte, und wusste nur allzu gut, wie es mich einengte. Das erste jüdische Kind wurde für etwas Bedeutenderes als es selbst gebunden und beinahe geopfert, und seit Abraham vom Berg Morija herabgestiegen war, ein schrecklicher Vater, aber ein guter Jude, hing die Frage in der Luft, wie es mit der Bindung weitergehen sollte. Wenn je ein Schlupfloch aus Abrahams Gewalt gefunden wurde, war es dies: Lasst die Stricke unsichtbar sein, lasst es keinen Beweis für ihre Existenz geben, außer dass sie, je mehr das Kind heranwächst, umso schmerzhafter einschneiden, bis es eines Tages nach unten schaut und sieht, dass seine eigenen Hände das Einschnüren besorgen. Mit anderen Worten, lehrt jüdische Kinder, sich selbst zu binden. Und wofür? Nicht für die Schönheit, wie die Chinesen, ja nicht einmal für Gott oder den Traum von einem Wunder. Wir binden und werden gebunden, weil die Bindung uns an jene bindet, die vor uns gebunden wurden, und an die, die vor jenen, und die, die noch davor gebunden wurden, in einer Kette von Stricken und Knoten, die dreitausend Jahre zurückreicht, ebenso lange, wie wir davon geträumt haben, uns loszuschneiden, aus dieser Welt herauszufallen und in eine andere hinein, in der wir nicht nach Maßgabe der Vergangenheit zurechtgestutzt und deformiert würden, sondern wild wachsen dürften, der Zukunft entgegen.

Aber jetzt war es mehr. Die Notwendigkeit, seine Eltern stolz zu machen, ist deformierend genug; der Druck, sein ganzes Volk stolz zu machen, ist noch etwas anderes. Das Schreiben hatte so anders für mich begonnen. Mit vierzehn oder fünfzehn Jahren hatte ich es als eine Möglichkeit erfasst, mich zu organisieren – nicht nur zu erforschen und zu entdecken, sondern mich bewusst zu entwickeln. So ernsthaft ich es allerdings betrieb, war es doch spielerisch und voller Spaß gewesen. Trotzdem, im Lauf der

105

Zeit, als das, was nur ein obskurer, eigenwilliger Prozess gewesen war, Stück für Stück zum Beruf wurde, veränderte sich meine Beziehung dazu. Es genügte nicht mehr, dass Schreiben die Antwort auf ein inneres Bedürfnis war; es musste noch vieles andere sein, anderen Gelegenheiten gerecht werden. Und indem es wuchs, war das, was als Akt der Befreiung begonnen hatte, zu einer anderen Form von Bindung geworden.

Ich wollte schreiben, was ich schreiben wollte, egal, wie sehr es die Leute ärgerte, langweilte, herausforderte oder enttäuschte, und konnte den gefallsüchtigen Teil an mir nicht leiden. Ich hatte versucht, ihn abzustreifen, was mir in gewissem Maß gelungen war: mein letzter Roman hatte eine beeindruckende Zahl von Lesern gelangweilt, herausgefordert und enttäuscht. Da das Buch aber dennoch, wie meine vorherigen Romane, unbestreitbar jüdisch war, voller jüdischer Figuren und Nachklänge von zweitausend Jahren jüdischer Geschichte, hatte ich es vermieden, den Stolz meiner Landsleute zurückzuweisen. Wenn überhaupt, hatte ich es fertiggebracht, ihn zu erhöhen, wie ein Teil von mir insgeheim gehofft haben musste. In Schweden oder Japan kümmerten sie sich nicht sonderlich darum, was ich schrieb, aber in Israel wurde ich auf der Straße angehalten. Auf meiner letzten Reise hatte mich eine ältere Frau mit einem sicherheitshalber unter ihrem molligen Kinn festgebundenen Sonnenhut im Supermarkt in die Enge getrieben. Mein Handgelenk zwischen ihren fleischigen Fingern packend, hatte sie mich in die Milchprodukteabteilung zurückgedrängt, um mir zu sagen, meine Bücher zu lesen sei für sie genauso gut wie auf Hitlers Grab zu spucken (macht nichts, dass er keines hat), und sie werde jede Seite von mir lesen, bis sie selbst unter der Erde sei. Gegen die Auslage mit koscheren Joghurts gedrückt, lächelte ich und dankte ihr, doch erst nachdem sie mein Handgelenk wie das eines Schwergewichtsmeisters in die Luft gehalten und dem desinteressierten Mädchen an der Kasse meinen Namen zugerufen hatte, ließ sie schließlich von mir ab, allerdings nicht ohne die verblichenen grünen Zahlen, die in ihren Unterarm tätowiert waren, aufblitzen zu lassen wie die Dienstmarke eines verdeckten Ermittlers.

Ein paar Monate davor hatte mein Bruder im King David Hotel in Jerusalem geheiratet. Die Tischreden hatten sich ewig hingezogen, und als sie endlich fertig waren, war ich schnurstracks zur Damentoilette gestürzt. Ich hatte es schon halb durch die Lobby geschafft, als eine mit Kopftuch bedeckte Frau mir einen Kinderwagen in den Weg schob. Ich versuchte, sie zu umgehen, doch sie ließ mich nicht durch, sondern blickte mir in die Augen und sagte meinen Namen. Genervt und verwirrt, war ich kurz davor, mich nass zu machen. Aber ich kam nicht so leicht davon. Im Handumdrehen klappte sie die Haube des Sportwagens zurück, unter der ein winziges rotgesichtiges Baby erschien. Mit rauer Stimme flüsterte sie den Namen eines Mädchens aus einem meiner Bücher. Das Baby verdrehte den Kopf, und als seine kurzsichtigen grauen Augen mich zugleich sehend und nicht sehend anschauten, schossen seine Hände ruckartig in die Höhe wie die eines Affen, der sich vergeblich an den Ast zu klammern sucht, und es stieß einen gellenden Schrei aus. Ich blickte auf in das verquollene Gesicht der Mutter und sah, dass ihr Tränen in den Augen standen. «Wegen Ihnen», flüsterte sie.

Das Schlimmste aber geschah im Jahr davor, als ich zur Teilnahme an einem internationalen Literaturfestival nach Jerusalem gekommen war und man uns zu einer Sonderführung durch Yad Vashem einlud, nach deren Beendigung ich, von den anderen (nicht jüdischen) Schriftstellern getrennt, in die Verwaltungsräume des Museums eskortiert wurde. Dort, unter einem grüblerischen Ölporträt von Wallenberg, so dunkel, dass es aussah, als wäre es aus einem brennenden Haus gerettet worden, überreichte man mir fotokopierte Dokumente, die meine ermordeten Urgroßeltern betrafen, zusammen mit einer Tüte aus dem Andenkenladen des Museums. «Nur zu, öffnen Sie sie», ermutigte mich die Direktorin, indem sie mir die Tüte in die Hand drückte. «Oh, ich mache sie später auf», schlug ich vor. «Machen Sie es *jetzt*», befahl sie mit einem verkniffenen Lächeln. Drei oder vier Angestellte standen in fieberhafter Erwartung um mich herum. Ich öffnete die Tüte, spähte hinein und machte sie dann wieder zu, aber die Direktorin entriss sie mir und holte mit einem Griff ein leeres Notizbuch zur Erinnerung an den fünfundsechzigsten Jahrestag der Befreiung von Auschwitz heraus. Hätte die Botschaft noch klarer sein können, wenn die Vorsatzblätter mit Bergen von Schuhen toter Kinder bedruckt gewesen wären? Wieder zu Hause in New York, warf ich das Notizbuch in den Müll, aber nur, um es, von Schuldgefühlen geplagt, eine Stunde später wieder herauszuziehen. An meinem Schreibtisch sitzend, versuchte ich verzweifelt, etwas auf die erste Seite zu schreiben, um es seiner Macht zu berauben, aber nach einer Viertelstunde Schwitzen hatte ich nicht mehr zustande gebracht als eine hingekritzelte Aufgabenliste – «(1) Klempner anrufen, (2) Gyn. Term., (3) fluoridfreie Zahnpasta». Dann hatte ich das Heft geschlossen und es hinten in einer Schublade vergraben.

«Nun? Sie schreiben einen neuen Roman?», fragte Friedman mich jetzt.

Trotz der kühlen Luft spürte ich Schweißperlen an meiner Brust hinunterrinnen.

«Ich versuche es», sagte ich, obwohl ich es nicht einmal versucht hatte, es in Wirklichkeit in diesen letzten drei Tagen vermieden hatte, es auch nur zu versuchen, da mir, kaum hier eingecheckt, klargeworden war, dass es noch unmöglicher sein würde, einen Roman über das Hilton zu beginnen, während ich leibhaftig im Hilton war, als zu Hause in Brooklyn.

«Und wovon handelt er?»

«Ich bin noch nicht so weit», sagte ich, zu dem auf den Klippen über dem Strand dräuenden Hotel hinüberschielend.

«Wieso? Woran hapert es?»

Friedman faltete behutsam die Serviette auf seinem Schoß zusammen und legte sie in einem sauberen Rechteck wieder auf den Tisch. «Sie müssen sich wohl fragen, weshalb ich darum gebeten habe, Sie zu treffen.»

«Allmählich ja.»

«Gehen wir ein Stück?»

Ich warf einen Blick auf den Stock neben seinem Arm.

«Lassen Sie sich nicht täuschen.» Friedman nahm den Stock und erhob sich behände. Die alte Hündin, die ausgestreckt auf dem Boden lag, hob ruckartig den Kopf, und als sie sah, dass Friedman wirklich gehen wollte, schob sie sich aufs Gesäß zurück, stemmte die Vorderpfoten breitbeinig gegen den Boden, um ihr Gewicht zu heben, und rappelte sich unter knirschenden Geräuschen auf. Dann schüttelte sie ihre Trägheit mit einem krampfartigen Zucken ab, das tausend Stäubchen im Licht aufwirbeln ließ.

Wir gingen an einem kleinen Laden mit sonnenverblichenen Surfbrettern im Fenster vorbei und zu der am Meer entlangführenden Promenade hinauf. Die Hündin folgte uns diskret, hin und wieder halbherzig an einem Felsbrocken oder Pfahl schnüffelnd.

«Was für eine Rasse ist das?»

«Schäferhund», erwiderte Friedman.

Aber das Tier hatte nicht die geringste Ähnlichkeit mit einem Schäferhund, ob deutsch oder sonst was. Eher glich es einem Schaf, nur einem, das von der Weide genommen und sehr lange in den Stall gesteckt worden war, wo das wollige und einheitliche Fell sich zu zersetzen begonnen hatte.

Ein Motorrad schoss vorbei, und der Fahrer brüllte Friedman etwas zu, was dieser mit Gebrüll erwiderte. Ob ich Zeugin eines kurzen Scharmützels oder einer Begrüßung von Bekannten geworden war, konnte ich nicht sagen.

«Ich brauche Ihnen nicht zu erzählen, dass dies ein schwieriges Land ist», sagte er, während er uns zur Hayarkon Street führte. «Unsere Probleme nehmen kein Ende, und jeden Tag kommen neue hinzu. Sie vermehren sich. Wir gehen schlecht oder gar nicht damit um. Langsam begraben sie uns.»

Friedman hielt inne und blickte aufs Meer zurück, vielleicht nach Anzeichen von Raketen. Gestern waren wieder welche explodiert, angekündigt von ohrenbetäubendem Sirenengeheul. Beim ersten Mal hatte ich meinen Café-tisch verlassen und war nach unten in den Schutzraum gegangen. Die sieben oder acht in dem Betonbunker versammelten Personen wirkten wie Leute, die im Lebensmittelladen Schlange stehen, außer dass, als der Knall ertönte, vereinzelt ein leises «Oha» zu hören war, als versuchte jemand in der Schlange, etwas Außergewöhnliches zu kaufen. Beim zweiten Mal, dass die Sirenen heulten, war ich mit meiner Freundin Hana zusammen, die kaum unterbrach, was sie gerade sagte, nur ihr Gesicht zum Himmel hob. Fast alle um uns her blieben ebenfalls an Ort und Stelle, entweder, weil sie an den undurchdringlichen Iron Dome hoch oben glaubten, oder weil das Eingeständnis der Gefahr auch das Eingeständnis vieler anderer Dinge verlangt hätte, die ihr Leben weniger möglich machen würden.

Auch ich suchte den Himmel nach einem Zeichen ab, aber es war keins zu entdecken, nur die vom Wind gepeitschten weißen Rillen des Meeres. Als Friedman sich wieder umwandte, hatten seine Brillengläser sich im Sonnenlicht verdunkelt, und ich konnte seine Augen nicht mehr sehen.

«Fünfundzwanzig Jahre lang habe ich an der Universität Literatur gelehrt. Aber heute hat niemand mehr Zeit für Literatur», sagte er. «Wie dem auch sei, in Israel waren Schriftsteller ja schon immer Luftmenschen – unpraktisch und nutzlos, zumindest nach den Gründungsidealen, die, egal, wie weit wir uns von ihnen entfernt haben, noch immer nachhallen. Im Schtetl wussten sie, was ein Bashevis Singer wert war. Die Zeiten mochten noch so hart sein, sie sorgten dafür, dass er Papier und Tinte hatte. Hier dagegen wurde er als Teil der Krankheit diagnostiziert. Sie konfiszierten seinen Federhalter und schickten ihn zum Radieschenziehen auf die Felder. Und wenn er es irgendwie fertigbrachte, in seinen freien Stunden ein paar Seiten zu schreiben und diese zu veröffentlichen, sicherten sie ihm seine Strafe, indem sie ihm den höchstmöglichen Steuersatz auferlegten, eine Praxis, die bis heute fortbesteht. Die Idee, Literaturschaffende durch Programme und Stipendien zu unterstützen, wie es in Europa oder in Amerika üblich ist, wäre hier undenkbar.»

«Fast jeder der jungen israelischen Künstler, die ich kenne, sucht einen Weg, das Land zu verlassen», sagte ich. «Aber für Schriftsteller gibt es keinen Weg aus der Sprache, in die man hineingeboren wurde. Das ist eine unmögliche Situation. Allerdings scheint Israel sich ja darauf zu spezialisieren.»

«Zum Glück haben wir kein Monopol», sagte Friedman, während er mich die Stufen des kleinen Parks neben dem Hilton hinaufführte. «Jedenfalls sind wir uns nicht alle einig», sagte er.

«Niemand von Ihnen ist sich einig. Nur weiß ich gerade nicht, welche Uneinigkeit Sie meinen.»

Friedman sah mich scharf an, und ich glaubte, einen Anflug von Skepsis in seinem Gesicht zu entdecken, obwohl es schwer zu sagen war, da ich seine Augen nicht sehen konnte. Ich hatte einen Scherz machen wollen, aber stattdessen musste ich ihm als Amateurin aufgestoßen sein. Ehe ich mich zur Verteidigung rüsten konnte, kam der Wunsch dazwischen, zu gefallen oder vielleicht nur, nicht zu enttäuschen, und ich stocherte nach etwas, was ich sagen konnte, um ihn davon zu überzeugen, dass sein Instinkt in Bezug auf mich richtig gewesen war; dass er gute Gründe gehabt hatte, mich auszuwählen und Hoffnung in mich zu setzen.

«Wir sprachen übers Schreiben», sagte Friedman, bevor ich eine Chance bekam, mich reinzuwaschen. «Manche von uns hier haben nie vergessen, was es wert ist. Dass der Grund, weshalb wir heute noch auf diesem umstrittenen Zipfel Erde leben, in der Geschichte liegt, die wir vor fast dreitausend Jahren an ebendiesem Ort über uns zu schreiben begonnen haben. Im neunten Jahrhundert vor Christus war Israel nichts – eine rückständige Nation im Vergleich zu den Nachbarreichen Ägypten oder Mesopotamien. Und das wären wir geblieben, vergessen wie die Philister und die Seevölker, hätten wir nicht zu schreiben begonnen. Die frühesten hebräischen Schriften, die wir gefunden haben, stammen aus dem zehnten Jahrhundert vor Christus, der Zeit von König David. Meistens nur einfache Inschriften an Gebäuden. Dokumentationen, mehr nicht. Aber innerhalb von ein paar hundert Jahren geschah etwas Außerordentliches. Ab dem achten Jahrhundert tauchen plötzlich Beweise für ein Schrifttum im gesamten Nordreich Israel auf – hoch entwickelte, komplexe Texte. Die Juden hatten begonnen, jene Geschichten zu schreiben, die in der Tora gesammelt werden sollten. Wir verstehen uns gern als die Erfinder des Monotheismus, der sich wie ein Lauffeuer verbreitete und Tausende von Jahren Geschichte beeinflusste. Aber wir erfanden nicht die Idee eines einzigen Gottes; wir schrieben nur die Geschichte von unserem Kampf, Ihm treu zu bleiben, und indem wir das taten, erfanden wir uns selbst. Wir gaben uns eine Vergangenheit und schrieben uns in die Zukunft ein.»

Als wir eine Fußgängerbrücke überquerten, frischte der Wind auf und trieb Sand durch die Luft. Ich wusste, seine Rede hätte mich beeindrucken sollen, aber ich konnte mich des Gefühls nicht erwehren, dass er sie schon hundertmal im Vorlesungssaal der Universität gehalten hatte. Und allmählich war ich es leid, um den heißen Brei herumzureden. Ich hatte noch immer keine Ahnung, wer Friedman wirklich war oder was er von mir wollte, wenn er überhaupt etwas wollte.

Die Brücke entließ uns in den dumpfen, schattigen Bereich unterhalb eines Betonüberbaus, der zu dem Gebäudekomplex um den Atarim Square gehörte, dessen bedrohlicher Brutalismus sogar das Hilton einladend wirken ließ. Was einmal eine halb bedeckte Ladengalerie gewesen war, war längst aufgegeben und das Bauwerk einer Erosion überlassen worden, die es noch vollständiger zu der Hölle machte, mit der sein Architekt einst nur gespielt hatte; das Ganze wirkte wie ein postapokalyptischer Spuk. Der Uringestank war überwältigend, und die fleckigen Betonblocks ragten wie ein Kerker um uns auf, schlimmer als ein Piranesi es je hätte erfinden können. Die Frage, die zu stellen ich unfähig gewesen war, seit ich mich in dem Restaurant gesetzt hatte, erhob sich wieder, und ich wusste, wenn ich sie jetzt nicht aussprach, ehe wir ins Sonnenlicht hinaustraten, würde ich den Mut verlieren.

«Effie hat mir erzählt, Sie hätten für den Mossad gearbeitet.»

«Hat er das?», sagte Friedman. Das tappende Geräusch seines Stocks hallte in dem Hohlraum wider, einher mit dem Klicken der Hundekrallen hinter uns. Aber Friedmans gleichmäßige Stimme verriet nichts, und ich spürte eine Hitzewallung im Nacken, teils Verlegenheit, teils Ärger.

«Ich hatte den Eindruck …»

Aber was konnte ich sagen? Dass man mich, dass ich mich glauben gemacht habe, ich sei von ihm, Eliezer Friedman, einem Literaturprofessor im Ruhestand, der Zeit habe, für etwas Spezielles auserwählt worden? Gleich würde er mich fragen, ob ich bereit sei, im Lesezirkel seiner Frau zu sprechen.

«Das Hilton ist in der anderen Richtung. Ich sollte lieber umkehren.»

«Ich bringe Sie an einen Ort, den Sie, glaube ich, interessant finden werden.»

«Wohin?»

«Sie werden sehen.»

Wir gingen den mit Bäumen gesäumten Fußweg auf dem Mittelstreifen der Ben-Gurion Street entlang. Für diejenigen, die uns begegneten, müssen wir ausgesehen haben wie ein Großvater, der mit seiner Enkelin spazierengeht. Als wollte er seine Rolle noch besser spielen, bot Friedman an, mir einen frisch gepressten Saft zu kaufen.

«Sie haben alles», sagte er und deutete auf den mit schweren Netzen voll überreifer Früchte behängten Stand. «Guave, Mango, Passionsfrucht. Obwohl ich eine Kombination von Ananas, Melone und Minze empfehle.»

«Danke, das ist nett. Aber ich bin vollauf zufrieden.»

Friedman zuckte mit den Schultern. «Wie Sie wollen.»

Er fragte mich, ob ich das Land, über Tel Aviv und Jerusalem hinaus, gut kannte. Ob ich schon mal im Norden gewesen sei, am See Genezareth oder eine Zeitlang in der Wüste? Die Landschaft habe ihn verblüfft, als er als Kind hier angekommen sei. In eine seiner Taschen greifend, brachte er eine Tonscherbe zum Vorschein und gab sie mir. An den Schauplatz der biblischen Geschichten zu gehen, durch Steine, Olivenbäume und Himmel all das bekräftigt zu finden, was sich in seine Vorstellung eingeprägt hatte. Das Stückchen Terrakotta in meinen Händen sei dreitausend Jahre alt, sagte er. Er habe es vor gar nicht langer Zeit in Khirbet Qeiyafa aufgelesen, oberhalb des Tals Elah, wo David Goliath erschlug; der Boden dort sei übersät damit. Manche Archäologen behaupteten, es handele sich um die biblische Stadt Scha'arajim, wo die Ruinen des Palasts von König David gefunden werden könnten. Ein stiller

Ort mit Wildblumen, die zwischen den Steinen wuchsen, und alten Badewannen voller Regenwasser, in dem sich die schweigend am Himmel ziehenden Wolken spiegelten. Darüber würden sie noch lange streiten, sagte Friedman. Aber die eingestürzten Mauern und zerbrochenen Töpfe, das Licht und der Wind in den Blättern – das alles genüge. Der Rest werde sowieso nur technisch sein. Kein einziger physischer Beweis für ein Königreich sei je von den Archäologen entdeckt worden. Aber wenn der Palast König Davids ein Traum des Verfassers der Bücher Samuel wäre, genauso niedergeschrieben wie sein glänzender Einblick in die politischen Machtverhältnisse, was schadete es mit Blick aufs Große und Ganze? David, der nur das Oberhaupt eines Bergstamms gewesen sein mochte, habe sein Volk zu einer Hochkultur gebracht, die seither fast dreitausend Jahre Geschichte gestaltet hat. Vor ihm gab es keine hebräische Literatur. Aber dank David, sagte Friedman, errichteten die Verfasser der Genesis und der Bücher Samuel zweihundert Jahre nach seinem Tod die erhabenen Säulen der Literatur beinahe schon in deren Anfängen. Sie seien der Geschichte inhärent, die sie über David schrieben: einen Mann, der als Hirtenjunge beginnt, ein Kämpfer und rücksichtsloser Kriegsherr wird und als Dichter stirbt.

«Schriftsteller arbeiten allein», sagte Friedman. «Sie folgen ihren eigenen Instinkten, und da kann man sich nicht einmischen. Aber wenn sie sich naturgemäß gewissen Themen zuwenden – wenn ihre Instinkte und unsere Ziele in ein gemeinsames Interesse münden –, kann man ihnen Möglichkeiten geben.»

«Welche Ziele meinen Sie genau? Jüdische Erfahrung in ein bestimmtes Licht zu rücken? Mit einem Dreh, um zu beeinflussen, wie wir gesehen werden? Klingt mir eher nach PR als nach Literatur.»

«Sie sehen das zu eng. Das, worüber wir sprechen, ist viel größer als die Wahrnehmung. Es ist die Idee der Selbsterfindung. Ereignis, Zeit, Erfahrung: Das sind die Dinge, die auf uns einwirken. Man kann die Geschichte der Menschheit als einen Fortschritt von äußerster Passivität – dem täglichen Leben als unmittelbarer Antwort auf Dürre, Kälte, Hunger, körperliche Bedürfnisse, ohne einen Sinn für Vergangenheit oder Zukunft – zu einer immer stärker werdenden Willensausübung und Kontrolle über unser Leben und unser Schicksal begreifen. Im Licht dieses Paradigmas bedeutete das Schreiben einen Riesensprung. Als die Juden begannen, die wesentlichen Texte zu verfassen, auf denen ihre Identität beruhen sollte, übten sie jenen Willen aus, indem sie sich selbst bewusst definierten – sich selbst *erfanden* –, wie es niemand zuvor getan hatte.»

«Sicher, so ausgedrückt, erscheint es äußerst radikal. Aber man könnte auch einfach sagen, die ersten jüdischen Schriftsteller hätten sich am Scheidepunkt dieser natürlichen Entwicklung befunden. Die Menschheit hätte begonnen, auf einer höheren Ebene zu denken und zu schreiben, den Einzelnen größere Differenziertheit und Feinheit darin erlaubt, sich selbst zu definieren. Ein Niveau des Sich-selbst-Bewusstseins zu unterstellen, das Selbsterfindung ermöglicht hätte, wie Sie sagen, heißt, sich viel in

Mutmaßungen über die Absichten dieser ersten Schriftsteller zu ergehen.»

«Man braucht nicht zu mutmaßen. Die Beweise sprechen überall aus den Texten, die natürlich nicht das Werk von ein oder zwei Individuen sind, sondern das einer Reihe von Verfassern und Redaktoren, die sich jeder Wahl, die sie trafen, höchst bewusst waren. Die ersten beiden Kapitel der Genesis zusammengenommen, handeln genau davon – eine Betrachtung der Schöpfung als Wahl und ein Nachdenken über die Folgen derselben. Das Erste, was uns in dem ersten jüdischen Buch geboten wird, sind zwei *widersprüchliche* Berichte über Gottes Schöpfung der Welt. Weshalb? Vielleicht weil die Redaktoren, indem sie Gottes Gesten wiedergaben, etwas vom Preis der Schöpfung verstanden haben – etwas, was sie uns mitteilen wollten, das aber, wenn wir es begriffen, an Blasphemie grenzen würde und deshalb nur indirekt angedeutet werden konnte: Wie viele Welten hat Gott erwogen, ehe Er sich entschied, die unsrige zu schaffen? Wie viele Formen, die weder Licht noch Dunkelheit enthielten, sondern etwas ganz anderes? Als Gott das Licht schuf, schuf er auch die Abwesenheit von Licht. So viel wird uns klargemacht. Aber nur in dem unbehaglichen Schweigen zwischen diesen beiden unvereinbaren Anfängen ist es möglich zu begreifen, dass Er im selben Moment noch etwas Drittes schuf. In Ermangelung eines besseren Wortes lassen Sie es uns Bedauern nennen.»

«Oder eine frühe Viel-Welten-Theorie.»

Aber Friedman schien mich nicht zu hören. Wir standen an einer Ecke, auf die Ampel wartend. Der mediterrane Himmel über uns war erstaunlich blau, vollkommen wolkenlos. Friedman trat vor einem im Leerlauf stehenden Taxi auf die Straße hinaus und begann, sie zu überqueren.

«Lesen Sie nur genau genug; wer auch immer diese ersten Texte verfasst und redigiert haben mag, muss unbestreitbar verstanden haben, was auf dem Spiel stand», sagte er. «Verstanden, dass beginnen bedeutete, sich von der Unendlichkeit in einen Raum mit Grenzen zu begeben. Dass einen Abraham, einen Mose, einen David zu wählen auch bedeutete, all die anderen, die es gegeben haben mag, zurückzuweisen.»

Wir bogen in eine ruhige Anliegerstraße ein, gesäumt von den gleichen gedrungenen Betonwohnhäusern, die überall in Tel Aviv zu finden sind, in ihrer Hässlichkeit gemildert durch die üppige Vegetation, die sie umgibt, und die leuchtend purpurrot an den Wänden hinaufkletternden Bougainvilleen. Auf halbem Weg zur nächsten Ecke blieb Friedman stehen.

Dem Schild nach waren wir in der Spinoza Street. Ich nahm an, das sei der Grund, weshalb Friedman mich dort hingeführt hatte, da dieser jüdische Philosoph als Erster behauptet hatte, der Pentateuch sei nicht von Gott gegeben und von Mose geschrieben worden, sondern vielmehr ein Produkt menschlicher Autorenschaft. Aber was war der Punkt, um den es Friedman gehen würde? Im Herzen der Aussagen des holländischen Linsenschleifers stand, zumindest was den Judaismus anbelangt, die Idee, dass der Gott Israels selbst eine menschliche Erfindung sei und die Juden daher nicht länger an das von Ihm erlassene Gesetz gebun-

120

den sein sollten. Wenn es je einen Mann gegeben hatte, der mit allen Kräften gegen den Begriff der jüdischen Bindung kämpfte, dann war es Baruch de Spinoza.

Friedman jedoch sagte nichts über den Straßennamen. Vielmehr deutete er gestikulierend auf ein graues, vierstöckiges Wohnhaus, in dessen Fassade mehrere Reihen hohler, in Form von Sanduhren strukturierter Betonblöcke eingelassen waren, das Einzige, wodurch es sich aus der gipsverputzten Häuserzeile hervorhob.

«Ich weiß aus Ihren Büchern, dass Sie ein Interesse an Kafka haben.»

Ich musste ein Lachen unterdrücken. Es wurde immer schwieriger, mit Friedman mitzuhalten. Den ganzen Morgen war ich ein paar Schritte hinter ihm hergehinkt, aber jetzt hatte ich den Anschluss vollständig verloren.

«Er scheint in allen Ihren Büchern aufzutauchen. Wie ich mich erinnere, haben Sie einmal sogar einen Nachruf auf ihn geschrieben. Demzufolge kennen Sie sicher auch die Geschichte vom Schicksal seiner Handschriften nach seinem Tod?»

«Sie meinen die an Max Brod gerichtete testamentarische Verfügung, sämtliche Manuskripte, die er hinterließ, ungelesen zu verbrennen, was Brod —»

«1939», fiel Friedman mir ungeduldig ins Wort, «fünf Minuten bevor die Nazis die tschechische Grenze überschritten, bestieg Brod den letzten Zug, der Prag verließ, und nahm einen vollgestopften Koffer mit Kafkas Papieren mit. So rettete er sein Leben und bewahrte alle noch unveröffentlichten Werke des größten Schriftstellers des zwanzigsten Jahrhunderts vor der fast sicheren Zerstörung. Brod kam nach Tel Aviv und verbrachte den Rest seines Lebens hier, wo er weitere Texte von Kafka publizierte. Doch als Brod 1968 starb, war ein Teil des Materials aus dem Koffer noch immer nicht erschienen.»

Ich fragte mich, wie oft Friedman auch diese Geschichte schon erzählt haben mochte. Selbst die Hündin schien sie bereits gehört zu haben, denn nachdem sie eine Weile in breitbeiniger Haltung abgewartet hatte, wohin die Dinge liefen, drehte sie jetzt ein paar klägliche Runden im Gras, ließ sich mit einem Ächzen nieder und legte ihren Kopf so ab, dass sie ein träge nach oben verdrehtes Auge auf Friedman gerichtet halten konnte.

«Das weiß ich alles, ja. Ich habe mich an Kafkapornos sattgelesen.»

«Dann wissen Sie also auch, dass alles, was sonst noch in diesem Koffer war, weniger als drei Meter von dort entfernt, wo Sie gerade stehen, unter den grässlichsten Bedingungen vermodert?»

«Was meinen Sie?»

Mit der Spitze seines Gehstocks zeigte Friedman auf das Fenster der Wohnung im Erdgeschoss. Es lag geschützt hinter einem Käfig aus gewölbten Eisenstangen, in deren Ausbuchtung drei oder vier räudige Katzen zusammengeschmiegt auf einem Haufen lagen. Zwei andere Katzen faulenzten auf den Eingangsstufen des Gebäudes, und der Geruch von Katzenpisse hing in der Luft.

«Unvollendete Romane, Erzählungen, Briefe, Zeichnungen, Notizen … Gott weiß, was alles, unter der nachlässigen, aber pathologisch zwanghaften Obhut der inzwischen bejahrten Tochter von Brods Geliebter, Esther Hoffe, in deren Hände sie durch verschiedene fragwürdige Erbschaftskanäle gekommen waren. Die Tochter, Eva Hoffe, behauptet, einige der Handschriften in Bankschließfächern in Tel Aviv und Zürich aufzubewahren, um sie gegen Diebstahl zu sichern. Aber in Wirklichkeit ist sie zu fanatisch besitzergreifend und paranoid, um irgendetwas davon aus den Augen zu lassen. Hinter diesen Gitterstäben, in Evas Wohnung, befinden sich nebst zwanzig oder dreißig weiteren Katzen Hunderte von Seiten, die Franz Kafka geschrieben und fast noch niemand je gesehen hat.»

«Aber sicher können Kafkas Manuskripte doch nicht mit der Begründung vor der Welt versteckt werden, dass sie Privateigentum wären?»

«Die Israelische Nationalbibliothek hat gegen Esther Hoffes Testament geklagt, nachdem sie gestorben war, und geltend gemacht, Brod habe ihnen die Papiere als Schenkung zugedacht, und sie gehörten dem Staat. Der Prozess läuft seit Jahren. Jedes Mal, wenn ein Urteil gefällt wird, geht Eva in Berufung.»

«Woher wissen Sie, dass das meiste hier ist und nicht in der Bank eingeschlossen, wie Eva behauptet?»

«Ich habe die Papiere gesehen.»

«Ich dachte, Sie hätten gesagt —»

«Ich habe Ihnen nur den Anfang erzählt.»

Friedmans Handy klingelte, und zum ersten Mal an diesem Tag wirkte er überrascht. Er fummelte in den Taschen, klopfte seine Jacke ab, während das Telefon weiter die lauten, alarmierenden Klingeltöne aus alten Zeiten von sich gab. Als er es immer noch nicht finden konnte, gab er mir den Stock und begann, eine Klappe nach der anderen zu öffnen, bis er schließlich genau in dem Moment, in dem das Telefon aufgab, in einer Innentasche fündig wurde. Er schaute aufs Display.

«Ich habe nicht gemerkt, dass es schon so spät ist», sagte er, mir wieder zugewandt. In dem darauf folgenden Schweigen schien er mich zu mustern, und ich fragte mich, ob er in meinem Gesicht etwas Vertrauenswürdiges entdeckt hatte. Er rief die Hündin, und das Tier regte sich, begann den langsamen Prozess, sich auf die Beine zu erheben.

«Unter den Handschriften, die in dieser Wohnung liegen, ist ein Stück, das Kafka kurz vor dem Ende seines Lebens schrieb. Er war fast fertig, aber unmittelbar vor dem Schluss gab er auf. Als ich es las, war mir sofort klar, dass es umgesetzt werden muss. Es hat lange gedauert, aber endlich ist es so weit. Die Dreharbeiten sollen in sechs Monaten beginnen.»

«Sie wollen es *verfilmen*?»

«Kafka liebte Filme, wussten Sie das?»

«Das heißt nicht, dass er zugestimmt hätte!»

«Kafka hat nie etwas zugestimmt. Kaum etwas wäre ihm fremder gewesen als Zustimmung. Das Nachleben seines Werks hätte ihn krank gemacht. Und doch glaubt niemand, der ihn je gelesen hat, dass seine Wünsche hätten ausgeführt werden sollen.»

«Weshalb sollten Kafkas Absichten unwichtig sein», fragte ich, «während Sie die Absichten der Bibelverfasser und -redaktoren verherrlichen und rühmen, dass sie sich jeder Wahl, die sie trafen – das sagten Sie doch eben – ‹höchst bewusst› gewesen seien?»

«Wo ist der Ruhm? Wir wissen nicht einmal, wer sie waren, und die meisten ihrer Absichten sind durch die Bedürfnisse all derer, die nach ihnen kamen, verlorengegangen oder überschrieben worden. Grundlage der zahllosen Revisionen indes ist die ursprüngliche Genesis, von einer einzigen Person geschrieben, die alles Genie und keine moralische Absicht besaß. Deren größte Erfindung eine Figur namens Jahwe war und deren Buch man *Gottes Erziehung* hätte nennen können, wäre es nicht von einem anderen Schicksal in Beschlag genommen worden. Aber am Ende bleibt es nicht dem Autor oder der Autorin überlassen zu entscheiden, wie sein oder ihr Werk benutzt werden wird.»

«Und die pathologisch zwanghafte, paranoide Hoffe-Tochter hat ihre Einwilligung dafür gegeben? Was ist mit der Israelischen Nationalbibliothek? Mitten in einem Prozess bekommen Sie die Rechte an einem Teil dieses höchst umstrittenen Materials, einem Stück von Kafka, aus dem ein Film gemacht werden soll?»

Friedman sah an mir vorbei auf das Haus. Es war klar, dass er an diesem Nachmittag keine Geheimnisse lüften würde; er war viel zu sehr damit beschäftigt, welche zu säen.

«In dem Text müssen natürlich Veränderungen vorgenommen werden. Und es bleibt das Problem mit dem Ende.»

Jetzt lachte ich wirklich. «Tut mir leid», sagte ich, «das ist alles ein bisschen viel.»

125

«Lassen Sie sich Zeit», sagte Friedman.

«Wofür?»

«Um zu entscheiden.»

«Was soll ich denn entscheiden?»

«Ob mein Vorschlag Sie interessiert.»

«Ich weiß nicht, was Sie da vorschlagen!»

Aber ehe ich noch irgendetwas fragen konnte, gab er mir einen großväterlichen Klaps auf den Rücken.

«Ich melde mich bald. Zögern Sie nicht, mich in der Zwischenzeit anzurufen.»

Er öffnete den Reißverschluss einer prall gefüllten Jackentasche, zog seine Geldbörse heraus und entnahm ihr eine Karte. ELIEZER FRIEDMAN, stand darauf. PROFESSOR EMERITUS, FAKULTÄT FÜR LITERATURWISSENSCHAFTEN, UNIVERSITÄT TEL AVIV.

Aus dem Augenwinkel sah ich eine leichte Bewegung in den Vorhängen der Erdgeschosswohnung, wie von einem Lüftchen. Nur dass das Fenster geschlossen war. Ich hätte es vielleicht verpasst, wären die Katzen, die auf den Gitterstäben lagen, nicht plötzlich steif geworden vor Achtsamkeit, gewahr, dass sich innen jemand regte. Ihre Hüterin.

———

Ich ging langsam zum Hilton zurück und versuchte alles, was Friedman gesagt hatte, noch einmal zu durchdenken. Die Sonne hatte die gesamte Bevölkerung wieder ins Freie gelockt, und der Strand war jetzt voller Menschen in Badeanzügen, obwohl es zu kalt zum Schwimmen war. Ihr

Anblick erinnerte mich an etwas aus einem von Kafkas Briefen, den er im letzten Jahr seines Lebens in einer Ferienunterkunft an der Ostsee geschrieben hatte. Nebenan befand sich ein Sommerlager für deutsch-jüdische Kinder, und Kafka konnte Tag und Nacht von seinem Fenster aus beobachten, wie sie unter den Bäumen oder am Strand spielten. Die Luft war erfüllt von ihrem Singen. *Wenn ich unter ihnen bin*, schrieb er, *bin ich nicht glücklich, aber vor der Schwelle des Glücks.*

Sie waren alle draußen: die besessenen Matkotspieler, die nur-kaum-jüdischen Russen, die müßigen Paare mit kleinen Babys, die Mädchen, die sich, von der Sonne überrascht, einbildeten, ihre Büstenhalter könnten als Bikinis durchgehen. Genau wie die Einwohner von Tel Aviv sich weigern, an die Notwendigkeit einer Zentralheizung zu glauben, scheinen sie darauf zu bestehen, zu leichtbekleidet herumzulaufen, in T-Shirts und Flip-Flops, immer unvorbereitet auf den Regen oder plötzlich von der Kälte erwischt, und beim ersten Sonnenstrahl stürmen sie hinaus, um ihre gewohnten Haltungen einzunehmen. So scheint die ganze Stadt sich kollektiv darauf geeinigt zu haben, die Existenz des Winters zu leugnen. Mit anderen Worten, einen Aspekt ihrer Wirklichkeit zu leugnen, weil er sich nicht damit verträgt, was sie zu sein glauben – ein Volk der Sonne, der salzigen Luft und der Schwüle. Ein Volk, das im Moment des Sonnenbadens, der Vergessenheit am Meer, so viel mit Raketen zu tun hat wie ein Mensch mit dem Flug eines Vogels. Und doch, trifft das nicht auf uns alle zu? Dass es Dinge gibt, als die wir uns im Innersten unseres Wesens fühlen, die aber nicht durch das bestätigt werden, was offensichtlich um uns ist, weshalb wir also, um unseren empfindlichen Sinn für Integrität zu schützen, wie unbewusst auch immer den Standpunkt wählen, die Welt anders zu sehen, als sie in Wirklichkeit ist? Was manchmal zu Transzendenz führt und manchmal zu Gewissenlosigkeit.

Wie sonst sollte ich mir denn erklären, was in mir vor sich ging? Erklären, weshalb ich mich auf Friedman einließ und es ablehnte, auf all die offensichtlichen Warnungen zu hören? Man hört die Leute oft sagen, es könne leicht Missverständnisse geben. Aber ich bin anderer Meinung. Sie geben es nicht gerne zu, aber es scheint eher so zu sein, dass das, was als Verstehen gilt, von unsereinem zu leicht genommen wird. Den lieben langen Tag sind wir damit beschäftigt, alles Mögliche zu verstehen – uns selbst, andere Menschen, die Ursachen von Krebs, Mahlers Symphonien, alte Katastrophen. Aber ich war jetzt im Begriff, eine andere Richtung einzuschlagen. Gegen den mächtigen Strom des Verstehens zu schwimmen, andersherum. Später sollte es weitere, größere Ausfälle des Verstehens geben – so viele, dass man nur Vorsätzlichkeit darin sehen konnte: einen Starrsinn, der ihnen zugrunde lag wie der Granitboden eines Sees, sodass meine Abwehr, je klarer und transparenter die Dinge wurden, immer mehr durchschien. Ich wollte die Dinge nicht sehen, wie sie waren. Ich hatte genug davon.

JEDES LEBEN IST SELTSAM

Wie geschah es zum Beispiel, dass Epstein eines Nachmittags, ein paar Monate nachdem seine Mutter gestorben war, aufstand, um sich aus der Küche etwas zu trinken zu holen, und indem er sich erhob, sein Kopf sich plötzlich mit Licht füllte. Füllte wie ein Glas, randvoll. Der Gedanke, es sei ein altes Licht, kam ihm später, als er sich zu erinnern versuchte, wie es gewesen war – sich an das Gefühl des steigenden Pegels in seinem Kopf zu erinnern versuchte und an die fragile Beschaffenheit des Lichts, das von weiterkam, alt war und in seiner langen Dauer Anzeichen von Geduld mitzuführen schien. Von Unerschöpflichkeit. Es währte nur ein paar Sekunden, dann war das Licht verschwunden. Zu einer anderen Zeit hätte er es einer falschen Wahrnehmung zugeschrieben, und es hätte ihn nicht sonderlich getroffen, so wie es einen nicht über die Maßen trifft, wenn man hin und wieder seinen Namen rufen hört, obwohl niemand da ist, der rufen könnte. Aber jetzt, da er allein lebte und seine Eltern tot waren und es Tag für Tag schwieriger wurde, das langsam schwindende Interesse an den Dingen, die ihn einmal begeistert hatten, zu ignorieren, war er sich eines Gefühls des Wartens bewusst geworden. Der erhöhten Aufmerksamkeit dessen, der darauf wartet, dass etwas geschieht.

An jenem ersten Morgen im Hilton war Epstein mit Ausblick aufs Mittelmeer erwacht und hatte versunken auf der Terrasse gestanden, die Wellen beobachtend. In einem langen, fedrigen Kondensstreifen, der sich am blauen Himmel auflöste, sah er die Linie seines Lebens. Vor langer Zeit, zu Mayas Bat-Mizwa-Feier, hatten sie eine Handleserin kommen lassen. Was machte schon die unkoschere Gegenwart des Okkulten: Es war das, was sie gewollt hatte. («Was magst du am liebsten, Mayashka?», hatte er sie als kleines Kind einmal gefragt. «Zauberei und Geheimnisse», hatte sie spontan geantwortet.) Ihr zuliebe hatte Epstein der Wahrsagerin, einer gebrechlichen Person mit Turban, die aussah, als hätte sie seit Wochen nichts gegessen, seine Hände hingehalten. «Bringt der Frau etwas Kuchen!», hatte er gerufen, und drei Ober, auf ein Trinkgeld erpicht, waren gesprungen und hatten drei Stück von dem dick mit Zuckerguss überzogenen Kuchen gebracht, in den ein Heiratsversprechen eingebacken war. Aber die drei Scheiben hatten nur dort herumgestanden, neben dem spitzen Ellbogen der Wahrsagerin, die schlau genug war zu wissen, dass Essen ihre Aura zerstört und die Illusion von Hellseherei vermasselt hätte. Sie strich mit ihrer trockenen, kalten Hand über Epsteins Handfläche, als wollte sie den Staub wegwischen, und begann mit einem purpurroten Fingernagel die Linien nachzuzeichnen. Zunehmend gelangweilt, ließ Epstein den Blick über die Tanzfläche schweifen, wo die Limbostange inzwischen so niedrig hing, dass nur noch eine dürre Siebtklässlerin, eine akrobatische Vorpubertierende, den Rücken flach genug nach hinten biegen und triumphierend darunter hindurchtanzen konnte. Dann spürte er, wie die Hand der Wahrsagerin sich fest um die seine schloss, und als er sich umdrehte, sah er den alarmierten Ausdruck in ihrem Gesicht. Es war reines Theater, wusste Epstein. Aber er hatte eine Schwäche fürs Dramatische und war neugierig, die Zurschaustellung ihres Geschicks zu sehen. «Was haben Sie entdeckt?», hatte er mutig gefragt. Die Wahrsagerin starrte ihn aus schwarzen, kajalumrandeten Augen an. Dann schloss sie schnell seine Hand und schob sie weg. «Kommen Sie ein andermal zu mir», bat sie eindringlich mit einem heiseren Flüstern. Sie drückte ihm ihre Visitenkarte mit einer Bay-Side-Adresse in die andere Hand, doch Epstein hatte nur gelacht und war weggegangen, um den Caterer anzubrüllen, weil die vietnamesischen Hähnchenspieße fast ausgegangen waren. In der folgenden Woche, als er die Karte in seiner Tasche wiederfand, hatte er sie in den Müll geworfen. Sechs Monate später erzählte ihm Lianne, die Wahrsagerin sei an Krebs gestorben, aber selbst da hatte Epstein sein Versäumnis, sie zu besuchen, nicht bedauert und nur einen Anflug von Neugier empfunden.

Jetzt verflüchtigte sich der Kondensstreifen allmählich, weitete sich zu etwas Verschwommenem aus. Nein, er hatte nicht an die Prophezeiungen von Wahrsagern geglaubt, auch nicht solchen, die von Todesnähe gezeichnet waren.

In Wahrheit hatte er an sehr weniges geglaubt, was er nicht sehen konnte, und mehr noch, er hatte überhaupt etwas gegen Glauben gehabt. Nicht nur wegen dessen großen Potenzials für Irrtümer. Sich zu irren – sich sogar sein ganzes Leben lang zu irren! –, war eine Sache, doch was Epstein nicht ausstehen konnte, was ihn mit solcher Abneigung erfüllte, war der Gedanke, ausgenutzt zu werden. Glauben, mit seinem passiven Vertrauen, verlangte, sich in fremde Hände zu begeben, und insofern machte es einen anfällig für die schlimmste Art von Heimtücke. Epstein sah es überall. Nicht nur im großen Überbau der Religion – in dem nicht abreißenden Strom immer neuer Geschichten über Kinder, die von ihren Priestern und Rabbis missbraucht wurden, über Teenager, die sich für die Verheißung von siebzig Jungfrauen in die Luft sprengten oder Enthauptungen im Namen Allahs vollzogen. Es gab auch die zahllosen Varianten kleiner Glaubensfragen, die Gelegenheit boten, Leute hinters Licht zu führen, ihnen den großen Hut des Glaubens über die Augen zu ziehen, um zu verschleiern, was bei freiem Blick klar zu sehen wäre. Jede Werbung schlachtete das menschliche Bedürfnis nach Glauben aus, eine Neigung, die sich wie beim Schiefen Turm von Pisa als unkorrigierbar erwiesen hatte, auch wenn das Verheißene nie geliefert wurde. Gute Menschen, wegen eines strukturellen Fehlers um ihr Geld und ihr Recht auf Frieden gebracht, manchmal sogar um ihre Würde und Freiheit! So jedenfalls war es Epstein erschienen, der es vermied, an irgendetwas zu glauben, was er nicht anfassen, fühlen oder mit seinen eigenen Instrumenten messen konnte.

Er würde auf festem Boden gehen oder gar nicht. Er würde sich nicht auf das Abenteuer einlassen, das dünne Eis des Glaubens zu betreten. Aber in letzter Zeit hatte er bemerkt, dass seine Beine sich gegen die eigenen Instinkte unter ihm bewegten. Das war so seltsam an der Sache. Das Gefühl, er bewege sich gegen seinen Willen. Gegen seine bessere Einsicht! Seine große Besonnenheit! Gegen alles, was er in achtundsechzig Jahren gesammelten Wissens gewonnen hatte; nennen Sie es sogar Weisheit. Und er konnte nicht sagen, was es war, dem er da entgegenging.

Dort draußen zog ein Schiff über das weiß gekrönte Wasser, Zypern oder Tripoli entgegen. Epstein spürte, wie seine Brust sich weitete. Warum nicht ein paar Züge schwimmen, dachte er, und die Idee schien ihm so gut, so wunderbar zu sein, dass er direkt nach innen ging und unten beim Concierge anrief, um zu fragen, ob man in der Lobby eine Badehose kaufen könne. Ja, sie könnten eine für ihn haben. Welche Größe er brauche?

Es war noch eineinhalb Stunden hin, bis der Wagen kam, der ihn zu einer Runde durchs Weizmann-Institut abholen sollte, das eine Stiftung für ein Forschungsprojekt im Namen seiner Eltern vorgeschlagen hatte. Erst letzten Monat hatten die Professoren Segal und Elinav entdeckt, dass künstliche Süßstoffe den Blutzuckerspiegel auch erhöhen statt senken konnten, eine Erkenntnis, die Millionen von Diabetikern helfen würde, ganz zu schweigen von den schlicht Übergewichtigen! Und womit würde sich die Edith-und-Sol-Epstein-Forschung befassen? Was sollte zu Ehren ihres Lebens untersucht werden? Was haben Sie, wünschte Epstein zu fragen, das je groß genug sein könnte?

Während er in Hotelbademantel und -schlappen den mit Teppichboden ausgelegten Flur hinunterging, versuchte er sich in Erinnerung zu rufen, wann er das letzte Mal im Meer geschwommen war. Als Maya noch klein gewesen war? Er erinnerte sich an einen Nachmittag in Spanien, als sie mit einem Boot hinausgefahren waren. Er hatte einen Kopfsprung vom Bug gemacht – er tauchte nie langsam in etwas ein – und war außen zur Leiter herumgeschwommen, um seine jüngste Tochter, deren schwarz gelocktes Köpfchen aus der aufgeblasenen Rettungsweste ragte, in Empfang zu nehmen. Beim dritten Mal hatte er die Strickmuster von Liebe und Vaterschaft besser verstanden, die Art und Weise, wie fast verschwindend kleine Bruchstücke von Zeit und Erfahrung sich zu einer Nähe, einer Wonne sammeln. Maya hatte, sobald ihre Beinchen das Wasser berührten, einen Schrei von sich gegeben, aber statt sie dann Liannes ausgestreckten Armen zu überlassen, hatte Epstein sanft auf das Kind eingeredet. «Eine riesig große Badewanne», hatte er gesagt, «die Badewanne allen Lebens», und alles aufgeboten, was er über Gezeiten und Delfine wusste, über niedliche Clownfische in einer Korallenwelt, bis sie sich nach und nach beruhigt und ihren an Epstein geklammerten Griff gelöst hatte – aus Vertrauen gelöst, sodass ihr Halt auf einer anderen Ebene fester geworden war.

Später stieß sie ihren Vater nicht zurück, wie ihr Bruder und ihre Schwester es getan hatten. Zusammenzuckend erinnerte Epstein sich daran, wie er einmal zwanzig Minuten lang mit allen Überredungskünsten versucht hatte, Jonah ins Meer zu locken, ehe er in Wut ausbrach: wegen der unerträglichen Feigheit des Jungen, wegen seines Mangels an Stärke und Willen. Weil er nicht aus demselben Holz geschnitzt war wie sein Vater.

In der neuen gelben Badehose stand Epstein am Ufer. Der Hüftbund war ihm um einiges zu weit, und er musste das Durchziehband fest zusammenschnüren, damit sie nicht rutschte. Sonnenlicht fing sich in den silbernen Haaren auf seiner Brust. Wie immer während der kalten Jahreszeit gab es keine Strandaufsicht, keinen Bademeister weit und breit. Epstein strebte mit großen Schritten auf das Wasser zu.

Hinter ihm lag die Stadt, in der er geboren war. Wie weit sein Leben sich auch von ihr entfernt haben mochte, er kam von hier, diese Sonne und Brise hatten ihn geprägt. Seine Eltern waren von nirgendwo gekommen. Das, wo sie herkamen, hatte aufgehört zu existieren, und so gab es auch keine Rückkehr. Er selbst aber kam von irgendwo: Weniger als zehn Minuten zu Fuß entfernt befand sich die Ecke Zamenhof und Shlomo ha-Melekh Street, wo er in solcher Eile zur Welt gekommen war, dass seine Mutter keine Zeit mehr gehabt hatte, das Krankenhaus zu erreichen. Eine Frau war von ihrem Balkon nach unten gekommen, hatte ihn herausgezogen und ihn in ein Spültuch gewickelt. Sie selbst hatte keine Kinder, war aber auf einem Bauernhof in Rumänien groß geworden, wo sie Geburten von Kühen und Hunden gesehen hatte. Da-

135

nach hatte seine Mutter die Gewohnheit angenommen, sie einmal in der Woche zu besuchen, Kaffee trinkend und rauchend in ihrer kleinen Küche zu sitzen, während die Frau, Mrs. Chernovich, Epstein auf ihrem Knie hopsen ließ. Sie hatte eine magische Wirkung auf ihn. Auf ihrem Schoß wurde der jähzornige Epstein augenblicklich ruhig. Einmal nach Amerika ausgewandert, hatte seine Mutter den Kontakt zu ihr verloren. Aber 1967, als Epstein unmittelbar nach dem Sechstagekrieg zum ersten Mal nach Tel Aviv zurückkehrte, ging er schnurstracks zu der Ecke, wo er auf die Welt gekommen war, überquerte die Straße und klingelte. Mrs. Chernovich schaute über das Geländer des Balkons, von dem aus sie all die Jahre das Weltgeschehen beobachtet hatte. In dem Moment, als er ihre kleine Küche betrat und sich an ihren Tisch setzte, hatte er jenes seltsame Gefühl empfunden, von dem er glaubte, dass andere Leute es wohl Frieden nannten. «Du hättest fragen sollen, ob du den Tisch nicht kaufen kannst», war der berühmte Satz aus dem Mund der achtjährigen Maya gewesen, als sie die Geschichte hörte.

Die Kälte überraschte ihn, aber er bewegte sich stetig weiter, bis das Wasser ihm an die Hüfte reichte. Aus einer unmöglichen Perspektive gesehen, waren da seine Beine, grünlich und mit Luftbläschen besetzt standen sie auf der großen Schräge, die zum Grund des Meeres führte. Was war denn eigentlich dort unten, Mayashka? Das Raubgut der Griechen und Philister, und die Griechen und Philister selbst.

Es war windig, und die Wellen schwappten über die

Mole. Die Badesaison war vorbei, die einzigen Menschen draußen eine kleine Schar Russinnen. Eine der Frauen, mit hängenden Brüsten, gespreizten Oberschenkeln und einem langen, schwingenden Silberkreuz, ließ ein dickes, tropfnasses Baby auf den Stuhl plumpsen: *«Das habe ich gerade aus dem Meer gefischt!»* Epstein, der an der Atlantikküste aufgewachsen war, kannte sich im Umgang mit Wellen aus. Er hielt den Atem an, tauchte ein und begann, durch die Turbulenzen zu schwimmen. Das Wasser schien ihm vor Leben zu summen, vor etwas fast Elektrischem, aber vielleicht war es auch nur er, Epstein, der seine Energien in eine neue Weite leitete. Schwerelos schlug er einen Purzelbaum.

Als sein Kopf wieder an die Oberfläche kam, rollte eine hohe Welle auf ihn zu. Er tauchte unter und ließ sich hin und her werfen. Er schwamm weiter hinaus, mit den langen, kräftigen Zügen seiner Jugend. Im Meer zu denken war anders, als an Land zu denken. Er wollte weiter nach draußen, hinter die Brecher, dorthin, wo er denken konnte, wie man es nur kann, wenn man vom Meer gewiegt wird. Man ist immer von der Welt umfangen, fühlt sich aber nicht körperlich gehalten, bekommt die Wirkung nicht zu spüren. Kann keinen Trost aus dem Umfangensein von einer Welt beziehen, die nur als neutrale Leere zu erfassen ist. Das Meer hingegen fühlt man. Und so umgeben, so stetig gehalten, so sanft gewiegt – so anders organisiert –, kommen einem die Gedanken in einer anderen Form. Ins Abstrakte befreit. Zum Fließen angeregt. Und so, in der großen Badewanne allen Lebens auf dem Rücken treibend, bemerkte der entrückte Epstein die gigantisch rollende Wand erst, als sie über ihm herniederbrach.

Es war einer der Russen, ein Bär von einem Mann, der ihn spritzend an den Strand zog. Er war nicht lange unten gewesen, hatte aber eine Menge Wasser geschluckt. Würgend kam es aus ihm heraus, und mit dem Gesicht im Sand rang er um Atem. Das Haar zur Seite geklatscht, die Badehose tief an den Hüften hängend, japste Epstein vor Schreck.

Am selben Abend, während des Essens in einem von Epsteins Cousin ausgewählten Restaurant am Rothschild Boulevard, klingelte sein Handy. Das alte hatte er nicht zurückbekommen. Die Delegation der Palästinenser war im Morgengrauen aus dem New Yorker Hotel abgereist; um die Zeit, als Epsteins Assistentin dort ankam, waren sie schon über Neuschottland. In den arktischen Höhen dort schmiegte sich nun ein Fremder tief in Epsteins Kaschmirmantel, vielleicht damit beschäftigt, seine Fotos durchzuscrollen. Aber im Augenblick war nichts zu machen, und so war das verlorene Handy durch ein neues ersetzt worden. Er hatte sich noch nicht an den Klingelton gewöhnt, und als ihm endlich bewusst wurde, dass es seiner war, und er das Telefon aus der Tasche angelte, zeigte es die Nummer als unbekannt an, weil sein Adressbuch noch nicht übertragen worden war. Es klingelte weiter, während Epstein zögerte, ratlos, was er tun sollte. Sollte er antworten? Er, der immer antwortete, der einmal mitten in Händels *Messiah*, dirigiert von Levine, geantwortet hatte!

Die blinde Frau mit dem schiefen Haarschnitt, die nie ein Konzert verpasste und der Musik hingerissen lauschte, hätte fast ihren Deutschen Schäferhund auf ihn gehetzt. In der Pause war sie über Epstein hergefallen. Er hatte sie zur Hölle gewünscht – eine Blinde zur Hölle gewünscht! Aber warum sollten sie nicht gleich behandelt werden? –, und als er beim nächsten Mal sah, wie der Hund ein im Gang gefundenes Stück Schokolade fraß, hatte er nichts getan, um ihn daran zu hindern, obwohl er später in der Nacht in kaltem Schweiß aufgewacht war und sich die Frau in der Notaufnahme des Veterinärs vorgestellt hatte, mit ins Weißblaue verdrehten Augen darauf wartend, dass dem Tier der Magen ausgepumpt wurde. Ja, er hatte immer geantwortet, und sei es nur, um zu sagen, er könne jetzt nicht antworten, müsse es später tun. Sein ganzes Leben hatte im Zeichen dieser Bereitschaft gestanden, jederzeit zu antworten, noch ehe er wusste, was gefragt werden würde. Schließlich tippte Epstein aufs Display, um den Anruf anzunehmen.

«Jules! Hier ist Menachem Klausner.»

«Rabbi», sagte Epstein, «was für eine Überraschung.» Moti, gegenüber am Tisch, hob die Augenbrauen, fuhr aber fort, sich Pasta *cacio e pepe* in den Mund zu schaufeln. «Wie haben Sie mich ausfindig gemacht?»

Sie waren im selben Flugzeug nach Israel gewesen. Während der Sicherheitskontrolle am JFK hatte Epstein seinen Namen rufen hören. Doch in die Runde blickend, hatte er niemanden gesehen und so seine Oxfords neu geschnürt, seinen Rollkoffer geschnappt und war in die Business Lounge geeilt, um ein paar letzte Anrufe zu tätigen. Zwei Stunden nach dem Abflug, schon schlummernd in voll nach hinten gekippter Sitzposition, wurde er von einem beharrlichen *Tap-tap-tap* auf seiner Schulter geweckt. Nein, er wolle keine warmen Nüsse. Als er die Augenmaske hochschob, sah er jedoch nicht das angemalte Gesicht der Stewardess vor sich, sondern einen bärtigen Mann, der sich so dicht über ihn beugte, dass Epstein die erweiterten Poren an seiner Nase erkennen konnte. Epstein blinzelte verschlafen zu Klausner hinauf und wollte die Maske schon wieder herunterziehen. Aber der Rabbi nahm ihn mit einem festen Griff am Arm, seine blauen Augen leuchteten. «*Dachte* ich mir doch, dass Sie es sind! Das nennt man *bashert* – dass Sie nach Israel kommen und wir auf demselben Flug sind. Darf ich?», hatte er gefragt, und ehe Epstein antworten konnte, stieg der überdimensionale Rabbi über seine Beine und plumpste in den freien Sitz am Fenster.

«Was machen Sie am Sabbat?», fragte Klausner jetzt am anderen Ende der Leitung.

«Am Sabbat?», echote Epstein. In Israel war der Ruhetag, der am späten Freitagnachmittag eingeleitet wurde und sich bis Samstagabend hinzog, immer ein Ärgernis für Epstein gewesen, da alles geschlossen blieb und die Stadt sich auf der Suche nach irgendeinem alten, verlorenen Frieden vollständig abriegelte. Sogar die weltlichsten Tel Aviver sprachen gern von der besonderen Atmosphäre, die sich freitagnachmittags über die Stadt legte, wenn die Straßen sich leerten und die Welt langsam in eine Stille verfiel, aus dem Strom der Zeit herausgehoben, auf dass sie mit Vorbedacht, rituell, immer wieder neu hineingesetzt werde. Aber was Epstein betraf, war eine staatlich verfügte Unterbrechung der Produktivität nur eine Zumutung.

«Kommen Sie doch mit mir nach Safed», schlug Klausner vor. «Ich hole Sie ab und bringe Sie persönlich wieder zurück. Tür-zu-Tür-Service, einfacher geht es nicht. Ich muss Freitagmorgen sowieso zu einem Treffen nach Tel Aviv. Wo sind Sie untergebracht?»

«Im Hilton. Aber ich habe meinen Kalender nicht vor mir.»

«Ich bleibe dran.»

«Ich bin in einem Restaurant. Können Sie mich morgen früh zurückrufen?»

«Sagen wir einfach, Sie kommen mit, und wenn es ein Problem gibt, rufen Sie mich an. Wenn ich nichts von Ihnen höre, bin ich Freitag um eins in der Lobby. Es sind nur zwei Stunden Fahrt, aber so haben wir reichlich Zeit, hinzukommen, bevor es Sabbat wird.»

Doch Epstein hörte nur halb zu, empfand stattdessen das dringende Bedürfnis, dem Rabbi zu erzählen, dass er am selben Tag fast ertrunken wäre. Dass er kurz vor dem Ertrinken herausgezogen worden war. Sein Magen revoltierte immer noch, er konnte nicht essen. Er hatte versucht, es Moti zu erzählen, und sei es nur, um seinen mangelnden Appetit zu erklären, aber sein Cousin, der zwar alarmiert die Stimme gehoben und mit den Händen herumgefuchtelt hatte, war gegenwärtig schon wieder dabei, die Weinkarte zu studieren.

Der nächste Tag war voll ausgelastet mit Anrufen bei Schloss, der jetzt, da Epstein weniger zu hinterlassen hatte, weitere Änderungen an seinem Testament vornehmen musste, und einer anderen Verabredung zu der Frage, was als Schenkung zu verwirklichen sei, diesmal mit dem Israeli Philharmonic Orchestra. Zubin Mehta empfing ihn persönlich. Der Maestro, in einem italienischen Mantel und Seidenschal, spazierte mit ihm durch das Bronfman-Auditorium. Er mochte ein kleinerer Fisch sein, aber seine zwei Millionen US-Dollar würden immerhin einen Edith-und-Solomon-Epstein-Chair für den Ersten Geiger finanzieren können. Seine Eltern hatten Musik geliebt. Sein Vater habe Geige gelernt, bis er dreizehn war und das Geld für den Unterricht ausgegangen sei. Zu Hause hätten seine Eltern nachts Schallplatten gespielt, erzählte Epstein dem Dirigenten, und er habe vom Bett aus durch die offene Tür gelauscht. Als er sechs war, habe seine Mutter ihn mitgenommen zu einem Konzert von … aber plötzlich, zu seiner Verlegenheit, konnte er sich nicht an den Namen des großen Pianisten erinnern, der die Bühne betreten und sich dem Flügel genähert hatte wie ein Bestatter einem Sarg.

Mehtas Assistentin ging über den Namen des Pianisten hinweg und notierte alles andere auf einem gelben Notizblock. Danach saßen sie bei einem Kaffee im gleißenden weißen Licht des Habima Square. Noch immer auf der Suche nach der Erinnerung an den Namen, fiel Epstein etwas anderes ein, was er um die Zeit erlebt hatte, als er zu dem Pianisten mitgenommen worden war. Er hatte nach einem Nickerchen an einem sehr heißen Nachmittag mit geschlossenen Augen im Bett gelegen, als ihm eine Vision von einer Spinne erschien. In aller Deutlichkeit sah er die orangefarbene Sanduhr an ihrem Unterleib und die hellbraunen Beine mit dunklen Streifen an den Gelenken. Und dann, ganz langsam, öffnete er die Augen, und da war sie, die Spinne, an der Wand ihm gegenüber, genau wie er sie im Geist gesehen hatte. Erst als seine Mutter ins Zimmer kam und zu schreien begann, erfuhr er, dass es eine Braune Witwe war. Es wäre Epstein lieb gewesen, wenn die Assistentin auch dies auf ihrem Block notiert hätte, weil es ihm von großer Bedeutung zu sein schien.

Aber der Maestro redete, und seine Aufmerksamkeit sprang rastlos von seinem summenden Telefon zu den purpurroten Blumen, die in Zöpfen an der Mauer hinaufwuchsen, und zum Sumpf der israelischen Politik (er sei kein Prophet, verkündete Mehta, aber es sehe nicht gut aus). Dann wechselte er zu einem bevorstehenden Konzert in Bombay, wo er Wagner dirigieren werde, was er in Tel Aviv nicht konnte. Er habe fünf Kinder von vier Frauen, hatte Epstein gehört; der Maestro hielt es offenbar nicht für nötig, eine Geschichte zu beenden, ehe er die nächste begann.

Als sie aufstanden, um sich die Hand zu geben, berührte Epstein Mehtas Mantel. Genauso einen habe er auch gehabt, sagte er zu ihm, der nur vage lächelte, in Gedanken schon woanders. Später fand Epstein heraus, dass es in dem Orchester keinen einzigen palästinensischen Musiker gab, und wohlwissend, was er von seinen Töchtern zu hören bekommen würde, wenn er dort seine Schenkung machte, wandte er sein Augenmerk dem Israel-Museum zu.

Über alldem hatte er Klausners Einladung vollkommen vergessen und erinnerte sich erst Freitagmittag daran, als er versuchte, einen Tisch fürs Abendessen zu reservieren und der Concierge ihn darauf hinwies, dass das gewünschte Restaurant geschlossen sei. Eine Stunde später, Punkt ein Uhr, rief die Rezeption in seinem Zimmer an, um zu sagen, dass der Rabbi unten warte. Epstein wägte die Sache ab. Er konnte noch absagen. Wollte er wirklich die nächsten zwei Stunden mit Klausner in einem Auto stecken und ihm dann den ganzen Abend ausgeliefert sein? Im Flugzeug, als die Idee eines Besuchs dort aufgekommen war, hatte Klausner darauf bestanden, er solle im Gilgul-Gästehaus bleiben. Es sei kein Vier-Sterne-Hotel, hatte er gesagt, aber sie würden ihm das schönste Zimmer geben. Doch Epstein hatte nicht die Absicht, über Nacht zu bleiben. Er konnte sich von einem Fahrer abholen lassen, sobald er der Gastfreundschaft des Rabbi überdrüssig wurde. Er war vor dreißig Jahren einmal in Safed gewesen, konnte sich aber nur noch an einige Straßenstände mit Silberschmuck erinnern und an die unzähligen von Flechten verkrauteten Steinstufen. Ein wunderbarer Ort, hatte Klausner über die Stadt in den Bergen Obergaliläas gesagt, die seit fünfhundert Jahren Mystiker anzog. Ein Ort mit erfrischender Luft und unvergleichlichem Licht. Vielleicht sei Epstein sogar interessiert, bei der Gilgul-Einkehr mit ihnen zu lernen? «Und was hätten Sie mir beizubringen?», fragte Epstein mit einer hochgezogenen Augenbraue. Worauf Klausner eine chassidische Erzählung über einen Schüler anführte, der seinen Lehrer, einen großen Rabbi, besuchen geht, und als er bei seiner Rückkehr gefragt wird, was er gelernt habe, antwortet, er habe gelernt, wie der Rabbi sich die Schuhe bindet. Mit einer Geste nach unten, zu den schief gelaufenen Absätzen von Klausners schwarzen Schlupfschuhen, führte Epstein die Worte seines Vaters an: «Und *so* bestreiten Sie Ihren Unterhalt?»

Er hatte sich immer seiner Fähigkeit gerühmt, Menschen zu durchschauen, zu erkennen, was unter der Oberfläche war. Aber aus Klausner wurde er noch nicht schlau. Als großer Schlepper hatte er die noch Suchenden zu Hunderten auf seinen Zauberberg transportiert, die ganze Strecke von JFK und LAX über den Atlantik; es war eine Kleinigkeit für ihn, Epstein in Tel Aviv aufzulesen. Und doch lag etwas im Blick dieses Rabbi – nicht seine Aufmerksamkeit, denn die ganze Welt war Epstein gegenüber immer aufmerksam gewesen, sondern eher seine Tiefe, die Andeutung einer Weite darin –, was Verständnis zu verheißen schien. Die Ereignisse des Vortages – der verlorene Mantel, der Raubüberfall, der Leichenwagen mit dem lang und dunkel in seinem Inneren schimmernden Ebenholzsarg, all das, was Epstein mit einem Schauder wieder in den Sinn gekommen war, als er auf dem Weg zum Flughafen in die schwarze Limousine stieg, die an ihrem Platz auf ihn wartete – hatten unwohle Gefühle bei ihm hinterlassen. Vielleicht war es nur eine aus der Erregung entsprungene Überempfänglichkeit, aber er verspürte den Wunsch, sich Klausner anzuvertrauen. In groben Zügen erzählte er ihm

145

vom letzten Jahr, beginnend mit dem Tod seiner beiden Eltern und wie er seine lange, vorwiegend stabile Ehe zum Schrecken seiner Familie und Freunde beendet und sich aus der Anwaltskanzlei zurückgezogen hatte, und schließlich erzählte er ihm von dem unwiderstehlichen Verlangen nach Leichtigkeit, das unter alledem angeschwollen war und ihn dazu gebracht hatte, so viel wegzugeben.

Der Rabbi fuhr sich mit seinen langen, dünnen Fingern durch den Bart, und schließlich sprach er ein Wort aus, das Epstein nicht verstand. *Tzimtzum,* hatte Klausner wiederholt und den Begriff, der in der Kabbala von zentraler Bedeutung ist, erklärt. Wie schafft das Unendliche – das *En Sof,* das kein Ende Habende, wie Gott genannt wird – etwas Endliches *innerhalb* dessen, was bereits unendlich ist? Und ferner, wie können wir das Paradoxon der gleichzeitigen An- und Abwesenheit Gottes in der Welt erklären? Es war ein Mystiker aus dem sechzehnten Jahrhundert, Isaak Luria, der die Antwort vor fünfhundert Jahren in Safed verkündet hatte: Als Gottes Wille aufkam, die Welt zu erschaffen, zog Er selbst sich erst zurück, und in der Leere, die Er hinterließ, schuf Er die Welt. *Tzimtzum,* so habe Luria diese göttliche Kontraktion genannt, die der Schöpfung notwendigerweise vorausging, erklärte Klausner. Und dieses ursprüngliche Ereignis werde als ein fortwährendes angesehen, das sich ständig wiederhole, nicht nur in der Tora, sondern auch in unserem eigenen Leben.

«Zum Beispiel?»

«Zum Beispiel», sagte Klausner unter Windungen auf dem Sitz, der die Beinfreiheit der Kanzel vermissen ließ, «schuf Gott Eva aus Adams Rippe. Weshalb? Weil zunächst ein leerer Raum in Adam geschaffen werden musste, um Platz für das Erleben eines Gegenübers zu machen. Wussten Sie, dass Chava – so heißt Eva auf Hebräisch – ‹Erleben› bedeutet?»

Es war eine rhetorische Frage, und Epstein, der es gewohnt war, solche Fragen selbst zu gebrauchen, gab sich keine Mühe zu antworten.

«Um den Menschen zu erschaffen, musste Gott sich erst zurückziehen, und man könnte sagen, dass dieser Mangel das Definitionsmerkmal der Menschheit sei. Es ist ein Mangel, der uns verfolgt, weil wir als Gottes Schöpfung eine Erinnerung an das Unendliche enthalten, die uns mit Sehnsucht erfüllt. Aber derselbe Mangel ist es auch, der den freien Willen ermöglicht. Das Zuwiderhandeln gegen Gottes Befehl, nicht vom Baum der Erkenntnis zu essen, kann als Gehorsamsverweigerung zugunsten der freien Wahl und des Trachtens nach selbständiger Erkenntnis gedeutet werden. Aber natürlich ist es Gott, der die Idee, vom Baum der Erkenntnis zu essen, überhaupt erst aufbringt. Gott, der sie Eva eingibt. Und insofern kann sie auch als Gottes Weise gedeutet werden, Adam und Eva an die Konfrontation mit dem leeren Raum in ihnen selbst heranzuführen … dem Raum, in dem Gott abwesend zu sein scheint. So war es Eva, deren Schöpfung eine physische Leere in Adam verlangte, die ihn auch zur Entdeckung der metaphysischen Leere in seinem Inneren führt, um die er ewig trauern wird, selbst wenn er sie mit seiner Freiheit und seinem Willen flutet.»

147

Man finde es auch in der Geschichte von Mose, fuhr Klausner fort. Demjenigen, der auserwählt war, für sein Volk zu sprechen, musste zuerst die Sprache genommen werden. Als Kind steckte er eine glühende Kohle in den Mund und verbrannte sich die Zunge, sodass er unfähig war zu sprechen, und erst diese Abwesenheit von Sprache schuf die Möglichkeit, ihn mit Gottes Sprache zu erfüllen.

«Deswegen sagen die Rabbis uns, ein gebrochenes Herz sei voller als ein zufriedenes, weil ein gebrochenes Herz eine Leerstelle hat und die Leerstelle sich anbietet, mit dem Unendlichen gefüllt zu werden.»

«Was wollen Sie mir damit sagen?», fragte Epstein mit einem trockenen Lachen. «Dass ich mich empfänglich gemacht habe?»

Das Flugzeug begann zu rütteln, als es eine Luftschicht mit Turbulenzen durchflog, und Klausner wurde von einer hektischen Suche nach den Strippen seines Gurts abgelenkt. Er hatte Epstein seine Flugangst schon gestanden, nachdem dieser ihn zwei Tabletten hatte schlucken und mit einem Glas Ananassaft hinunterspülen sehen, das er der Stewardess abluchsen konnte, obwohl sie ihn bereits aufgefordert hatte, an seinen Platz im Economybereich zurückzukehren. Jetzt stützte er das Gesicht in beide Hände und spähte neuerlich in den dunklen Himmel, als wäre der Grund der Instabilität dort draußen zu entdecken.

Die Gefahr ging vorüber, die Stewardess kam wieder, um Klausner mit einem weißen Tuch für den Klapptisch zu verscheuchen: Gleich werde das Essen serviert, und er müsse jetzt wirklich an seinen Platz zurückgehen. Da

148

seine Zeit fast um war, kam Klausner rasch auf das Geschäftliche zu sprechen. So gerne er sich ganz der Gilgul-Sache gewidmet hätte, sagte er zu Epstein, werde seine Zeit dieser Tage doch stark vom Organisationskomitee für eine Versammlung der Nachkommen König Davids nächsten Monat in Jerusalem in Anspruch genommen. So etwas habe es noch nie gegeben. Man erwarte die Teilnahme von tausend Personen! Er habe das Thema bereits im Plaza ansprechen wollen, sagte er, aber Epstein sei verschwunden, ehe er Gelegenheit dazu gefunden habe. Würde er sich überlegen, teilzunehmen? Es wäre ihm eine Ehre, wenn er käme. Und könnte er sich vorstellen, in den Beirat einzutreten? Es würde nur bedeuten, seinen Namen und eine Spende zu geben.

Aha, dachte Epstein, das ist es also. Aber wenngleich seine Gedanken müde waren, sein Herz war es nicht, denn als der Name Jerusalem fiel – Jerusalem, das durch sein Alter, durch all sein gesammeltes Leid, den Haufen paradoxer Widersprüche und die aufgestauten menschlichen Fehler doch irgendwie nie erschöpft zu sein schien, sondern eher seine Majestät daraus bezog –, erinnerte er sich an den Anblick der alten Hügel dieser Stadt und fühlte, wie sein blutverdünntes Herz sich weitete.

Er sagte Klausner, er werde darüber nachdenken, obwohl er nicht wirklich vorhatte, darüber nachzudenken. Er empfand ein plötzliches Bedürfnis, dem Rabbi Bilder von seinen Kindern zu zeigen, für den Fall, dass er mit seiner Erzählung vom Loslassen und Weggeben einen falschen Eindruck von sich vermittelt haben sollte. Sei-

nen lebenssprühenden Kindern und Enkeln, die ein
handfester Beweis für seine Bindung an die Welt waren.
Man musste suchen, um die Ähnlichkeit zu finden. Jonah, dunkler als seine Schwestern, brauchte nur ein paar
Stunden der Sonne ausgesetzt zu sein, um dunkelhäutig
zu werden. Um ein marokkanischer Teppichhändler zu
werden, pflegte Epstein zu sagen. Aber seine Mutter sagte
immer, er habe das Haar eines griechischen Gottes. Maya
hatte das gleiche dunkle Haar, doch als sie gezeugt wurde,
war alles Melanin schon ausgegeben und ihre Haut so hell
geworden, dass sie leicht verbrannte. Lucie sah weder ma-
rokkanisch noch griechisch aus, ja, nicht einmal jüdisch –
sie war eher der nordische Typ, mit einem Hauch Anmut
von Schnee und geläutert von Kälte. Trotzdem gab es etwas im belebten Ausdruck ihrer Gesichter, was ihnen gemeinsam war.

Doch in dem Moment, als Epstein sein Handy herauszog, um dem Rabbi die Bilder zu zeigen, fiel ihm ein,
dass es leer war: all die Tausende von Fotos waren mit
dem Palästinenser verschwunden. Epstein dachte wieder
an den Mann in seinem Mantel, der inzwischen zu Hause
in Ramallah oder Nablus angekommen sein und ihn, zur
Überraschung seiner Frau, in den Schrank gehängt haben
musste.

Da er nichts zu zeigen hatte, fragte Epstein, wie Klausner dazu gekommen sei, zu dem Treffen mit Abbas im
Plaza eingeladen zu werden, worauf der Rabbi antwortete,
er sei ein alter Freund von Joe Telushkin. Aber Epstein
kannte keinen Telushkin. «Kein Nachkomme Davids»,

sagte Klausner, jedoch mit einem Funkeln in den Augen, als wäre ihm das Bild, das er bediente, nur allzu bewusst – nämlich das des Juden, der das Klischee anstrebt und in seinem frommen Kampf gegen die Ausrottung gewillt ist, die Kopie einer Kopie einer Kopie zu werden. Epstein hatte sie sein Leben lang gesehen, jene, deren dunkle Anzüge nur die Tatsache hervorheben, dass die Tinte nach so vielen Vervielfältigungen verblasst und verschwommen geworden ist. Aber bei Klausner war das nicht der Fall.

Jetzt wartete der Rabbi in der Lobby des Hilton auf ihn. Durch die Fensterscheibe seines Hotelzimmers konnte Epstein den Hügel von Jaffa sehen, in dessen Bauch, eingestürzt und träumend in den Schoß der Erde zurückgekehrt, Jahrtausende schlummerten. Ihn überkam ein Gefühl von Mattigkeit, und dergleichen nicht gewöhnt und in Sorge darüber, was es bedeuten mochte, zwang er sich aufzustehen. Er schaufelte sich die Schekel vom Nachttisch in die Hosentasche und entnahm dem Safe im Schrank ein paar größere Scheine, die er in die Geldbörse steckte. Ob er über den grünen Rasen des Weizmann-Instituts geschlendert und unter den strengen Blicken des ersten israelischen Staatspräsidenten, dessen Augen ihm aus den Ölporträts folgten, das Haus besichtigt hatte, oder zur Ben-Gurion-Universität hinausgefahren war, wo er große Aasvögel in der Wüste fressen sah, oder einfach seinem Cousin Moti am Tisch gegenübergesessen hatte, der Subtext all seiner Gespräche in den letzten Tagen war Geld gewesen. Epstein hatte genug davon. Er würde Klausners Kabbala-Unternehmen eine kleine Spende geben, und fertig. Mit dem Rabbi wollte er über andere Dinge reden.

Als er bei den Aufzügen in der Lobby um die Ecke bog, erblickte er Klausner von hinten. Er trug denselben schmuddeligen Anzug wie zuvor; Epstein erkannte einen losen Faden wieder, der nach wie vor vom Saum des Jacketts herabhing, ohne dass der Rabbi sich die Mühe gemacht hatte, ihn abzuschneiden, und am Rücken war etwas, was aussah wie ein staubiger Fußabdruck. Ein dunkelblauer Wollschal hing ihm um den Hals. Sobald Klausner Epstein erblickte, kam Leben in ihn; er packte ihn bei den Schultern und drückte sie herzlich. Er hatte nichts von der steifen Unbeholfenheit der Orthodoxen, die oft den Eindruck machten, sie wollten so weit wie möglich auf Abstand von ihren Körpern gehen, und sich deshalb zu einem Punkt in ihrem Schädel zusammenzogen. Epstein fragte sich, ob Klausner vielleicht nicht in die Religion hineingeboren, sondern erst später dazugekommen war. Ob sich unter dem schlecht sitzenden Anzug ein Körper befand, der einmal Basketball gespielt und gerungen hatte, der nackt mit einem Mädchen durchs Gras gerollt war, ein Körper, der auf seiner fast fortwährenden Suche nach Freiheit und Vergnügen Freiräume erobert hatte. Während Epstein sich diese Gemeinsamkeit ausmalte, spürte er ein Kribbeln freundschaftlicher Wärme in seiner Brust.

Er folgte dem Rabbi durch die Drehtür und über die Zufahrt dorthin, wo ein verbeultes Auto schräg zur Bordsteinkante stand, eher wie aufgegeben als absichtlich geparkt. Klausner öffnete die Beifahrertür und kramte herum, entfernte leere Plastikflaschen und mit einer Schnur zusammengebundene Pappe, die er in den Kofferraum warf. Ihn von hinten beobachtend, fragte Epstein, ob Klausner auch eine Recyclinganlage betreibe. «Sozusagen», erwiderte der Rabbi mit einem Grinsen und zwängte sich hinters Steuer. Auch mit weit zurückgestelltem Sitz waren seine Knie noch unnatürlich abgewinkelt.

Epstein richtete sich auf dem Beifahrersitz ein. Am Armaturenbrett starrten wütend lose Drähte aus der Stelle, an der die Stereoanlage herausgerissen worden war. Ruckartig sprang der Motor an, und der Rabbi schlenkerte an einem geparkten Mercedes vorbei und die steile Einfahrt des Hotels hinunter. «Tut mir leid. Der Bentley ist in der Werkstatt», sagte er, während er auf den Blinkerhebel schlug und aus dem Augenwinkel zu Epstein hinüberschielte, um zu sehen, wie der Witz ankam. Aber Epstein, der einmal einen Bentley besessen hatte, lächelte nur milde.

Zwei Stunden später, nachdem sie die Küstenstraße verlassen und einige Höhe erklommen hatten, setzte ein Sprühregen ein. Das Auto hatte keine Scheibenwischer – wer immer es der Stereoanlage beraubt hatte, mochte vielleicht auch darin einen Wert gesehen haben. Aber Klausner, den Epstein inzwischen als unermüdlich erkannt hatte, langte fachmännisch mit einem schmutzigen Lappen nach draußen und rieb das Glas sauber, ohne auch nur zu verlangsamen. Das wurde alle paar Minuten unter Fortsetzung seiner Exegese des Lebens und der Lehren Lurias wiederholt. Er werde Epstein in Safed zu dem Haus führen, wo

153

Luria gelebt habe, versprach Klausner, zu dem Hof, wo seine Schüler sich einst versammelt hätten, um ihrem Lehrer in die Felder zu folgen, tanzend und Psalmen singend zum Einzug der Königin Sabbat.

Epstein sah aus dem Fenster und lächelte in sich hinein. Er würde mitmachen. Er würde nicht eingreifen. Er war irgendwo, wo zu sein er nur eine Woche zuvor nicht hätte voraussehen können – im Auto mit einem mystischen Rabbi, unterwegs nach Safed. Der Gedanke, dass er hier gelandet war, ohne irgendwelche Anweisungen zu geben, gefiel ihm. Sein Leben lang hatte er auf Ergebnisse hingearbeitet. Aber der Abend des sechsten Tages war auch für ihn gekommen, nicht wahr? Ringsum erstreckte sich das alte Land. Jedes Leben ist seltsam, dachte er. Als er das Fenster herunterkurbelte, roch die Luft nach Kiefern. Sein Kopf fühlte sich ganz leicht an. Die Sonne stand schon tief. Der Verkehr auf der Schnellstraße hatte sie aufgehalten, und die Königin Sabbat saß ihnen im Nacken. Aber der zu den schlummernden Hügeln hinausschauende Epstein war erstaunt über das Gefühl, alle Zeit der Welt zu haben.

Sie erreichten Safed und fuhren durch die engen Straßen, in denen die Läden bereits verschlossen waren. Zweimal mussten sie anhalten und zurücksetzen, um Reisebusse vorbeizulassen, die hohen Fenster gefüllt mit den müden, aber zufriedenen Gesichtern derer, die gerade vom Quell der Authentizität der Welt getrunken hatten. Jenseits der Stadtmitte vereinzelten sich die Touristen und Künstler, und dann sahen sie in den Gassen nur noch Chassiden, die sich an die Hauswände drückten, als das

Auto sich vorbeidrängte, ihre Plastiktüten an den Körper gepresst. Was hatte es auf sich mit den religiösen Juden und ihren Plastiktüten?, wunderte Epstein sich. Weshalb investierten diese Menschen, die Tausende von Jahren gewandert waren, nicht in zuverlässigeres Gepäck? Sie glaubten nicht einmal an Aktentaschen und brachten ihre rechtsgültigen Dokumente in Tüten aus der koscheren Bäckerei mit ins Gericht – er hatte es wer weiß wie oft gesehen. Jetzt drohten sie Klausner ärgerlich mit den Händen, nicht weil er ihnen im Vorbeifahren fast die Nasen abrasiert hätte, sondern weil er so kurz vor Beginn des Sabbats überhaupt noch fuhr. Doch vier Minuten vor der Schlussglocke bog der Rabbi scharf um die Ecke in eine Einfahrt am Stadtrand ein und kam vor einem Gebäude zum Stehen, dessen gefleckte Steine die Farbe von Zähnen hatten, wenngleich eher von einer Person, die zu alt war, um sie zu benutzen.

Klausner hüpfte heraus, während er mit einer vollen Tenorstimme vor sich hin sang. Epstein stand in der frischen, kühlen Luft und blickte auf das Tal hinab, wo Jesus seine Wunder vollbracht hatte. In der Ferne krähte ein Hahn, und wie als Antwort kam die ferne Erwiderung eines Hundes. Wäre nicht die Satellitenschüssel auf dem Terrakottadach gewesen, hätte man wohl glauben mögen, der Rabbi habe ihn in eine Zeit zurückgebracht, als die Welt noch unverdorben war.

«Willkommen bei Gilgul», rief Klausner, der schon den Weg hinaufeilte. «Kommen Sie rein, man wird schon auf uns warten.»

Epstein blieb, wo er war, und ließ den Anblick auf sich wirken.

Aber jetzt meldete sich sein Handy wieder, mit einem so lauten Klingeln, dass es bis nach Nazareth zu hören gewesen sein mochte. Es war seine Assistentin aus New York. Gute Nachrichten, sagte sie: Sie glaube, vielleicht eine Spur zu seinem Mantel zu haben.

PACKEN FÜR KANAAN

Den Rest der Nacht, nachdem ich Friedman getroffen hatte, verbrachte ich orientierungslos an der Grenze zwischen Schlafen und Wachen. Sobald ich die Augen schloss und in einen leichten, unruhigen Schlaf hinüberdämmerte, füllte mein Geist sich mit den Reihen und Spalten der Fenster des Hotels, aufleuchtend und surrend wie ein Glücksspielautomat oder ein gigantischer Abakus. Ich konnte nicht herausfinden, was diese beängstigend wiederkehrenden Berechnungen bedeuteten. Nur dass sie von Bedeutung für mich und den weiteren Verlauf meines Lebens waren. Die Ereignisse des Tages dehnten und verzerrten sich in meinem Kopf, und irgendwann war ich überzeugt, Kafka selbst sitze in dem Sessel am Fenster, halb der Terrasse zugewandt. Ich war mir seiner Anwesenheit sicher, genauso sicher, wie ich es mir im nächsten Moment der Absurdität dessen war, was ich gerade geglaubt hatte. Dort war das Gesicht, das ich auf dem Foto aus seinem letzten Lebensjahr so oft intensiv betrachtet hatte: vierzig Jahre alt, brennende Augen, ob aus Krankheitsgründen oder vor Aufregung über eine Flucht, mit hervortretenden Wangenknochen im hageren Gesicht und spitzen Ohren, die wie von einer äußeren Kraft scharf nach oben und vom Schädel weggezogen wirkten. Verdreht durch die Anspannung, nicht mehr rein menschlich – lieferten diese Ohren nicht von jeher den Beweis für eine unverständliche Verwandlung, die bereits im Gange war?

Die Tür stand einen Spaltbreit auf, und das Geräusch des sanft und geruhsam wogenden Meeres drang herein. Hin und wieder hob Kafka zierlich einen Fuß und rieb seine schmale, unbehaarte Fessel an den langen Vorhängen. Seine gedankliche Vertiefung erfüllte den Raum, schwer und unheilvoll, und irgendwo in meinem Unbewussten muss sich die in Kafkas Tagebuch oft durchgespielte Selbstmordphantasie, aus dem Fenster zu springen und unten aufs Pflaster zu schlagen, mit dem Mann vermischt haben, der von der Hotelterrasse in den Tod gesprungen war.

Aber Kafka, mein Kafka, machte keine Bewegung in Richtung der Terrassentür, und so gelangte ich zu der Überzeugung, er sinne vielmehr darüber nach, ob er diese oder jene der vielen Frauen in seinem Leben heiraten solle oder nicht. Beim Lesen seiner Tagebücher und Briefe hat man den Eindruck, dass dies das wichtigste Thema war, mit dem er sich beschäftigte, einzig dem Schreiben nachgeordnet. Vage dachte ich daran, ihm zu sagen, er habe viel zu viel Energie auf das alles verschwendet. Seine Hysterie sei sinnlos, er habe recht, wenn er glaube, er sei nicht für die Ehe geschaffen, und was er als sein Versagen und seine Schwäche sehe, könne auch als ein Zeichen von Gesundheit gedeutet werden. Einer Gesundheit, hätte ich

158

vielleicht hinzugefügt, die ich neuerdings auch selbst zu besitzen vermutete, sofern Gesundheit jener Anteil der eigenen Person sei, der erkennt, woran es liegt, dass man sich unwohl fühlt.

In einem Jahr würde auch ich vierzig sein, und mir kam der Gedanke, dass es nur folgerichtig wäre, wenn mein im Hilton gezeugtes Leben auch dort endete. Dass meine Recherchen ebendies erkunden sollten. Im Nebel meines halb bewussten Zustands erschreckte mich das nicht. Es schien nicht bloß ein logischer Gedanke zu sein, sondern auf einer tieferen Logik zu beruhen, und im letzten Moment, bevor ich endlich einschlief, erfüllte mich dies mit seltsamer Hoffnung.

Morgens blitzte die Sonne durch die Fenster, als ich von einem derben Klopfen an der Tür geweckt wurde. Ich taumelte aus dem Bett. Es war eine Frau vom Zimmerservice, die den ganzen Weg von Eritrea oder aus dem Sudan hergekommen war, um die Ordnung wiederherzustellen. Auf ihrem Wagen stapelten sich blütenweiße Handtücher und kleine Päckchen handgerechter Seife. Sie spähte an mir vorbei ins Zimmer, auf die zerwühlten Bettlaken und herumfliegenden Kissen, das Ausmaß der Arbeit abschätzend. Sie musste alles Mögliche durchgemacht haben. Eine Frau, die die ganze Nacht mit dem Schlaf gerungen hatte, bedeutete ihr nichts. Aber sie merkte, dass sie mich geweckt hatte, und schickte sich an, wieder zu gehen. Mir schoss der Gedanke durch den Kopf, wenn irgendjemand etwas über den Mann wusste, der gesprungen oder gefallen war, dann sie.

Ich rief sie zurück; ich würde gleich abreisen, erklärte ich, sie könne ruhig schon anfangen. Anfangen, meine Anwesenheit gewissermaßen auszulöschen, damit der nächste Gast sich der Illusion erfreuen konnte, das Zimmer sei eigens für ihn bestimmt, und nicht darüber nachdenken musste, welche Parade von Menschen schon in seinem Bett geschlafen hatte.

Ich folgte ihr ins Badezimmer, wo sie rund ums Waschbecken sauberzumachen begann. Meiner lauernden Präsenz gewahr, blickte sie mir im Spiegel in die Augen.

«Noch Handtücher?»

«Danke, ich habe genug. Aber ich wollte Sie etwas anderes fragen.»

Sie richtete sich auf, trocknete ihre Hände an der Schürze.

«Wissen Sie etwas über einen Gast, der vor ein paar Monaten von der Terrasse gefallen ist?»

Ein Ausdruck von Verwirrung oder vielleicht Argwohn verdüsterte ihr Gesicht.

Ich versuchte es erneut: «Einen Mann, der von dort hinuntergefallen ist …?» Ich gestikulierte zu den Fenstern, dem Himmel, dem Meer hinaus. «Einen Mann, der tot war?» Als dies keine Reaktion auslöste, fuhr ich mit dem Finger schnell an meiner Kehle entlang, wie der polnische Rohling in *Shoah*, der Claude Lanzmann demonstrierte, wie er aus unmittelbarer Nähe der Eisenbahngleise den Juden immer Zeichen gegeben hatte, dass sie ihrer Ermordung entgegenrasten. Weshalb ich das tat, weiß ich nicht.

«Kein *English*.» Sie bückte sich, hob ein benutztes Handtuch vom Boden auf und quetschte sich an mir vorbei. Dann nahm sie frische Handtücher von ihrem Wagen, warf sie auf das ungemachte Bett und sagte mir, sie komme später wieder. Die Tür klickte hinter ihr zu.

Wieder allein, überwältigte mich ein Gefühl trostloser Depression. Monatelang hatte ich mich an die Idee geklammert, dieses hässliche Hotel halte eine Art Versprechen für mich bereit. Unfähig, etwas daraus zu machen hatte ich zugelassen, dass es mich im Griff behielt, und statt aufzugeben und mich anderen Dingen zuzuwenden, hatte ich meine Sachen gepackt und war schnurstracks hingefahren, hatte sogar dort *eingecheckt*, und jetzt war ich hier und bedrängte diese arme Frau, es doch bitte wahr zu machen, dass jemand sich in den Tod gestürzt hatte, nur damit ich am Ende doch eine Geschichte an diesem Ort entdecken konnte.

Ich packte meinen Koffer, begierig, das Hotel zu verlassen und mich auf den Weg zur Wohnung meiner Schwester in der Brenner Street zu machen, wo ich normalerweise immer wohnte, wenn ich nach Israel kam. Sie verbrachte nur einen Teil des Jahres dort und war derzeit wieder in Kalifornien. Da ich sonst oft tagelang in ihrer leeren Wohnung geschrieben hatte, war es nicht ausgeschlossen, mir vorzustellen, dass ich dort, nicht mehr im Hilton selbst, aber doch nicht weit von ihm entfernt, endlich in der Lage sein würde, mich hinzusetzen und meinen Roman über das Hilton oder etwas nach dem Muster des Hilton zu beginnen, wie ich es seit einem halben Jahr im Kopf hatte, ohne auch nur den ersten Satz zu Papier zu bringen.

In den Fernsehnachrichten wurde berichtet, es seien keine weiteren Raketen gefolgt. So nachrichtenunwert war die Nacht gewesen, dass zwischen einer Bildreportage aus Gaza und einer Rede des Verteidigungsministers, der weitgehend ununterscheidbar vom Kulturminister war, noch Zeit für einen Bericht über die Sichtung eines Wals in den Gewässern nördlich von Tel Aviv blieb – ein Grauwal, dessen Artgenossen man seit rund zweihundertfünfzig Jahren im Mittelmeer nicht mehr gesehen hatte, da sie in unserer Hemisphäre durch den Walfang ausgerottet worden waren. Aber jetzt war ein einzelnes Mitglied ihrer Familie hier aufgetaucht und von Herzlia nach Jaffa geschwommen, ehe es wieder in der Tiefe verschwand. Ein Mann vom Marine Mammal Research and Assistance Center erklärte in einem Interview, der Wal sei abgemagert, höchstwahrscheinlich todgeweiht. Sie glaubten, er sei in Verwirrung geraten, als er die Nordwestpassage erreichte und das Eis geschmolzen fand, habe sich dann ohne die bekannten Orientierungspunkte irrtümlich nach Süden statt nach Norden gewandt und sei so in israelischen Gewässern gelandet. Auf dem Hotelbett sitzend, sah ich mir die verwackelte Videoaufnahme des hoch aufspritzenden Blas an und dann, wie sich, nach einer langen Pause, die riesige vernarbte Schwanzflosse erhob.

Ich ging nach draußen auf den Balkon, um den Ausblick ein letztes Mal auf mich wirken zu lassen. Oder die Wellen nach einem Zeichen des Wals abzusuchen. Oder einfach noch einmal zu ermessen, wie nahe Gaza tatsächlich war. In einem kleinen Boot mit Außenbordmotor hätte man nicht lange gebraucht, um die vierundvierzig Meilen dorthin zurückzulegen, wo die Palästinenser aus derselben Annäherung an den unendlichen Raum auf denselben Horizont hinausblickten und nirgendwo hinkonnten.

Unten, in der Lobby, stand eine Schlange vor der Rezeption. Eine große Gruppe checkte gerade ein – Tanten, Onkel, Cousinen und Cousins, alle aus Amerika gekommen, um einem der Ihren die feierliche Aufnahme ins Mannesalter zu bereiten, der nun höchstselbst auf einem prallen Louis-Vuitton-Gepäckstück saß und versuchte, sich die klebrigen Reste aus einer Schachtel Nerds in den Mund zu schütteln. Während ich in der Schlange stand, beobachtete ich, wie der Sicherheitsmann an der Tür eine enorme weiße Handtasche durchwühlte, in deren weichen, ledrigen Tiefen sich ein unbekanntes Segment des Universums befand. Nur allzu gern hätte auch ich hineingeschaut. Die geduldig auf die Rückgabe wartende Eigentümerin, sonnengebräunt, mit lackierten Fingernägeln, glaubte wohl, ihre Tasche werde nach Waffen oder einer Bombe durchsucht, aber die hingebungsvolle Gründlichkeit des Wachmanns ließ vermuten, dass er nach etwas von weit größerer Bedeutung suchte.

Der Generaldirektor tauchte aus dem Personalbüro auf. Ein Ausdruck des Wiedererkennens erhellte sein Gesicht, als er mich erblickte, und er segelte zu mir herüber. Meine Hand zwischen seinen beiden Händen haltend, erkundigte er sich nach meinem Großvater, den er schon seit zwanzig Jahren kenne. Mein Großvater sei tot, erklärte ich; er sei letztes Jahr gestorben. Der Generaldirektor konnte es nicht glauben und schien fast sagen zu wollen, das müsse ich erfunden haben, wie all die anderen Sachen, von denen ich in meinen Büchern behauptete, dass sie sich zugetragen hätten. Aber er hielt sich gerade noch zurück, und nachdem er sein Bedauern bekundet hatte, fragte er, ob der Obstkorb, den er mir aufs Zimmer geschickt habe, gut gewesen sei. Ich sagte ja, da es sinnlos war, ihm zu gestehen, dass ich gar keinen bekommen hatte, bei dem ganzen Drama, das dadurch losgetreten worden wäre. Ich erklärte ihm, dass ich auschecken wollte. Erneute Überraschung und Besorgnis – war ich nicht gerade erst angekommen? Ich wurde nach vorn gebeten, an der Bar-Mizwa-Gesellschaft vorbei, und der Generaldirektor schlüpfte hinter den Empfangstisch, um mich persönlich zu bedienen, indem er alles schnell und elegant erledigte. Als meine Rechnung fertig war, begleitete er mich zur Tür und wies den Portier an, mir ein Taxi zu rufen. Er schien es eilig zu haben, mich zu verabschieden. Wahrscheinlich hatte er einfach viel zu tun, aber mir fiel ein, er wisse vielleicht, dass ich von dem zu Tode gestürzten Mann gehört hatte. Es konnte sein, dass Effie oder sogar Matti, mein Journalistenfreund, in meinem Namen im Hotel angerufen hatte und der Generaldirektor über ihre Erkundigungen informiert worden war. Vielleicht hatte auch das aufgeschreckte Zimmermädchen seinen Chef vor einer Stunde benachrichtigt. Während ich noch überlegte, wurde mein Koffer in den Gepäckraum des wartenden Taxis verfrachtet, und ehe ich meine Frage angemessen formulieren konnte, hatte der Generaldirektor mich auf den Rücksitz geladen, lächelte mit einer Miene strahlender Professionalität, schlug die Tür zu und klopfte mit den Knöcheln an die Seite des Taxis, um es loszuschicken.

Wir waren nur fünf Minuten die Straße hinuntergefahren, als der Fahrer ausscherte und an der Bordsteinkante hielt. Ein Bus hupte, und durch die Heckscheibe sah ich ihn mit quietschenden Bremsen auf uns zukommen, auf Haaresbreite vor unserer Stoßstange zum Stehen gebracht. Der Taxifahrer stieg aus, verfluchte den Busfahrer und verschwand hinter der geöffneten Motorhaube. Ich folgte ihm nach vorn und fragte, was los sei, doch er ignorierte mich und vertiefte sich weiter in die überhitzten Innereien der Maschine. Schaulustige Fußgänger sammelten sich an der Straße. Amerika ist ein Land, das keine Zeit zur Verfügung hat, aber im Nahen Osten gibt es Zeit, und so wird die Welt genauer betrachtet, und derweilen sie betrachtet wird, bilden sich Meinungen über das, was man sieht, und natürlich sind Meinungen verschieden, sodass ein Überfluss an Zeit in einer bestimmen Gleichung zu Streitigkeiten führt. Jetzt brach ein Streit darüber aus, ob der Taxifahrer dort, wo er hielt, hätte halten und die Haltestelle blockieren dürfen. Ein Mann in schweißgeflecktem Unterhemd gesellte sich dem Fahrer unter der Haube hinzu, und auch sie begannen darüber zu streiten, was dort los war. Für meinen Mann war die Welt immer das, was sie zu sein schien, und für mich war sie es nie, aber in Israel konnte sich niemand je darüber einigen, wie die Welt überhaupt erschien, und trotz der Heftigkeit der endlosen Streitereien war diese grundlegende Bereitschaft, Uneinigkeit zuzulassen, immer eine Erleichterung für mich gewesen.

Ich wiederholte meine Frage, und schließlich hob der Fahrer das verschwitzte Gesicht, registrierte alles, was er schon immer über mich hatte wissen wollen, schlenderte nach hinten, riss die Klappe auf, stellte meinen Koffer auf die Straße und kehrte an seine Werkelei zurück. Ich zog den Koffer hinter mir her auf den Gehsteig, wo die kleine Menge gerade weit genug auseinanderwich, um mich durchzulassen. Ein paar Meter oberhalb blieb ich am Straßenrand stehen und suchte den entgegenkommenden Verkehr nach einem anderen Taxi ab. Aber jetzt in der Rushhour waren alle besetzt. Schließlich entdeckte ich ein *Sherut* – ein Sammeltaxi, das eine bestimmte Route fährt und überall hält, wo Leute dem Fahrer zurufen – und winkte ihm. Doch als es bereits verlangsamte, um mich aufzunehmen, hielt ein Auto neben mir, und die Scheibe senkte sich.

Am Steuer saß, nach wie vor in seiner Safarijacke, Friedman.

«Nu?», sagte er in der alten jiddischen Weise, einem anderen auf den Zahn zu fühlen. «Was ist passiert?» Er langte über den Beifahrersitz und öffnete die Tür, ehe er die Symphonie im Radio leiser stellte.

Stieg ich ein? Eine Erzählung mag Formlosigkeit nicht ertragen, aber auch das Leben gibt ihr kaum eine Chance, wird es doch von einem Geist gelenkt, dessen Aufgabe darin besteht, um jeden Preis Zusammenhalt zu produzieren. Mit anderen Worten: eine glaubwürdige Geschichte.

«Sie wollen mir doch nicht erzählen, dass das ein Zufall war?», forderte ich Friedman heraus, als er sich wieder in den Verkehr einreihte. «Mein Taxi hat eine Panne, und Sie kommen einfach so vorbei?»

In Wahrheit war ich jedoch erleichtert, ihn zu sehen.

«Ich wollte das da im Hilton für Sie abgeben.»

Ohne die Augen von der Straße abzuwenden, fasste er hinter meinen Sitz, hob schwungvoll eine große, schmuddelig braune Papiertüte hoch und legte sie mir auf den Schoß.

«Man sagte mir, Sie seien gerade abgereist, und mir fiel ein, dass Sie davon gesprochen hatten, in die Wohnung ihrer Schwester an der Brenner Street umzuziehen. Da wollte ich hin, als ich Sie am Straßenrand entdeckte.»

Ich konnte mich nicht erinnern, die Wohnung meiner Schwester erwähnt zu haben, aber mein Gedächtnis war von dem fehlenden Schlaf auch etwas vernebelt. Gestern Nachmittag hatte ich eine Verabredung zum Kaffee mit meinem Hebräisch-Übersetzer vergessen und nach dem Besuch bei einem alten Freund, dem Choreographen Ohad Naharin, meine Handtasche dort liegenlassen. Trotzdem war ich auch bereit zu glauben, dass Friedman alles wusste, was es über mich zu wissen gab; dass er meine Akte gelesen hatte. Vielleicht wollte ich es sogar glauben, weil ich dann aus dem Schneider gewesen wäre.

Ich rollte die Papiertüte auf, und ein muffiger Geruch schlug mir entgegen. Unten drin lag ein durcheinandergewürfelter Stapel morscher Kafka-Taschenbücher, die Rücken aufgebrochen vom vielen Gebrauch.

«Als kleine Denkhilfe», sagte Friedman ohne weiteren Kommentar.

Ich knüllte die Tüte wieder zu. Wir hielten an einer Ampel, und vor dem Auto überquerte ein junges Paar, die Arme um des anderen Taille geschlungen, die Straße. Der Junge war schön, wie es nur einer sein kann, der in der Sonne aufgewachsen ist. Sein offener Hemdkragen entblößte den Hals. Ich wandte mich wieder Friedman zu, der damit beschäftigt war, am Rückspiegel zu fummeln. Er sah zu alt aus, um noch fahren zu können. Die rechte Hand hatte einen Tremor – daran bestand kein Zweifel. War es nicht möglich, dass er genau wie Effie, der Cousin meines Vaters, in jene Lebensphase eingetreten war, in der die immer nutzloser werdende Wirklichkeit sich an den Rändern aufzulösen beginnt?

Es wurde grün, und er bog links auf die Allenby ab. Innerhalb von ein paar Minuten hatten wir die kleine ruhige Straße meiner Schwester erreicht. Ich deutete auf die Nummer 16, mit einem Parkplatz unter dem Vorbau, nebst einer Art Garten, der es fertigbrachte, zugleich kahl und wild zu sein. Wir stiegen beide aus, Friedman mit Hilfe seines Stocks, der quer auf dem mit Hundehaaren übersäten Rücksitz gelegen hatte. Heute waren seine schwieligen Füße mit Ledersandalen beschuht, die Fußnägel abgebrochen. Ich hievte meinen Koffer aus dem Gepäckraum.

«Packen Sie immer so schwer?»

Ich protestierte, ich sei die leichteste Packerin der ganzen Familie; meine Eltern und Geschwister kämen schon für eine Übernachtung nicht ohne je drei Koffer aus.

«Und das macht sie glücklich?»

«Glück hat damit nichts zu tun. Für sie geht es nur darum, vorbereitet zu sein.»

«Vorbereitet aufs Unglück. Aufs Glück muss man sich nicht vorbereiten.»

Er drehte sich um und blickte zu den mit Metallrollläden verschlossenen Fenstern meiner Schwester im ersten Stock hinauf. Vom Kindergarten auf der anderen Straßenseite schallte Lady Gaga zu uns herüber.

«Können Sie da oben schreiben?»

Ich legte eine Pause ein, tat so, als müsste ich mir die Antwort überlegen; genau genommen tat ich so, als gäbe es eine Chance, dass ich dort schreiben würde, obwohl ich genau wusste, dass es keine gab.

«Wenn Sie die Wahrheit wissen wollen», gab ich zu, «läuft es mit meiner Arbeit in letzter Zeit nicht so gut. Ich stecke fest.»

«Umso mehr Grund, zwischendurch etwas anderes zu versuchen.»

«Was? Ein Ende für das zu finden, was Kafka nicht vollenden konnte oder aufzugeben beschloss, wie das meiste, was er schrieb? Werke, die trotzdem ihren Weg in die Welt gefunden haben, auch ohne Ende, mit ungeschmälertem Erfolg? Selbst wenn ich die Einschüchterung überwinden könnte, wäre mir das Gefühl einer Grenzüberschreitung unerträglich. Meine eigene Arbeit verunsichert mich schon genug.»

Durch die großen Blätter eines sogenannten Dschungelbaums fiel die Sonne gesprenkelt auf Friedmans Gesicht,

und ein kleines Lächeln umspielte seine trockenen Mundwinkel, das inwendige Lächeln der Weisen angesichts der
Torheit anderer.

«Glauben Sie, das, was Sie schreiben, gehört Ihnen?»,
fragte er sanft.

«Wem sonst?»

«Den Juden.»

Ich brach in Gelächter aus. Aber Friedman hatte sich
schon abgewandt und begann, seine vollgestopften Taschen eine nach der anderen zu durchforsten. Die Hände,
ihre pergamentartigen Rücken mit Sonnenflecken bedeckt,
klopften und drückten, mühten sich mit dem Öffnen der
Klettverschlüsse ab. Es war eine Tortur, die den ganzen Tag
hätte dauern können: Er war bepackt wie ein Selbstmord-
bomber.

Mitten im Gelächter fiel mir die berühmte Zeile aus
Kafkas Tagebuch ein: *Was habe ich mit Juden gemeinsam?
Ich habe kaum etwas mit mir gemeinsam.* Das wurde in der
unermüdlichen Diskussion darüber, wie jüdisch Kafkas
Werk nun eigentlich wirklich sei, häufig zitiert. Dann gab
es noch das, was er in einem Brief an Milena geschrieben
hatte, wie er die Juden alle (sich eingeschlossen) in eine
Schublade hätte stopfen mögen und die Lade gelegentlich
ein wenig aufziehen und wieder zuschieben, um nachzuse-
hen, ob sie schon erstickt wären.

Friedman reagierte nicht und fuhr fort, seine Taschen zu
durchsuchen, die ich mir jetzt mit Zetteln gefüllt vorstellte, Anweisungen für andere Autoren, um die große Walze
der jüdischen Literatur am Rollen zu halten. Aber nichts

wurde gefunden oder entdeckt, und entweder vergaß er, was er suchte, oder er verlor das Interesse. Die jüdische Literatur würde warten müssen, wie alles Jüdische auf eine Vollkommenheit wartet, die wir aus tiefstem Herzen nicht wirklich zu erreichen wünschen.

«Sie haben es doch selbst gesagt», erinnerte ich ihn, «niemand interessiert sich mehr für Bücher. Eines Tages wachten die Juden auf und erkannten, dass sie noch mehr jüdische Autoren so nötig brauchten wie ein Loch im Kopf. Jetzt gehören wir wieder uns selbst.»

Ein missbilligender Ausdruck ließ die schon tiefen Furchen an Friedmans Stirn noch tiefer werden. «Was Sie schreiben, ist gut. Aber diese falsche Naivität ist ein Problem. Das macht einen unreifen Eindruck. In Interviews kommen Sie nicht gut raus.»

Mich überfiel eine unwiderstehliche Müdigkeit. Ich nahm den Griff meines Koffers in die Hand.

«Sagen Sie mir, worum es geht und was Sie von mir wollen, Mr. Friedman?»

Er holte die Tüte voll Kafka von der niedrigen Mauer, auf der ich sie abgestellt hatte, und hielt sie mir hin. Am Boden war ein kleiner Riss, und es sah so aus, als würde das ganze Ding gleich aufreißen. Ich ergriff sie instinktiv, um zu verhindern, dass die Bücher sich alle auf den Gehweg ergossen.

«Ich fühle mich geschmeichelt, dass Sie mich angesprochen haben, wirklich. Aber ich bin nicht die Richtige für Sie. Ich habe genug Schwierigkeiten mit meinen eigenen Büchern. Mein Leben ist schon kompliziert. Ich bin nicht darauf aus, zur jüdischen Geschichte beizutragen.» Ich zog den Koffer zum Eingangsweg des Gebäudes. Doch Friedman war noch nicht fertig.

«Geschichte? Wer hat etwas von Geschichte gesagt? Aus der Geschichte haben die Juden noch nie gelernt. Eines Tages werden wir zurückblicken und die jüdische Geschichte als Leuchtzeichen einer Verirrung sehen, und dann wird es auf das ankommen, was schon immer das Eigentliche war: die jüdische Erinnerung. Und dort, im Reich der Erinnerung, das immer unvereinbar mit der Geschichte sein wird, darf jüdische Literatur noch hoffen, einigen Einfluss zu haben.»

Er öffnete die Autotür, warf den Metallstock hinein, schlüpfte auf den Fahrersitz und ließ den Motor an.

«Ich komme morgen früh um zehn», rief er bei heruntergelassener Scheibe durchs Fenster. «Mögen Sie das Tote Meer? Packen Sie für über Nacht. Nach Sonnenuntergang wird es in der Wüste kalt.»

Er hob die Hand und fuhr mit dem knirschenden Geräusch von Glasscherben unter den Reifen davon.

Im vertrauten Zimmer meiner Schwester liegend, schlief ich endlich ein. Als ich wieder aufwachte, empfand ich ein geradezu körperliches Heimweh, so körperlich wie die Symptome der Söldner aus dem siebzehnten Jahrhundert, die daran erkrankt waren, so weit von der Heimat entfernt zu sein, die Ersten, an denen die Krankheit Nostalgia diagnostiziert worden war. Obwohl nie so akut, kannte ich die Sehnsucht nach etwas, wovon ich mich getrennt fühlte, was weder eine Zeit noch ein Ort, sondern etwas Form- und Namenloses war, seit meiner Kindheit. Wobei ich sagen möchte, dass die Trennung, die ich jetzt empfand, gleichsam in meinem Inneren war: das Gefühl, zugleich hier und nicht hier, sondern vielmehr *dort* zu sein.

Mit Anfang zwanzig hatte ich viel über diesen Schmerz nachgedacht und geschrieben. Ich hatte auf meine Art versucht, ihn in meinem ersten Buch zu behandeln, aber am Ende war das einzig wahre Heilmittel, das ich je dagegen fand, ebenfalls körperlich gewesen: die erste Intimität mit den Körpern der Männer, die mich geliebt hatten, und später mit meinen Kindern. Ihre Körper hatten mich immer verankert. Wenn ich sie umarmte und sie an mich gelehnt fühlte, wusste ich, dass ich hier war und nicht dort, wie es mir jeden Tag, wenn sie morgens in mein Bett kletterten, neu in Erinnerung gerufen wurde. Und zu wissen, dass ich hier war, kam in gewissem Sinn dem Wunsch gleich, hier zu sein, weil ihre Körper eine so mächtige Reaktion in meinem eigenen auslösten, eine Bindung, die nicht hinterfragt werden musste, denn was konnte sinnvoller oder natürlicher sein? Nachts kehrte mein Mann mir den Rücken zu und schlief auf seiner Seite des Bettes ein, und ich kehrte ihm den Rücken zu und schlief auf meiner ein, und da wir keinen Weg zum anderen hinüberfanden, da wir das fehlende Verlangen, hinüberzufinden, mit Angst davor und Unfähigkeit durcheinandergebracht hatten, streckten wir uns beide nach einem anderen Ort aus, der nicht hier war. Erst morgens, wenn eins unserer Kinder in unser noch schlafwarmes Bett schlüpfte, wurden wir dorthin zurückversetzt, wo wir waren, und an unsere starke Bindung daran erinnert.

Mit dem Gesicht nach unten im Bett meiner Schwester versuchte ich, die schleichende Angst abzuwehren. Ich kannte das von den vielen Reisen und Abwesenheiten wegen meiner Arbeit, aber auch von morgendlichen Abschieden, wenn ich meine Kinder zur Schule brachte und es ihnen schwerfiel, loszulassen, wenn ich ihre Hände von mir abpellen, die Tränen von ihren Wangen wischen und ihnen dann den Rücken kehren musste, um zur Tür hinauszugehen, wie die Lehrer es uns immer empfahlen. Je länger der Abschied, umso schwerer werde es für das Kind, sagten sie, und das Beste in solchen Momenten, wenn man es ihm leichter machen wolle, sei, sich mit einem kleinen Klaps zu trennen und schnell zu verschwinden. Um uns herum waren immer Kinder, die mit dieser täglichen Prozedur kein Problem zu haben schienen. Sie erlebten die Trennung von ihren Eltern nicht als Bruch oder Grund zur Verzweiflung. Aber keines meiner Kinder kam leicht damit zurecht. Als mein ältester Sohn drei war und begann, morgens ein paar Stunden in die Vorschule zu gehen, war er regelmäßig so außer sich über die Trennung, dass die Schulpsychologin mich und meinen Mann Ende Oktober zu einem Elterngespräch bat, bei dem auch seine Lehrer und der Schulleiter anwesend waren. Hinter der Psychologin flatterten bunte, ans Fenster geklebte Laubblätter aus Papier im Aufwind der Heizung. Wenn er weint, erklärte uns die Psychologin, ist es nicht das normale Weinen eines Kindes. Was ist es dann?, fragte ich. Uns – und hier blickte sie ernst in die Runde ihrer Kollegen, um deren Unterstützung zu suchen – scheint es existenziell zu sein.

Ich hatte mit ihr gestritten. Hatte für das Glück und Wohlbefinden meines Sohnes argumentiert und gegen eine Verzweiflung, die über das Gewöhnliche hinausging. Sie sollten ihn zu Hause sehen, sagte ich zu ihr. Ein Kind, das übersprudelt vor Freude! Voller Spaß, voller Leben! Um meine Behauptung zu untermauern, bediente ich mich einer Schatzkiste von Anekdoten. Aber später, nachdem das Gespräch beendet war, ging der Kommentar der Psychologin mir weiter unter die Haut.

Das schwierige Sich-Trennen war mit der Zeit einfacher geworden. Mein Sohn begann, die Schule zu lieben, und es gab lange Phasen, in denen der Abschied ihm überhaupt nichts ausmachte. Aber die Trennungsängste verließen ihn nie ganz, und auch jetzt kam es noch vor, dass er am Schuleingang in Panik geriet. Während er mich anflehte, ihn nicht hineinzuschicken, konnte ich ruhig bleiben und beschwichtigend auf ihn einreden. Doch eine halbe Stunde später – nachdem er sich verausgabt, sich schließlich der Tatsache gebeugt hatte, dass es keine andere Wahl gab, und sich die Augen wischend durch die Tür gegangen war, während ich ohne zurückzublicken in die entgegengesetzte Richtung ging – versank ich in Traurigkeit. Es konnte Stunden dauern, bis ich in der Lage war, mich auf meine Arbeit zu konzentrieren, und wenn die Zeit nahte, ihn abzuholen, ging ich früher los als nötig und beeilte mich den ganzen Weg. Und obwohl man leicht sagen könnte, ich hätte einfach Mitgefühl mit meinem Sohn gehabt, scheint es, als ob ich mir, wenn ich mich all diese Jahre genauer mit mir selbst beschäftigt hätte, eingestehen müsste, dass in Wirklichkeit meine Angst und Einsamkeit zuerst da gewesen waren und die meiner Söhne – des älteren und dann auch des jüngeren – nur ein Echo darauf, weil sie in irgendeinem Winkel ihrer selbst verstanden, dass ich mich nur in ihrer Anwesenheit und an sie gebunden wirklich hier fühlen konnte und dass ich ihretwegen blieb.

Ich rief über Skype zu Hause an. Mein Mann antwortete, und dann hüpften die Gesichter der Jungen ins Bild. Nichts sei gestorben, seit ich weg war, erzählten sie mir, keine der restlichen Ameisen auf der Ameisenfarm, auch kein Mehlwurm oder Meerschweinchen oder unser Hund, der schon alt und blind war, wenngleich sie selbst in meiner kurzen Abwesenheit gewachsen zu sein oder sich irgendwie verändert zu haben schienen. Und musste das nicht so sein? Jeden Tag ersetzten sie die Atome, mit denen sie geboren waren, durch solche, die sie aus ihrer Umgebung aufnahmen. Die Kindheit ist ein Prozess der langsamen Selbstzusammensetzung aus den geborgten Materialien der Welt. In einem unmerklichen Augenblick verliert ein Kind dann das letzte Atom, das seine Mutter ihm gegeben hat. Es hat sich komplett ausgetauscht, und danach ist es nur noch Welt. Das heißt: allein in sich selbst.

Mein Jüngster erzählte mir von der Geschichte, die er am Vortag geschrieben hatte, etwas über einen Vulkan mit einem steckengebliebenen Quader im Bauch. Er habe ein Problem, erklärte mein Sohn (der Vulkan, nicht der

Quader, denn der Quader sei ja schließlich tot). Ein paar Soldaten seien gekommen und hätten ihm gesagt, er solle den Sturm der Dämmerung rufen. Ob ich schon mal vom Sturm der Dämmerung gehört hätte? Also, in der Mitte des Sturms der Dämmerung sei ein winziger Punkt, und das sei der Sturm des Verderbens, und das, erklärte mir mein Sohn, sei die heißeste Stelle der Welt.

Hinter ihm sah ich die vertrauten blauen Küchenschränke, das Fenster, den alten Ofen, und erinnerte mich an das Gefühl, wie ich abends, nachdem die Jungen eingeschlafen waren, oder morgens, wenn ich vom Zur-Schule-Bringen nach Hause kam, versucht hatte, die Gegenwart jenes anderen Lebens wieder aufzuspüren.

Ich begann, ihnen von dem Grauwal zu erzählen, der sich vor die Küste von Tel Aviv verirrt hatte, aber schon nach dem ersten Satz gaben sie kleine Geräusche der Verzweiflung von sich, und ich merkte, dass es ein Fehler gewesen war. Hey-hey!, rief ich, noch nicht ganz sicher, wie ich sie vor diesem Patzer retten sollte, diesem Brunn der Traurigkeit, in dem sie um Gottes willen nicht ertrinken sollten, weil ihnen nie die Möglichkeit gegeben worden war, schwimmen zu lernen. Wir hatten einen solchen Popanz aus ihrem Glück gemacht, mein Mann und ich, hatten uns dermaßen bemüht, ihr Leben gegen Traurigkeit zu schützen, dass sie gelernt hatten, sich auf ähnliche Weise davor zu fürchten wie ihre Großeltern vor den Nazis oder davor, nicht genug zu essen zu haben. Trotz der notorischen jüdischen Albträume, in denen ich mir ein paarmal im Jahr vorstellte, meine Kinder unter den Dielen zu

177

verstecken oder sie auf einem Todesmarsch in den Armen zu tragen, fand ich mich sehr viel öfter in Betrachtungen vertieft, wie ihre Persönlichkeit an der Erfahrung wachsen könnte, ein paar Wochen durch einen polnischen Wald um ihr Leben zu laufen.

Aber wäre es nicht möglich, hob ich jetzt schnell hervor, dass die Wissenschaftler alles ganz falsch verstanden hätten? Dass der Wal sich gar nicht verirrt hatte, sondern aus freien Stücken hergekommen war, sich auf die Gefahr hin, sein Leben zu riskieren, abgesondert hatte, um seinem ureigensten Drang zu folgen? Dass der Wal auf großer Abenteuersuche war?

Erneut gerettet, wurden meine Söhne bald zappelig. Schließlich erschien mein Mann wieder auf dem Bildschirm. Zweimal erstarrte sein pixeliges Gesicht zu Ausdrücken, die nicht übersetzungsfähig waren. Aber auch im Ganzen war etwas Ungewöhnliches an seiner Erscheinung. In den letzten Monaten hatte er ebenfalls begonnen, anders auszusehen. Wenn man etwas lange genug betrachtet, kommt ein Punkt, an dem einem das Vertraute fremd wird. Vielleicht war es nur die Folge meiner Müdigkeit, des auf Sparflamme schaltenden Gehirns, das die Flut von Assoziationen und gespeicherten Perspektiven, die es jede Sekunde verarbeiten muss, um die Leerstellen zu füllen und dem, was die Augen übermitteln, einen Sinn zu geben, ausblendet. Vielleicht waren es auch die ersten Anzeichen von Alzheimer, den ich für mein sicheres Schicksal hielt, genau wie er das meiner Großmutter gewesen war. Jedenfalls ertappte ich mich dabei, dass ich meinen Mann

mehr und mehr mit der gleichen Neugier betrachtete wie
Mitreisende in einem Zug, nur gespannter und mit zusätz-
lichen Überraschungseffekten, da sein Gesicht fast zehn
Jahre lang der Inbegriff des Vertrauten für mich gewesen
war, bis er eines Tages aus diesem Bereich heraus und ins
Unheimliche fiel.

Er hatte die Nachrichten verfolgt und wollte wissen, wie
die Stimmung in Tel Aviv sei und wohin die Dinge sich zu
entwickeln schienen. Im Augenblick sei alles ruhig, sagte ich. Vielleicht werde es keinen israelischen Luftangriff
geben, obwohl ich die Worte, während ich sie aussprach,
selbst nicht wirklich glaubte. Ob ich nicht nach Hause
kommen wolle?, fragte er. Ob ich keine Angst hätte? Nicht
um mich, sagte ich und wiederholte, was ich andere oft
sagen gehört hatte: Von einem Auto erwischt zu werden sei
wahrscheinlicher als von einer Rakete.

Dann fragte er, wie es mir gehe und was ich in der
Zwischenzeit alles gemacht hätte. Diese einfache Frage, so
selten gestellt, kam mir jetzt unendlich weitreichend vor.
Ich konnte sie ebenso wenig beantworten, wie ich ihm
während der zehn Jahre, die wir nun verheiratet waren,
sagen konnte, wie es mir gegangen war und was ich alles
gemacht hatte. Die ganze Zeit über hatten wir Worte gewechselt, aber irgendwann schienen die Worte ihre Macht
und ihren Sinn verloren zu haben und jetzt, gleich Schiffen
ohne Segel, nicht mehr in der Lage zu sein, uns irgendwo
hinzubringen: Sie brachten uns nicht näher, weder zuein-
ander noch zu einer Art Verständnis. Die Worte, die wir
benutzen wollten, waren uns nicht erlaubt – die durch

Angst bedingte Rigidität verhinderte sie –, und diejenigen, die wir benutzten, waren für mich irrelevant. Trotzdem, ich versuchte es: Ich erzählte ihm vom aufklarenden Wetter, vom Schwimmen im Pool des Hilton und dass ich Ohad, Hana und unseren Freund Matti gesehen hatte. Ich erzählte ihm von der Atmosphäre im Schutzraum und den lauten Knallen, die zuweilen die Wände zittern ließen. Aber ich erzählte ihm nichts von Eliezer Friedman.

———

Eine Ecke der Wohnung meiner Schwester öffnete sich zum dunklen, ledrigen Laubwerk eines Baumes, unter dessen Blättern die Luft dämmrig und feucht gehalten wurde, ein Spinnenparadies, und in diesen kleinen Raum im Freien hatte sie einen einst teuren Ledersessel gestellt, der ein Vierteljahrhundert in der Wohnung unserer Großeltern gelebt hatte. Wenn es im Winter regnete, konnte der Metallrollladen geschlossen werden, aber sonst blieb der Sessel, den meine Großeltern ehrfürchtig gehütet, selten benutzt und sorgfältig mit einem Leintuch vor der nahöstlichen Sonne geschützt hatten, den Elementen ausgesetzt. Dieser rebellische oder vielleicht einfach freigeistige Akt meiner Schwester machte mich verrückt. Oft setzte ich mich nur deshalb in den Sessel, um das Bedürfnis zu entschärfen, ihn zu bedecken.

Ich schlug die erste Seite von Kafkas Sammelband *Parabeln und Paradoxe* auf und begann zu lesen:

Viele beklagen sich, dass die Worte der Weisen immer wieder nur Gleichnisse seien, aber unverwendbar im täglichen Leben, und nur dieses allein haben wir. Wenn der Weise sagt: «Gehe hinüber», so meint er nicht, dass man auf die andere Seite hinübergehen solle, was man immerhin noch leisten könnte, wenn das Ergebnis des Weges wert wäre, sondern er meint irgendein sagenhaftes Drüben, etwas, das wir nicht kennen, das auch von ihm nicht näher zu bezeichnen ist und das uns also hier gar nichts helfen kann.

Ich spürte ein leichtes Anschwellen von Frustration. Wenn ich mit etwas Abstand von seinen Büchern an Kafka dachte, vergaß ich dieses Gefühl fast immer. Ich hatte die ikonischen Szenen aus seinem Leben im Kopf, über die ich so viel gelesen hatte, dass sie mir wie Filmszenen vor Augen standen: seine Leibesübungen vor dem offenen Fenster, das fieberhafte Schreiben um Mitternacht, die qualvollen Tage auf den desinfizierten weißen Laken eines Sanatoriums nach dem anderen. Aber Frustration war für Kafka mehr als ein Thema, es war eine ganze Existenzdimension, und sobald man ihn zu lesen beginnt, ist man ihr wieder ausgeliefert. Es gibt nie eine Lösung für die erst schlimmer werdenden, dann enervierenden Szenarios, die in seinen Texten entstehen; es gibt nur die große, endlose Beschäftigung damit, das nahezu tantrische Ausharren in der Frustration, ohne etwas zu erreichen, außer die Seele auf das Absurde vorzubereiten. Sogar die Weisen werden dafür ausgepresst: Sie tragen uns auf, irgendwo hinzugehen, aber wir haben keine Möglichkeit, uns dort hinzubegeben, und obendrein wissen sie nicht mehr darüber als wir selbst – es gibt keinen Beweis, dass der Ort überhaupt existiert. Was macht es schon, dass die Weisen nun einmal endlich sind und dennoch bestrebt, uns zur Unendlichkeit zu führen. Nach Kafkas Rechnung, die nicht wirklich widerlegt werden kann, sind sie nutzlos. Sie ziehen unsere Aufmerksamkeit auf das sagenhafte Drüben, ohne uns je hinbringen zu können.

Ich blätterte weiter und las noch einmal, was für mich immer eine der unvergesslichsten Passagen gewesen war, die Kafka geschrieben hatte, einen Abschnitt aus *Der Process*, den er selbst als eigenständigen Text veröffentlichte. Ein Mann kommt zum Türhüter, der vor dem Gesetz Wache hält, und bittet um Eintritt. Er wird abgewiesen, aber nicht ganz – der Türhüter sagt ihm, es sei möglich, dass er später eingelassen werde. Der Mann kann weder vorwärts, noch kann er sich abwenden, und so setzt er sich auf den Schemel, den der Türhüter ihm gibt, um vor dem offenen Tor des Gesetzes zu warten. Er darf nicht hindurch; in der Tat scheint die Tür nur offen zu stehen, um ihn mit der Idee des Eintretens zu verhöhnen. Er verbringt sein Leben mit Warten, ein Leben vor der Schwelle des Gesetzes, und jeder Versuch, eingelassen zu werden, wird ihm unveränderlich verwehrt. Der Mann wird alt, sein Augenlicht wird schwach, sein Gehör vergeht; schließlich nähert sein Leben sich dem Ende, und «vor seinem Tode sammeln sich in seinem Kopfe alle Erfahrungen der ganzen Zeit zu einer Frage». Er nimmt seine letzte Kraft zusammen, um sie dem

Türhüter zuzuflüstern: Alle streben doch nach dem Gesetz, wieso kommt es, dass in den vielen Jahren niemand außer mir Einlass verlangt hat? Worauf der Türhüter schreiend, damit der Sterbende ihn noch hören kann, den Mann anherrscht: «Hier konnte niemand sonst Einlass erhalten, denn dieser Eingang war nur für dich bestimmt. Ich gehe jetzt und schließe ihn.»

Im Kindergarten auf der anderen Straßenseite war Lady Gaga abgestellt worden, und die Kinder begannen zu singen. Eine vertraute Melodie, ebenso die Worte, obwohl ich sie nicht alle verstand. Ich war mit Hebräisch in den Ohren groß geworden – unter anderem als der Sprache, in der meine Eltern stritten –, aber nie genug, um es wirklich zu können. Und doch, der Klang fühlte sich so vertraut an wie eine vergessene Muttersprache, und über die Jahre hatte ich zahlreiche Anläufe gemacht, sie zu lernen. Auch Kafka hatte in seinen letzten Jahren Hebräisch gelernt, zur Vorbereitung auf die Umsiedlung nach Palästina, von der er träumte. Aber letztendlich hat er die *Alija* natürlich nie gemacht – die wörtliche Bedeutung dieses hebräischen Ausdrucks für die jüdische Einwanderung ist «hinaufgehen» –, und vielleicht wusste er irgendwie, dass er nie «hinaufgehen» würde, genau wie man nicht zum Drüben «hinübergehen» und nur vor der offenen Tür verharren kann. Nachdem er einen Film über jüdische Pioniere in Palästina gesehen hatte, schrieb Kafka über Mose in sein Tagebuch:

Das Wesen des Wüstenwegs ... Die Witterung für Ka-
naan hat er sein Leben lang; dass er das Land erst vor
seinem Tode sehen wollte, ist unglaubwürdig ... Nicht
weil sein Leben zu kurz war, kommt Mose nicht nach
Kanaan, sondern weil es ein menschliches Leben war.

Niemand hat je so durch und durch auf der Schwelle gelebt wie Kafka. Auf der Schwelle des Glücks, des Drüben,
Kanaans, der nur für uns bestimmten offenen Tür. Auf der
Schwelle des Entkommens, der Verwandlung. Eines unerhörten und endgültigen Verstehens. Niemand hat eine
solche Kunst daraus gemacht. Und wenn Kafka trotzdem
nie düster oder nihilistisch ist, so weil schon das Erreichen
der Schwelle eine Empfänglichkeit für Hoffnung und
lebhafte Sehnsucht verlangt. Dort *ist* eine Tür. Es gibt
einen Weg hinauf oder hinüber. Nur dass es uns mit an
Sicherheit grenzender Wahrscheinlichkeit nicht gelingen
wird, sie in diesem Leben zu erreichen, zu erkennen oder
hindurchzugehen.

Abends ging ich zum Tanzunterricht in einer alten gelben
Schule, deren Fensterrahmen himmelblau gestrichen waren. Ich liebe es zu tanzen, aber als ich irgendwann begriff,
dass ich lieber hätte versuchen sollen, Tänzerin zu werden
statt Schriftstellerin, war es zu spät. Mehr und mehr habe
ich den Eindruck, dass mein wahres Glück im Tanzen
liegt und dass ich, wenn ich schreibe, in Wirklichkeit zu
tanzen versuche, und weil das unmöglich ist, weil Tanzen
frei von Sprache ist, bin ich nie mit dem Schreiben zu-

frieden. Schreiben ist in gewissem Sinn eine Suche, zu verstehen, und so bleibt es immer postfaktisch, immer ein auf die Durchforstung der Vergangenheit bezogener Prozess, und wenn man Glück hat, kommen dauerhafte Zeichen auf einem Blatt Papier dabei heraus. Tanzen dagegen heißt, sich verfügbar zu machen (für Freude, für eine Explosion, für Stille); es findet immer nur in der Gegenwart statt – im Moment danach ist es bereits verschwunden. Tanzen verschwindet ständig, sagt Ohad oft. Die abstrakten Verbindungen zu gestalteter Emotion, die es im Publikum hervorruft, und die Erregung der eigenen Gefühls- und Vorstellungswelt – das alles ergebe sich aus dem Verschwinden. Wir haben keine Ahnung, wie die Menschen zu jener Zeit tanzten, als die Genesis geschrieben wurde; wie es zum Beispiel aussah, als David «mit aller Macht» vor Gott tanzte. Aber selbst wenn wir es wüssten, läge die einzige Möglichkeit, es wieder lebendig zu machen, im Körper eines heutigen Tänzers, der es uns einen Augenblick lang unmittelbar vergegenwärtigen könnte, ehe es wieder verschwände. Schreiben dagegen, dessen Ziel es ist, zeitlose Bedeutung zu erlangen, muss sich bezüglich der Zeit in die eigene Tasche lügen; im Wesentlichen muss es an eine Art Unveränderlichkeit glauben, was auch der Grund für unsere Meinung ist, die größten Werke der Literatur seien diejenigen, die der Prüfung durch Hunderte, ja, Tausende von Jahren standgehalten haben. Und diese Lüge, die wir uns beim Schreiben selbst erzählen, bereitet mir ein wachsendes Unbehagen.

So liebe ich es denn zu tanzen, aber nirgendwo tanze ich lieber als in dieser gelben Schule, in diesen alten Räumen, aus deren großen Fenstern man die roten Blüten von Bäumen sehen kann, die mich endlos erfreuen, ohne dass ich mir je die Mühe gemacht hätte, ihre Namen zu erfahren, und wo in der oberen Etage Ohad mit seiner Truppe in einem Raum mit Ausblick auf das Meer probt. Die Lehrerin sagte uns, wir sollten versuchen, in der Bewegung kleine Zusammenbrüche in uns zu fühlen, Zusammenbrüche, die nach außen unsichtbar seien, aber gleichwohl in uns geschähen. Und dann, nach ein paar Minuten, sagte sie, wir sollten einen kontinuierlichen Zusammenbruch fühlen, leicht, aber andauernd, wie wenn Schnee in uns fiele.

Als die Tanzstunde zu Ende war, ging ich an den Strand. Ich setzte mich in den Sand und dachte darüber nach, wie das, was sich hinter mir befand, einmal eine Wüste gewesen war. Eines Tages kam ein trotziger Mann und zog Linien in den Sand, und sechsundsechzig trotzige Familien standen auf einer Düne und verlosten Muschelschalen für sechsundsechzig Grundstücke, und gingen dann hin, um trotzige Häuser zu bauen und trotzige Bäume zu pflanzen, und aus diesem ursprünglichen Akt des Trotzes erwuchs eine ganze trotzige Stadt, schneller und größer als irgendjemand sich hätte vorstellen können, und jetzt sind es vierhunderttausend Menschen, die Tel Aviv mit der gleichen Trotzigkeit bevölkern. Die Meeresbrise ist genauso trotzig. Sie verhunzt die Fassaden der Häuser, alles rostet und korrodiert, nichts darf hier neu bleiben, aber die Leute machen sich nichts daraus, weil es ihnen die Möglichkeit verschafft, sich trotzig zu weigern, irgendetwas auszubessern. Und wenn so ein Nichtswisser aus Europa oder Amerika kommt und sein ausländisches Geld dafür benutzt, das Weiße wieder weiß zu machen und das Löchrige heil, sagt niemand etwas, weil jeder weiß, dass es nur eine Frage der Zeit ist, und wenn es schon bald heruntergekommen aussieht, sind alle wieder glücklich, es atmet sich leichter, wenn sie vorbeigehen, nicht aus Schadenfreude, nicht weil sie nicht das Beste für ihn wollten, wer immer es sei, der nur einmal im Jahr kommt, sondern weil das, wonach die Menschen sich wirklich sehnen, mehr als nach Liebe oder Glück, Zusammenhalt ist. Vor allem in sich selbst, und dann in dem Leben, dessen kleiner Teil sie sind.

Die Flut hatte zu Konfetti zersetzten Plastikmüll angespült. Die bunten Schnitzel übersäten den Sand und wirbelten durch die Wellen. Eine Erzählung mag Formlosigkeit nicht ertragen, aber auch das Leben gibt ihr kaum eine Chance – ist es das, was ich schrieb? Ich hätte schreiben sollen, das «menschliche Leben». Denn die Natur schafft nicht nur Form, sondern zerstört sie auch, und es ist das Gleichgewicht zwischen beiden, das sie so mit Frieden erfüllt. Wenn die Stärke des menschlichen Geistes jedoch in der Fähigkeit besteht, Formloses zu formen und der Welt durch die Strukturen der Sprache Bedeutung aufzuprägen, so liegt seine Schwäche in dem Widerstreben oder der Weigerung, je daran zu rütteln. Wir hängen an der Form und fürchten das Formlose: von klein auf lernen wir, es zu fürchten.

Manchmal, wenn ich meinen Kindern abends etwas vorlas, kam mir der perverse Verdacht, dass ich ihnen mit der Wiederholung der immer gleichen Märchen, Bibelgeschichten und Mythen, die seit Hunderten oder Tausenden von Jahren erzählt worden waren, kein Geschenk machte, sondern vielmehr etwas wegnahm – sie der unendlichen Möglichkeiten beraubte, der Welt so früh und so tief einen eigenen Sinn zu geben, indem ich ihnen die alten Kanäle von Ereignis und Konsequenz einbläute. Abend für Abend erteilte ich ihnen Unterricht in Konventionen. Wie schön und rührend es auch sein mochte, es war immer das. Hier sind die verschiedenen Formen, die das Leben annehmen kann, sagte ich ihnen. Dabei erinnerte ich mich noch gut an die Zeit, als mein älterer Sohn Ideen produzierte, die weder eine bekannte Form hatten noch eingefahrenen Mustern folgten, als seine dringenden, seltsamen Fragen uns die Welt neu erschlossen. Wir hielten seine Sichtweise für eine Form von Brillanz, und doch fuhren wir fort, ihn in den herkömmlichen Formen zu erziehen, auch wenn wir uns darüber aufregten. Aus Liebe. Damit er seinen Weg in die Welt fand, in der er nun einmal leben musste. Und nach und nach überraschten uns seine Gedanken weniger, und seine Fragen bezogen sich meistens auf die Bedeutung der Worte in Büchern, die er jetzt selber las. An solchen Abenden, wenn ich meinen Kindern wieder einmal die Geschichte von Noah, Jona oder Odysseus vorlas, hatte ich den Eindruck, dass auch diese wunderschönen Erzählungen, die sie beruhigten und ihre Augen glänzen ließen, eine Form von Bindung waren.

Ich ging eine der kleinen, vom Meer in die Stadt führenden Straßen hinauf nach Hause, und als ich die Brenner erreichte, war es spät, und mir taten die Beine weh; trotzdem konnte ich nicht schlafen.

Seid bereit loszulassen, hatte die Tanzlehrerin gesagt, *aber lasst noch nicht los.*

Um zwei oder drei Uhr morgens heulten die Sirenen, und ich ging nach unten, wo ich dann mit einer alten Dame und ihrer Tochter im Betontreppenhaus stand. Das Heulen hörte auf, und in der Stille senkten wir die Köpfe. Als die donnernde Explosion ertönte, hob die alte Frau die Augen und lächelte mich an, ein so deplatziertes Lächeln, dass es nur von Senilität herrühren konnte. Auf dem Rückweg ins Bett nahm ich ein paar Kleidungsstücke aus meinem Koffer und stopfte sie in eine Plastiktüte, die ich unter der Spüle fand. Der Unvorbereitetheit wegen, könnte ich sagen. Oder weil es die Stunde war, um die ich für Reisen zu packen schien, die ich nicht zu machen plante. Oder weil es mich davor bewahren würde, mich beim Aufwachen mit dem Versuch konfrontieren zu müssen, den Roman zu beginnen, von dem ich inzwischen wusste, dass ich ihn höchstwahrscheinlich nie beginnen würde, obwohl noch immer eine winzige Chance bestand. Ich öffnete den Computer und sah mir die Nachrichten an, aber es war noch nichts berichtet worden. Ich schrieb eine E-Mail an meinen Mann. Ich würde wohl einige Zeit brauchen, schrieb ich. Ich würde wohl länger fortbleiben müssen als gedacht. Darüber hinaus gab ich keine Erklärung für das, was mein Schweigen werden sollte.

IST UND IST NICHT

Epstein betrat das Haus. Betrat es mit einem Lied im Kopf. Betrat es wie jemand, der seine eigene Einsamkeit betritt, ohne Hoffnung, sie zu füllen. Ein Mann wie Klausner musste seine dienstbaren Geister haben, daher war Epstein nicht überrascht, drei oder vier von ihnen herumschwirren zu sehen, mit Vorbereitungen auf die Ankunft sowohl des Sabbats als auch Klausners beschäftigt. Sie trugen Jeans und Sweatshirts, und abgesehen von ihren Kippot hätten sie die lässigen Bewohner irgendeines College-Wohnheims in Amerika sein können. Alle bis auf einen, einen jungen Schwarzen, dessen scheckige Koteletten langsam in Richtung seines Zottelbarts vordrangen, der aber schon die fromme Uniform von dunkler Jacke und weißem Hemd trug. Von der Ecke aus, über eine Gitarre gebeugt, musterte er Epstein von Kopf bis Fuß, ohne die grazile Bewegung seiner über die Saiten huschenden Finger zu unterbrechen. Auf welchem Weg hatte es ihn hierher verschlagen?, wunderte Epstein sich, während er versuchte, die Melodie einzuordnen. Er stellte sich die Mutter des Jungen mit grauen Schläfen am Fenster ihrer Wohnung in der Bronx vor, den geschmückten Weihnachtsbaum im Rücken. Später, um einen für zehn gedeckten Tisch versammelt, gab es ein Kennenlernen, und der seelenvolle Gitarrenspieler wurde als Peretz Chaim vorgestellt. Epstein konnte es sich nicht verkneifen: «Aber wie ist Ihr wirklicher Name?», fragte er. Worauf der junge Mann, der feine Manieren hatte, feierlich antwortete, dass Peretz Chaim sein wirklicher Name sei, so wirklich wie Jules Epstein.

Nachdem Klausner die letzte Chance für eine Geradenoch-vor-Sabbat-E-Mail auf einem veralteten Computer genutzt und sich vergewissert hatte, dass alle Lichter angelassen worden waren, trieb er Epstein wieder nach draußen, durch die engen Gassen zur alten Synagoge, in die er ihn mitnehmen wollte – um die Atmosphäre aufzusaugen!, sagte er, indem er zwei Finger aneinanderrieb, ein Zeichen, unter dem Epstein eher Geld als den Reichtum der Luft verstand. Um Spiritualität zu atmen! Als sie in einen abwärtsführenden Durchgang einbogen, kam unten im Tal ein großer Friedhof in Sicht, mit Zypressen bepflanzt, deren konische Formen unter ganz eigenen Bedingungen entstanden zu sein schienen, unabhängig von Sonne, Wind und Regen.

Dort ruhten die großen Weisen verflossener Jahrhunderte unter blau angemalten Grabsteinen. Epstein hatte diese Farbe überall in der Stadt gesehen, auf Pflastersteinen und an Türen, in den Fugen zwischen den groben Steinen der Hauswände. Das sei Tradition, erklärte Klausner, um den bösen Blick abzuwehren. «Ein bisschen heidnisch» – er zuckte die Achseln –, «aber was schadet es?»

Sie gelangten an eine bogenförmige Tür in der Mauer, überquerten einen Vorhof aus breiten Steinplatten und betraten einen hohen, weiß getünchten Raum voller Männer mit schwarzen Mänteln und baumelnden Schaufäden. Die rastlose Bewegung im Raum schien keine Ordnung zu haben, das Singen hier und das Schwingen dort, die im Gespräch mit dem Allmächtigen vor Spannung sich sträubenden Bärte, während andere, gerade außer Dienst, an einem Stand kiebitzten und sich von den bereitgestellten Flaschen Orangenlimonade und Kuchen bedienten. Klausner gab ihm eine weiße Satinkippa von einem Tisch. Epstein untersuchte ihr Inneres. Wer wusste, auf wie vielen Köpfen sie schon gewesen war? Er wollte sie sich schon in die Tasche stecken, aber der Kappen-Büttel hinter dem Tisch beobachtete ihn mit scharf zusammengekniffenen Augen, und so setzte Epstein sie sich zwinkernd auf den Kopf.

Jetzt, wie unter dem Befehl eines fernen Elektromagnetismus, stimmte die ganze Versammlung ein Lied an. Epstein, der das dringende Bedürfnis empfand, ebenfalls seine Stimme zu erheben – weniger um zu singen, als um einen zusammenhanglosen, Tourette-ähnlichen Satz in den Lärm hineinzuschreien –, öffnete den Mund, schloss ihn aber wieder, da er von dem fortwährend hereinströmenden Verkehr unsanft zur Seite gedrängt wurde. Bis das Lied wieder in verstreuten Singsang überging, war Klausner von einem Mann ins Gespräch verwickelt worden, der noch größer war als er, mit einem Bart so wild und rot wie Esaus.

Derart vom Rabbi getrennt, ließ Epstein sich mit der Menge in die entgegengesetzte Richtung treiben, an Regalen mit vergoldeten Büchern und Körben voll Seidenblumen vorbei. Von einem Strudel schwarzer Mäntel verschluckt, erblickte er einen massiven dunklen Holzstuhl mit Adlerkrallen unten an den Beinen – o Gott, wurden dort die Beschneidungen vollzogen? Diese Barbarei! Dann bemerkte er eine Öffnung in der Wand, und um von dem Stuhl wegzukommen, stieg er hinunter in einen kleinen grottenähnlichen Raum, in dem ein paar ölhaltige Kerzen flackerten. Als seine Augen sich an die Dunkelheit gewöhnt hatten, sah er, dass er nicht allein war: ein triefäugiger Mann hockte auf einem niedrigen Schemel. Die dumpfe Luft war drückend, geschwängert von den Körpergerüchen des Mannes. Eine kleine Messingtafel an der Wand, die Epstein im Kerzenschein zu entziffern versuchte, gedachte des Ortes als der Stätte, die der berühmte Luria fünfhundert Jahre zuvor zum Beten aufgesucht hatte.

Das verkümmerte Männchen tastete an Epsteins Bein herum, bot ihm etwas an. Ihn überkam ein Anflug von Klaustrophobie. Die Atemluft schien auszugehen. Einen Psalm, ob er einen Psalm sagen wolle? War es das, was der Alte fragte? Um einen Segen des Weisen bitten? Der Mann hatte ein Päckchen Kekse auf dem Schoß, und als Epstein das Buch der Psalmen ablehnte, wedelte er blindlings mit dem Päckchen in seine Richtung. Nein, nein, er wolle auch keinen Keks, doch als der andere fortfuhr, an seinem Hosenbein zu ziehen, langte Epstein nach unten, riss die arthritische Kralle los und floh.

Eine halbe Stunde später, im Gilgul-Zentrum zurück, bildeten sich wieder Schweißtropfen auf Klausners Stirn. Zum zweiten Mal innerhalb einer Woche fand Epstein sich in einer Tischrunde von Juden den Kraftanstrengungen des Rabbi unterworfen. Doch anders als die Zuhörerschaft der Führer amerikanischer Juden, die sich in loser Runde, aber teurem Rahmen versammelt hatten, um ihre alten Standpunkte zu wiederholen, schienen die Schüler um diesen einfachen Holztisch wach und lebendig, offen für Wunder zu sein. Gespannt um sich blickend, wartete Epstein darauf, dass die Vorstellung begann. In diesen Höhen, unter seinem eigenen mystischen Dach, war Klausner noch mehr in seinem Element als im Plaza. Und heute Abend war Epstein sein Ehrengast, sodass die Predigt des Rabbi auf ihn zugeschnitten war – wenn man denn *zugeschnitten* sagen konnte, da die Sätze ihm spontan aus dem Mund zu sprudeln schienen. Auf den Fußballen wippend, eröffnete er majestätisch:

«Heute Abend weilt unter uns ein Mann, der von König David abstammt!»

Alle Köpfe wandten sich um. Epstein, der von Edie und Sol abstammte, verzichtete darauf, ihn zu korrigieren, wie man darauf verzichtet, einen Zauberer zu korrigieren, wenn man ihn erwischt, wie er eine Trickkarte aus dem Ärmel zieht.

Vom König von Israel sprang Klausner zum Messias, von dem es hieß, er sei ein Nachfahre Davids. Und vom Messias sprang er zum Ende der Zeiten. Und vom Ende der Zeiten zu deren Anfang, zum Rückzug Gottes, um der endlichen Welt Platz zu machen, da Zeit nur in Abwesenheit des Ewigen existieren könne. Und vom Rückzug des göttlichen Lichts sprang der Rabbi, die blauen Augen glänzend vom weltlichen Kerzenschein, zum leeren Raum, dessen dunkler Punkt das Potenzial für die Welt enthalte. Und vom leeren Raum, der das Potenzial für die Welt enthielt, sprang er zur Schöpfung der Welt mit ihren Tagen und Maßen.

Dieserart sprang der groß gewachsene, gelenkige, in Cleveland geborene und ins alte Land der Bibel verpflanzte Rabbi wie Jackie Joyner vom Unendlichen zum Endlichen. Epstein folgte lose. Seine Gedanken waren an diesem Abend verworren, sein Fokus flüchtig. Die Worte schallten durch ihn hindurch, gleichsam unter den Noten einer Arie von Vivaldi, deren regelmäßiger Herzschlag sich in seinem Kopf eingenistet hatte, seit er morgens im Hilton aufgewacht war.

«Aber das Endliche erinnert sich des Unendlichen», sagte Klausner und reckte einen langen Finger in die Luft. «Es enthält noch immer den Willen zur Unendlichkeit!»

Den Willen zur Unendlichkeit, wiederholte Epstein insgeheim, während er den Satz in seinem Geist abwog, wie man einen Hammer wiegt, um zu sehen, ob er schwer genug ist, den Nagel einzuschlagen. Aber die Worte zerschellten an ihm und wirbelten nur Staub auf.

«Und so verlangt alles in dieser Welt danach, dorthin zurückzukehren. Sich *wiederherzustellen* für die Unendlichkeit. Dieser Prozess der Wiederherstellung, dieser allerschönste Vorgang der Besserung, den wir *tikkun* nennen, ist das Betriebssystem dieser Welt. *Tikkun olam*, die Verwandlung der Welt, die nicht ohne *tikkun ha'nefesh*, unsere eigene innere Verwandlung, geschehen kann. In dem Moment, da wir in jüdisches Denken, jüdisches Fragen eintreten, treten wir in diesen Prozess ein. Denn was ist eine Frage, wenn nicht ein entleerter Raum? Ein Raum, der danach verlangt, wieder mit seinem Teil an Unendlichkeit gefüllt zu werden?»

Epstein warf einen Blick auf seine kleine blasse Nachbarin, deren gepiercte Augenbraue sich vor Konzentration zusammenzog. Sie war jung – noch jünger als Maya – und ernst wie eine Ikone. Sie sah aus, als hätte sie eine Katastrophe überlebt. Würde sie wissen, was sie mit ihrem Teil an Unendlichkeit anfangen sollte, wenn sie ihn schließlich bekam? Während Epstein die Tattoos auf ihren Fingern betrachtete, war er sich nicht sicher. Er schaute finster auf die Uhr: noch eineinhalb Stunden, ehe sein Taxi kommen sollte. Er überlegte, Maya anzurufen oder sich mit Schloss kurzzuschließen oder die Direktorin der Entwicklungsabteilung des Israel-Museums im duftenden Garten ihres Hauses in Jerusalem zu erreichen und ihr mit einer Entschuldigung für die Störung ihres Freitagabendessens zu verkünden, dass er beschlossen habe, ihr die zwei Millionen Dollar für die Anfertigung einer monumentalen Skulptur im Namen seiner Eltern zu geben. Etwas Verrostetes, Unverrückbares, Verzwergendes, einfach *Edie und Sol* genannt.

Erst der Vater und dann, plötzlich, die Mutter. Sein Vater war jahrelang gestorben, immer gestorben, so lange

Epstein sich erinnern konnte, aber seine Mutter war dazu bestimmt gewesen, ewig zu leben, denn wie sonst hätte sie das letzte Wort behalten sollen? Epstein hatte seinen Vater begraben, hatte sich um alles gekümmert. Die Verwandten, wie fern auch immer, wollten eine Kopie von seiner Grabrede, so rührend war sie gewesen. Doch er konnte ihnen nichts geben, er hatte aus dem Stegreif gesprochen. Jonah und seine Cousins schulterten den Kiefernsarg. «Stellt euch auf die Bretter!», hatte der Totengräber gerufen. «Auf die *Bretter*!» Er hatte längs über das Grab zwei schmale Holzplanken gelegt, auf denen sie stehen sollten, um den Sarg an Seilen hinabzulassen. Aber sie strauchelten unter dem Gewicht, rutschten mit ihren Anzugschuhen in die lockere Erde und konnten nicht sehen, wohin sie ihre Füße setzten. An jenem Abend, nachdem alle die Schiwa verlassen hatten, weinte Epstein allein, während er daran dachte, wie sein Vater im Krankenhausbett auf seine nackten, von Blutergüssen verschandelten Beine hinuntergeblickt und gefragt hatte: «Woher kommt es, dass ich so verhauen bin?»

Aber er bediente weiter die schwere Trauermaschinerie und lenkte seinen Geist beharrlich von den Schauplätzen ab, die am meisten Zerstörung anzurichten drohten. Er hatte sich darum gekümmert, dass die frommen Verwandten aus Cleveland und Kalifornien einflogen, hatte sich darum gekümmert, dass jemand das tägliche Kaddisch sprach, hatte den Steinmetz für den Grabstein schon ein Jahr im Voraus bezahlt, doch vor lauter Kümmern hatte er es versäumt, sich um seine Mutter zu kümmern, die sich immer auf eigene Weise um sich selbst gekümmert hatte, die seine Hilfe nicht wollte, die nie irgendjemandes Hilfe gewollt hatte, ja, schon beim bloßen Hilfsangebot beleidigt gewesen war, und eines Morgens, nicht einmal drei Monate nach dem Tod seines Vater, als sie in Sunny Isles allein mit dem Aufzug hinunterfuhr, einen schweren Herzanfall bekommen hatte und gestorben war. Verschieden im Heck des Rettungswagens, in niemandes Anwesenheit als der des Sanitäters.

Dann hatte Epstein alles noch einmal machen müssen. Er tat es mechanisch, wie benebelt. Die Leute sprachen mit ihm, aber er hörte es kaum und wanderte mitten in ihren Beileidsbekundungen davon; alles wurde entschuldigt, er stand unter Schock. Drei Wochen später flog er allein nach Miami zurück. Seine Schwester Joanie wollte mit der Auflösung der Besitztümer ihrer Eltern nichts zu tun haben. Wie alles andere überließ sie das ihrem perfekten Bruder. Während er die Hinterlassenschaften durchging, wusste er, dass er etwas suchte, eine Art Beweis für das, was er immer gewusst, aber nie erzählt bekommen hatte, weil auch nur das geringste Wort über die Vergangenheit seines Vaters zu äußern, ein Verstoß gegen die Gesetze ihrer Welt gewesen war. Auch jetzt, als er mit zitternden Händen die Schubladen seines Vaters durchsuchte, konnte er nicht einmal mit sich selbst über die Frau und den kleinen Sohn sprechen, die sein Vater im Krieg verloren hatte. Er konnte nicht sagen, woher er es wusste. Die Ursprünge dieses Wissens – nein, es war kein Wissen, es war eine mitgebrachte Ahnung – waren ihm unzugänglich. Aber so lange seine

Erinnerung zurückreichte, hatte er diese Ahnung gehabt. Sie hatte alles durchdrungen. Ohne den Kern zu berühren, hatte sein gesamtes Bewusstsein sich um dieses Vakuum von dem ursprünglichen Sohn seines Vaters herausgebildet.

Am Ende fand er nichts außer einem Schuhkarton mit alten Fotos von seiner Mutter, die er noch nie gesehen hatte, ihr runder Bauch schwanger mit ihm, die Haare im Wind, von der nahöstlichen Sonne gebräuntes Gesicht, im Ausdruck geprägt von tiefen, starken Zügen. Schon damals die Verkörperung ihres eigenen Systems. Sie war nicht desorganisiert, nur machte sie alles auf ihre Art. Ihre innere Ordnung blieb anderen verborgen, und das vermittelte den Eindruck, sie sei undurchdringlich. Noch nach einem ganzen Leben mit ihr, als er bis zu den Knien zwischen Schachteln in ihrer Ankleide versank oder ihre Papiere durchsah, konnte Epstein den Code nicht knacken. Auch Conchita war keine Hilfe. Er machte sich allein seinen Instantkaffee, derweilen sie im Schlafzimmer Trübsal blies und über das Haustelefon mit Lima telefonierte. Im Küchenschrank hatte Epstein hinter ungeöffneten Teebüchsen eine Dose von Ladurée bemerkt – ein Geschenk, das er seiner Mutter von einer der vielen Reisen nach Paris mitgebracht hatte. Beim Aufmachen entdeckte er etwas, was ein paar gezackte graue Perlen zu sein schienen, aber als er sie in die Hand schüttete, sah er zu seiner Überraschung, dass es Milchzähne waren. Seine eigenen Zähnchen, die seine Mutter, bei der er nie auch nur ein Körnchen Sentimentalität vermutet hatte, sechzig Jahre lang aufbewahrt hatte. Er war tief gerührt, Tränen schossen ihm in die Augen; er wollte sie unbedingt jemandem zeigen und war schon im Begriff, Conchita ins Zimmer zu rufen. Aber genau in dem Moment klingelte sein Telefon, worauf er sie zerstreut in seine Tasche steckte und sich erst daran erinnerte, als es zu spät war, nachdem er die Hose in die Reinigung gegeben hatte. Zusammenzuckend stellte er sich jetzt die mit dem Schmutzwasser das Abflussrohr hinuntergespülten Zähnchen vor.

Der Rabbi brachte seine Predigt zu Ende, und über der Challa wurde der Segen gesprochen. Klausner riss große Stücke von den geflochtenen Broten ab, tunkte sie in eine Schüssel Salz, stopfte sich eines in den Mund und warf die anderen in die Runde am Tisch. Es war eine Form von Rohheit, die Epstein bekanntermaßen immer gepriesen hatte: die Rohheit einer Leidenschaft, die sich nicht durch Benimmregeln zügeln lässt. Was hatte die Etikette je Gutes gebracht? So begann die kleine Rede, die er Lianne mit Vorliebe auf den langen Rückfahrten vom Besuch bei ihren Eltern zu halten pflegte, während sich draußen vor den Fenstern die urwüchsige Natur von Connecticut entfaltete. Die menschliche Evolution habe eine falsche Wendung genommen. Nachdem das Überleben einmal gesichert war, habe man die Zeit für Nichtigkeiten und alberne Ziererei hergegeben, und das habe zu den absurden Auswüchsen von Besitz und Eigentum geführt. So viel nutzlose Energie, die darauf verschwendet werde, den Standards gesellschaftlicher Konventionen zu genügen, und am Ende kämen nur Einengung und Missverständnisse dabei heraus. Liannes Familie und ihre hochnäsigen Förmlichkeiten lieferten die Inspiration für seine Lektion, aber wenn er einmal angefangen hatte, kannte er kein Halten mehr, bis sie in Manhattan ins Parkhaus einfuhren: Die Menschheit hätte einen anderen Weg nehmen können, ihr inneres Selbst nach außen gekehrt!

Unfähig, das Blatt der Evolution zu wenden, hatte Lianne in solchen Fällen schweigend eine Nummer des *New Yorker* aus ihrer Handtasche gezogen und begonnen, die Zeitung durchzublättern. So war es immer mit ihr gewesen. Epstein drang einfach nicht durch. Vielleicht war es das Begehren, das ihn so lange dort gehalten hatte: Wieder und wieder hatte er versucht, sich auch gegen diese Wand zu werfen, zu ihrem geheimen Innenhof durchzubrechen. Doch nach einer Weile war ihm die Energie für den Streit ausgegangen. Seine Welt ermüdete ihn. Das waren die Monate gewesen, bevor er Lianne ankündigte, er könne nicht länger verheiratet bleiben. Als sie anlässlich des sechzehnten Geburtstags ihrer Nichte zum Abendessen ins Four Seasons gegangen waren, hatte ein weiß befrackter Kellner seine zu Boden gefallene Serviette aufgehoben und wieder auf seinen Schoß gelegt und, indem er das tat, bei Epstein den Drang ausgelöst, aufzuspringen und etwas hinauszuschreien. Aber was? Er stellte sich vor, wie die anderen Gäste sich in verblüfftem Schweigen zu ihm umdrehten, die Gesichter des Bedienungspersonals sich strafften, am Ende gar die berühmten sich kräuselnden Vorhänge stillstanden, und so hatte er sich nur entschuldigt und auf dem Weg zur Toilette den Maître d'hôtel angewiesen, seiner Nichte ihr Engelshaar-Dessert mit einer Wunderkerze darauf zu bringen.

Jetzt, beim Gedanken an Liannes fein gezeichnetes Gesicht mit jenem Anflug leichter Überraschung jedes Mal, wenn sie morgens die Augen aufschlug, verspürte Epstein einen schmerzlichen Stich. Dieser Ausdruck ihrer Verblüffung hatte ihn immer geärgert. Er erwachte bereit für den Tag, den Streit, nachdem er seinen Standpunkt die ganze Nacht im Schlaf geprobt hatte, aber sie? Sie schlief und vergaß und erwachte perplex. Weshalb war sie ihm nicht ähnlicher? Er erinnerte sich jetzt, dass Lianne an dem Abend, als er ihr eröffnete, er könne ihre Ehe nicht länger fortführen, gesagt hatte, er sei nicht er selbst. Er sei noch verstört wegen des Todes seiner Eltern, und dies sei nicht der Moment, etwas zu überstürzen. Aber an der Art und Weise, wie ihr Auge zuckte, war ihm klargeworden, dass sie etwas wusste, was selbst er noch nicht vollständig begriff. Dass sie das Gegenteil von verblüfft war und ihre eigenen Schlüsse gezogen hatte. Ein Bruch war unvermeidlich geworden, und in diesem Augenblick fühlte er, wie die zarten Knochen einer nach dem anderen unter seinen Fingern brachen. Er hatte nicht vermutet, dass es so sein würde. Er hatte es sich als einen mühsamen, kaum zu bewältigenden Kraftakt vorgestellt, aber es bedurfte fast nichts. Ein so leichtes, so empfindliches Ding war die Ehe. Hätte er das gewusst, wäre er dann all die Jahre behutsamer gewesen? Oder hätte er schon längst mit ihr gebrochen?

Dampfende Schüsseln wurden aus der Gilgul-Küche hereingetragen. In einer angebrannten Pfanne lag ein ganzes Huhn, gerupft und gelb, im eigenen Fett brodelnd. Epstein fragte sich schon halb, ob Klausner nun die Hühnerschenkel abreißen und auch diese in die Runde werfen würde. Aber eines der Mädchen, dem Aussehen nach eine Lesbe, machte sich mit dem Tranchiermesser ans Werk. Ein mit haufenweise Fleisch und Kartoffeln beladener Teller wurde zu Epstein weitergereicht. Er hatte fast nichts gegessen, seitdem er beinahe ertrunken war. Sein Magen streikte. Weshalb? Ein bisschen Meerwasser geschluckt? Von jenseits des Grabes lag seine Mutter ihm in den Ohren. Was denn mit ihm los sei? Der Rauch einer ewigen Zigarette wirbelte in Schwaden um sie herum. Er habe doch immer einen eisernen Magen gehabt! Er nahm einen Schluck von dem sauren Wein und machte sich über das fette Huhn her. Riss sich zusammen und stopfte es hinunter. Es war nur eine Frage der mentalen Dominanz über den Körper. Vor langer Zeit, als Jonah und Lucie noch klein gewesen waren, hatte man ihm die Diagnose eines malignen Melanoms gestellt. Irgendwann im Herbst hatte ein kleiner Leberfleck auf seiner Brust sich mit dem Laub zu verfärben begonnen. Doch als der Arzt ihn herausschnitt und ins Labor schickte, kam die Nachricht zurück, dass, Farbe bekennend, sein Tod dort gewachsen war. Seine Überlebenschance stehe bei zehn Prozent, berichtete der Arzt grimmig. Und in der Zwischenzeit könne man nichts tun. Beim Verlassen der Praxis, während er im erquickenden Sonnenlicht die Central Park West hinunterging, hatte der zitternde Epstein einen Entschluss gefasst: Er würde leben. Er sagte niemandem etwas von der Diagnose, nicht einmal Lianne. Und er suchte den Arzt nie wieder auf. Jahr um Jahr verging, und die kleine weiße Narbe auf seiner Brust verblasste, wurde unmerklich. Sein Tod wurde unmerklich. Einmal war sein Blick im Vorbeigehen an der vergessenen Adresse auf das Messingschild mit dem Namen des Arztes gefallen, und ein Schauer war ihm über den Rücken gelaufen. Er hatte sich den Schal fester um den Hals gezogen und nur gelacht. Geist über Materie! Ja, er hatte sich vom Lispeln kuriert, sich von Schwächen, Versagen, Erschöpfungen kuriert, jede Art von Unfähigkeit besiegt, und als wäre das noch nicht genug, war er hingegangen und hatte den Krebs besiegt. Ein eiserner Magen und ein eiserner Wille. Wo er auf eine Wand stieß, hatte er sich Durchgang verschafft. Mit Sicherheit würde er dieses Essen hinunterbekommen, trotz der nagenden Übelkeit.

Und so ging es weiter und wurde viel später – denn das Essen dauerte lange, und dann folgte noch das Singen unter Klausners Leitung, der die Gruppe zum Finale brachte, indem er mit seinen riesigen Handflächen laut und rhythmisch auf den Tisch schlug, dass die Teller und das Tafelsilber klapperten –, bis ein satter Epstein, der das Gären in seinem Bauch nicht länger ertrug, aufstand, und während er sich auf der Suche nach einer Toilette den dunklen Flur entlangtastete, auf *sie* stieß.

Die Tür war nur angelehnt, und durch den Spalt fiel ein warmes Licht quer über den Flur. Als er sich näherte, hörte er das sanfte Plätschern von Wasser. Er dachte nicht daran, sich abzuwenden. Es lag nicht in seiner Natur, sich abzuwenden, er war immer viel zu neugierig gewesen, hatte die Welt als etwas genommen, was ihm gegeben war, damit er alles davon sah. Aber das, was er erblickte, als er durch die Öffnung spähte, ließ plötzlich Gefühle in ihm aufwallen. Er hielt sich den Bauch, und ihm stockte der Atem, aber die junge Frau, die mit dem Kinn auf den Knien in der Badewanne saß, musste seine Gegenwart gespürt haben, denn langsam, fast müßig, ohne den Kopf zu heben, wandte sie ihr Gesicht um. Das schwarze, über dem Nacken abgeschnittene Haar fiel hinter ihr Ohr zurück, und ihre Augen hefteten sich gelassen auf ihn. Ihr Blick war so erstaunlich direkt, dass er es als Bruch empfand. Als Bruch entlang von Nähten, die kurz vor dem Zerreißen waren, aber das war nicht so wichtig. Erschrocken wich er zurück und verlor den Halt. Durch die Dunkelheit taumelnd, warf er die Arme hoch. Seine Handflächen schlugen gegen die Wand, und bei dem Geräusch sprang sie mit einem Platschen auf.

Erst da wurde ihm bewusst, dass sie ihn gar nicht gesehen hatte. In der Dunkelheit nicht gesehen haben konnte. Aber einen Moment lang hatte er alles von ihr gesehen. Dann knallte die Tür zu.

Er spürte ein krampfhaftes Rumoren im Bauch und floh durch den Flur zurück. An der Eingangstür angekommen, stieß er sie auf und stürzte nach draußen. Die Temperatur war gefallen, und in dem gewaltigen Himmel leuchteten die Sterne umso klarer. Er kämpfte sich durch den stachligen Bewuchs, wild und kniehoch. Ein dumpfiger vegetativer Geruch stieg von dem zertretenen Unkraut unter seinen Füßen auf. Er krümmte sich und begann zu erbrechen. Es kam und kam aus ihm heraus, und wenn er dachte, es sei vorbei, kam der nächste Schwall. Keuchend, gereinigt von der großen Anstrengung, sah er die Wolke seines Atems aufwärts entschwinden.

Er wischte sich den Mund ab und straffte sich, noch schwach auf den Beinen. Morgen sollte er wirklich einen Arzt rufen. Irgendetwas stimmte nicht. Er blickte auf das vom Mond beschienene Haus zurück. Was tat er eigentlich hier? Er war heute Abend nicht er selbst. War, wie es schien, seit einiger Zeit nicht er selbst gewesen. Er hatte Urlaub vom Selbstsein gemacht. War es das? Urlaub vom Epsteinsein? Und war es nicht möglich, dass er, auf Urlaub von seiner lebenslangen Logik, seiner epischen Vernunft, eine Erscheinung gesehen hatte?

Er konnte sich nicht überwinden, wieder hineinzugehen. Freiweg durch die Nesseln bahnte er sich einen Weg, ohne zu wissen, wohin. An der Seite des Hauses lagen Steinblöcke und unordentlich aufgeschichtete Dachziegel herum, daneben ragte ein Spaten aus der steinigen Erde. Nichts hier wurde je vollendet: die Welt wieder und wieder neu erbaut, auf demselben Boden, aus demselben uralten Material. Epstein stolperte, und die lose Erde rieselte in seinen Schuh. Ans Haus gelehnt, streifte er die italienischen Slipper ab und schüttelte den Dreck heraus. Er war noch nicht bereit, sich begraben zu lassen. Die Wand hatte Sonnenwärme gespeichert. Fröstelnd versuchte Epstein, sie aufzusaugen, bis ein Gedanke ihn durchfuhr: Was, wenn sie keineswegs eine Erscheinung war, sondern Klausners Geliebte aus Fleisch und Blut? War es möglich, dass Klausner die ganze Zeit, seinen mystischen Zauberstab schwingend, über die Sphären der Spiritualität und die Offenbarung des göttlichen Lichts reden konnte, während ihn die Gesetze dieser Welt genauso beherrschten wie jeden anderen? Oder konnte es sein, dass sie seine *Frau* war? Hatte der Rabbi eine Frau erwähnt? War es möglich, dass sie, ganz in sich zurückgezogen, in einem langen graubraunen Rock und züchtigen Strümpfen, den Kopf mit dem leblosen Helm einer Perücke bedeckt, ergeben Klausners Worten lauschte?

Als er hinter dem Haus um die Ecke bog, sah Epstein Licht aus einem Fenster scheinen. Was sonst noch? Er sollte zurückkehren nach Tel Aviv, in sein Hotel, wo er in dem Kingsize-Bett, dem einzigen Königreich, das er begehrte, einschlafen und mit seinem alten Verständnis wieder aufwachen konnte. Das Taxi war schon unterwegs zu ihm. Er würde gehen, wie er gekommen war: rückwärts durch die jetzt im Dunkeln liegenden Straßen von Safed, den jetzt dunklen Berghang hinunter, durch das dunkle Tal, am dunklen und schimmernden Meer entlang, alles entgegengesetzt zu dem, was es gewesen war, denn das bedeutete es doch, in einer endlichen Welt zu leben, nicht wahr? Ein Leben von Gegensätzen? Von Machen und Ungeschehen-Machen, von hier und nicht hier, von ist und ist nicht. Sein Leben lang hatte er was nicht war in was war verwandelt, nicht wahr? Hatte dem, was nicht existierte und nicht existieren konnte, eine leuchtende Existenz abgepresst. Wie oft hatte er das hoch oben auf dem Berg seines Lebens so empfunden? In den strahlenden Räumen seines Hauses, wenn Cocktailkellner durch die Menge der Gäste flitzten, die sich versammelt hatte, um auf seinen Geburtstag anzustoßen. Wenn er seine schönen Töchter beobachtete, wie jede ihrer Bewegungen Selbstvertrauen und Intelligenz verriet. Wenn er unter Deckenbalken aus dem siebzehnten Jahrhundert und einem weißen Daunenbett in einem Raum mit Blick auf die schneebedeckten Alpen erwachte. Oder seinen Enkel auf dem kleinen Cello spielen hörte, das Epstein ihm gekauft hatte, auf dem satten braunen Holz der Schimmer eines guten Lebens. Eines erfüllten Lebens. Eines unermüdlich dem Nichtsein abgerungenen Daseins. Es gab Momente, in denen die Aufzugtüren sich wie Bühnenvorhänge zu dem Heim öffneten, wo er und Lianne ihre Kinder großgezogen hatten, und die Welt dort so perfekt geschmiedet war, dass er es gar nicht glauben konnte. Nicht glauben konnte, was sein Glaube an sich selbst, sein unendliches Begehren und seine pausenlose Anstrengung vollbracht hatten.

Er war erschöpft. Wünschte sich beinahe, sein Telefon zu nehmen und jemanden zu finden, den er anbrüllen konnte. Aber was brüllen? Was war so spät noch korrekturbedürftig?

Er hatte das Fenster beinahe erreicht, als er ein Rascheln im Gestrüpp hörte. Das Licht blendete ihn. Und doch ahnte er, was auch immer sich dort im Dunkeln bewegte, war eher Mensch als Tier. «Wer ist da?», rief er. Als Antwort kam nur das Geräusch des fernen Hundes, der nach wie vor bellte, weil er nicht zurückbekommen hatte, was er wollte. Aber Epstein spürte eine Anwesenheit in der Nähe, und noch nicht bereit, sich ganz dem Unerklärlichen anheimzugeben, rief er noch einmal: «He! Wer treibt sich da rum?»

«Ich.» Die kehlige Stimme kam von dicht hinter seinem Rücken.

Epstein wirbelte herum.

«Wer?»

«Peretz Chaim.»

«Peretz –», stieß Epstein aus. «Sie haben mich zu Tode erschreckt. Was machen Sie hier?»

«Das wollte ich Sie auch fragen.»

«Seien Sie kein Klugscheißer. Ich bin zum Pinkeln rausgegangen. Die Rede des Rabbi war so berauschend. Ich brauchte etwas frische Luft.»

«Und ist die Luft hier hinten frischer?»

Epstein, nicht ganz er selbst, war noch nicht ganz nicht er selbst und nahm die Herausforderung reflexartig an.

«Sagen Sie, Peretz, wie nennt Ihre Mutter Sie?»

«Gar nicht.»

«Aber irgendwann muss sie Sie doch irgendwie genannt haben.»

«Sie nannte mich Eddie.»

«Eddie. Eddie, ich könnte mir vorstellen, damit durch die Welt zu gehen. Ich hatte einen Onkel Eddie. Ich wäre bei Eddie geblieben, wenn ich Sie wäre.»

Aber Perez Chaim war auch nicht auf den Mund gefallen, vielleicht ermutigt von dem Wein beim Essen.

«Steckengeblieben, meinen Sie?»

Epstein erinnerte sich jetzt, dass sein Großvater, den er nicht kannte, angeblich viermal den Namen gewechselt hatte, damit der böse Blick ihn nicht fand. Aber damals war die Welt noch größer gewesen. Es war einfacher gewesen, nicht gefunden zu werden.

«Und wie sind Sie hierhergekommen, Peretz Chaim?»

Aber die Gunst des Augenblicks bot dem jungen Mann einen Ausweg, denn soeben ging das Licht hinter dem Fenster aus, und sie wurden in Dunkelheit getaucht.

«Bettzeit», flüsterte Peretz Chaim.

Epstein fühlte sich plötzlich von Erschöpfung überwältigt. Er würde sich einfach dort, unter ihrem Fenster, auf den Boden legen und die Augen schließen. Morgens sähe alles anders aus.

«Der Rabbi wartet», sagte Peretz Chaim schließlich. «Er hat mich geschickt, Sie zu finden.»

Epstein spürte die Ablehnung in seinen Worten. Und doch, waren sie nicht beide auf derselben Seite? Beide spät gekommen, unerwartet, aber aus eigenem Antrieb? Jetzt sah er sich selbst absurderweise mit einem Zottelbart, im Begriff, die schwarze Jacke anzulegen, die Kopie einer Kopie zu werden, auf dass er einen Anstrich von dem bekommen möge, was ehedem original gewesen war.

Er konnte den Schweiß des Jungen riechen. Er streckte den Arm aus und legte ihm die Hand auf die breite Schulter. «Sagen Sie mir, Peretz, ich muss es wissen … wer ist sie?»

Aber der junge Mann stieß ein Lachen aus, wandte sich abrupt um und verlor sich in der Dunkelheit. Er hatte andere Treuepflichten. Es war klar, dass er nicht viel von Epstein hielt.

Das Taxi, das eigens aus Tel Aviv für ihn hergekommen war, wurde zurückgeschickt, der Preis von siebenhundert Schekeln dem Fahrer durchs offene Fenster in die Hand gedrückt, mit einem extra Hunderter obendrauf. Der Fahrer, unsicher, ob er sich ärgern sollte, zuckte schließlich die Achseln – was bedeutete es ihm? –, zählte das Geld und legte schwungvoll den Rückwärtsgang ein. Epstein wartete, bis das Motorgeräusch verhallte und die Nacht sich wieder mit ihren stillen, unermesslichen Entfernungen füllte. Er wusste, es war ein Fehler. Er hätte mit dem Auto zurückfahren sollen, hätte sich, solange er es konnte, in die vertrauten Dimensionen seiner Welt retten sollen. Morgen hätte er bei einem Orangensaft auf der Terrasse in der Sonne sitzen können. Er hätte fahren sollen, aber er konnte nicht.

Wieder drinnen, folgte Epstein dem Geräusch der Stimmen in die Küche. Diejenige, die das Tranchiermesser geschwungen hatte, war gerade im Begriff, heißes Wasser aus einem Kessel auf den Kaffee zu gießen, während sie stolz daherplappernd jedem, der es hören wollte, erzählte, dass Maimonides sich im Grab umdrehen würde, wenn er den Rabbi hören könnte. Nach der Art und Weise, wie sie sprach, mochte man meinen, sie habe den Gelehrten aus dem elften Jahrhundert persönlich gekannt. Maimonides zufolge, sagte sie, sei die Existenz Gottes absolut. Gott habe keine Attribute, es habe nie ein neues Element in Ihm gegeben. Sie fuhr fort, bis der düstere Peretz Chaim, dessen Name, wie man Epstein gesagt hatte, «Explosion ins Leben» bedeutete, den Mund aufmachte, um einzuwenden, Maimonides habe gleichwohl immer noch auf Wundern bestanden. Er sei ein Mittelalterlicher, sagte Peretz: Er habe beides akzeptiert, Vernunft und Offenbarung. Aber das Mädchen gab nicht auf, und wäre Peretz Chaim seinem Namen treu gewesen, hätte es wohl einen Knall gegeben. Doch der sanfte Gitarrenspieler, der noch nicht explodiert war, aber eines Tages doch noch explodieren mochte, gab den Kampf auf, und letztlich ging das Gespräch auf die Käserin über, die eine Gruppe von ihnen am nächsten Tag besuchen wollte und deren orthodoxer Ehemann hinter seinem Haus Marihuana anbaute.

Epstein fand den Rabbi in seinem Studierzimmer, lehnte die Einladung ab, ihm bei einem Glas Brandy Gesellschaft zu leisten, und fragte, wo er übernachten könne. Der Rabbi war entzückt. Morgen werde er Epstein eine Führung geben, ihm zeigen, wie er die alten Mauern und Gewölbe restauriert, das Gebäude nach einem Jahrhundert Vernachlässigung wieder in Schuss gebracht habe! Er werde ihm den Seminarraum zeigen, die kleine Bibliothek mit der Büchersammlung, einer Schenkung der Familie Solokov – ob er die Solokovs aus der East Seventy-Ninth Street kenne? Ihr Sohn, der sich weder für Judaismus noch für sonst was interessiert habe, sei in einem Zustand vollständiger Mattigkeit hier angekommen und am Ende wieder abgereist, um Philosophie zu studieren, und dann Kräuterheilkunde, und jetzt, nach einer Rucksacktour durch Indien, habe er die Strahlen seiner Erleuchtung kombiniert und ein Neshama-Yoga-Zentrum in Williamsburg eröffnet, in dessen Ladenfront er auch Tinkturen verkaufe. Aus tiefster Dankbarkeit hätten die Solokovs dreitausend Bücher gespendet. Epstein sagte nichts. Und auch noch das Geld für die Regale, fügte Klausner hinzu.

Als er sich in seinem Zimmer umblickte, sah Epstein, dass es so einfach war wie versprochen: Bett, Fenster, Stuhl, ein bescheidener Kleiderschrank, leer bis auf den Geruch aus anderen Jahrhunderten. Eine Lampe warf warme Schatten an die Wand. In der Ecke war ein dreieckiges Waschbecken, und daneben hing ein hartes, steifes Handtuch an einem Haken an der Wand; wer wusste, wie viele Pilger sich schon damit abgetrocknet hatten? Klausner, der in seiner ganzen Größe hinter ihm stand, war unterdessen auf die Versammlung der Nachkommen Davids zu sprechen gekommen. Mit einer kleinen Dotierung könnten sie Robert Alter vielleicht als Festredner gewinnen. Das sei nicht seine erste Wahl, aber Alter spreche die Massen an und sei in derselben Woche wegen eines anderen Termins sowieso schon in der Stadt.

Und was wäre seine erste Wahl gewesen?, fragte Epstein, der früher auch im Schlaf Gespräche hatte führen können.

David selbst, sagte der Rabbi, indem er jäh herumfuhr, und in dem mittlerweile vertrauten Glanz in Klausners Augen glaubte Epstein etwas anderes zu entdecken, etwas, was er mit einem Funken Irrsinn verwechselt haben könnte, wäre er sich seiner eigenen Benebelung und Müdigkeit nicht allzu bewusst gewesen.

«Dann denken Sie also, dass meine Abstammung bis zu ihm zurückreicht?», fragte Epstein leise.

«Ich weiß es.»

Schließlich, unfähig, noch länger zu stehen, hängte der Pilger Epstein seine Jacke auf, sank ins Bett und schwang die Beine hoch. Einen absurden Moment lang dachte er, der Rabbi würde sich herunterbeugen und ihn zudecken. Aber Klausner, der endlich verstanden hatte, wünschte Epstein eine gute Nacht und versprach, ihn früh zu wecken. Kurz bevor er die Tür schloss, rief Epstein ihm hinterher.

«Menachem?»

Klausner steckte sein Gesicht wieder um die Ecke, errötet vor Begeisterung. «Ja?»

«Was waren Sie davor?»

«Wovor? Vor Gilgul?»

«Irgendetwas sagt mir, dass Sie nicht immer religiös gewesen sind.»

«Ich bin immer noch nicht religiös», sagte Klausner mit einem Grinsen. Aber gleich darauf besann er sich, und sein Gesicht wurde wieder ernst. «Ja, da gibt es eine Geschichte.»

«Bei allem Respekt, darüber würde ich lieber etwas hören als über die restaurierten Gewölbe.»

«Was immer Sie wissen wollen.»

«Und noch etwas», sagte Epstein, dem es gerade wieder einfiel. «Warum haben Sie Ihren Ort Gilgul genannt? Das bleibt einem irgendwie im Hals stecken, wenn Sie mich fragen.»

«Livnot U'Lehibanot – bauen und gebaut werden – war

schon besetzt, von denen weiter unten an der Straße eingenommen, zusammen mit Stiftungsgeldern der Jewish Federation von Palm Beach.»

«Und was machen sie dort?»

«*Hitbodedut.* Chassidische Meditation. Am Ende jeder Einkehr schicken sie ihre Schüler allein in die Wälder. Zum Kontemplieren. Zum Singen und Rufen. Um Erhebung zu erfahren. Gelegentlich geht einer verloren, und die Rettungsmannschaft muss losgeschickt werden.» Aber Gilgul sei besser, als es klinge, sagte Klausner und erklärte, das Wort bedeute «Zyklus» oder «Rad», aber in der Kabbala beziehe es sich auf die Seelenwanderung. Auf höhere Sphären der Spiritualität, wenn man darauf vorbereitet sei. Obwohl, manchmal natürlich auch auf qualvollere.

Kaum war die Nachttischlampe ausgeknipst, regte Jules Epsteins Seele sich unter dem steifen Laken, und er war wieder der hartnäckigen Dunkelheit überlassen, in die er zahllose Nächte gestarrt hatte, wenn er nicht schlafen konnte, wenn die Streitigkeiten in seinem Kopf weitergingen, die große Beweisaufnahme dafür, dass er recht hatte. Und sah er die unnachgiebige Dunkelheit jetzt anders, in der Waffenruhe, die im Lauf der letzten Monate in ihm eingetreten war?

Das Wort drängte sich ihm ungebeten auf, voller Bedeutung. Denn erst in der Arena dieser Waffenruhe – in ihrer gespenstischen Stille, der Aussetzung aller bisherigen Weisungen – war er sich dessen vollständig bewusst geworden, was er im Nachhinein als Krieg betrachten musste. Einen gewaltigen Krieg, dessen viele Schlachten er nicht mehr aufzählen oder erinnern konnte, nur dass er die meisten gewonnen hatte, ohne sich darum zu kümmern, um welchen Preis. Er hatte angegriffen und verteidigt. Hatte mit der Waffe unter dem Kopfkissen geschlafen und war zum Gefecht aufgewacht. Sein Tag habe offiziell noch nicht begonnen, sagte Lucie einmal von ihm, ehe er sich nicht mit irgendwas oder irgendwem angelegt habe. Aber er empfand das als eine Form von Gesundheit. Von Vitalität. Von Kreativität sogar, wie zerstörerisch auch immer die Folgen sein mochten. All diese Meschuggen! Zerstritten zu sein, ineinander verkeilt, in permanentem Konflikt – das hatte ihn immer nur beflügelt, nie erschöpft. «Lass mich in Frieden!», hatte er manchmal im Streit mit seinen Eltern oder mit Lianne gebrüllt, aber in Wahrheit hatte Frieden ihn nicht gereizt, da dieser am Ende bedeutet hätte, dass er mit sich allein geblieben wäre. Sein Vater hatte es ihm mit dem Riemen gegeben. Ihn für jede Kleinigkeit mit mehreren Hieben bestraft, indem er ihn in die Ecke trieb, während er den schwarzen Ledergürtel aus den Schlaufen zog und dann auf seine nackte Haut einschlug. Dennoch war es das Gespenst seines bei geschlossenen Vorhängen um zehn Uhr morgens starr im Bett liegenden Vaters, das ihn in Rage versetzte. Die Angst, die er als Kind empfunden hatte, wenn er auf Zehenspitzen am väterlichen Schlafzimmer vorbeischlich, verwandelte sich später in Wut: Warum nahm er nicht seine Kräfte zusammen und stand auf? Warum kam er nicht auf die Beine und mit Lebenslust heraus? Epstein konnte es nicht ertragen, in dieser Umgebung zu sein, und so begann er, seine ganze Zeit außerhalb des Hauses zu verbringen, wo es vor leuchtender Energie summte und brummte. Wenn sein Vater nicht mit Depressionen daniederlag, war er sonst wie unmöglich – dickköpfig, stur und aufbrausend. Zwischen Sol und Edie, die sich in allem querstellten und in nichts an einem Strang zogen, die es nicht gut sein lassen konnten und zu allem etwas zu sagen hatten, gab es für Epstein nur extreme Lösungen. Entweder lag man lustlos da, oder man kam bewaffnet und geladen heraus. Draußen in der frischen Luft und im Sonnenlicht stürzte er sich ins Getümmel. Setzte den ersten Faustschlag. Entdeckte, dass er skrupellos sein konnte. *Saul hat tausend geschlagen, aber David zehntausend.* So breit wurde sein Rücken, so angetan war er von seiner Macht, dass er eines Abends nach Hause kam, und als der in seinem fleckigen Morgenrock in der Küche stehende Vater begann, auf den Sohn loszugehen, drehte dieser sich um, holte aus und landete eine geballte Faust im Gesicht des Vaters. Schlug ihn und schluchzte dann wie ein Kind, während er seinem zu Boden gestreckten Vater ein Stück Eis auf das grotesk anschwellende Auge hielt.

Epstein fasste sich reflexartig an sein eigenes Auge, stand aus dem Bett auf und ging barfuß ans Fenster. Was hatte er von Gnade gewusst?

Er hätte noch immer nach Tel Aviv zurückkehren können, wenn er gewollt hätte. Hätte das Taxi zurückrufen, durch den weiterhin dunklen Flur zum Auto gehen und Klausner eine Nachricht mit der Entschuldigung einer vergessenen Verabredung schicken können. Er hätte alles hier zum Abschluss bringen, die Einzelheiten einer Stiftung zum Gedenken an seine Eltern mit dem Weizmann-Institut oder dem Israel-Museum klären, die Hotelrechnung bezahlen, Moti entlassen können, der mit Schweißflecken unter den Armen in die Lobby gekommen wäre, um ihn zu verabschieden und den üblichen Umschlag voll Bargeld zu empfangen, hätte seine Sachen packen und wieder zum Flughafen fahren können, die Stadt verlassen, in der er geboren und in die er unzählige Male zurückgekehrt war, um wiederzubekommen, was er nie identifizieren konnte, mit sechshundert Meilen pro Stunde in die entgegengesetzte Richtung von Jehuda ha-Levis Herz fliegen und die Ostküste aus der unergründlichen Dunkelheit auftauchen sehen können. Und nachdem der Pilot das Flugzeug, gegen starken Wind kämpfend, unter dem vereinzelten Applaus derer, die sich wunderten, noch am Leben zu sein, schief auf die Landebahn gebracht haben würde, hätte er durch den Global Entry segeln, mit einem Taxi an der morgens um halb fünf menschenleeren Grand Central Station vorbeirauschen, einen Blick auf die Skyline von Manhattan erhaschen und die Gefühlsaufwallung empfinden können, die einen überkommt, wenn man aus weiter Ferne dorthin zurückkehrt, wo das Ankommen sich ziemlich abschließend anfühlt. Er hätte nach Hause fahren können, wenn er gewollt hätte. Aber er war nicht gefahren. Und jetzt würden andere Dinge geschehen müssen.

Er spürte, dass der Ballast weg war. Alles, was und alle, die seine Verhaltensmuster geprägt hatten, waren jetzt weg. Er lehnte die Stirn gegen die Glasscheibe und schaute in die unendliche Sphäre des Himmels hinaus, die nach unten hin von der zerklüfteten Linie naturwüchsiger Massen gesäumt war. Er fühlte sich erregt, nicht nur durch die Aussicht, sondern durch seine eigene Empfänglichkeit. Etwas war entfernt worden, und in den Hohlraum führten die Nerven rohes, zweckfreies Gefühl. Er probierte behutsam und entdeckte, wie man es bei allen Abwesenheiten entdeckt, dass die Leere viel größer war als das, was ihren Platz einmal eingenommen hatte.

KADDISCH FÜR KAFKA

Morgens war alles wieder ruhig, der Himmel still und wolkenlos. Ich hatte fast gar nicht geschlafen und wie immer in schlaflosen Nächten das Gefühl gehabt, das Ufer der Vernunft mit seinen vertrauten Hügeln und Anhaltspunkten entferne sich weiter und weiter von mir, verbunden mit der schleichenden Angst, mich selbst irgendwie davon entfernen zu wollen, indem ich die Schlaflosigkeit zur Methode machte. Ich saß auf der Terrasse meiner Schwester und trank bitteren Kaffee. Die Helligkeit reizte meine Augen, aber von dort aus konnte ich Ausschau nach Friedman halten, wobei ich in meiner Erschöpfung halbwegs hoffte, er würde gar nicht auftauchen. Im Sessel meiner Großmutter dachte ich daran, wie sie mich als kleines Mädchen oft ans Tote Meer mitgenommen hatte. Sie packte uns etwas zu essen ein, und wir nahmen den Bus vom Busbahnhof in die Wüste hinaus, und innerhalb von ein paar Stunden trieben wir beide, mit den alten Bergen von Moab hinter uns, bauchoben auf der salzigen, elektrisch blauen Erinnerung an ein ausgelöschtes Meer. Trieben auf einer durch langsame Verdunstung der Zeit verdichteten Geschichte, meine Großmutter in ihrer weißen, mit Gummiblumen geschmückten Badehaube. Ich stellte mir Friedman vor, wie er, die verdunkelten Brillengläser vor den Augen, ebenfalls dort trieb und die Überlieferung nationaler Literatur kontrollierte, während seine weißen Haare sich zu beiden Seiten wie Unterwasserleben kräuselten.

Um Punkt zehn ratterte er in seinem weißen Mazda heran, wieder begleitet von einer aus den Fenstern schallenden Symphonie. Ich erhob mich aus dem alten Sessel und steckte *Parabeln und Paradoxe* in die Plastiktüte, die meine Kleidung zum Umziehen enthielt. Auf gut Glück schnappte ich mir meinen Badeanzug und stopfte den auch hinein. Ich schielte zu dem von der mitternächtlichen E-Mail nach Hause offen auf dem Tisch stehengebliebenen Computer hinüber, dann zog ich die Tür hinter mir zu und schloss doppelt ab, oben und unten, wie meine Schwester es mich zu tun gebeten hatte, wenn ich die Wohnung für unbestimmte Zeit verließ. Das Treppenhaus war kühl und dunkel, als ich nach unten ging, und der abrupte Wechsel von der Helligkeit machte mich schwindlig, als hätte das Dach über meinen Gedanken sich plötzlich gehoben und einen kalten Luftzug aus dem All hereingelassen. Unmittelbar jenseits der Erschöpfung musste etwas anderes sein, genau wie es jenseits des Hungers eine erhabene Klarheit und Leichtigkeit geben sollte. Aber ich hatte es immer vorgezogen, über veränderte Bewusstseinszustände zu lesen, anstatt mich ihnen persönlich auszusetzen. Mein Geist war sowieso schon zu durchlässig; meine wenigen Drogentrips hatten mich nur allzu kurz in Euphorie getaucht, ehe sie

221

mich in Panik stürzten. Ich setzte mich auf die Stufen und presste den Kopf zwischen die Knie.

Im Fahren wehte ein warmer Wind durch die offenen Fenster des Autos herein. Friedman hatte mir ein paar Schokoladen-Rugelach aus der Bäckerei mitgebracht, und da ich mich besser fühlte, aß ich sie eins nach dem anderen, während seine Hündin den Kopf auf meine Schulter legte und mir ins Ohr schnaufte. Als ich vor einigen Tagen mit Matti zu Abend gegessen und ihm von meiner Begegnung mit seinem Namensvetter, dem anderen Friedman, erzählt hatte, der vielleicht, vielleicht aber auch nicht ein ehemaliger Mossad-Mann sei, hatte Matti gelacht und gesagt, wenn alle, die in Israel durchblicken ließen, sie arbeiteten für den Mossad, es tatsächlich täten, dann wäre er der größte Arbeitgeber im ganzen Land. Denk nur an die vielen trivialen häuslichen Geheimnisse, deren Vertuschung der Mossad unwissentlich gesponsert hat, sagte er. Um ehrlich zu sein, glaubte ich zu diesem Zeitpunkt nicht wirklich, dass ich aufgefordert werden würde, das Ende von Kafkas «Stück» zu schreiben. Die Idee erschien inzwischen so aberwitzig, dass es sich erübrigte, ernsthaft darüber nachzudenken. Die Hündin und die Hörnchen, die krumpelige Tüte mit zerfledderten Taschenbüchern, die Katzen, der Mossad und Friedman, der nur eine Möglichkeit gesucht haben mochte, sich in seinem Ruhestand zu unterhalten – das alles kam mir fast lustig vor. Auch ich hatte mich einstweilen in den Ruhestand von meiner bisherigen Absicht begeben. Von der Absicht, einen Roman zu schreiben, meine ich, obwohl das, was man zu schreiben träumt, nie wirklich ein Roman ist, sondern etwas viel Umfassenderes, wofür man das Wort *Roman* benutzt, um Schübe von Größenwahn oder eine unklare Hoffnung zu verbergen. Ich konnte keinen Roman mehr schreiben, genauso wenig, wie ich mich dazu aufraffen konnte, Pläne zu machen, weil die Schwierigkeiten mit meiner Arbeit und mit meinem Leben letztlich ein und denselben Grund hatten: Ich war misstrauisch gegen alle nur denkbaren Formen geworden, zu deren Gestaltung ich fähig war. Ich hatte das Vertrauen in meinen Instinkt verloren, überhaupt etwas zu gestalten.

Der Ausflug sei mir nur recht, sagte ich mir, während Friedman den Gang wechselte. Um die Sirenen eine Weile hinter mir zu lassen und weil ich die Judäische Wüste ebenso mochte wie alles andere hier: ihre Gerüche und ihr Licht, ihre Millionen Jahre, von denen mehrere tausend mich über bekannte und unbekannte Quellen beeinflusst hatten, so tief in mich eingeschrieben waren, dass sie nicht von der Erinnerung unterschieden werden konnten. Wenn ich nicht fragte, wohin und weshalb wir eigentlich unterwegs waren, so weil ich es nicht wissen wollte. Ich wollte nur den Kopf zurücklehnen und die Augen schließen, mich eine Weile jemand anderes Händen überlassen, um zu ruhen und nicht denken zu müssen.

Um zu ruhen, aber auch, hätte ich wohl zu behaupten gewagt, wenn ich nicht so todmüde gewesen wäre, um irgendwo zu landen, ohne es vorgehabt zu haben. Es war lange her, dass ich so etwas geschehen lassen hatte. Wie mir jetzt schien, hatte ich, so weit meine Erinnerung zurückreichte, immer Pläne für mich gemacht. Wirklich, ich war eine Meisterin sowohl im Planen als auch in der Durchführung: Schritt für Schritt trugen meine Pläne Früchte, so unfehlbar, dass ich bei näherem Hinsehen gemerkt hätte, dass eine Art Angst mich zu dieser Strenge trieb. Als ich jung war, dachte ich, ich würde mein Leben so frei leben wie die Schriftsteller und Künstler, die ich zu meinen Helden erkoren hatte. Aber am Ende war ich nicht mutig genug gewesen, der Strömung zu widerstehen, die mich zur Konvention hinzog. Ich war mit der tiefgreifenden, harten, vielversprechenden Ich-Erziehung nicht weit genug gekommen, um zu wissen, was ich aushalten konnte und was nicht – um meine Fähigkeiten bezüglich Einengung, Unordnung, Leidenschaft, Instabilität, Freude und Schmerz zu kennen –, ehe ich mich für ein Narrativ meines eigenen Lebens entschied und alles daransetzte, es zu erfüllen. Über das Leben anderer zu schreiben, kann eine Weile die Tatsache verschleiern, dass die Pläne, die man für sein eigenes geschmiedet hat, einen eher vom Unbekannten abgeschnitten als näher zu ihm hingezogen haben. Im Herzen hatte ich das immer gewusst. Doch wenn mein Körper sich nachts regte, während ich zu schlafen versuchte, wenn er zuckte wie in jener Nacht, in der ich am Ufer eines glänzenden schwarzen Sees einwilligte, meinen künftigen Ehemann zu heiraten, versuchte ich, es zu ignorieren, wie man die unerklärt übrig gebliebene Schraube beim Zusammenbauen eines Betts, in dem man liegen muss, zu ignorieren versucht. Und nicht nur, weil mir der Mut fehlte, die Dinge zuzugeben, die ich über mich oder den Mann erahnte, mit dem ich mein Leben verbinden wollte. Ich ignorierte es auch, weil ich mich nach der Schönheit und Dauerhaftigkeit der Form sehnte, die von aller Natur (und ein paar tausend Jahren Judentum) als höchstes Gut gepriesen wird: Mutter, Vater und Kind. Also ließ ich davon ab, mir auszurechnen, was nötig gewesen wäre, um vorauszusehen, wie es mit uns allen weitergehen würde, wenn die Form einmal versammelt war, wenn die Atome sich alle in uns ausgerichtet hatten. Stattdessen band ich mich in meiner Furcht vor heftigen Gefühlen, wie ich sie als Kind in meiner Familie erlebt hatte, an einen Mann, der ein übernatürliches Talent für Beständigkeit zu haben schien, ganz gleich, was innen oder außen geschah. Und dann band ich mich an die Gewohnheiten und Abläufe eines hochorganisierten, disziplinierten, gesunden Lebens, als hinge alles davon ab, als verlangten das Wohl und Glück meiner Kinder diese Einspannung nicht nur all meiner Stunden und Tage, sondern auch meiner Gedanken, meines gesamten Geistes. Während das andere, ungeformte und namenlose Leben immer schattenhafter, immer unzugänglicher wurde, bis es mir gelang, ihm die Tür vollständig zu verschließen.

Wir fuhren die King George Street hinauf, am Eingang zu dem Park vorbei, in den ich meine Kinder oft mitgenommen hatte, um an einem riesigen Kletterseilgerät herumzuturnen, von dessen Spitze aus sie das Meer zu sehen behaupteten. Wir müssten noch kurz wo halten, ehe wir uns auf den Weg machten, sagte Friedman. Ich dachte, er habe vielleicht etwas zu Hause vergessen, und begann mich zu

225

fragen, was für ein Leben er wohl führen mochte. Ich malte mir seine Wohnung aus, vollgestopft mit alten Büchern, und stellte mir eine Frau vor: großer Busen, praktisch, mit dem kurz geschorenen grauen Haar eines bestimmten Typs israelischer Frauen über sechzig. Kibbuznik-Haar sagte eine meiner Freundinnen dazu, während es bei mir immer ein Konzentrationslager heraufbeschwor oder -beschworen hätte, wenn der ernste Ausdruck nicht so oft mit großen Ohrringen und einem Enkelkind einhergegangen wäre. Eine Yehudit oder Ruth aus Haifa. Der Vater ein Arzt aus Deutschland, die Mutter eine Pianistin, die Klavierstunden gab, beide Überlebende, von deren Düsterkeit diese Yehudit oder Ruth sich befreien musste, wenngleich sie am Ende Psychologin wurde und ihre Erwachsenenjahre damit verbrachte, die Traumata anderer zu begreifen. Jene Sorte Frau, in deren Küche man gern kam und sich zu ihr setzte, wenn sie nicht gerade fleißig an der Arbeit war, und die seit vierzig Jahren jeden Tag mit denselben beiden Freundinnen einen Morgenspaziergang machte. Ich liebte sie schon jetzt, diese Yehudit oder Ruth, war schon bereit, meinen Platz an ihrem mit geblümtem Wachstuch bedeckten Küchentisch einzunehmen und ihr alles zu erzählen. Aber wir fuhren nicht zu Friedmans Wohnung, sondern in die nach dem holländischen Linsenschleifer benannte Straße.

Friedman parkte das Auto gegenüber dem Gebäude, zu dem er mich vor zwei Tagen geführt hatte, wo Kafka und die Katzen im Stand der Unheiligkeit zusammenlebten und auf ein Gerichtsurteil warteten. Ich dachte, er würde mir eine weitere Lektion erteilen, aber diesmal stieg er aus und bat mich zu warten. Er sei in ein paar Minuten wieder da, versprach er, und bevor ich protestieren konnte, schlug er die Tür zu und machte sich mit seinem Stock über die Straße auf.

Die Hündin beobachtete ihn winselnd, bis er im Haus verschwunden war, dann fing sie an zu jaulen wie über eine schreckliche Ungerechtigkeit. Rastlos lief sie auf dem brüchigen, von einer langen Geschichte solch unruhigen Wartens zerfurchten Ledersitz der Rückbank hin und her. Ich versuchte, sie zu beruhigen, aber da ich weder ihren Namen kannte noch die Worte, die sie verstehen würde, konnte ich nicht helfen. Als sie kurz davor schien, an ihrem Hecheln zu ersticken, krabbelte ich über den Ganghebel zu ihr nach hinten. Sie trampelte ein paarmal über mich hinweg, ehe sie sich schließlich mit ihrer Katastrophe abfand und sich niederließ, beide Vorderpfoten auf meinem Schoß. Ich zog sachte an der schlaffen Haut an ihrem Hals, genauso wie früher bei dem Hund, mit dem ich fast so lange zusammengelebt hatte wie mit meinem Mann.

Zehn, fünfzehn Minuten vergingen. Ich dachte an eine Geschichte, die ein Freund mir vor vielen Jahren als Anekdote aus seiner Jugend über eine Reise nach Prag erzählt hatte. Eines Nachts hatte er sich total betrunken und das unwiderstehliche Bedürfnis empfunden, nach draußen zu gehen und die Altneuschul zu küssen, die auf der anderen Straßenseite direkt gegenüber seiner Unterkunft lag. Am nächsten Morgen wachte er, noch immer die Schul umarmend, unversehrt auf, bewacht, wie er sich vorstellte, von den lehmigen Überresten des Golem, die sich angeblich auf dem Dachboden befanden. Nachmittags beschloss er, zum jüdischen Friedhof in Strachnitz zu gehen, um Kafka zu besuchen. Der Schriftsteller sei neben seinem Vater begraben, sagte mir mein Freund, was mehr oder weniger die schlimmste Beleidigung war, die er sich vorstellen konnte. Mein Freund hatte sich entschlossen, ein Kaddisch für Kafka zu sprechen. Als er fertig war, wandte er sich zum Gehen, und hinter ihm war genau derselbe Grabstein. Verwirrt stand er da. Ein paar Minuten später schlenderten ein paar Jugendliche herbei und erklärten, sie hätten gerade eine Replik des Kafka-Grabsteins für ein Filmset angefertigt und sie dagelassen, während sie etwas essen gegangen waren. Ich hatte das Kaddisch zu einer Replik gesprochen, sagte mir mein Freund. Er half ihnen, sie auf ihren Lastwagen zu laden. Der Abdruck, den sie von dem echten Grabstein genommen hatten, lag dort herum, und er fragte sie, ob er ihn haben könne.

Ich wunderte mich, was Friedman drinnen tun mochte. Der heiße Hundeatem wurde gleichmäßiger und rhythmisch. Ich malte mir die überfüllten Räume hinter den Gitterstäben der Fenster aus, feucht und mit Zimmerpflanzen, die langsam ihre gelben Blätter auf das Chaos von Kafkas verbleichenden Handschriften streuten, deren Seiten nach Katzenpheromonen stinken mussten. Frustriert, davon abgehalten zu werden, das alles mit eigenen Augen zu sehen, stupste ich die Hündin schließlich von meinem Schoß und stieg aus dem Auto. Die Katzen waren heute abwesend – vielleicht drinnen versammelt, um sich auf Prager Tinte zu wälzen –, aber die überall am Boden aufgestellten schmutzigen Näpfe ließen ahnen, dass sie schon bald wieder da sein würden. Ich fand Eva Hoffes Namen an der obersten Klingel, doch als ich in den Flur spähte, direkt auf ihre Wohnungstür, und mir vorstellte, wie das vergrößerte Auge der alten Jungfer mit strähnigem Haar mich durch das Guckloch anblinzelte, zog ich mich zurück und duckte mich, während ich mir klebrige Spinnweben aus dem Gesicht schlug, unter die breiten Feigenblätter.

Am Abend nach meiner ersten Begegnung mit Friedman hatte ich online über den Prozess um Kafkas Papiere nachgelesen. Alles, was er mir erzählt hatte, wurde dort bestätigt: Der Fall, über den nach wie vor verhandelt wurde, lief auf die Frage hinaus, ob Kafkas Manuskripte – in gewissem Sinn Kafka selbst – nationales Kulturgut oder Privateigentum seien. Bisher war kein Urteil gefällt worden, aber in der Zwischenzeit hatte das Gericht dem Antrag der Israelischen Nationalbibliothek stattgegeben, alles, was sich in Eva Hoffes Besitz befand, zu inventarisieren. Eva, die den Nachlass oft als Verlängerung ihrer eigenen Glieder bezeichnete, hatte das mit einer Vergewaltigung verglichen. Nachdem zwei Berufungen abgewiesen worden waren, rang man ihr schließlich Schlüssel zu Tresorfächern in Tel Aviv ab, doch sie passten nicht zu den Schlössern. An dem Tag, als die Fächer schließlich von Anwälten geöffnet wurden, soll Eva diese unter Geschrei, die Papiere gehörten ihr, bis in die Bank verfolgt haben. Aber so verrückt sie manchmal zu sein schien, so bizarr die Geschichten über ihr Verhalten waren und so schwierig es für den Staat Israel gewesen sein mochte, sich damit abzufinden, dass ein jüdischer Autor, der so vielen so viel bedeutete, etwas anderes sein konnte als Nationaleigentum, entbehrte ihr Anspruch doch nicht jeder Rechtsgrundlage. Das Ergebnis der Auflistung wurde nicht bekanntgegeben, aber *Haaretz* bestätigte, dass sie auf einer großen Menge originalen Kafka-Materials saß. Und entweder gehörte es jedem und niemandem oder Israel oder ihr allein.

Als ich mich der Fensterreihe im Erdgeschoss näherte, sah ich, dass sich hinter dem vorgebauten Gitter aus schweren weißen Stangen eine zweite Schicht aus Maschendraht befand, von der Sorte, wie man ihn für Kleintierkäfige benutzt. Innen war es zu dunkel, um etwas zu erkennen. An der Seite des Gebäudes wurden die Verhältnisse noch extremer: Der Erker, eigentlich als eine Art offener Wintergarten gedacht, war grotesk von einem Gitterwerk aus verrosteten Stangen und verdrecktem Käfigdraht eingeschlossen, an den Ecken mit einer von Paranoia getriebenen Energie geflickt und verstärkt. Oder zeugte das alles nicht so sehr von einem kranken Geist, der den Bezug zur Realität verloren hatte, fragte ich mich, sondern vielmehr von der absurden Realität dessen, was sich gegen jede Wahrscheinlichkeit darin befand: etwas so Seltenes und Wertvolles, dass es Kandidaten gab, die über Leichen gehen würden, um es in die Finger zu bekommen? Angeblich war vor einigen Jahren in die Wohnung eingebrochen worden, obwohl die israelischen Zeitungsberichte über den Vorfall nahelegten, dass es wohl das Werk von Insidern gewesen sei.

Ich hörte sich etwas bewegen. Meine auf das Metallgitter fokussierte Konzentration ließ nach, sodass es etwas im Hintergrund verschwamm, und ich sah die dünne schwarze Katze, die sich zwischen die Stangen und den Maschendraht gezwängt hatte, durch den schmalen Spalt schleichen. Hätte ich an solche Dinge geglaubt – und vermutlich glaubte ich tatsächlich daran –, hätte ich es für ein Omen halten können. Einen Moment später hörte ich, wie etwas die Stufen heruntergeschleift wurde, so schwer wie eine Leiche, und als ich um die Ecke nach vorn eilte, war Friedman aufgetaucht und zog einen schwarzen Koffer hinter sich her. An den Steppnähten hingen lose Fäden, und der Griff war mit Klebeband umwickelt. Es war ein Koffer, der mehr nach einem Haustürverkäufer von Kiddusch-Bechern aussah als nach einem Mossad-Mann oder einem Ex-Mossad-, von mir aus auch Ex-Mossad-Mann aus der Besenkammer-Abteilung für jüdische Literatur. Nicht dass mich das davon abgehalten hätte, hüpfenden Herzens zu glauben, dass etwas von dem verlorenen Kafka darin enthalten sei.

Was immer es war, wollte Friedman nicht sagen. Noch nicht, sagte er mit einem Blick in den Rückspiegel, während wir davonfuhren. Erst müsse er mir einiges erzählen. Wir könnten auf dem Weg in die Wüste in Jerusalem halten und in einem kleinen, ruhigen vegetarischen Restaurant im Confederation House in Yemin Mosche mit Ausblick auf die Mauern der Altstadt zu Mittag essen. Dort könnten wir ungestört reden.

Wenn die Dinge nicht schon seltsam waren, von dem

Moment an, da der Koffer sich in unserem Besitz befand, wurden sie noch viel seltsamer. Jetzt scheint es mir, als hätte ich vor der Sache mit dem Koffer in einer Welt mit bekannten Gesetzen, aber unter ungewöhnlichen Bedingungen agiert, danach hingegen die bekannten Gesetze zu zittern und sich leicht zu biegen begonnen. Und nicht nur das, mir scheint sogar, als hätte ich mich seit langer Zeit auf diese Biegung zubewegt, ohne es zu wissen, genauer gesagt, auf den Koffer zu, einen Koffer, dessen ich mir in gewisser Weise seit meinem siebten Lebensjahr, als er mir durch eine Geschichte gegeben wurde, bewusst gewesen war. Aber ich hatte all diese Jahre warten müssen, bis er schließlich in meinem Leben ankam.

Die Geschichte war mir von einer Frau erzählt worden, die sich in unseren Kindertagen um mich und meinen

Bruder kümmerte. Sie lebte fast zehn Jahre in unserem Haus, anfangs erst zweiundzwanzig, aber das Wort *Nanny* konnte nie auf sie angewendet werden, auch nicht *Babysitter*: Dafür war sie zu wild, zu frei und unkonventionell. Außerdem war sie eine Art Mystikerin, und trotz ihrer katholischen Herkunft speiste ihr Glaube sich aus vielen Quellen und folgte keinen Vorschriften. Ihr Zimmer war voller Kristalle und eigenen Airbrush-Gemälden von Göttinnen, Zauberern und Disneyfiguren, und um den Hals trug sie ein kleines Brustbild von Jesus mit einer Dornenkrone und winzigen Rinnsalen von Blut, die bei uns sowohl Faszination als auch Übelkeit auslösten. Aber wir sahen kein Anzeichen von Frömmigkeit oder Gehorsam in Anna; die vielen Geschichten, die sie uns aus ihrer Kindheit erzählte, handelten immer von Widerspenstigkeit, nicht nur gegen die Autoritäten in ihrem Leben, sondern gegen alles, was unter Normalität fiel und die Magie leugnete, die sie ringsum sah. In der besagten Geschichte ging es um einen Job, für den sie mit neunzehn angeheuert worden war, ein paar Jahre bevor sie zu uns kam. Einsatz wäre wohl der bessere Ausdruck, um ihn zu beschreiben, denn sie hatte nichts anderes zu tun, als einen schwarzen Koffer mitten in der Nacht an einer Stelle abzuholen und drei Stunden zu fahren, um ihn an einer anderen Stelle abzuliefern. Ich kann mich nicht erinnern, mit welchen Worten Anna die Beschaffenheit dessen beschrieb, was sich in dem Koffer befand, aber wir verstanden, dass es verboten und die Unternehmung gefährlich für sie war. In der Geschichte, die sie uns erzählte, ging es vor allem um die dramatische

Fahrt über eine dunkle, kurvenreiche Straße, auf der ein Auto, das genauso aussah wie ihres, ihr zu folgen begann. Wir flehten sie an, uns zu sagen, was in dem Koffer war, aber sie weigerte sich. Mein Bruder vermutete, er sei voller Geld gewesen, und ich tippte auf ein magisches Halsband. Doch Anna, die uns in mancher Hinsicht besser kannte als unsere Eltern, sagte, wir müssten auf die Antwort bis zur Bar-Mizwa meines Bruders in vier Jahren warten.

Die Jahre vergingen, und gelegentlich sprach mein Bruder oder ich den Koffer an, um zu sehen, ob Anna den geheimen Inhalt endlich verraten würde. Doch sie erinnerte uns nur daran, dass wir bis zum vereinbarten Zeitpunkt warten müssten. Dann kam schließlich die Bar-Mizwa meines Bruders – sie kam und ging, ohne dass wir fragten. Wahrscheinlich vergaßen wir es, oder wir waren alt genug, die Antwort zu erraten, und wollten die Peinlichkeit des Fragens vermeiden. Aber im Endergebnis blieb das Geheimnis ein Geheimnis, und was Anna uns in Form der Geschichte von einem Koffer gegeben hatte, überdauerte all die anderen zahllosen Dinge, die wir in jenen Jahren bekommen und später verloren oder vergessen hatten.

———

Mit Kafka im Kofferraum fuhr Friedman auf die Schnellstraße. Sie führte uns an Palmen und Zypressen vorbei, an Feldern, über denen dunkle Schwärme von Staren plötzlich unisono die Richtung wechselten und dann gleich wieder scharf abbogen. Vorbei an der neuen Stadt Modi'in, hinter der die Landschaft älter wurde und unter dem Gras der weiße Schädel der Welt durchschien. Wir fuhren an Berghängen mit dem zerbröckelten Mauerwerk längst ihrem Schicksal überlassener Terrassen vorbei, auf denen noch immer die Reihen alter Olivenbäume wuchsen, vorbei an arabischen Dörfern und einem Hirten, der im Gefolge der Schafe seinen Weg bergab suchte. Rechts und links der Straße tauchte ein oben mit gerolltem Stacheldraht gesicherter Metallzaun auf, und wir passierten einen Kontrollpunkt, an dem Wächter mit Schutzhelmen und schwarzen, von kugelsicheren Westen aufgeblähten Uniformen standen. Einige Kilometer weiter wurden die Zäune durch hohe Betonmauern ersetzt, die uns die ganze Strecke bis in die Außenbezirke von Jerusalem begleiteten, ehe sie Kiefernwäldern wichen. Bei der Einfahrt in die Stadt ging es am Sacher Park vorbei und durch die Straßen von Rehavia, dann an der renovierten Montefiore-Windmühle und am renovierten King David Hotel, das einst Ziel eines Bombenanschlags, dann Niemandsland gewesen war und vor gar nicht langer Zeit die Hochzeit meines Bruders ausgerichtet hatte.

Friedman fuhr das Auto auf einen kleinen Stellplatz neben einem Park, scheuchte seine Hündin vom Rücksitz und führte mich einen breiten, von Krähen besiedelten Hügel hinunter. Das steinerne Confederation House, das einzige Bauwerk in der Nähe, war umgeben von einem nach Lavendel duftenden Garten mit Olivenbäumen und Palmen. Das Restaurant war leer, der einzige Ober platzierte uns an einem Tisch am Fenster, von dem aus man über das schmale Tal hinweg auf die von Süleyman dem Prächtigen errichteten Mauern blickte. Die Hündin ließ sich mit einem Stöhnen auf Friedmans in Sandalen steckenden Füßen nieder. Während der Ober ihr eine Schüssel Wasser holte, beschäftigte Friedman sich damit, die zerknitterten Fotokopien durchzusehen, die er, in eine Ledermappe gestopft, aus dem Auto mitgebracht hatte. Erst nachdem der Ober unsere Bestellung entgegengenommen hatte und, offenbar zugleich der Koch, in die Küche verschwunden war, beugte Friedman sich endlich vor, warf einen letzten überflüssigen Blick in die Runde des leeren Restaurants, senkte die Stimme und begann.

Die nächsten zwei Stunden hörte ich zu, während er seine außergewöhnliche Geschichte darlegte. Sie war so abwegig, dass ich zunächst überzeugt war, Effie der Fabulierer habe mich einem anderen seines Schlages ausgeliefert, dieser womöglich auch noch wahnhaft. Ich nahm mir vor, abzuwarten, bis er fertig war – die Geschichte war zu sensationell, als dass ich das Ende hätte verpassen mögen –, aber nach dem Essen würde ich mich entschuldigen und Effie anrufen. Er hatte mich in diese Lage gebracht, jetzt sollte er mich gefälligst wieder daraus befreien. Zumindest konnte er mich nach Tel Aviv zurückfahren.

Und doch, je mehr Friedman redete, umso unsicherer wurde ich, was ich glauben sollte. Ich wusste, wie höchst unwahrscheinlich das war, was er mir erzählte. Und dass es, wenn es sich denn irgendwie doch wirklich ereignet haben sollte, ausgeschlossen gewesen wäre, es so lange Zeit geheim zu halten: Fast neunzig Jahre waren seit Kafkas Tod in einem Sanatorium bei Wien vergangen. Aber unter dem Eindruck von Friedmans überzeugender Eloquenz, der Autorität, die er ausstrahlte, und seines anscheinend erschöpfenden Wissens über Kafka begann ich unmerklich, die entfernte, vollkommen unwahrscheinliche Möglichkeit zu erwägen, dass das, was er mir erzählte, wahr sein könnte. Und ich vermute, dass ich es, wie bei allen unglaubhaften Dingen, denen wir uns öffnen, glauben wollte: dass Kafka am Ende wirklich die Schwelle überschritten haben, durch einen Spalt in der sich schließenden Tür geschlüpft und in die Zukunft entschwunden sein könnte. Dass er fünfunddreißig Jahre nach seiner Beerdigung in Prag und seinem heimlichen Transport nach Palästina in einer Oktobernacht des Jahres 1956 friedlich im Schlaf verschieden sein könnte, nur bekannt, sofern er überhaupt bekannt war, als der Gärtner Anshel Peleg. Dass es in Tel Aviv, nicht weit von der Wohnung meiner Schwester entfernt, ein Haus geben könnte und hinter dem Haus einen Garten und in dem jetzt verwilderten und überwucherten Garten einen Orangenbaum, den Kafka selbst gepflanzt hatte. Das letzte Mal, dass Friedman dort gewesen war, erzählte er mir, sei eine Krähe direkt aus dem Himmel gefallen und tot vor seinen Füßen gelandet, einfach so, ohne jede Erklärung.

ZWEI

GILGUL

Sein hebräischer Vorname Anshel war alles, was er von seinem alten Leben bewahrt hatte. Anshel ist ein jiddisches Diminutiv von Asher, genau wie Amshel, das auch mit der deutschen Bezeichnung *Amsel* für Schwarzdrossel verwandt ist. Der Vorname hätte leicht abgelegt und durch einen jener anderen ersetzt werden können, die von den Palästina-Einwanderern häufiger gewählt wurden wie etwa Chaim, Moshe oder Yaakov, hätte Anshel nicht ein Echo des Nachnamens enthalten, den er aufgeben musste und der eines Tages berühmter werden sollte, als er es sich je hatte vorstellen können. Im Tschechischen bedeutet *kavka* Dohle, ein so geläufiges Wort, dass Hermann Kafka diese Krähenart zum Emblem seines Galanteriewarengeschäfts machte. Dass sein Sohn Franz sich zur Transmogrifikation von Mensch und Tier hingezogen fühlte und dass der Schriftsteller sich zeitweise mehr mit der tierischen Seite identifizierte, werde in Werken offensichtlich, die eines Tages in der ganzen Welt gelesen werden sollten. Dass er mit seiner wie eine strenge Kappe in die Stirn gezogenen glänzenden Haube aus schwarzem Haar, seinen weit auseinanderstehenden Augen und der schnabelartigen Nase keinem Tier so ähnlich sah wie einer Dohle, sei vielleicht einer jener schicksalhaften Zufälle, behauptete Friedman, die Kafka in seinen vielen Geschichten so meisterhaft als Projektion eines widerstreitenden inneren Wunsches entlarvt habe. Dass der von ihm angenommene Nachname Peleg unter denen, die mit der Einwanderungswelle der Dritten Alija kamen, üblicher war, lasse darauf schließen, dass er um der Anonymität willen gewählt wurde, vermutlich von einer mit den Formalitäten beauftragten Person, die keinen Grund sah, etwas gegen Anshel einzuwenden, oder der die Amsel, die Kafka auf diese Weise eingeschmuggelt hatte, entgangen war.

Er überlebte die Reise nur knapp. Als das Schiff in Haifa anlegte, mussten die Decksmänner, die den blassen, freundlichen, unmöglich dünnen Mann liebgewonnen hatten, ihn auf dem Rücken liegend hinaustragen, sodass sein erster Anblick im Gelobten Land der des leuchtend blauen, vollkommen wolkenlos sich über ihm wölbenden Himmels war. Ein Kind, das zur Begrüßung einer entfernten Verwandten auf dem Kai gewartet hatte, begann zu weinen, weil es glaubte, dort würde eine Leiche ausgeladen. So kam es, dass der erste auf Hebräisch gesprochene Satz, den Kafka in Palästina hörte, dieser war: «Wie ist er gestorben, Vater?» Und der unmöglich dünne Mann mit dem himmelwärts gewandten Gesicht, der sich gegenüber sich selbst immer wie postum verhalten hatte, lächelte zum ersten Mal seit einer Woche.

Er hatte doch jahrelang seinen eigenen Tod inszeniert,

242

nicht wahr? *Weg von hier, nur weg von hier!* Erinnern Sie sich an diese Zeile?, fragte Friedman, während die Brillengläser trübe Schatten über seine Augen warfen. Das ruft der Reiter in einer seiner Parabeln, als er gefragt wird, wohin er wolle, aber es hätte ebenso gut das Epitaph von Kafkas Grabstein auf dem jüdischen Friedhof in Prag sein können. Sein Leben lang hatte er von Flucht geträumt und war doch unfähig gewesen, auch nur aus der Wohnung seiner Eltern auszuziehen. Derart in einer verwirrenden, den eigenen inneren Bedingungen feindseligen Umgebung in die Enge getrieben und eingesperrt zu sein, dazu verurteilt, stumpfsinnig missverstanden und misshandelt zu werden, weil man den Weg hinaus nicht sehen kann – daraus, das brauche ich Ihnen nicht in Erinnerung zu rufen, rief Friedman mir in Erinnerung, hat Kafka die größte Literatur gemacht. Niemandem – weder Josef K. noch Gregor Samsa, dem Hungerkünstler oder der Maus, die in der sich verengenden Welt auf ihre Falle zuläuft, ohne zu merken, dass sie nur die Laufrichtung ändern müsste –, niemandem von ihnen gelingt es, seinen absurden Existenzbedingungen zu entrinnen; sie können nur daran sterben. Ist es ein Zufall, dass Kafka glaubte, die Darstellungen seines eigenen Todes seien das Beste, was er geschrieben habe? Einmal erklärte er Max Brod, das geheimnisvolle Spiel dabei bestehe darin, dass seine fiktionalen Surrogate litten und den Tod als hart und ungerecht empfänden, wohingegen er selbst sich freue, «im Sterbenden zu sterben». Nicht weil er sein Leben beenden wollte, sagte Friedman noch leiser, wobei er sich weiter über den Tisch vorbeugte, sondern weil er das Gefühl hatte, nie wirklich gelebt zu haben. Das Licht war diffus in Friedmans weichem weißem Haar, und einen Augenblick lang trug er es wie einen Heiligenschein. Er fuhr fort: Als Kafka sich in einem Brief an Brod sein eigenes Begräbnis vorstellte, beschrieb er einen alten Leichnam, «den Leichnam seit jeher», der endlich dem Grab übergeben werde.

Es dauerte seine Zeit, aber die Tuberkulose, an der er in Prag gestorben wäre, begann sich in Palästina zu bessern. Obwohl man nun versucht sein könnte, dies den Heilkünsten seiner hervorragenden Ärzte oder seinen häufigen Aufenthalten in der Wüste zuzuschreiben, deren trockene Luft Wunder für seine Lungen bewirkte, würde das bedeuten, sagte Friedman, der Realität Kräfte zu unterstellen, über die in Wahrheit Kafka selbst verfügte. Er hatte immer behauptet, seine Lungenkrankheit sei, genau wie die Schlaflosigkeit und die Kopfschmerzen, nur ein Ausfluss seiner «geistigen Krankheit». Einer Krankheit, die dem Gefühl entsprang, in der Falle zu sitzen und zu ersticken, ohne die Luft, die er zum Atmen, oder die Zuflucht, die er zum Schreiben brauchte. Beim allerersten Blutsturz, als das Bluten nicht aufhören wollte, hatte er eine Erleichterung empfunden. Er habe sich nie wohler gefühlt, schrieb er später, und in dieser Nacht zum ersten Mal seit Jahren gut geschlafen. Für ihn kam die schreckliche Krankheit der Erfüllung eines tiefen Wunsches gleich. Auch wenn sie ihn fast sicher töten würde, sagte Friedman, bis dahin war sie seine Begnadigung: vom Heiraten, von der Arbeit, von Prag und von seiner Familie. Sofort, ohne die geringste Verzögerung, kündigte er Felice auch die zweite

Verlobung auf. Und kaum hatte er das getan, beantragte er seine vorzeitige Pensionierung bei der Arbeiter-Unfall-Versicherungs-Anstalt. Ihm wurde nur ein vorübergehender Erholungsurlaub gewährt, aber die folgenden acht Monate, sagte Kafka oft, seien die glücklichsten seines Lebens gewesen. Er verbrachte sie in einem nahezu euphorischen Zustand auf dem Bauernhof seiner Schwester Ottla in Zürau, arbeitete im Garten und auf den Feldern, fütterte das Vieh und schrieb. Er war immer der Meinung gewesen, all die Nervenleiden seiner Generation kämen daher, dass sie nicht mehr auf dem Land ihrer Väter und Großväter verwurzelt seien, sich selbst entfremdet durch die beklemmende Enge der städtischen Gesellschaft. Doch erst während seines Erholungsaufenthalts in Zürau, erzählte Friedman mir, habe Kafka Gelegenheit gehabt, die wohltuenden Wirkungen der Verbundenheit mit dem Boden am eigenen Leib zu erfahren. Er begeisterte sich für die zionistischen Landwirtschaftsschulen, die allenthalben in Europa eröffnet wurden, und versuchte Ottla und einige Freunde zu überzeugen, sich dort anzumelden. Im gleichen Jahr hatte er begonnen, sich selbst Hebräisch beizubringen, und in Zürau, wo er eifrig fünfundsechzig Lektionen seines Lehrbuchs durchackerte, machte er so gute Fortschritte, dass er Brod auf Hebräisch schreiben konnte. Zusammengenommen, sagte Friedman, seien die Sehnsucht nach einer verlorenen Nähe zum Land und nach einer alten Sprache zu etwas Konkreterem verschmolzen, und während dieser Zeit habe Kafka begonnen, seine Phantasie, nach Palästina einzuwandern, ernsthaft auszuspinnen.

245

Er mag nie ein so glühender oder engagierter Zionist gewesen sein wie seine engsten Freunde, sagte Friedman. Max Brod, Felix Weltsch und Hugo Bergmann, sein ältester Schulfreund, sie alle nahmen aktive Rollen in der Bewegung ein, indem sie sich zuerst der zionistischen Studentengruppe Bar Kocher in Prag anschlossen und später Schriften veröffentlichten, lehrten und sich der Alija verschrieben. Doch Kafkas berühmter Satz über den Zionismus – «ich bewundere den Zionismus und ekle mich vor ihm» – sagt mehr über seine Verfassung als irgendetwas anderes: die Unerträglichkeit, sich einer Ideologie anzupassen. Er verschlang alles, was er an zionistischen Nachrichtenblättern und Zeitschriften in die Hände bekam und veröffentlichte seine Geschichten dort. Er besuchte den Zionistenkongress in Wien und versprach sogar, für den Erwerb von Aktien der «Arbeiterbank» Hapoalim zu werben. Durch Denker wie Martin Buber und Micha Josef Berdyczewski, deren Vorträge er in Prag hörte, kam Kafka in Berührung mit chassidischen Volksmärchen, Midrasch-Legenden und der kabbalistischen Mystik, die sein Schreiben so tief beeinflussen sollten. Und je faszinierter er von diesen Texten war, je brennender sie ihn verzehrten, sagte Friedman, umso stärker nahm ihn jener ferne, verlorene heimatliche Boden ein, dem sie entsprangen und auf den sie zurückverwiesen.

Trotzdem, sagte Friedman, während er einen dicken Finger erhob, um wirklich zu verstehen, weshalb Kafka dafür sterben musste, hier herzukommen, weshalb er bereit war, alles dafür zu opfern, müssen Sie etwas Entscheidendes verstehen. Und zwar dies: Es war nie die mögliche *Wirklichkeit* Israels, die seine Phantasien anregte. Sondern dessen *Unwirklichkeit.*

Hier legte Friedman eine Pause ein und ließ seine wässrigen grauen Augen auf mir ruhen. Wieder hatte ich das Gefühl, er berate, die Jury sei noch nicht fertig mit mir, obwohl es jetzt zu spät erschien, da wir einander gegenübersaßen, mit Kafkas Koffer im Gepäckraum und dem ausgespuckten Geheimnis auf dem Tisch.

Friedman fragte, ob ich mich an den ersten Brief erinnerte, den Kafka an Felice schrieb. Aber er hatte ungefähr achthundert Briefe an Felice geschrieben: Nein, sagte ich, nicht an den ersten. Nun, sie hatten sich ein paar Wochen zuvor kennengelernt, fuhr Friedman fort, und um daran anzuknüpfen, erinnerte Kafka sie an ihr Versprechen, mit ihm nach Palästina zu reisen. In gewissem Sinn begann ihre ganze Beziehung im Zeichen dieser Phantasie, und man könnte sagen, sagte Friedman, dass es fünf Jahre lang in diesem Stil weiterging, denn irgendwie muss Kafka immer gewusst haben, dass er sie nicht heiraten würde oder könnte. Nachdem ihr Briefwechsel in Gang gekommen war und Felice sich einmal entschuldigte, ihm nicht schnell genug geantwortet zu haben, erklärte Kafka ihr, es sei nicht ihre Schuld, das Problem bestehe vielmehr darin, dass sie nicht wisse, wohin oder gar wem sie schreiben solle, weil er nicht zu finden sei. Er, der nie wirklich gelebt hatte, der nur in der Unwirklichkeit der Literatur zu existieren glaubte, hatte keine Adresse in dieser Welt. Verstehen Sie?, fragte Friedman. Palästina war gewissermaßen der einzige ebenso unwirkliche Ort wie die Literatur, weil er einmal von der Literatur erfunden worden und *noch immer zu erfinden* war. Wenn er also eine geistige Heimat haben wollte, einen Ort, an dem es ihm tatsächlich möglich war zu leben, konnte es nur hier sein.

Die Phantasie von einer Beziehung zu Felice mochte mit der Phantasie von einem Leben in Palästina begonnen haben, fuhr Friedman fort, aber nur die Phantasie vom Leben in Palästina habe Kafka nie aufgegeben. Einzig die Form habe sich im Lauf der Jahre verändert. Er stellte sich vor, in einem Kibbuz Handarbeit zu verrichten, von Brot, Wasser und Datteln zu leben. Er schrieb sogar ein Manifest für einen solchen Ort, «Die besitzlose Arbeiterschaft», nach dessen Plan die Arbeitszeit nicht mehr als sechs Stunden betragen dürfe, der Besitz auf einfache Kleidung und Bücher beschränkt werden müsse und die persönlichen Verhältnisse allein auf Vertrauen beruhen sollten, in vollständiger Abwesenheit von Rechtsgelehrten und Gerichten. Später, als Hugo Bergmann nach Palästina eingewandert und Direktor der Jüdischen National- und Universitätsbibliothek in Jerusalem geworden war, stellte Kafka sich dort, in einer Ecke, eine kleine Buchbinder-Werkbank für sich vor, wo er inmitten alter Bücher und Leimgerüche in Ruhe gelassen würde.

Aber es war Kafkas letzte, noch im Jahr vor seinem Tod in Europa genährte Phantasie, die Friedman am schönsten fand, vielleicht, wie er mir sagte, weil sie unübertrefflich kafkaesk war. In jenem Jahr lernte er die Tochter eines chassidischen Rabbi kennen und lieben, ein Mädchen namens Dora Diamant, das Kafkas Traum von der Einwanderung nach Palästina teilte. Sie würden ein Restaurant in Tel Aviv eröffnen, beschlossen sie, Dora in der Küche und Kafka als Kellner. Er sprach immer häufiger über diesen Traum, insbesondere gegenüber seiner jungen Hebräischlehrerin Puah Ben-Tovim, die später darauf hinwies, dass Dora nicht kochen konnte und Kafka ein miserabler Kellner gewesen wäre, aber auch, dass es damals in Tel Aviv jede Menge Restaurants gab, die von solchen Paaren geführt wurden, und in diesem Sinn war Kafkas surreale Phantasie realer, als man zunächst meinen mochte. Haben Sie das Bild vor Augen?, fragte Friedman amüsiert grinsend. Die Holztische und die Ironie des verblichenen Plakats von der Prager Burg an der Wand, das Gebäck unter einer Kuchenglocke auf dem Tresen? Und der Ober mit dem spitzen schwarzen Haaransatz in der Kellnerweste, der sich mit einem schiefen Lächeln anschickt, eine Fliege totzuschlagen?

Beinahe flüsternd, um nicht von dem neben der Espressomaschine Gläser abtrocknenden Kafka-Nachwuchs gehört zu werden, erzählte Friedman mir, vor etwa dreißig Jahren habe einer der Kafka-Biographen Puah Ben-Tovim in Jerusalem aufgespürt und ein Interview mit ihr in der *New York Times* veröffentlicht. Sie sei mittlerweile Dr. Puah Menczel und fast achtzig Jahre alt gewesen, und zwischen den Zeilen des Artikels habe man die Wirkungen der «Kafka-Nebelmaschine» erkennen können, eine von Brod betriebene Maschine, die jedoch ohne Bergmann und Puah, die beide geholfen hatten, Kafka heimlich nach

Palästina zu bringen, unmöglich gewesen wäre. Puah war mit achtzehn in Bergmanns Bibliothek in Jerusalem angestellt gewesen, und der Geschichte nach soll Bergmann sie, als er merkte, wie überqualifiziert sie für ihren Arbeitsplatz war, zum Mathematikstudium nach Prag geschickt und ihr sogar die Möglichkeit verschafft haben, bei seinen eigenen Eltern zu wohnen. Dies letzte Detail lasse einen aufhorchen, sagte Friedman. Oder würde es zumindest, wenn man kritisch an die offizielle Biographie heranginge, der zufolge Bergmann Puah nicht mit einem Auftrag nach Prag geschickt hatte, nicht um an einem bereits ausgeheckten klandestinen Plan mitzuwirken, sondern einfach aus Herzensgüte, und erst nachträglich beschloss, sie an Kafka zu vermitteln, dem sie dann zweimal in der Woche Privatunterricht in Hebräisch erteilte.

Als Puah ankam, war Kafka schon sehr krank. In dem Interview mit dem ahnungslosen Biographen, der sie sechzig Jahre später aufstöberte, beschrieb sie, wie die schmerzhaften Hustenanfälle ihre Hebräischstunden unterbrachen und Kafkas große schwarze Augen sie anflehten, trotzdem weiterzumachen, noch ein Wort mehr, und dann noch eines. Schließlich war Kafka so weit fortgeschritten, dass sie in der Lage waren, Teile eines Romans von Josef Chaim Brenner zusammen zu lesen. Aber in dem *Times*-Artikel merkt der Kafka-Biograph auch an, dass Puah Ben-Tovim, nachdem sie ihr Mathematikstudium in Prag abgebrochen hatte, um nach Deutschland zu gehen, nachdem Kafka ihr dorthin gefolgt war und in der Nähe des jüdischen Kinderheims, in dem sie arbeitete, Quartier bezogen hatte, urplötzlich von der Bildfläche verschwand und ihn nie wiedersah. Unter den Bergen an Erinnerungen, die später in der Folge von Kafkas postumer Berühmtheit aufgeboten wurden, die meisten ungenau oder aus zweifelhafter Quelle, gebe es kein einziges Wort von Puah Ben-Tovim, stellt der Biograph fest. Als er sie endlich in Jerusalem auftreibt und sie ihn liebenswürdig in ihre mit Bücherregalen ausgekleidete Wohnung bittet, liefert sie eine einfache Erklärung für ihre Ablösung: Kafka habe sich benommen wie ein Ertrinkender und sich an jeden geklammert, der ihm nahe genug kam. Sie habe ihr eigenes Leben und weder den Willen noch die Kraft gehabt, das Kindermädchen eines schwerkranken Herrn zu sein, der zwanzig Jahre älter war als sie, selbst dann nicht, wenn sie damals gewusst hätte, was sie jetzt über ihn wisse. Mit anderen Worten, ihre Haltung war unangreifbar, sagte Friedman. Es gelang ihr, sich aus der Affäre zu ziehen und die Neugier des Biographen ein für alle Mal zu stillen. Und jetzt ist sie tot, und wir können Puah Ben-Tovim nichts mehr fragen.

Aber wäre sie nicht gewesen – sie und vor allem Hugo Bergmann –, wäre das Ende genauso gekommen, wie Kafka es sich vorgestellt hatte. Wie Kafka es sich vorstellte, fügte Friedman hinzu, und wie Brod es später veröffentlichte: der abgemagerte Leichnam in die Erde hinabgelassen, die gut einstudierte Todesszene endlich und unwiderruflich aufgeführt, der Schriftsteller, der eine der eindringlichsten und unvergesslichsten Geschichten über die Verwandlung geschrieben hatte, von dieser Welt gegangen, ohne sich selbst je verwandelt zu haben. Dass es nicht so kam, ist allein der kleinen, von Bergmann eingefädelten Intrige zu verdanken. Außer Puah und Max Brod war auch Salman Schocken daran beteiligt, ohne den sowohl der Transport nach Palästina als auch die folgenden Jahrzehnte von Kafkas Leben hier in Israel finanziell unmöglich gewesen wären. Ich bin sicher, Sie kennen Schockens Namen von dem Verlag, bei dem nach und nach alle Werke Kafkas in Deutschland und später in Amerika erschienen sind. Als Bergmann sich im Sommer 1923 an ihn wandte, war er noch kein Verleger, sondern einfach der reiche Inhaber einer deutschen Warenhauskette. Doch gemeinsam mit Buber war Schocken auch Begründer der kulturzionistischen Wochenschrift *Der Jude*, in der Kafka zwei seiner Geschichten veröffentlicht hatte. Außerdem war er bereits als Förderer jüdischer Literatur bekannt – schon damals hatte er als Einziger Samuel Agnon seit über zehn Jahren unterstützt. Also habe Bergmann ihm einfach geschrieben, erzählte Friedman mir, und im Herbst sei Brod nach Berlin gereist, um Schocken persönlich zu treffen und über Kafkas Situation zu sprechen.

Später sollte Brod den ganzen Ruhm ernten, Kafkas Retter gewesen zu sein. Wenn irgendjemand sich an Hugo Bergmann erinnert, dann in seiner Eigenschaft als dem ersten Rektor der Hebräischen Universität und als Philosophieprofessor, der über Transzendenz schrieb. Anders als Brod suchte Bergmann nie die geringste Anerkennung für seinen Beitrag zu Kafkas Rettung. Im Gegenteil, sagte Friedman, er war bereit, den Prügelknaben abzugeben, den egoistischen Schurken gegenüber Brods edelmütigem

Helden. Brods Darstellung zufolge hatte Kafka nur dank Bergmanns großer Ermutigung endgültige Pläne gemacht, im Oktober 1923 nach Palästina auszuwandern, die Reise in Begleitung von Bergmanns Frau zu unternehmen und bei ihrer Familie in Jerusalem zu bleiben, bis es ihm wieder gutginge und er Fuß gefasst hätte. Doch als die Zeit nahte, soll Bergmann es sich anders überlegt haben. In der Furcht, Kafka könnte seine Kinder mit Tuberkulose anstecken und es würde seiner Frau zu viel werden, eine so kranke Person am Hals zu haben, zog er die Einladung zurück. Dass niemand je danach gefragt habe, wie wahrscheinlich eine so plötzliche und kaltschnäuzige Wende für jemanden sei, der über zwanzig Jahre lang einer von Kafkas engsten Freunden war, meinte Friedman, könne vielleicht der Tatsache zugerechnet werden, dass der Holocaust die Welt in der Zwischenzeit an Geschichten der unzählig vielen gewöhnt hatte, die aus Angst, sich in Gefahr zu bringen, sogar ihren Nächsten den sicheren Hafen verweigerten. Aber die Wahrheit sei, dass Kafka es ohne Hugo Bergmann niemals nach Palästina geschafft, dass er sein Urteil auf Lebenszeit akzeptiert hätte und der Tyrannei seines Vaters nie entkommen wäre, auch niemals aus Europa heraus, wo er, hätte er die Tuberkulose überlebt, später zusammen mit seinen drei Schwestern von den Nazis ermordet worden wäre. 1974 sei Bergmann für seinen «besonderen Beitrag zu Gesellschaft und Staat» mit dem Israel-Preis ausgezeichnet worden, erzählte Friedman mir. Aber nur eine kleine Gruppe von Menschen habe je das volle Ausmaß dieses besonderen Beitrags gekannt.

Im Jahr 1924 war Max Brod als Einziger in Prag übrig geblieben. Und so war er denn auch der Einzige, der praktikablerweise dafür in Frage kam, Kafkas Manuskripte nach dessen Tod zu erben und die Rolle des Wächters über ihr Schicksal zu übernehmen, angeblich beginnend mit der Missachtung von Kafkas Letztem Willen, alles zu verbrennen. Und da Brod Schriftsteller war und die Notwendigkeit bestand, alle anderen von der Geschichte fernzuhalten, wurde er auch zum Hüter von Kafkas Legende. Da die Legende aber noch gar nicht existierte und Kafka noch fast unbekannt war, wurde Brod ihr alleiniger Autor. Später sollte Brod beschreiben, dass er in der Folgezeit unmittelbar nach dem Tod seines Freundes zu niedergeschmettert gewesen sei, um eine Biographie in Angriff zu nehmen. Hinzu kam die überwältigende Masse an praktischer Fleißarbeit, den ganzen Haufen von Kafkas Papieren zu sichten, eine Bibliographie zu erstellen und die Manuskripte für die Veröffentlichung vorzubereiten. Und so schrieb Brod stattdessen *eine lebendige Dichtung*, wie er es nannte, einen Schlüsselroman, in dem er das Originalporträt des leidenden kranken Heiligen lieferte, auf dem seither jedes Kafka-Porträt beruht.

Zauberreich der Liebe, sagte Friedman, Sie können es schon am Titel erraten, ist ein Schmarren, der gleich nach Erscheinen auf dem Müllhaufen der Literatur gelandet wäre, gäbe es darin nicht die Figur des Richard Garta. Am Anfang des Romans ist der Schriftsteller Garta bereits in Prag gestorben. So begegnen wir ihm nie persönlich, lernen ihn immer nur durch die Erinnerungen des Protago-

254

nisten Christof Nowy kennen, Gartas engstem Freund und nunmehr Verwalter seines literarischen Nachlasses. Nowy erinnert sich ständig, fast obsessiv an Garta, beratschlagt sich innerlich mit ihm und geht sogar so weit, seinem toten Freund Antworten in den Mund zu legen. In diesem Sinn liefert der Roman nicht nur das Originalporträt von Kafka, sondern auch Brods Argument dafür, mittels seiner eigenen destillierten Erinnerungen ein Kafka-Bild zu konstruieren. Genau wie die Leser des *Zauberreichs der Liebe* nichts über den heiligen Garta erfahren, außer durch Nowys Vermittlung, hat die Welt bis heute nichts über Kafka erfahren, außer durch das Prisma des Brod'schen Garta. Friedman begann, die aus dem Auto mitgebrachte Ledermappe zu durchstöbern, bis er eine zerknitterte Fotokopie fand. «Garta», begann er zu lesen, «ist von allen Weisen und Propheten, die je über die Erde geschritten sind, der stillste gewesen … Vielleicht fehlte ihm ein Schritt: Selbstvertrauen. Hätte er auch das noch gehabt, wäre er ein Führer der Menschheit geworden.» Friedman hielt inne und sah mich mit hochgezogenen Augenbrauen an. «Das ist doch kompletter Schmockes, oder?», sagte er, während seine Lippen sich zu einem Lächeln kräuselten. «Und doch, rein strategisch gesehen, hat es etwas Geniales; ebenso wie die Geschichte etwas Geniales hat, dem sterbenden Kafka seinen Letzten Willen zu verweigern, seine gesamte Hinterlassenschaft ungelesen zu verbrennen. Als die Welt allmählich zu Brods Kafka erwachte, erwies dieser sich als unwiderstehlich. Und ungeachtet dessen, dass die Legende Brods eigenes Machwerk sein mochte, wurde sie in den folgenden Jahrzehnten erweitert und ausgesponnen, den Horden von Kafkaologen preisgegeben, die dort anknüpften, wo Brod aufgehört hatte, glückselig, noch mehr Mythologie herauszuschinden, ohne ihre Quelle je in Frage zu stellen. Fast alles – *alles* –, was über Kafka bekannt ist, kann zu Brod zurückverfolgt werden! Einschließlich der gesammelten Ernte aus seinen Briefen und Tagebüchern, da auch sie natürlich von Brod zusammengestellt und herausgegeben wurden. Er machte die Welt mit Kafka bekannt und managte fortan jedes kleinste Detail seines Bildes und seines Rufes, bis er selbst 1968 starb und Kafkas Nachlass in die Hände seiner Geliebten Esther Hoffe fallen ließ, wohlgemerkt nicht ohne durch genügend Verwirrung und Unordnung dafür gesorgt zu haben, dass seine Autorität bis zum heutigen Tag nie abgegeben oder geteilt werden und der Kafka-Golem, den er eigenhändig geformt hatte, weiterhin über die Erde wandern würde.

Trotzdem hinterließ er uns einen riesigen Tipp. «Ich glaube, er konnte einfach nicht widerstehen», sagte Friedman. «Die Versuchung, alles auszuplaudern und die Brillanz seines eigenen Machwerks zu enthüllen, war zu groß, und so versteckte er die Wahrheit im hellen Tageslicht.» In *Zauberreich der Liebe* reist Nowy nach Palästina, um Gartas jüngeren Bruder zu treffen, der die Alija gemacht hat und in einem Kibbuz lebt. Von ihm erfährt Nowy, dass Garta Zionist war – nicht nur mit der Bewegung sympathisierte, sondern dass seine zionistischen Glaubenspositionen und Aktivitäten absolut zentral für sein Leben und sein Selbstverständnis waren. Das ist vollkommen neu für Nowy, der nicht die leiseste Ahnung von der verborgenen Leidenschaft seines engsten Freundes gehabt hatte. Darüber hinaus erzählt Gartas Bruder ihm, Garta habe heimlich auf Hebräisch geschrieben, und der «spektakuläre Inhalt» dieser hebräischen Notizbücher habe ihn, den Bruder, dazu bewogen, nach Palästina einzuwandern und ein Pionier zu werden. «Aha?», sagte Friedman und zog erneut seine buschigen Augenbrauen hoch. «Hebräische Notizbücher? Wenn Sie *Zauberreich der Liebe* läsen, um Neuigkeiten über Kafka zu erfahren, würden Sie dann nicht innehalten und sich fragen: *Was für* hebräische Notizbücher?»

Als Brod sich am Ende doch noch entschloss, eine wirkliche Biographie über Kafka zu verfassen, beschrieb er dessen «einsame Geheimnistuerei». Wie sie beispielsweise einige Jahre befreundet gewesen seien, ehe Kafka überhaupt damit herausrückte, dass er schrieb. Und doch, in gewissem Sinn verbirgt sich in Brods schwülstigem Roman und der ganzen Mythologie, die darauf aufbauen sollte, ein subtileres Spiel der gleichzeitigen Enthüllung und Verdunklung des wahren Kafka. Kein einziger Kritiker habe den Hinweis auf die hebräischen Notizbücher aufgegriffen, sagte Friedman, ebenso wenig die Andeutung, Kafka habe womöglich auf Hebräisch geschrieben. Die einzigen «hebräischen» Notizbücher, die wir von Kafka kennen, sind vier kleine Oktavhefte, die er in Puahs Unterricht benutzte, einschließlich des einen mit dem zerbröselnden blauen Umschlag, das sich in den Archiven der Nationalbibliothek befindet, wo Brod es in Verwahrung gegeben hat. Darin findet man Listen ins Hebräische übersetzter deutscher Wörter in Kafkas gewohnter Handschrift, Wörter, wie sie nicht besser zu der Legende passen könnten. Friedman wühlte in seiner Mappe, zog eine andere Fotokopie mit Eselsohren heraus und deutete auf jedes einzelne Wort, während er übersetzte:

Unschuldig
Leiden
Qualvoll
Ekel
Erschreckend
Zerbrechlich
Genie

Wüsste man es nicht besser, könnte man es für eine Parodie auf Brods leidenden Kafka halten, jenen, der allem Anschein nach mit vierzig Jahren in einem Sanatorium starb! «Aber es gibt eine andere Geschichte», sagte Friedman. «Verstehen Sie?», fragte er erneut, aber da ich noch immer nicht ganz verstand, da ich so seltsam vom Kurs des Verstehens abdriftete, konnte ich ihn nur weiter mit einer Miene ansehen, von der ich hoffte, sie sähe nach Verstehen aus. Eine Geschichte von Kafkas Nachleben auf Hebräisch, sagte Friedman. Eine Geschichte, derzufolge er in diese alte und neue Sprache floh, genau wie er leibhaftig in ein altes und neues Land floh. Derzufolge er ins Hebräische «überquerte», was die buchstäbliche Übersetzung von *Ivrit* ist, abgeleitet von Abraham, dem ersten Hebräer oder *Ivri*, der den Jordan nach Israel überquerte. Die hebräische Übersetzung von *Die Verwandlung* lautet *Ha Gilgul*. Sie wissen, was *gilgul* bedeutet, nicht wahr? Der jiddische Titel – *Der Gilgul* – ist fast der Gleiche. Das heißt, sagte Friedman, dass *Die Verwandlung* für die Juden immer eine Geschichte nicht über den Wandel von einer Form in eine andere war, sondern über die Beständigkeit der Seele trotz verschiedener materieller Realitäten.

Schließlich verfiel Friedman in Schweigen und wandte sich der Aussicht zu. Ich folgte seinem Blick auf die Kirchtürme und das Jaffator, während ich all das, was mir eben erzählt worden war, zu verdauen versuchte. Aber nicht nur Friedmans Autorität und seine systematische Präsentation der Beweise machten es schwer, ihn als irgendeinen erregbaren, aus dem Gleis geratenen Akademiker abzutun. Wenn ich mich dabei ertappte, Friedman in zunehmendem Maße hörig zu werden, bereit, zu glauben, was zunächst vollkommen unglaubwürdig erschienen war, so weil ich Kafkas Klaustrophobie, seine Sehnsucht nach einer anderen Welt und die Tatsache, dass die einzig mögliche Flucht für ihn eine endgültige und unwiderrufliche sein musste, in meinem eigenen Körper spüren konnte. Und weil mich diejenige der beiden Geschichten über Kafkas Leben und Tod, die Friedman ausgemalt hatte, als schöner gestaltet beeindruckte – komplexer, aber auch subtiler und folglich näher an der Wahrheit. In ihrem Licht wirkte die gewohnte Geschichte jetzt plump, schwülstig und voller Klischees.

Das Einzige, was nicht zu passen schien, war Kafkas Passivität in Hinblick auf das Schicksal seiner Werke. Brod hatte sich bei der herausgeberischen Aufbereitung notorisch eingemischt. Er hatte nach Gutdünken gestrichen, redigiert, umgestellt und interpunktiert. Es ist eine Sache, in einen Heiligen verwandelt zu werden, aber wie sollte man glauben, dass Kafka schweigend dabeigestanden hätte, während Brod sein Gemetzel veranstaltete?

«Was macht Sie so sicher, dass es nicht Kafkas eigene Bearbeitungen waren?», fragte Friedman. «Oder dass es nicht außerliterarische Gründe für Brods editorische Entscheidungen gab? Haben Sie sich je gefragt, warum der Roman *Amerika* nicht unter dem von Kafka vorgesehenen Titel *Der Verschollene* veröffentlicht wurde? Wissen Sie, was *Der Verschollene* bedeutet? *Der Mann, der verschwunden ist* oder sogar *Der Mann, der vermisst wird*. Kaum drei Jahre nach Kafkas Beerdigung in Prag kam ein solcher Titel überhaupt nicht in Frage.

«Und was die Veröffentlichung sogenannter unvollendeter Werke anbelangt», fuhr Friedman fort, «sehen Sie nicht, welchen Glanz das hat? Denken Sie nur einmal darüber nach: Würde nicht jeder Schriftsteller sich wünschen, dass seine Geschichten und Bücher mit dem Anspruch erschienen, sie seien unvollendet geblieben? Er sei gestorben oder sonst wie behindert worden, ehe er sie zu jener Vollendung bringen konnte, die er sich vorgestellt hatte, die er lebendig in sich trug und zur Geltung gebracht hätte, wenn ihm nur mehr Zeit geblieben wäre?»

Der Ober kam an den Tisch, um unsere Teller abzuräumen, doch obwohl über eine Stunde vergangen war, hatte keiner von uns das Essen angerührt, und so füllte er nur unsere Wassergläser nach und kehrte in die Küche zurück.

Ich fragte, wo Kafka hier gelebt habe, und Friedman erzählte mir, nach seiner Ankunft habe man ihn zunächst in einem Haus nahe bei den Bergmanns untergebracht. Sein Gesundheitszustand habe sich im Lauf des Sommers stetig gebessert. Verschwiegenheit war das oberste Gebot, und außer den unmittelbar an der Intrige Beteiligten wusste nur Kafkas Schwester Ottla Bescheid. Ab dem Moment, da er das Schiff in Haifa verließ, war er nicht mehr der Schriftsteller Kafka. Nur ein dünner, kränklicher Jude aus Prag, der sich im warmen Klima seiner neuen Heimat erholte. Im selben Herbst kehrte Agnon, der zwölf Jahre lang in Deutschland gelebt hatte, nach Palästina zurück – in seinem Haus war ein Feuer ausgebrochen, dem alle seine Manuskripte und Bücher zum Opfer gefallen waren –, aber nichts deutet darauf hin, dass die beiden Autoren sich je begegnet wären. Schocken besorgte Agnon ein Haus in Talpiot, und ein paar Monate später zog Kafka in die brandneue deutsch-jüdische Gartenvorstadt Rehavia, wo er von seinen Fenstern aus die offene Landschaft hinter dem Haus überblickte. Nachmittags, nach der *Schlafstunde*, während derer in allen Straßen und Treppenhäusern Rehavias Ruhe herrschen musste, ging er oft nach draußen, um sich auf dem seit Jahrhunderten verwilderten Grundstück unter einen Baum zu setzen. Er schickte sich an, ein wenig herumzuwirtschaften – jätete Unkraut hier, beschnitt oder stutzte dort –, und stellte sehr bald fest, dass er, der in Europa gerade mal oder nicht einmal ein durchschnittlicher Gärtner gewesen war, in Palästina alles, was er berührte, zum Gedeihen zu bringen schien.

Else Bergmann schenkte ihm einige Saatgutkataloge, und er begann, Krokusse und kretische Schwertlilien-Knollen anzufordern. Ein Besucher, der nachmittags in den Garten spähte, mochte den dünnen Mann mit dem Husten über einige Rosen gebeugt entdecken, im Begriff, die Wurzeln mit Epsom-Salz zu tränken oder Steine vom Boden zu entfernen. In Windeseile begann das Stückchen Erde hinter dem Haus in Rehavia zu blühen.

Erst kürzlich, erzählte Friedman mir, sei er in Kafkas *Tagebüchern* auf folgende Zeilen gestoßen: «Du hast, soweit diese Möglichkeit überhaupt besteht, die Möglichkeit, einen Anfang zu machen. Verschwende sie nicht.» Und etwas weiter: «O schöne Stunde, meisterhafte Fassung, verwilderter Garten. Du biegst aus dem Haus, und auf dem Gartenweg treibt dir entgegen die Göttin des Glücks.» Die Eintragungen seien auf die ersten Tage in Zürau datiert, sagte Friedman, aber trotzdem könne er nicht umhin zu glauben, dass sie in Wirklichkeit geschrieben wurden, nachdem Kafka in das Haus in Rehavia gezogen war.

Als ich mich verwirrt zeigte, langte er ein letztes Mal in seine Ledermappe und holte eine weitere Fotokopie hervor, die er über den Tisch schob. Die Passage, um die es ging, war mit zittrigem Stift unterstrichen. «Warum wollte ich aus der Welt hinaus?» stand dort.

Weil «er» mich in der Welt, in seiner Welt nicht leben ließ. So klar darf ich es jetzt allerdings nicht beurteilen, denn jetzt bin ich schon Bürger in dieser andern Welt, die sich zur gewöhnlichen Welt verhält wie die Wüste

zum ackerbauenden Land (ich bin vierzig Jahre aus Ka-
naan hinausgewandert), sehe als Ausländer zurück, bin
freilich auch in jener andern Welt – das habe ich als Va-
tererbschaft mitgebracht – der Kleinste und Ängstlichste
und bin nur kraft der besondern dortigen Organisation
lebensfähig.

Ich las diesen außerordentlichen Abschnitt drei Mal. In
der rechten Ecke oben stand der Titel des Buchs, dem
er entnommen war, *Briefe an Felice.* Als ich wieder aufblickte, beobachtete Friedman mich. «Muss ich Sie daran erinnern», flüsterte er, «dass Schocken diese Briefe erst
1963 veröffentlicht hat?» Bemüht, mit ihm mitzuhalten,
fragte ich, ob er meine, dass es Dinge gebe, die Kafka
nach 1924 geschrieben und die Brod bei der Herausgabe
seiner Tagebücher und Briefe einfach zwischen die Seiten
geschmuggelt habe? Friedmans Mundwinkel hob sich zu
einem Lächeln. «Sagen Sie, meine Liebe», sagte er, «haben
Sie wirklich geglaubt, Kafka hätte achthundert Briefe an
eine einzige Frau geschrieben?»

Allmählich sickerte eine Ahnung davon in mir ein,
worum Friedman mich vielleicht bitten wollte: nicht darum, das Ende eines wirklichen Kafka-Stücks zu schreiben,
sondern das wirkliche Ende von Kafkas Leben. Max Brod,
sein Nebel und sein Schmockes waren schon lange nicht
mehr. Bald würde auch Eva Hoffe nicht mehr sein. In der
Zwischenzeit würde ihr Fall in letzter Instanz entschieden,
und wenn Eva Hoffe verlor, was fast sicher war, würden
Kafkas verborgene Papiere zur Aushändigung freigegeben

und sein vorgetäuschter Tod und heimlicher Transport nach Palästina vor den Augen der Weltöffentlichkeit enthüllt werden. Wollte Friedman der Geschichte zuvorkommen, um zu kontrollieren, wie sie geschrieben wurde? Um durch Fiktion die Geschichte von Kafkas Nachleben in Israel zu gestalten, wie Brod die kanonische Geschichte seines Lebens und Todes in Europa gestaltet hatte?

Als spürte er mein Gewahrwerden, brachte Friedman die Geschichte jetzt schnell zu Ende. Das neu entstandene Viertel Rehavia, erzählte er mir, habe sich bald mit Intellektuellen aus Berlin und Wien gefüllt, die auf dem Tennisplatz spielten, sich in den Kaffeehäusern trafen, die sie eröffneten, und Art-déco-Häuser im gleichen Stil errichteten wie die, die sie in Deutschland zurückgelassen hatten. Kafka war 1925 dort hingezogen, im selben Jahr brachte Brod in Europa *Der Process* heraus. Wenn das Risiko, in Rehavia jemandem in die Arme zu laufen, der ihn von zu Hause kannte, bereits wie ein Damoklesschwert über ihm schwebte, war die Situation im folgenden Jahr, als *Das Schloss* in Europa erschien, unhaltbar geworden. Auf eigenes Verlangen wurde Kafka in einen Kibbuz im Norden nahe dem See Genezareth verbracht. Dort bekam er ein bescheidenes Haus am Rand der Zitronenhaine und begann, ebenfalls auf eigenes Verlangen, für den Gärtnermeister zu arbeiten. Das Leben im Kibbuz gefiel ihm. Obgleich er wegen seiner Zurückhaltung und Neigung zur Einsamkeit anfangs misstrauisch beäugt wurde, erlangte er beizeiten einen Ruf als begabter Gärtner, der sich viele Stunden den Pflanzen widmete, und nachdem er eine Möglichkeit gefunden hatte, den kranken alten Ahornbaum zu behandeln, in dessen tiefem Schatten die Kibbuzmitglieder sich oft versammelten, war seine Anerkennung gesichert, und man ließ ihn tun und lassen, was er wollte. Die Kinder liebten ihn wegen der kleinen Puppen und Flugzeuge, die er ihnen aus Balsaholz bastelte, und wegen seines verschmitzten Humors. Als leidenschaftlicher Schwimmer badete er mindestens einmal in der Woche im See Genezareth und schwamm dort so weit hinaus, bis er für diejenigen am Ufer nur noch ein kleiner schwarzer Punkt war.

Die nächsten fünfzehn Jahre lebte er in der Verborgenheit des Kibbuz. Auch als der Autor Kafka im Rest der Welt berühmt wurde, blieb er in Israel unbekannt. Die erste hebräische Übersetzung eines Kafka-Romans – es war *Amerika* – wurde von Schocken nicht vor 1945 auf den Weg gebracht. *Der Process* folgte 1951 und *Das Schloss* erst 1967. Schocken hatte gute Gründe, so lange damit hinterm Berg zu halten, aber auch nachdem es Kafka auf Hebräisch gab, kam er in Israel nicht gut an. Er war ein Autor der jüdischen Diaspora – einer, der die Heimatlosigkeit des Exils verkörperte und das Urteil seines herrischen Vaters geschluckt hatte –, und das brachte ihn in Widerspruch zur Kraft-und-Stärke-Kultur des Zionismus, die einen totalen Bruch mit der Vergangenheit, einen Sturz des Vaters verlangte. Erst 1983, zu seinem hundertsten Geburtstag, wurde in Israel schließlich eine Kafka-Konferenz veranstaltet, aber bis heute gibt es keine hebräische Gesamtausgabe seiner Werke. Dennoch erlaubte es ihm gerade diese Missachtung, seine Anonymität und Freiheit zu bewahren.

Hermann Kafka, der bei Franz' Beerdigung fast zusammengebrochen war, kam nie über den Tod seines Sohnes hinweg: Seine Gesundheit verschlechterte sich rapide, bald war er an den Rollstuhl gefesselt, und 1931 starb der grausame und herrschsüchtige Vater, dessen Tyrannei und stumpfsinniges Unverständnis Kafka für die meisten seiner Leiden verantwortlich machte, als gebrochener Mann. Kaum vorstellbar, dass Kafka nicht auf eigene Weise gelitten hätte, als er erfuhr, dass sein sorgfältig inszenierter Tod und die von ihm mit so kindischen Phantasien bedachte Trauer den Tod seines Vaters beschleunigt hatten. Er muss sich gefragt haben, ob sein dermaßen gefürchteter Vater nicht nur halb so ein Koloss gewesen war. Im März 1939 marschierten Hitlers Truppen in Prag ein, und 1941 wurden die beiden älteren Schwestern Kafkas samt ihren Familien ins Ghetto Lodz verschleppt. Ottla blieb in Prag, bis sie im August 1942 nach Theresienstadt deportiert wurde. Bruder und Schwester tauschten fast mit Sicherheit Briefe aus, aber wenn von dieser Korrespondenz noch etwas existierte, musste es im Fundus der Spinoza Street verborgen sein. Im Oktober des folgenden Jahres, fuhr Friedman fort, habe Ottla freiwillig den Transport einer Gruppe von Kindern ins vermeintlich rettende Ausland begleitet. Stattdessen wurden sie nach Auschwitz gebracht und in den Gaskammern ermordet. Den letzten von ihr bekannten Brief schrieb Ottla an ihren geschiedenen Mann, der kein Jude war und mit ihren beiden Töchtern in Prag hatte bleiben können. Sie sagte ihm, es gehe ihr gut. Vermutlich schrieb sie ihrem Bruder etwas Ähnliches.

Fast sechs Monate vergingen, ehe Kafka die Nachricht von ihrem Tod erhielt.

«Ich glaube, danach war er nie wieder derselbe», sagte Friedman. Er verließ bald darauf den Kibbuz und bewohnte ab 1944 verschiedene Unterkünfte in Tel Aviv, zog ruhelos in der Stadt umher, gehetzt von der Vorstellung, gefunden und bloßgestellt zu werden. Gegen Ende des Jahres 1953 siedelte der Gärtner Anshel Peleg ein letztes Mal um. Während seiner früheren Aufenthalte, als die Ärzte ihm die trockene Luft für seine Lungen zu verschreiben pflegten, hatte er die Wüste lieben gelernt. Nach fünfzehn Jahren im Kibbuz und dem dauernden Herumziehen in der Stadt besaß er nur wenige Habseligkeiten. Max Brod, der mittlerweile ebenfalls in Tel Aviv lebte, bewahrte all seine Papiere auf. Und so machte er sich mit dem Jeep, den Schocken ihm besorgt hatte, und nicht viel mehr als einem kleinen Koffer und einem Rucksack voller Bücher auf den Weg in die Wüste.

WÄLDER ISRAELS

Epstein träumte, durch einen alten Wald zu gehen. Es war kalt, so kalt, dass sein Atem gefroren in der Luft hing. Die schwarzen Nadeln der Kiefern waren mit Schnee bestäubt, und es duftete nach Harz. Alles war dunkel – der feuchte Boden, die großen hohen, in wolkengedecktes Licht getauchten Baumäste, die Rinde, die herabhängenden Zapfen –, alles außer dem weißen Schnee und den roten Slippern an seinen Füßen. Umgeben von den hohen Bäumen fühlte er sich beschützt, sicher vor allem, was ihm übelwollen mochte. Es wehte kein Lüftchen. Die Welt war still, von einer fast freudigen Stille. Er ging eine lange Zeit, hörte den Schnee unter seinen Füßen knirschen, und erst als er über eine Wurzel auf dem Weg stolperte, blickte er nach unten und erkannte seine Slipper. Aus rotem Filz, von der Cousine seiner Mutter aus Europa mitgebracht, eher schön als zweckmäßig, die Sohlen so dünn, dass sie ihre Aufgabe, seine Füße vor der Kälte darunter zu bewahren, kaum erfüllten. Schwallartig überkam ihn das Gefühl, etwas lange Vergessenes, aber ungemein Vertrautes zu sehen, und in diesem Augenblick dämmerte es ihm, dass er im Grunde nie erwachsen geworden war. Irgendwie, ohne dass jemand, und schon gar nicht er selbst, es bemerkt hätte, war er die ganze Zeit ein Kind geblieben.

Schließlich gelangte er an eine Lichtung; in ihrem Mittelpunkt sah er ein steinernes Podest. Vorgebeugt wischte er den Schnee weg, und unter seinen steifgefrorenen Fingern erschienen die goldenen Buchstaben:

IM GEDENKEN AN SOL UND EDIE

DIE SONNE UND DIE ERDE

Als er aufwachte, bemerkte ein zitternder Epstein, dass er die Bettwäsche durchgeschwitzt hatte. Er wankte durchs Hotelzimmer und stellte den eisigen Luftstrom der Klimaanlage aus. Während er die schweren Vorhänge zurückzog, sah er, dass es bereits Morgen war. Er schob die Glastür zur Terrasse auf, und zugleich mit dem Geräusch brechender Wellen wehte eine warme Brise ins Zimmer. Er spürte die Sonne auf seiner Haut und atmete die salzige Luft ein. Im klammen Schlafanzug lehnte er sich über das Geländer, blinzelte in das ölige Licht, das schwer über der Wasseroberfläche lag. Er dachte daran, erneut zu schwimmen. Es würde sich gut anfühlen nach der seltsamen Intensität der letzten Tage. Er dachte wieder an den Russen, der ihn aus den Wellen gezogen hatte und, als Epstein ihm eine Belohnung anbot, nur gelacht, ihm auf den Rücken geklopft und gesagt hatte, wenn er nur dem Wasser fernbliebe, wäre das schon Lohn genug. Aber warum sollte er nicht wieder reingehen? Im Gegenteil, gerade *weil* er fast ertrunken war, müsste er jetzt direkt wieder ins Meer marschieren, ehe die Angst eine Chance bekam, sich zu verdichten und zu einer Blockade zu verfestigen. Er war ein starker Schwimmer, war immer ein starker Schwimmer gewesen. Diesmal würde er besser aufpassen. Und das Wasser war ohnehin ruhiger heute.

Doch als er ins kühle Zimmer zurückkehrte, um seine Badehose zu suchen, kehrte auch der Traum vom Wald wieder, die Dunkelheit und der weiße Schnee, genauso lebhaft wie zuvor. Schlagartig erfasste er etwas von dessen Kern und hielt aufgeregt vor dem ungemachten Bett inne. Er sank auf die Daunendecke, jedoch nur, um einen Moment später aufzuspringen und hin und her zu wandern. Aber wieso hatte er nicht früher daran gedacht? Abermals auf der Terrasse, lehnte er sich für den vollen Ausblick weit mit dem Körper hinaus. Natürlich – aber ja –, es ergab einen so wunderbaren Sinn!

Er durchwühlte das feuchte Bettzeug auf der Suche nach seinem Telefon und dachte flüchtig an das alte. Wer wusste schon, wo es jetzt war? Irgendwo in Ramallah, sicher mit Damaskus verbunden. Das zerwühlte Bett war leer. Er sah auf dem Tisch nach, machte kehrt, hob das Buch hoch, das er vor dem Einschlafen umgedreht auf dem Nachttisch hatte liegenlassen, und entdeckte sein neues Telefon unter den aufgeschlagenen Seiten. Er wählte die Nummer seiner Assistentin Sharon, doch nach dem zweiten Klingeln fiel ihm ein, dass es in New York mitten in der Nacht war. Nach dem sechsten gab er auf und rief stattdessen seinen Cousin an.

«Moti, hier ist Jules.»

«Bleib dran – חתיכת חרא! חרא! – Unglaublich! Dieser Hurensohn hat mich einfach abgehängt. Was hast du gesagt? Schieß los, ich höre.»

«Mit wem spreche ich übers Pflanzen –»

«נבלה!»

«Was?»

«Egal, mit wem sprichst du über was?»

«Über Bäume. Übers Bäumepflanzen.»

«*Bäume?* Du meinst so was, wie nennt man das –»

«Bäume! Wie sie es die ganze Zeit gemacht haben, noch bevor es einen Staat gab. Meine Mutter hat mich immer mit einer blau-weißen Sammelbüchse losgeschickt.» Epstein konnte sich gut daran erinnern, wie die Münzen in der Blechdose klimperten, während er von Haus zu Haus lief, aber nicht an den Namen der Stiftung. «Bäume für die Hänge von Jerusalem, glaube ich. Ich weiß nicht, oder für den Berg Hebron. Später, in der hebräischen Sonntagsschule, zeigten sie uns Fotos von Kindern, die *Kova-Tembel*-Mützen trugen und jene Setzlinge pflanzten, für die wir in Amerika Geld gesammelt hatten.»

«Was, Keren Kayemeth LeIsrael?»

«Ja, warte – der Jüdische Nationalfonds, stimmt's? Kannst du mich mit jemandem dort in Verbindung bringen?»

«Du willst *Bäume* pflanzen, Yuda?», fragte Moti, indem er den hebräischen Spitznamen benutzte, mit dem Epstein als Junge gerufen worden war.

«Nicht Bäume», sagte Epstein leise, «einen ganzen Wald.» Eine Gänsehaut lief ihm über die Arme, als er sich an die gesammelte Stille unter den weichen dunklen Ästen erinnerte.

271

«Bäume haben wir genug. Jetzt ist Wasser das Problem. Letztens hörte ich, dass sie daran arbeiten, Salzwasser in frisches umzuwandeln. Es würde mich nicht wundern, wenn sie dich zu überzeugen versuchten, lieber ein Loch in den Boden zu graben. Das Edith-und-Solomon-Epstein-Gedenk-Reservoir.»

Epstein stellte sich das Loch seiner Eltern im Winterregen vor.

«Natürlich pflanzen sie noch Bäume», blaffte er. «Kannst du mir eine Nummer besorgen oder nicht? Wenn nicht, frage ich den Concierge.»

Aber Moti dachte gar nicht dran, Epstein jemand anderen um einen Gefallen bitten zu lassen, den er ihm selber tun konnte, zumal in der Hoffnung, dass es sich später auszahlen würde.

«Gib mir eine halbe Stunde», sagte er zu Epstein, zündete sich eine Zigarette an und blies ins Telefon. Sobald er in Petach Tikwa angekommen sei, werde er ein paar Anrufe machen. Er glaube, jemanden zu kennen, der mit denen in Verbindung sei. Und Epstein hatte keinen Zweifel: Es gab nichts, was Moti – der in drei Kriegen gekämpft, sich zweimal scheiden lassen und mehr Berufe hatte, als Epstein sich in Erinnerung zu rufen vermochte – nicht auftreiben konnte.

«Sag ihnen, dass ich einen Wald anlegen will. Kiefern, so weit das Auge reicht.»

«Sicher, einen Zwei-Millionen-Dollar-Wald. Ich werd's ihnen sagen. Aber Gott hilf mir, das tut weh. Falls du es dir anders überlegst, es gibt da ein Objekt, das ich dir zeigen kann, alles aus Glas und italienischem Marmor, und ein Jacuzzi mit Blick bis nach Sizilien.»

Doch als Moti am Nachmittag zurückrief, sagte er zu Epstein, es sei alles arrangiert. «Wir treffen uns morgen mit ihnen», sagte er. «Ein Uhr im Cantina.»

«Danke. Aber es ist nicht nötig, dass du kommst. Das ist einfach nicht dein Ding. Da gibt es keine nackten Frauen.»

«Das ist es ja, was mich beunruhigt. Was du mit deinem Leben machst, ist deine Sache, aber du bist achtundsechzig, Yuda, du wirst nicht ewig leben, und da bist du nun endlich geschieden, frei, und hast nur Rabbis und Wälder im Sinn, vollkommen blind dafür, dass es immer und überall nackte Frauen gibt. Ich beobachte gerade eine, in einem gelben Kleid. Und ich kann dir sagen, das ist eine Art von Freude, die findest du nie in einem Wald zum Gedenken an deine Eltern, die sich, soweit ich mich erinnere, nicht sonderlich für Bäume interessiert haben. Stimmt's, Yuda? Aber eine Frau, das ist etwas, was dein Vater, möge sein Andenken gesegnet sein, verstanden haben könnte. Denk drüber nach, was ich dir sage. Wir sehen uns morgen um eins», sagte er, und ehe er sich wieder zu denen gesellte, deren Schiwa-Aufruf er gefolgt war, rief er den Besitzer der Cantina an, um ihn zu bitten, seine teuerste Flasche Chardonnay beiseitezulegen.

Ein paar Tage später stand Epstein auf der Spitze eines Berges, flankiert von der Leiterin der Öffentlichkeitsabteilung des Jüdischen Nationalfonds, einer Forstwirtschaftsexpertin und Moti, der darauf bestanden hatte, sich von seiner

Arbeit im Büro einer Immobilienfirma freizunehmen, um seinen Cousin zu begleiten. Die Entwicklungsleiterin des JNF war im Ausland unterwegs, aber Epstein hatte nicht warten wollen, und so war die für Öffentlichkeitsarbeit zuständige Person geschickt worden, eine kleine Pressesprecherin mit billiger Sonnenbrille, die sich die falschen Schuhe angezogen hatte. Sie war den ganzen Tag gefahren, und nachdem sie ihn an drei verschiedene Standorte geführt hatte, war sie jetzt mit ihrem Latein am Ende und kurz davor, die Geduld zu verlieren. Der letzte Schauplatz, den sie ihm gezeigt hatte, war ein von Waldbränden verheertes Gelände gewesen, das dringender Renaturierung bedurfte. Seine Schenkung würde ausreichen, um das ganze Gebiet wieder aufzuforsten, hatte sie erklärt. Eines Tages würden seine Kinder kommen und sich im kühlen Schatten des Waldes ihrer Großeltern ergehen, und nach seinen Kindern die Kindeskinder und, so Gott wolle, auch deren Kinder.

Doch angesichts der Landschaft, die ein Bild von verkohlten Baumstümpfen bot, hatte Epstein den Kopf geschüttelt. «Nicht das», hatte er gemurmelt und war zum Auto zurückgekehrt.

Was genau er denn eigentlich suche?, fragte die Leiterin der Öffentlichkeitsabteilung, die ihm gefolgt war.

«Sie haben's doch gehört», hatte Moti von hinten getönt, ehe er sich wieder auf die Rückbank quetschte, neben die Forstwirtschaftsexpertin, eine in allen Dingen des Baumlebens bewanderte junge Frau in khakifarbenen Shorts, die, was Moti betraf, das Einzige war, was den Tag

274

erträglich gemacht hatte. «Er sagt, es ist nicht gut, also ist es nicht gut. *Yallah.*»

Die Leiterin der Öffentlichkeitsabteilung schob den Riemen ihrer Sandale herunter und tastete auf dem Fahrersitz über die Blase an ihrer Ferse, während Epstein nur wiederholte, er werde es wissen, sobald er den Ort sehe. Also verbarg sie ihren Missmut, ließ den Motor an und stellte die Klimaanlage auf Maximum, während sie sich mit einem Tuch den Schweiß samt ihrem orange abfärbenden Make-up von der Stirn tupfte. Hinter ihr begann Moti eine Zigarette aus seinem zerdrückten Päckchen zu schütteln, doch als er den missbilligenden Blick von Galit, der Forstwirtschaftsexpertin, spürte, steckte er das Päckchen in die Tasche zurück, hustete und prüfte auf seinem Handy, ob es wieder Empfang hatte. Zu Epstein nach vorn gebeugt, erzählte Galit von den Aufforstungsarbeiten, die der Fonds unternahm, um die Erosion in den Wadis aufzuhalten. Aber Epstein war nicht an Pflanzungen in den Wadis interessiert, und so verstummte auch sie und lehnte sich auf ihrem Sitz zurück, hatte sie doch inzwischen fast alles erzählt, was ihr Wissen hergab, alles über den Mittelmeerraum, die irano-turanische und die saharo-sindische Region, über Trocken- und Halbtrockengebiete, die durchschnittlichen Niederschlagsmengen im Jahr, über Setzlinge pro Dunam, die Bodenbeschaffenheit, Hänge und Ebenen, den Jordangraben, die Lithologie des Berges Hebron oder die jeweiligen Vorzüge von Mittelmeereichen, Pistazien, Johannisbrotbäumen, Tamarisken, Aleppokiefern und Christusdorn, Namen, bei denen ihr schien, dass sie in Epsteins Tiefen etwas zum Knistern brachten, ohne jedoch zu berühren, was auch immer er wirklich wissen wollte.

Zwanzig Minuten später befanden sie sich wieder in einer Zone mit Mobilfunknetz, und das Telefon der Leiterin der Öffentlichkeitsabteilung meldete brummend einen Text aus dem Büro, um einen letzten Standort vorzuschlagen. Moti sackte seufzend in sich zusammen und warf den Kopf zurück, sei es wegen der Nachrichten, die sich gerade auf seinem eigenen Handy überschlugen, oder weil er Epsteins Geld schon gerettet und seine Arbeit für den Tag getan glaubte.

Langsam wandte er den Kopf, öffnete die Augen und sah Galit an.

«Süße», sagte er leise auf Hebräisch, «gibt es etwas, was du magst, außer Bäumen? Wenn du es nämlich hinbekommst, dass aus diesem Wald nichts wird, kann ich dir eine Woche Urlaub mit deinem Liebsten in Eilat verschaffen. Mein Freund hat ein Hotel direkt am Roten Meer. Da gehst du Flaschentauchen, liegst am Strand, und du wirst sehen, wie schnell du diese ganze Erosionsgeschichte vergisst.» Doch als Galit nur mit den Augen rollte, wandte Moti das Gesicht zur anderen Seite und schaute in die Wüste hinaus.

———

Und so waren sie, nachdem sie den ganzen Weg bis zum Berg Hebron durchs Jordantal zurückgefahren waren, um fast fünf Uhr nachmittags schließlich hier angekommen, auf einem Berghang im nördlichen Negev. Und hier, wo nichts war außer dem Himmel und der steinigen Erde, die sich in der Abendsonne rot und golden färbte, wurde Epstein gebeten, sich einen Wald vorzustellen.

Das Licht füllte seinen Kopf. Füllte ihn von unten bis oben, randvoll, und drohte, sich über ihn zu ergießen. Als das Gefühl vergangen und das Licht entschwunden war, blieb die Ehrfurcht wie ein Bodensatz zurück, ein feiner Sand so alt wie die Welt. Benommen entfernte er sich von den anderen, stellte sich allein auf einen Felsvorsprung über dem abschüssigen Hang und sah endlose Reihen von Setzlingen, die sich in der brennenden Sonne entfalteten.

Es gab eine Zeit, hatte Galit ihm erzählt, in der das gesamte südliche und östliche Mittelmeergebiet vom Libanon hinunter quer durch Nordafrika und hinauf bis nach Griechenland mit Wäldern bedeckt gewesen war. Aber bei jedem Krieg waren sie geplündert, ihr Holz in Flotten verwandelt worden und am Ende mitsamt den Ertrunkenen auf den Meeresgrund gesunken. Und nach und nach, je mehr Bäume abgeholzt und Landstriche zu Feldern gepflügt wurden, trocknete die Erde aus, der fruchtbare Boden wurde von heißen Winden verweht oder von Regen und Flüssen abgeschwemmt, und wo einmal sechshundert Städte an der Küste Nordafrikas geblüht hatten, schwand die Bevölkerung, und Sand blies hindurch und bedeckte die Ruinen verlassener Städte mit Dünen. Schon im vierten

Jahrhundert vor Christus schrieb Plato über die Vernichtung der Wälder, die sich einst über ganz Attika erstreckt und nur «das Knochengerüst eines Leibes» zurückgelassen hatten. Und genauso sei es auch hier gewesen, sagte Galit. Das Libanon-Gebirge wurde für die Tempel von Tyros und Sidon, dann für den Ersten und Zweiten Tempel in Jerusalem kahl geschlagen; die Zerstörung der Wälder von Saron, Karmel und Basan war 590 vor Christus ein Thema des Propheten Jesaja, und Flavius Josephus schrieb etwa fünfhundert Jahre später über die verbreitete Verwüstung großer Waldflächen während der Jüdischen Kriege. Auch Jerusalem war einmal von Kiefern-, Mandel- und Olivenwäldern umgeben gewesen, und die ganze Region vom Judäischen Bergland bis zur Küste hinunter: alles einmal bedeckt mit üppigem dunklem Wald, *forest*, ein englisches Wort, wurde Epstein plötzlich bewusst, nachdem er es ein Leben lang nichtsahnend ausgesprochen hatte, das aus den Worten *for rest* – zum Ruhen – zusammengesetzt war.

Moti trat hinter ihn, zündete sich eine Zigarette an und atmete gefühlvoll aus. Sogar er verstummte angesichts der grenzenlosen Weite. Sie standen schweigend zusammen, wie alte Freunde, die im Lauf ihres Lebens über viele persönliche Dinge gesprochen hatten, ohne in Wirklichkeit, trotz der langen Jahre, die sie einander kannten, je wirklich über etwas gesprochen zu haben.

«Was hat es auf sich mit den Juden und den Bergen?», sagte Epstein schließlich mehr zu sich selbst als zu Moti. «Sie steigen seit aller Ewigkeit hinauf, um dort ihre wichtigen Dinge zu erleben.»

«Nur um schnell wieder hinabzusteigen.» Moti drückte seinen Zigarettenstummel in einen Felsen. «Es sei denn, sie müssen in Leichensäcken hinuntergebracht werden, wie damals von Masada oder von der Burg Beaufort, wie Itzys Sohn. Ich persönlich bleibe lieber unten.» Aber Epstein hatte ihm den Rücken zugekehrt, sodass Moti seine Reaktion, wenn es denn eine gab, nicht sehen konnte.

«Yuda», wiederholte er nach einer langen Weile, «was tun wir hier? Das frag ich dich im Ernst. Ich kenne dich, solange ich lebe. Du scheinst dieser Tage nicht du selbst zu sein. Du bist vergesslich – neulich konntest du dich nicht erinnern, dass Chaya Chaya heißt, obwohl du sie fünfzig Jahre lang so angesprochen hast, und dann hast du nach dem Bezahlen deine Geldbörse auf dem Tisch liegenlassen. Und du hast abgenommen. Warst du mal bei einem Arzt?»

Aber Epstein hörte nicht, oder wollte nicht hören, oder hatte keine Lust zu antworten. Minuten vergingen, in denen sie schweigend auf die fern glühenden Berge hinausblickten, bis Epstein endlich sprach.

«Ich erinnere mich, als ich sieben oder acht war, kurz nachdem wir nach Amerika übergesiedelt waren. Da war dieser Junge, zwei oder drei Jahre älter als ich, der sich nach der Schule mit mir anlegte. Eines Tages kam ich mit einer blutenden Nase nach Hause, und mein Vater, der mich im Flur erwischte, presste die Geschichte aus mir heraus. Er wurde grün vor Wut. ‹Du gehst sofort wieder hin, nimmst ʼnen Knüppel mit und ziehst ihm eins über den Kopf!› Meine Mutter hört das und kommt ins Zimmer gerannt. ‹Was sagst du da?›, schreit sie ihn an. ‹Wir sind hier in

Amerika. Das ist nicht die Art, wie sie es hier machen.› –
‹Na, und wie machen sie es dann?›, schnauzt mein Vater
zurück. ‹Sie gehen zu den verantwortlichen Stellen›, sagt
meine Mutter. ‹Den *verantwortlichen Stellen*?›, spottet mein
Vater. ‹Den verantwortlichen Stellen? Und was glaubst du,
was die tun? Was auch immer, das ist Petzen, und unser
Yuda ist kein Petzer.› Meine Mutter schimpft, ich würde
nie so ein Rohling sein wie er. Darauf wendet mein Vater
sich wieder mir zu, und ich sehe, dass er die Dinge über-
denkt. ‹Hör zu›, sagt er schließlich und kneift die Augen
zusammen. ‹Vergiss den Knüppel. Du gehst direkt auf ihn
zu, packst ihn so›, sagt er, dabei nimmt er mich mit seiner
Pranke am Hals und zieht mein Gesicht zu seinem hin,
‹und dann sagst du zu ihm: *Tu das noch mal, und ich bring
dich um.*›»

Moti lachte, erleichtert, etwas von dem altbekannten
Geschichtenerzähler zu hören. «Glaubst du, sie würde das
da gewollt haben, deine Mutter?», fragte er, indem er sein
Kinn zu dem kargen Berghang reckte. «Tust du es deshalb?»

Tu, was du willst, du bist ein freier Mensch, pflegte seine
Mutter ihn anzuschreien, um auf ihre Art zu sagen: *Tu,
was du willst, wenn du mich umbringen willst.* In den Saum
seiner Unabhängigkeit hatte sie ihren Befehl eingenäht, sodass sie in den Momenten seiner größten Freiheit wie eine
Schwerkraft an ihm zog. Selbst wenn er von ihr fortging,
ging er zu ihr hin. Alles, was loyal, und alles, was aufrüh-
rerisch in ihm war, entsprang dem ständigen Gerangel um
mehr oder weniger Abstand, auch wenn es sich später auf

entferntere Streitobjekte bezog. Nein, seine Mutter hatte keine beruhigende Wirkung gehabt. Ihr Lieblingsschmuck war eine doppelte Perlenkette gewesen, und immer dann, wenn Epstein sie damit sah, konnte er sich des Gefühls nicht erwehren, dass der Grund, weshalb sie so an diesen Perlen hing, etwas mit deren Kern zu tun hatte und mit dem Reizerreger darin, der solchen Glanz erzeugte. Sie hatte Epstein durch das Mittel der Provokation zum Leuchten gebracht.

«Sie wollte eine Bank in einem popeligen Park in Sunny Isles. Wenn überhaupt.»

«Also, warum dann? Ich versteh's nicht, Yuda, wirklich nicht. Es geht mich ja nichts an, aber sie waren bescheidene Leute, deine Eltern. Sie mochten keine Verschwendung. Ein Baum, zwei Bäume. Aber vierhunderttausend? Wozu? Erinnerst du dich, wie ich zum ersten Mal nach Amerika kam, als ich einundzwanzig war? Deine Mutter ließ mich nicht mal meine abgeschnittenen Zehennägel wegwerfen.»

Epstein hatte keinerlei Erinnerung an einen solchen Besuch. Er musste damals schon verheiratet gewesen sein, Jonah und Lucie beide auf der Welt. Sicher mit seiner Arbeit in der Kanzlei und mit Streitigkeiten aller Art beschäftigt.

«Sie haben mich mitgenommen zu dir und Lianne. Ich kam in euer Apartment an der Park Avenue, und es kam mir vor wie aus einer anderen Welt. Ich hatte noch nie jemanden so leben sehen. Du hast mich zum Mittagessen eingeladen, in ein teures Restaurant, und darauf bestanden, einen Hummer zu bestellen. Weil du mir was Gutes tun wolltest oder mich beeindrucken oder weil du ein bisschen Spaß mit mir hattest, ich wusste es nicht so genau. Und der Ober bringt dieses rot gekochte Riesenvieh, dieses furchterregende Insekt, an den Tisch und stellt es mir vor die Nase, und ich kann an nichts anderes mehr denken als an die Schwärme riesiger roter Heuschrecken, die alle sieben Jahre bei uns einfallen und angespült am Strand liegen. Du bist aufgestanden und zur Toilette gegangen, hast mich damit alleingelassen. Und nach einer Weile hielt ich es nicht mehr aus, von seinen schwarzen Knopfaugen derart angestarrt zu werden, also legte ich ihm meine Serviette über den Kopf.»

Epstein lächelte. Er konnte sich nicht daran erinnern, aber das sah ihm nicht unähnlich.

«Am Abend kehrte ich zu deinen Eltern nach Long Beach zurück. Deine Mutter gab mir dein altes Schlafzimmer, und während ich dort in deinem Bett lag und hörte, wie deine Eltern in der Küche aufeinander losgingen, musste ich dauernd an diesen Hummer denken. Zum ersten Mal, seit ich angekommen war, hatte ich Heimweh. Ich wollte nur noch nach Israel zurück, wo wir wohl Heuschreckenplagen hatten, aber das waren meine Heuschrecken, und zumindest verstand ich, was sie bedeuteten. Ich lag da, lauschte deinen Eltern, die sich unten fetzten, und dachte darüber nach, wie es gewesen sein musste, du zu sein. Und plötzlich hörte ich etwas hart gegen die Wand knallen. Dann Schweigen. Ich war damals schon ein Mann, gerade aus der Armee zurück, mit den Reflexen eines Soldaten, also sprang ich aus dem Bett und rannte in die Küche. Ich sah deine Mutter an der Wand lehnen, sie hielt sich das

Gesicht, und ich verstand, dass es mit manchen Dingen überall das Gleiche ist, und fühlte mich in die Küche meiner Kindheit zurückversetzt, mit meiner eigenen Mutter.»

Epstein blickte zum Himmel auf, der nach Westen hin blutrot war. Wäre er mit dieser unter der Grobschlächtigkeit und den Witzeleien verborgenen Seite von Moti besser vertraut oder wäre der Gedanke selbst nicht so abstrakt gewesen, hätte er vielleicht etwas darüber gesagt, wie manchmal ein paar einzelne, aus dem Chaos aufgeworfene Bilder in ihrer unvergänglichen Lebendigkeit die Summierung des eigenen Lebens und all dessen zu sein scheinen, was man davon mitnehmen wird, wenn man einmal geht. Und seine Bilder zeugten fast alle von Gewalt: der seines Vater oder seiner eigenen.

Stattdessen sagte er: «Ich denke jetzt an meine Eltern, und ich denke, mein Gott, so viel Streit. So viele Kämpfe. So viel Zerstörungswut. Es ist seltsam, aber wenn ich darüber nachdenke, wird mir bewusst, dass meine Eltern mich nicht ein einziges Mal ermutigt haben, etwas Richtiges zu machen. Etwas aufzubauen. Nur Dinge zu zerlegen. Neulich fiel mir auf, dass ich mich immer nur im Streit wirklich kreativ gefühlt habe. Weil ich mich nur dadurch definieren konnte – erst gegen sie, dann gegen alles und jeden.»

«Und was willst du damit sagen? Geht es bei dem Ganzen hier etwa darum? Ein verspäteter Wunsch, mit dem Kämpfen aufzuhören und etwas Richtiges zu machen? Yuda, lass uns einen Töpferkurs besuchen, bitte. Das wird dir eine Menge Geld sparen. Weißt du, ich kenne einen

Maler mit einem Atelier in Jaffa. Gegen eine kleine Summe wäre der beglückt, den Rest des Monats in Rio zu verbringen und dir seine Räume zu überlassen.»

Aber Epstein lachte nicht.

«Okay, ich sehe das eben einfach nicht. Du hast drei Kinder. Du warst ein großer Anwalt. Du hast dir ein irres Leben aufgebaut. Ist das nicht kreativ genug? Wenn ich es wäre, über den wir reden, ein vollkommener Versager in fast allem, das wäre etwas anderes.»

«In allem?», fragte Epstein mit echtem Interesse.

«Das ist ein Teil von mir, sehr stark mit dem Judentum verbunden, mit der Tatsache, dass ich einem verfluchten Stamm angehöre.»

Epstein wandte sich seinem Cousin zu, um ihn anzusehen, doch im selben Moment stand Moti auf, zog ruckelnd seine weiten Jeans hoch und machte mit dem Handy einen Schnappschuss von der Aussicht, und in seiner ausdruckslosen Miene sah Epstein keine Chance, verstanden zu werden. Er wandte sich wieder der von der untergehenden Sonne in Brand gesetzten Wüste zu.

«Das ist es», sagte er sanft. «Geh hin und sag ihr, das ist der richtige Ort.»

Auf der Rückfahrt war es still im Auto. Ein Schleier Dunkelheit senkte sich über die Berge, und die Temperatur fiel. Epstein öffnete das Fenster, und die kalte Luft strömte in seine Lungen. Er begann, leise den Vivaldi zu summen. Wie ging es noch mal? *Cum dederit* sowieso, sowieso *somnum.* Er hörte den Countertenor und sah den Deutschen

Schäferhund der blinden Frau jenseits der menschlichen Hörschwelle lauschen.

Das Telefon vibrierte in seiner Tasche, doch er ignorierte es. Erst als es sich mit erneuter Dringlichkeit weitermeldete, sah er nach und stellte fest, dass Klausner ihn zu erreichen versuchte und er bereits drei Anrufe von ihm verpasst hatte. Beim Blick auf das Datum wurde ihm klar, dass Klausner offenbar wegen der Versammlung anrief. Er blickte wieder in die dunkler werdende Landschaft hinaus, und entgegen seiner natürlichen Überzeugung durchlief ihn ein kleiner Schauder bei dem Gedanken, dass der wirkliche David irgendwo dort draußen gegangen sein und gekämpft haben musste, irgendwo dort draußen gelebt hatte und gestorben war.

Als das Telefon abermals klingelte, gab er nach und antwortete, um es hinter sich zu bringen.

«Jules! Wo bleibst du? Bist du schon in Jerusalem?»

«Nein.»

«Wo dann?»

«In der Wüste.»

«Der Wüste? Was machst du denn in der Wüste? Wir fangen in einer Stunde an!»

«Das ist heute, nicht wahr? Ich hatte zu tun.»

«Nur gut, dass ich dich erreicht habe. Ich fing schon an, mir Sorgen zu machen. Es ist noch Zeit. Ich bin jetzt im Saal und überwache die Vorbereitungen – warte –, die Musiker kommen gerade an.»

«Hör zu, ich bin jetzt auf dem Rückweg nach Tel Aviv. Es war ein sehr langer Tag.»

285

«Komm für eine halbe Stunde. Nur um die Atmosphäre aufzusaugen. Ein bisschen was zu essen. Jerusalem ist kein großer Umweg. Du sollst das hier nicht versäumen, Jules.»

Epstein fühlte die knorrige Hand des kleinen Männchens in der Kultstätte von Safed wieder an seinem Hosenbein zupfen. Aber diesmal hatte er nicht die Absicht, klein beizugeben.

«Wenn man bedenkt, dass der Messias auf der Gästeliste stehen könnte! Aber nein, ich kann wirklich nicht.»

Klausner nahm den Scherz nicht übel; da er aber das Nein nicht akzeptieren wollte, sagte er, er würde es in einer halben Stunde noch einmal versuchen. Epstein verabschiedete sich und stellte das Telefon aus.

«Was war denn das?», fragte Moti.

«Mein Rabbi.»

«Muttergottes, habe ich's dir nicht gesagt?»

Aber Epstein war jetzt wirklich erschöpft. Das Fahren, die Sonne und der lange Tag in Gesellschaft anderer Leute hatten ihn erledigt. Er wollte nur noch den Staub abduschen, allein unter dem Luftstrom der Klimaanlage liegen und an den Wald denken, der eines Tages den Berghang bedecken würde, raschelnd und lebendig unter dem Mond. Moti konnte ihn nicht verstehen. Mit Schloss würde es das Gleiche sein. Ebenso mit Lianne, die ihn nie verstanden hatte, die am Ende nicht wirklich hatte hinsehen wollen, obwohl er wieder und wieder versucht hatte, sich ihr zu offenbaren. Er brauchte nicht länger verstanden zu werden. Die Nacht draußen verdichtete sich. Er ließ das Fenster vollständig herunter, sodass der Wind die Stimme seines Cousins übertönte, und atmete den Wohlgeruch der Wüste ein.

Er nahm nicht an der Versammlung teil, doch erschöpft, wie er war, konnte er in der Nacht nicht schlafen und las noch lange in dem verwitterten Buch, das auf seinem Nachttisch lag. Eines Nachmittags, als er die Allenby entlanggegangen war, hatte er es in einem Schaukasten voller sonnenverblichener englischsprachiger Bücher gesehen, alle in bläulichen Farben. Er war durch die enge Passage in den überfüllten, verstaubten Buchladen gegangen, um sich danach zu erkundigen. Der Besitzer ließ Jazzmusik über die Stereoanlage laufen, während er an einem chaotischen Schreibtisch seine Buchführung machte. Die Inhalte des Schaukastens hatten seit Ewigkeiten niemanden mehr angelockt, und es dauerte eine Weile, bis der Schlüssel gefunden war. Als der Kasten schließlich aufging, entließ er den modrigen Geruch von eingeschlossener Luft und sich auflösendem Papier. Der Besitzer langte hinein, nahm *Das Buch der Psalmen* heraus, und Epstein klemmte es sich unter den Arm, kehrte auf die belebte Straße zurück und ging weiter in Richtung Meer.

Gab es in der Bibel einen komplizierteren Helden als David? David, der sich der Liebe Sauls, Jonatans, Michaels, Bathsebas und aller anderen bediente, die in seine Nähe kamen. Ein Krieger, ein Mörder, machthungrig, zu allem bereit, um König zu werden. Verrat bedeutete ihm nichts. Töten bedeutete ihm nichts. Nichts blieb übrig, was seinen Wünschen im Weg gestanden hätte. Und dann, auf dass er sich von dem erhole, was er gewesen war, schrieben die Verfasser der Psalmen ihm die schönste Klagedichtung zu, die je geschrieben worden war. Ließen ihn am Ende seiner Tage auf die Erkenntnis dessen stoßen, was am radikalsten in ihm war. Die Gnade.

Am Morgen schlief Epstein noch, als das Zimmertelefon klingelte. Es war der Empfang. Unten wartete jemand auf ihn.

«Wer?», fragte er schlaftrunken. Er erwartete niemanden: Er hatte kein Geld mehr zu vergeben.

«Yael», teilte die Empfangsdame mit.

Epstein rappelte sich hoch und schielte auf die Uhr. Es war erst kurz nach acht. «Yael wer?», fragte er. Er kannte keine Yael außer der Cousine seiner Mutter, die in Haifa begraben war. Es entstand eine gedämpfte Pause, dann meldete sich eine Frauenstimme.

«Hallo?»

«Ja?»

«Hier ist Yael.» Sie unterbrach, wie um abzuwarten, dass sein Gedächtnis auf die Sprünge kam. War es so schlecht geworden?, fragte Epstein sich, während er sich mit einem trockenen Knöchel die Augen rieb.

«Ich habe etwas für Sie. Mein Vater hat mich gebeten, sicherzustellen, dass Sie es auch bekommen.»

Noch immer benommen, erinnerte Epstein sich jetzt daran, wie er sich beim ersten Schimmer Tageslicht am Sonntagmorgen, unfähig, es auch nur eine Minute länger in dem kleinen harten Gilgul-Bett auszuhalten, kaltes

288

Wasser ins Gesicht geklatscht und sich auf die Suche nach einer Tasse Tee gemacht hatte, um seinen anhaltend unwohlen Magen zu beruhigen. Im Flur war er fast mit Peretz Chaim zusammengestoßen, der gerade aus seinem Zimmer kam. Peretz hatte einen Ärmel aufgerollt und zog gerade das schwarze Band seines Gebetsriemens um den Bizeps fest, ganz so wie ein Süchtiger den Stauschlauch. Aber es war Epstein, der das Verlangen verspürt hatte: den Hunger nach der Ader, die direkt zum Herzen führt. Er legte die Finger auf seine Brust, über den pumpenden Muskel, der sein dickes Blut nicht bewältigen konnte.

«Soll ich es einfach hier am Empfang lassen?», fragte sie. «Ich bin etwas in Eile.»

«Nein! Nicht doch», sagte Epstein hastig, während er, schon auf den Beinen, nach seiner Hose griff. «Warten Sie. Ich bin gleich unten.»

Mit zitternden Fingern schob er die Knöpfe durch die Löcher seines Hemdes, putzte sich die Zähne, klatschte sich Wasser ins Gesicht und hielt einen Moment vor seinem tropfenden Spiegelbild inne, überrascht, dass sein Haar so lang geworden war.

Er sah sie in der Lobby, bevor sie ihn gesehen hatte, über ihr Telefon gebeugt, die blasse hohe Stirn in Falten gelegt. Sie trug Jeans und eine Lederjacke, und jetzt, da sie voll angezogen war, sah er den kleinen Diamantstecker in der Nase seiner Bathseba. Doch als er näher kam, fiel ihm an ihrem Profil etwas Vertrautes auf, eine Ähnlichkeit, die ihm an jenem Abend vor zwei Wochen entgangen war. Als er ihren Namen sagte, hob sie den Kopf, und ihre Augen begegneten sich zum zweiten Mal. Aber wenn sie sich daran erinnerte, ließ sie es sich nicht anmerken.

Sie arbeite an einem Drehbuch über Davids Leben und habe gemeinsam mit dem Filmregisseur die Versammlung ihres Vaters in Jerusalem besucht. Am Ende des Abends, als sie sich anschickte, nach Tel Aviv zurückzufahren, habe der Rabbi sie gebeten, Epstein dies zu bringen – sie zog eine goldene Mappe aus ihrer Tasche. Darauf standen die Worte DAVIDISCHE DYNASTIE, gekrönt von einem Wappen mit dem Löwen des Königreichs Judäa und dem Davidsstern. Sie hielt ihm das Schriftstück entgegen, doch Epstein rührte sich nicht.

«Sie machen einen Film?», fragte er voller Verwunderung. «Über David?»

«Wieso die Überraschung? Wenn ich davon erzähle, reagieren alle gleich. Dabei hat es im Gegensatz zu Mose noch nie einen guten Film über David gegeben, obwohl er die komplexeste, bestausgestaltete und faszinierendste Figur der ganzen Bibel ist.»

«Daran liegt es nicht. Nur bin ich zufällig dabei –» Aber er verkniff es sich, ihr zu erzählen, dass er nun schon seit vielen Nächten die Psalmen las. Dass etwas in ihm war, was, stark und mangelhaft, auf eine uralte Geschichte zurückgehen mochte. «Ich interessiere mich für David.»

«Dann hätten Sie gestern Abend dort sein sollen.»

«Tatsächlich?»

Mit einem amüsierten Lächeln schilderte sie, wie die Gäste durch den falschen Steinbogen eingetreten waren, beschützt von zwei Boten in königlichen Gewändern, die jeden Einzelnen ankündigten und einen Triller auf ihren Signalhörnern folgen ließen. Eine Harfenistin im samtenen Schleppenkleid hatte im Foyer goldene Saiten gezupft. Man hätte die Rollen nicht besser besetzen können, sagte sie.

Mit einem erneuten Blick auf ihr Telefon erklärte sie, sie müsse nun wirklich gehen; sie sei spät dran für eine Verabredung.

«Wohin müssen Sie?», fragte Epstein.

«Nach Jaffa.»

«Ich muss auch in die Richtung. Kann ich Sie im Taxi mitnehmen? Ich möchte mehr über den Film hören.» Er verkniff es sich zu sagen, dass er neugierig war, weshalb die Tochter des Rabbi, die voller Ironie auf das Lieblingsprojekt ihres Vaters blickte und sich von der Religion so weit entfernt zu haben schien, wie sie nur konnte, einen Film über David machen wollte.

Sie setzte die Sonnenbrille auf und lächelte vage über seine Schulter hinweg, während sie ihre schwere Tasche vom Boden aufhob.

«Aber wir kennen uns doch schon, nicht wahr?»

ETWAS ZUM MITNEHMEN

Nach Verlassen des Restaurants im Confederation House waren wir erst zehn Minuten gefahren, als eine Reihe grüner Armeefahrzeuge auftauchte und die Straße versperrte. Der Nordwest-Verkehr war zum Erliegen gekommen, jedes Auto wurde von Soldaten angehalten und kontrolliert. Friedman drehte den Radioknopf auf Nachrichten, die mit rasselnder Dringlichkeit in den Innenraum strömten. Auf meine Frage, was los sei, sagte er, es könne alles Mögliche sein: ein Durchbruch der Mauer, eine Bombendrohung, ein Terroristenangriff in der Stadt.

Mit jeder Minute, die wir in der Schlange vorwärts krochen, wurde die Atmosphäre unheilvoller. Als wir endlich vorn waren, umkreisten ein Soldat und eine Soldatin, beide mit um die Brust geschlungenen Automatikwaffen, unser Fahrzeug, schauten in alle Fenster und mit Hilfe eines langstieligen Spiegels unter das Auto. Ich verstand weder ihre Fragen noch Friedmans Antworten, die mir weitaus länger erschienen, als nötig gewesen wäre, um diese Teenager in Kampfanzügen bei der Ausführung von Befehlen, die ihnen wenig bedeutet haben dürften, zufriedenzustellen. Das Mädchen, aufgeschossen und mit einwärts gedrehten Füßen, kämpfte noch gegen Akne, aber nicht ohne die Aussicht, eines Tages schön zu werden, der Junge war von gedrungener Gestalt, stark behaart und arrogant, zu sehr an der Macht interessiert, die er aus der Situation bezog. Der ohnehin bereits angespannte Friedman zeigte sich schnell verärgert über die Fragerei, was die Arroganz des Jungen nur schürte – man konnte ihn nicht wirklich einen Mann nennen, und das war möglicherweise das Problem oder eins der vielen Probleme. Ich wartete darauf, dass Friedman seine geheimen Verbindungen enthüllen würde, die unsere sofortige Entlassung und einen Schub verlegener Entschuldigungen ausgelöst hätten. Doch als er schließlich seine Geldbörse aus einer der aufgeblähten Jackentaschen fischte, war es nur ein ganz normaler Personalausweis, den er herauszog und mit seiner zittrigen Rechten vorzeigte. Der Soldat nahm ihn ihm weg, prüfte ihn kurz, dann kam er zu mir und sprach mich auf Hebräisch an.

«Ich bin Amerikanerin.»

«Was haben Sie mit ihm zu schaffen?» Er deutete mit dem Kinn, das eine Delle hatte wie ein Daumenabdruck, auf dem das ansonsten wuchernde schwarze Haar nicht wachsen wollte, in Richtung Friedman.

«Zu schaffen?»

«Woher kennen Sie ihn?»

«Wir haben uns vor ein paar Tagen getroffen.»

«Weshalb getroffen?»

Friedman versuchte, sich auf Hebräisch einzuschalten,

293

aber der Soldat brachte ihn mit erhobener Hand und ein paar scharfen Worten zum Schweigen. «Weshalb haben Sie ihn getroffen?», wiederholte er.

Verschiedene Antworten schossen mir durch den Kopf. Ich dachte daran, ihm zu sagen, Friedman sei ein entfernter Verwandter, mit dem mein Vater mich habe in Verbindung bringen wollen, eine Lüge, die zumindest verdeckt etwas mit der Wahrheit zu tun hatte.

«Wir haben nicht den ganzen Tag Zeit.»

«Er hat ein Projekt, von dem er glaubte, es könnte mich interessieren», sagte ich schließlich, um eine Antwort zu geben, die mir so lange unverfänglich erschien, bis die Worte aus meinem Mund kamen.

Der Soldat zog stirnrunzelnd seine dicken Augenbrauen hoch, sodass sie einen durchgehenden haarigen Balken bildeten, dann ging er nach hinten um das Auto herum und öffnete den Kofferraum.

«Sie haben mich nicht ausreden lassen», rief ich ihm im Bemühen zu, meinen Fehler wiedergutzumachen, wobei ich noch immer die Illusion aufrechterhielt, er solle doch denken, was er wolle, er könne mich mal mit seinem bisschen Macht. «Ich bin Schriftstellerin, wenn Sie es wissen wollen. Ich schreibe Romane.» Aber kaum ausgesprochen, kamen mir der Satz und seine Bedeutung lächerlich vor.

«Haben Sie den selbst gepackt?» Er zeigte auf den Koffer aus der Spinoza Street.

«Selbst?», echote ich stockend. Um uns her wurden die anderen Autos durchgewinkt, während ihre Insassen uns mit schweren Lidern neugierig beäugten. Ich dachte, es wäre schön, wenn jemand von ihnen mich jetzt erkennen und aus dem Auto steigen würde, um mir zu sagen, sie hätten ein unglückliches Kind nach einer meiner Figuren benannt. Doch angesichts der in einiger Entfernung vorbeirollenden Autos war klar, dass meine Phantasie wenig Chancen hatte, sich zu verwirklichen, was in einem kosmischen Sinn auch das Beste war, da der Moment, in dem Leser den Autoren nützlich werden, ohnehin immer verdächtig ist.

«War der schon die ganze Zeit in Ihrem Besitz? Hat jemand Ihnen etwas zum Mitnehmen gegeben?»

Ich wusste, ich hätte glattweg lügen sollen, doch stattdessen sagte ich: «Nein, ich habe ihn nicht gepackt. Wir haben ihn vor einer Stunde in Tel Aviv mitgenommen. Aber es sind bloß Papiere drin. Machen Sie nur, sehen Sie selbst.» Ich dachte daran, ihn zu fragen, ob er Kafka gelesen habe. Sicher *Die Verwandlung* oder *Ha Gilgul* oder unter welchem Titel auch immer es in seiner Schule in Ra'anana oder Givatayim geführt worden war. «Das Ganze ist einfach nur ein Missverständnis», fuhr ich fort. «Alles wird sich aufklären, wenn Sie ihn nur öffen –»

Ich spürte den Druck von Friedmans Hand auf meinem Arm, aber es war zu spät. Der Soldat hatte das Walkie-Talkie von seinem Gürtel abgehängt und begann, mit seinem Vorgesetzten zu funken. Eine verstümmelte Antwort, kehlig und voller Rauschen, kam wie von weit her. Der Soldat hörte zu, die Augen auf den Koffer fixiert, und als es an ihm war zu sprechen, schien er eine regelrechte Abhandlung zu liefern, nicht nur über das verschlissene Gepäckstück, das aus der Wohnung der bejahrten Tochter der Geliebten von Max Brod entfernt worden war, sondern über viele andere Dinge mehr – die Muster der Geschichte, die Fehlerhaftigkeit menschlicher Beziehungen, die Ironie des Unangemessenen, Kafkas Genie. Zweimal hörte ich es ihn sagen, während er uns den Rücken zukehrte und ausladend in Richtung der Vorberge gestikulierte, wo Brocken von weißem Stein wie Knochen durch die rote Erde schimmerten: *Kafka*, und dann wieder, *Franz Kafka*, obwohl ich mich später fragte, ob ich nicht vielleicht *davka* gehört hatte, ein Wort, für das es außer seiner buchstäblichen Bedeutung *genau* keine Übersetzung gibt, das aber die jüdische Art zusammenfasst, etwas lediglich aus Widerspruchsgeist zu tun.

«Können Sie denn nichts machen?», zischte ich Friedman zu, allmählich am Ende meiner Geduld mit allem, was ich gefragt worden war oder mir mitzumachen erlaubt hatte. «Warum sprechen Sie nicht mit jemand Höherem?»

Der Soldat packte, weiter über dem Funkgerät gestikulierend, den Koffer und zerrte ihn aus dem Gepäckraum auf den Boden, wo er mit einem ekelhaften Bums landete. Er zog den ausklappbaren Griff hoch und rollte den Koffer zu der Soldatin hinüber, die mit skeptischer Miene sein Gewicht prüfte, als vermutete sie den toten Kafka selbst zusammengerollt in seinem Inneren. Langsam begann sie, ihn dort hinzuziehen, wo die Armeefahrzeuge standen.

«Glauben Sie, ich hätte es nicht versucht?», sagte Friedman in einem resignierten, ja, sogar melancholischen Ton. Wenn ich es bis dahin fertiggebracht hatte, ihm eine gewisse Autorität zuzuschreiben, so schwand diese nun vor meinen Augen. Er wirkte nicht nur alt, sondern hilflos, und der unbezwingliche Plural – das «Wir», das er beschworen hatte, als er vom Stolz auf meine Arbeit sprach – hatte sich jetzt in einen verschrobenen Singular aufgelöst. «Er wollte ein Problem machen, also hat er eins gemacht. Es sollte einen hoffen lassen, oder? Dass sie nicht nur die Araber schikanieren.»

Der Soldat kam zurück und wieder auf meine Seite.

«Haben Sie Ihren Pass?»

Ich kramte in meiner Handtasche, bis ich ihn ganz unten fand. Er kniff die Augen zusammen, blickte von dem Foto zu mir und wieder zurück. In der Tat war das Bild schon vor einigen Jahren aufgenommen worden.

«Setzen Sie die Brille ab.»

Alles wurde verschwommen.

«Auf dem Bild sehen Sie besser aus», blaffte er, während er den Pass in seine Hemdtasche schob.

Er befahl uns, aus dem Auto zu steigen. Sobald Friedman nach dem Türgriff langte, brach die Hündin, die bis dahin ruhig geblieben war, in wildes Bellen aus, was den Soldaten zurückzucken ließ, während seine Hände reflexartig an das Gewehr flogen. Ich machte mich auf das Schlimmste gefasst, stellte mir eine dem Tier durch den Schädel gejagte Kugel vor. Doch im nächsten Moment entspannten sich seine Finger, er steckte vorsichtig die offene Hand durchs Fenster und tätschelte die Hündin. Ein fernes Lächeln umspielte seine Lippen.

«Warten Sie hier», befahl er mir, noch immer das Gewehr im Arm. «Es kommt jemand.»

Erst als ich Friedman, seine abgewetzte Ledermappe an die Brust gedrückt, weggehen und im Heck eines Armee-lastwagens verschwinden sah, während er über die Schulter zu mir zurückblickte, begann ich mit wachsender Panik darüber nachzudenken, dass er das, was er aus Eva Hoffes Wohnung genommen hatte, vielleicht nicht hätte nehmen dürfen. Ich führte mir die Szene noch einmal vor Augen, wie er aus dem Flur an der Spinoza Street gehastet war und sich den Schweiß von der Stirn gewischt hatte, als er das Auto startete.

Auf was hatte ich mich eingelassen? Warum hatte ich ihm keine Fragen gestellt, als er einen Koffer aus der fanatisch gesicherten Festung der Hoffeschen Wohnung schleppte? Wen kümmerte es, wer er war? Und wäre er David Ben-Gurion persönlich gewesen, was hätte es ausgemacht für eine Frau, die die Handschriften seit dem Tod ihrer Mutter dermaßen eifersüchtig hütete, die behauptete, sich biolo-gisch mit ihnen verbunden zu fühlen, die mit Zähnen und Klauen um ihren Besitzanspruch gekämpft hatte, die sich die Papiere, wie sie sagte, nur über ihre Leiche nehmen lassen würde? Was hatte mich veranlasst anzunehmen, dass ausgerechnet Friedman mit seiner Safarijacke und der getönten Brille besondere Privilegien genossen und das Recht gehabt haben sollte, auch nur eine Seite davon zu nehmen, geschweige denn einen ganzen Koffer voll?

Aber es war zu spät, um jetzt noch Fragen zu stellen. Die Soldatin mit den einwärts gedrehten Füßen war wieder da und bedeutete mir wortlos, ihr zu folgen. Sie ging gebückt, eines jener Mädchen, die sich jahrelang unter der niedri-

gen Decke der kleinen Höhle ihres Lebens bewegen, bis
sie, wenn sie Glück haben, eines Tages unter einem freien
Himmel auftauchen. Sie führte mich zu einem Jeep mit
Segeltuchverdeck und Bänken auf beiden Seiten, der vermutlich dem Transport von Soldaten diente.

«Steigen Sie ein.»

«Da rein? Ich glaube nicht. Ich fahre nirgendwohin, ehe
mir nicht jemand erklärt, was hier vor sich geht. Ich habe
das Recht, mit jemandem zu sprechen», sagte ich. «Ich will
mit der amerikanischen Botschaft telefonieren.»

Das Mädchen schnalzte mit der Zunge und lockerte
die Schultern, um den Gurt des schweren Gewehrs zu ver-
schieben.

«Sie werden schon sprechen, Sie werden schon sprechen.
Beruhigen Sie sich. Kein Anlass zur Sorge. Sie können anrufen, wen Sie wollen. Sie haben doch ein Telefon, nicht?»

«Ich bin eine international verlegte Autorin», sagte ich
törichterweise. «Sie können mich nicht einfach so abtrans-
portieren, ohne vernünftigen Grund.»

«Ich weiß, wer Sie sind», erwiderte sie, während sie sich
eine Haarsträhne aus dem Gesicht strich. «Mein Exfreund
hat mir eins Ihrer Bücher gegeben. Wenn Sie es wissen
wollen, es war nicht mein Ding. Nehmen Sie's mir nicht
übel. Aber entspannen Sie sich, okay? Machen Sie es sich
bequem. Je schneller Sie in den Jeep steigen, umso schneller sind Sie auf dem Weg. Schectman hier wird sich um Sie
kümmern.»

Sie machte eine scherzhafte Bemerkung auf Hebräisch
zu dem großgewachsenen Soldaten, der hinten im Jeep

299

wartete und ein Gesicht hatte wie die Hälfte der Jungen, mit denen ich auf die Highschool gegangen war. Er streckte die Hand aus, um mir hineinzuhelfen, und die Geste flößte mir ein verwirrtes Vertrauen ein, aber vielleicht war ich auch schlicht zu müde, um noch weiterzustreiten. Unter der Plane aus Segeltuch roch es nach Gummi, Schimmel und Schweiß.

In dem Moment, in dem der Fahrer den Motor anließ, schlug das Mädchen sich an die Stirn. Sie wies Schectman an, eine Minute zu warten, und er rief es dem Fahrer zu. Dann, während sie zurückrannte, um zu holen, was immer sie vergessen haben mochte, faltete Schectman die Hände vor dem Knie und lächelte mich an.

«So», sagte er, «mögen Sie Israel?»

Als die Soldatin wiederkam, führte sie Friedmans Hündin am Halsband. Ich protestierte, versuchte zu erklären, dass sie nicht mir gehöre, sondern Friedman, aber die Soldatin schien keine Ahnung zu haben, wer Friedman war; sie hatte schon vergessen, dass er existierte. Was für ein süßer Hund, sagte sie, während sie ihn hinter den schlaffen Ohren kraulte. Eines Tages, wenn sie endlich hier rauskomme, wolle sie auch so einen Hund.

«Nur zu», sagte ich hoffnungsvoll, «Sie können diesen haben.»

Aber Schectman kletterte bereits heraus, nahm die alte Hündin auf den Arm und brachte sie in den Jeep, und einen Augenblick lang, während sie in seinen Armen lag, dachte ich, wir drei sähen aus wie eine Art demente Spielgruppe. Dann rutschte die Hündin langsam auf den Boden, und als wüsste sie etwas, was ich nicht wusste – als hätte auch sie Friedmans Existenz vergessen –, leckte sie meine Knie, drehte sich zweimal im Kreis und kuschelte sich an meine Füße. Die Soldatin reichte meine Plastiktüte herein, die mit der Kleidung zum Wechseln und dem Badeanzug, die ich aus der Wohnung meiner Schwester mitgenommen hatte, und Schectman schob sie sorgfältig unter seinen Sitz, neben Friedmans Koffer.

Der Motor des Jeeps heulte auf, und wir rumpelten über den Schotter des Seitenstreifens, bis die riesigen Räder Zugriff auf den Asphalt bekamen. Aber statt zu wenden und nach Jerusalem zurückzufahren, fuhren wir weiter in die Richtung, die Friedman eingeschlagen hatte, geradewegs dorthin, wo alles Geplante und Gebaute endete und wir ziemlich abrupt und unwiderruflich in der Wüste waren. Hier nun kam mir der unpassende Gedanke an die Gärten, die Kafka, wie Friedman mir erzählt hatte, überall, wo er lebte, zu kultivieren pflegte, im Kibbuz im Norden ebenso wie hinter den verschiedenen Häusern, die er in Tel Aviv bewohnte, ehe er schließlich so berühmt wurde, dass er – da er nie wirklich alterte, da er nie aufhörte, genauso auszusehen wie der Kafka, in den man sich unvermeidlich ein bisschen verliebt, wenn man ihn zum ersten Mal auf einer Postkarte sieht – die Stadt endgültig verlassen musste. Ich malte mir seine Gärten aus, voller Rosen und Geißblatt, Kakteen und großen, duftenden Fliederbüschen. Während unser Militärfahrzeug sich weiter in die gelben Berge voranpflügte, sah ich Kafka mit erstaunlicher Klarheit, seine kleine Pflanzschaufel vorsichtig an

301

eine Steinmauer lehnend und zum Himmel aufblickend, als suchte er ihn nach Zeichen für einen sich sammelnden Regen ab. Und plötzlich – sie kommen immer plötzlich, diese hellen Funken aus der Kindheit – erinnerte ich mich an etwas, was ein Jahr nachdem mein Bruder den Ohrring im Schwimmbecken des Hilton gefunden hatte, geschehen war. Wir beide, mein Bruder und ich, waren im Haus unserer Großeltern in London geblieben, während unsere Eltern eine Reise nach Russland unternahmen, und eines Nachmittags überkam uns eine unwiderstehliche Lust auf die Schokolade, die es in einem Laden um die Ecke gab. Ich weiß nicht, weshalb wir unsere Großmutter nicht um das Geld dafür baten: Wir müssen geglaubt haben, sie würde es ablehnen, oder waren vielleicht fasziniert von der Idee, uns die Schokolade zu erschleichen. Im Vorgarten der Doppelhaushälfte züchtete mein Großvater Rosen, die für mich der Archetyp einer Rose geblieben sind; ich kann das Wort nicht denken oder sagen, ohne diese zarten, duftenden englischen Blumen heraufzubeschwören. Wir holten die schwere Metallschere meiner Großmutter aus der Küche, quetschten die Stiele zwischen die Klingen, weit oben unterhalb der Kelchblätter, und drückten, bis die großen Köpfe rollten. Unverfroren wickelten wir die Stummel in Aluminiumfolie und beschlossen, dass es einer Lüge bedürfe, um Leute zu überzeugen, sie zu kaufen. Wir stellten uns an die Straße und sangen: «*Rosen zu verkaufen, Rosen zu verkaufen, Rosen fürs Kinderhilfswerk!*» Eine Frau blieb stehen. Ich habe sie als eine reizende Dame mit ordentlich frisiertem dunklem Haar unter ihrer Wollmütze in Erinnerung. «Seid ihr sicher, dass es fürs Hilfswerk ist?», fragte sie. Später war es ihre Frage, die uns fertigmachte. Sie hatte uns Gelegenheit gegeben, uns die Sache noch mal zu überlegen und ins Reine zu kommen, aber statt sie zu ergreifen, verstrickten wir uns noch tiefer. Wir nickten: ganz sicher, ja. Sie zückte ihre Geldbörse und kaufte uns die Händevoll Rosen ab – sechs oder acht Stück davon. Mein Bruder nahm die Münzen, und wir begannen, schweigend und schnell zu gehen. Doch als wir uns dem Laden näherten, überkam uns ein erdrückend dunkles Schuldgefühl. Wir hatten etwas getan, was wir nicht rückgängig machen konnten: die Rosen unseres Großvaters geköpft, verkauft und eine Fremde angelogen, und das alles, um unsere Lust zu befriedigen. Das Gefühl der Dauerhaftigkeit unserer Übeltat, unserer Unfähigkeit, sie je wiedergutzumachen, war ungeheuer schwer. Ich kann mich nicht erinnern, ob ich es war, die sich schließlich an meinen Bruder wandte und sprach, oder umgekehrt, aber ich erinnere mich genau an die Worte: *Fühlst du dasselbe wie ich?* Mehr musste nicht gesagt werden. Wir kauerten uns auf die Erde neben dem Fußweg, buddelten ein Loch und vergruben die Münzen. Dass wir nie und niemanden auch nur ein Sterbenswörtchen über das verraten würden, was wir getan hatten, verstand sich von selbst. Eines Tages erzählte ich meinen Kindern die Geschichte. Sie waren verrückt danach, wollten sie wieder und wieder hören. Tagelang kamen sie darauf zurück. Aber warum hast du das Geld vergraben?, fragte mein Jüngster immer wieder. Um es los zu sein, sagte ich ihm. Aber dann ist es noch dort, sagte er kopfschüttelnd. Bis heute; wenn du zu der Stelle gehst und buddelst, müssen die Münzen noch dort sein.

Von Zeit zu Zeit, während der Wind durch das Heck des Jeeps blies, das Segeltuch an den Seiten lüftete und flattern ließ wie einen gefangenen Vogel, erhaschte Schectman meinen Blick, und dann wagte er es, mich anzulächeln, ein freundliches und wissendes Lächeln, vielleicht sogar mit einer Spur von Traurigkeit, und die Hündin, nach deren Namen ich nie gefragt hatte, gab einen Seufzer von sich, als hätte sie tausend Jahre lang gelebt und wüsste schon das Ende jeder Geschichte.

DER LETZTE KÖNIG

Epstein, für den alles wieder neu war – das gleißende weiße Licht oberhalb der Wellen, das Rufen des Muezzins in der Morgendämmerung, der schwindende Appetit, die zunehmende Leichtigkeit des Körpers, ein nachlassender Ordnungssinn, das entrückende Ufer der Vernunft, die Empfänglichkeit für Wunder, für Poesie –, nahm sich eine Wohnung, in der er in tausend Jahren nicht gelebt hätte, hätte er denn schon tausend Jahre lang gelebt, was, auch das war vor allem ihm selber neu, durchaus so gewesen sein mochte. Die Sonne weckte ihn nicht, denn er war bereits wach, alle Fenster weit aufgerissen, sodass die Wellen rauschten, als tosten sie mitten durch sein Zimmer. Während er aufgeregt barfuß auf und ab ging, stellte er fest, dass der gesamte Boden sich zum Abfluss der Dusche hinneigte, als wäre das Haus für eine Zeit gebaut, da das Meer schließlich versuchen würde, es zu überschwemmen. Der Makler hatte die Tür kaum aufgeschlossen, als Epstein ankündigte, er wolle die Wohnung nehmen, und drei Monatsmieten bar auf die Hand anbot. Mit seinen polierten Schuhen musste er in den verwahrlosten Räumen völlig fehl am Platz gewirkt haben, das heißt, sie erfüllten ihre Rolle perfekt. Wie oft hatte der Makler seinesgleichen nicht schon gesehen? Den wohlhabenden Amerikaner, der nach Israel kam, um in das reiche, authentisch jüdische Leben einzutauchen, zu dessen Schutz all die Ströme von US-Dollars geflossen waren, damit er wusste, dass es hier lebendig blieb, und nicht zu viel zu bereuen haben würde; der auch jetzt wieder gekommen war, um sich an der erfrischenden Atmosphäre nahöstlicher Leidenschaft zu laben. Der Makler war bereits gerissen genug gewesen, die Miete heraufzusetzen, indessen er behauptete, ihm als Freund von Yael einen Sonderpreis zu machen. Aber sobald er sah, mit welcher Verzückung Epstein den Horizont bewunderte, bereute er, nicht noch mehr verlangt zu haben. Dennoch wusste er, dass man diesem ersten Rausch der Begeisterung nicht trauen durfte. Wusste, dass diese Amerikaner herkamen und sich für eine Woche in die Dringlichkeit, das Streiten und die Wärme verliebten, in die Art und Weise, wie alle in den Cafés sitzen und reden und jeder sich ins Leben des anderen einmischt; die Art und Weise, wie das obsessiv mit seinen Außengrenzen befasste Israel im Inneren ohne jede Begrenzung lebt. Wie hier niemand an Einsamkeit krankt und jeder Taxifahrer ein Prophet ist, wie jeder Verkäufer im Souk dir die Geschichte von seinem Bruder und von seiner Frau erzählen wird und, ehe du dich versiehst, der Typ, der hinter dir in der Schlange steht, seinen Senf dazugibt, und die miese Qualität der Handtücher nichts mehr ausmacht, weil die Geschichten, der Schlamassel, die Verrücktheit – dies ganze Leben! – so viel wichtiger sind. Sie kommen nach Tel Aviv und finden es so sexy, das Meer und die Stärke, die Nähe zur Gewalt und den Hunger nach Leben und wie die Israelis, obwohl sie sich ständig in einer existenziellen Krise befinden und spüren, dass ihr Land verloren ist, doch zumindest in einer Welt leben, in der man sich noch um alles kümmert und alles es wert ist, dass man darum kämpft. Am meisten verlieben sie sich in ihr eigenes Gefühl, hier zu sein. Das ist es, von hier kommen wir, denken sie, während sie sich durch die Tunnel unter der Klagemauer ducken, durch die Bar-Kochba-Höhlen schleichen, Masada erklimmen, im levantinischen Sonnenlicht stehen, durchs Bergland von Judäa wandern, im Negev zelten und den See Genezareth besuchen, wo die Kinder, die ihre eigenen sein könnten, wild und barfuß aufwachsen, meistens durch Brüche mit der Vergangenheit verbunden: Das ist es, was wir vermisst haben, ohne es zu wissen.

Doch der Makler wusste nur allzu gut, dass sie sich nach ein oder zwei Wochen langsam anders fühlen, diese Amerikaner. Die Stärke beginnt nach Aggression zu stinken, und die Direktheit wird aufdringlich, es nervt allmählich, dass die Israelis einfach keinen Benimm haben, keinen Respekt vor der Privatsphäre, keinen Respekt vor gar nichts, und tut in Tel Aviv eigentlich irgendjemand irgendwas außer herumzusitzen und zu quatschen oder an den Strand zu gehen? Die ganze Stadt ist doch wirklich ein einziges Dreckloch, alles, was nicht neu ist, fällt auseinander, alles riecht nach Katzenpisse, gleich unter dem Fenster ist ein Abwasserproblem, und eine volle Woche lang hat niemand

Zeit zu kommen, und überhaupt ist mit diesen Israelis unmöglich umzugehen, so stur und hartnäckig, so frustrierend immun gegen jede Logik, so verdammt rüde sind sie, und es stellt sich heraus, dass die meisten von ihnen sich einen feuchten Dreck um alles Jüdische kümmern, dass ihre Eltern und Großeltern davor weggelaufen sind, wo sie konnten, und dass diejenigen, die sich darum kümmern, diese hirnrissigen Siedler, es maßlos übertreiben, und ehrlich gesagt, das ganze Land besteht aus einer einzigen Bande von Araber hassenden Rassisten. Und so geht's in letzter Sekunde, bevor sie die Kaution für ein Drei-Zimmer-Apartment in dem neu über Neve Tzedek errichteten Glashochhaus hinterlegt haben, mit dem Taxi zum Flughafen zurück, die nach Zatar duftenden Koffer beladen mit silbernen Judaica von Hazorfim und die Lexus-Schlüssel neuerdings an eine Hand der Fatima gehängt.

Also zündete der Makler sich eine Zigarette an, ließ den Rauch aus dem Mund kringeln und sog ihn durch die Nasenlöcher wieder ein, während er seinen betuchten Klienten mit zusammengekniffenen Augen beobachtete und sagte, abgemacht, sofern Epstein bereit sei, an Ort und Stelle zum Geldautomaten zu fahren. Er habe sein Motorrad vor dem Haus geparkt, fügte er hinzu und öffnete ein Fenster, damit der Geruch des Meeres Epstein denken half. Aber Epstein brauchte nicht zu denken, und fünf Minuten später flogen sie über die Schlaglöcher hinweg, Epstein an die Taille des Maklers geklammert, ohne sich im Geringsten darum zu kümmern, ob irgendjemand irgendwo ihn für ein Klischee halten mochte.

Am selben Abend, während der orange gefärbte Himmel ins Violette überging, stand Epstein ohne Hemd vor dem Meer und empfand einen Überschwang, eine Freiheit wie ein Vogel, und er glaubte endlich zu verstehen, wofür das ganze Aufgeben und Weggeben gedient hatte: für dieses Meer. Diese Leichtigkeit. Diesen Hunger. Diese alten Zeiten. Diese Fähigkeit, sich in einen Menschen zu verwandeln, der sich an den Farben Jaffas berauschte, einen Menschen, der es nicht erwarten konnte, dass auf seinem Handy eine Nachricht von der anderen Seite aufleuchtete; von einer größeren Existenz; von Mose auf dem Berg Sinai, der alles gesehen hatte und eilig herabstieg, um es ihm zu erzählen; von einer Frau, der er nichts mehr zu geben hatte außer sich selbst; von denen, die er beauftragt hatte, vierhunderttausend Bäume zu einem kargen Berghang in der Wüste zu bringen.

Seine Tage wurden diffus. Die Linie zwischen Wasser und Himmel ging verloren; die Linie zwischen ihm und der Welt. Er beobachtete die Wellen und fühlte sich ebenso endlos, gleichmäßig bewegt, erfüllt von unsichtbarem Leben. Die Zeilen der Buchseiten auf dem Tisch verschwammen ihm vor den Augen. In der Dämmerung ging er hinaus und lief erregt, wartend, verloren durch die engen Gassen, bis er um eine Ecke bog und, von neuem aufs Meer stoßend, enthäutet war.

———

Es war der für die Drehorte zuständige Aufnahmeleiter, der ihn eingeladen hatte und jetzt bei einem zweiten Espresso wie ein Wasserfall redete, während sie darauf warteten, dass Yael in dem Café in Ajami erschien. Epstein war seit vier Uhr morgens wach und hatte seit Tagen mit niemandem gesprochen. Aber der Aufnahmeleiter, der einen markanten Irokesenschnitt trug, um seine Stirnglatze zu überspielen, und so dünn war, dass er einer Sucht hätte frönen können, aber zu umgänglich, um eine zu brauchen, sprach so ausgiebig in Epsteins Schweigen hinein, dass von diesem nichts erwartet wurde. Die israelische Filmemacherei, verkündete er Epstein, sei auf dem Höhepunkt ihrer Schaffenskraft. Bis 2000 hätten die großen israelischen Kreativen keine Filme gemacht. Als Epstein fragte, was die großen israelischen Kreativen denn vor 2000 gemacht hätten, schien der Aufnahmeleiter überfragt zu sein.

Eine halbe Stunde verging, und Yael war immer noch nicht da, also bestellte der Aufnahmeleiter einen dritten Espresso bei der jungen Bedienung, nahm sein Handy heraus und begann, seinem unfreiwilligen Publikum Clips und Standbilder von seiner Arbeit zu zeigen. Epstein vertiefte sich in die Betrachtung eines Fotos von einem alten Haus in Jerusalem, des düsteren, versunkenen Wohnzimmers voller Bücher und Ölgemälde, durch dessen Fenster man einen kleinen, mit einer Mauer umgebenen Garten sah. Es war nichts Ungewöhnliches an diesem Raum, dachte er, und doch fügten sich alle Elemente darin zu etwas, was unbestreitbar warm, intelligent und einladend wirkte. Der Aufnahmeleiter habe sich fünfzig Häuser angesehen, ehe er auf dieses gestoßen sei, sagte er. Schon beim Hineingehen habe er gewusst, dass es das richtige war. Nichts musste für den Set bewegt werden, kein einziges Möbelstück. Sogar der kleine Hund, der zusammengerollt auf dem Sessel lag, war perfekt. Aber was für eine Mühe, die Eigentümer zu überzeugen! Er hatte viermal wiederkommen müssen, das letzte Mal mit einem veralteten Ersatzteil, das die Eheleute für ihren seit Ewigkeiten tropfenden Wasserhahn brauchten und das er von einem Klempner ergattern konnte, in dessen Laden er einmal eine Szene gedreht hatte. So war die Sache besiegelt worden: mit einem kleinen Kupferring, an den sie jahrelang nicht herangekommen waren. Aber kaum hatte er sie gewonnen, da funkte die Nachbarin dazwischen. Die alte Frau tat alles, was in ihrer Macht stand, um die Dreharbeiten zu behindern. Den ganzen Tag stand sie keifend am Fenster und weigerte sich, ihre Katze drinnen zu halten. Im Gegenteil, sie ließ die Katze absichtlich genau in dem Moment nach draußen, in dem die Kameras zu laufen begannen. Andauernd mussten die Szenen unterbrochen werden wegen dieser alten Hexe, die den entnervten Regisseur vollkommen verrückt machte. Aber er, Eran, hatte eine Lösung gefunden. Er hatte zugehört und zugehört und langsam verstanden, dass die Alte eifersüchtig war, sich wie ein kleines Kind außen vor gelassen, übersehen fühlte und dass er ihr lediglich eine winzige Nebenrolle anbieten musste, damit sie auf der Stelle kooperativ wurde. Zehnmal hatten sie die Einstellung wiederholen müssen, wie sie im Rollstuhl, den er beim Requisitenfundus aufgetrieben hatte, den Gehweg

entlanggeschoben wurde, weil sie jedes Mal entweder breit
lächelte oder versuchte, eine improvisierte Bemerkung un-
terzubringen. Aber am Ende hatte es sich mehr als gelohnt:
Von da an war die Alte mucksmäuschenstill und bewachte
ihre Katze, als wäre die ein Python, der – Gott verhüte,
dass er entkomme – ihren schönen Film mit einem Happs
verschlingen konnte. Ja, ob Sie es glauben oder nicht, aber
die richtigen Drehorte zu finden, sagte er, sei wirklich der
geringere Teil seines Jobs. Das Wesentliche seiner Arbeit
bestehe in der Überwachung der Grenzen zwischen dieser
Welt und jener anderen, die der Regisseur zu schaffen versuche. Aus der vorhandenen Wirklichkeit der Häuser und
Straßen, der Möbel und des Wetters wolle der Regisseur
eine andere entstehen lassen, und solange – egal, wie lange – der Dreh dauere, sei es an ihm, Eran, die Grenzen dazwischen zu kontrollieren. Um sicherzustellen, dass nichts
Unerwünschtes von der realen Welt in die des Regisseurs
eindringe und deren empfindliche Bedingungen irgendwie
störe oder außer Kraft zu setzen drohe. Dafür brauche man
eine vielseitige Begabung. Aber vor allem müsse man ein
Geschick für den Umgang mit Menschen haben. Wenn die
Dreharbeiten nach Wochen zu Ende gingen, sagte Eran,
sei dieses Geschick so überstrapaziert, dass er nur noch wie
ein Eremit oder Misanthrop leben wolle. Und was machen
Sie dann?, fragte Epstein.

Doch in diesem Moment tauchte Yael auf, mit vielen
Entschuldigungen, aber gleichmütig, als wäre sie gerade
einem Gemälde entsprungen. Wenn Epstein schon vorher
kein dringendes Bedürfnis zu reden verspürt hatte, ertappte

er sich jetzt erneut dabei, dass er in ihrer Anwesenheit fast sprachlos war. Sie hatte Dan mitgebracht, den Regisseur, einen Mann in den Vierzigern mit den kleinen Augen und der scharf hervorstehenden Nase eines Tieres, das die meiste Zeit unter der Erde lebt, ewig getrieben vom rasenden Wunsch, sich ans Licht durchzugraben. Epstein hatte ihn bereits kennengelernt und ihn vom ersten Moment an nicht leiden können. Er war ganz offensichtlich auf Yael scharf. Beim Gedanken an sie in den stammesmäßig tätowierten Armen dieses Mannes hätte Epstein weinen mögen.

Der Aufnahmeleiter stürzte sich aufgeregt in eine Beschreibung der Örtlichkeit, die er entdeckt hatte: mehrere Höhlen in der Nähe der Stelle, wo die Schriftrollen von Qumran gefunden worden waren, aber weit genug von jeder archäologischen Grabungsstätte entfernt, dass dort ohne Genehmigung gedreht werden konnte, und dazu ein so unberührter Ausblick, dass es wahrhaft biblisch erschien. Die Höhlen waren grandios, schon wegen des Lichts, mit einem Loch oben, durch das Sonnenstrahlen einfielen. Es sei durchaus möglich, dass David selbst sich darin versteckt habe. Zumindest hätten die Essener sie vermutlich vor zweitausend Jahren im Zuge ihrer Vorbereitungen auf den Krieg der Söhne des Lichts gegen die Söhne der Finsternis bewohnt.

Aber der Regisseur und Yael, Sohn der Finsternis und Tochter des Lichts, waren in niedergeschlagener Stimmung, und keine Höhle, wie authentisch auch immer, konnte sie da herausreißen. Am Morgen hatten sie schlechte Nachrichten bekommen: weder HOT noch YES wollten sich engagieren. Auf der Grundlage des Exposés und Treatments, die sie geschrieben habe, erklärte Yael Epstein, seien ihnen Produktionsförderungen vom Jerusalem Film Fund und von der Rabinovich Foundation bewilligt worden. Zunächst hätten sie geglaubt, das müsse reichen, aber als sie erst einmal begriffen hatten, was für ein Budget nötig war, um den Film richtig hinzukriegen, sei ihnen das Geld ausgegangen. Sie hätten gehofft, eine der großen Kabelgesellschaften würde das Projekt unterstützen, aber keine habe zugesagt. Die Dreharbeiten sollten in zwei Wochen weitergehen, und wenn sich nicht schnell etwas anderes ergäbe, müssten sie alles auf Eis legen.

Wie viel sie brauchten?, fragte Epstein reflexartig.

Seine Bäume wurden in einem Kibbuz am See Genezareth herangezogen. Einen Monat nachdem er seinen Namen unter die Zwei-Millionen-Schenkung gesetzt hatte, wurde Epstein eingeladen, sie sich anzusehen. Die von ihrer Südamerikareise zurückgekehrte Entwicklungsleiterin des JNF brachte ihn persönlich hin. Sie speisten in einer Rebenlaube, die der Kibbuz für Hochzeiten vermietete, und tranken den vom Schwesterkibbuz jenseits des Tals erzeugten Wein. Epsteins Glas wurde nachgefüllt, anschließend wurde er, leicht beschwipst, mit einem Traktor zu den Feldern hinausgefahren. Ein schwerer Mistgeruch lag in der Luft, aber der Ausblick war weit und die Landschaft fruchtbar, mit grünen Feldern, gelbem Gras und braunen Hügeln. Während seine Slipper im Boden versanken, stand Epstein da und sah Reihen über Reihen zitternder Setzlinge. Sind das alle?, hatte er gefragt. Alle vierhunderttausend? Trotz der großen Anzahl schienen es ihm noch nicht genug zu sein. Die Entwicklungsleiterin des JNF fragte bei ihrer Assistentin nach, die bestätigte, dass weitere hundertfünfzigtausend Setzlinge, allerdings Laubbäume und keine Kiefern, von einem anderen Kibbuz kommen sollten, dass aber das, was er unmittelbar vor sich sehe, das Herz des Sol-und-Edith-Epstein-Waldes sei.

Seine Bücher lagen aufgeschlagen auf dem Tisch. Er las Jesaja und Kohelet. Er las die *Aggadot* in Bialiks *Buch der Legenden*. Der Mann hinter dem chaotischen Schreibtisch des Antiquariats an der Allenby verstand, wonach er suchte, und hielt immer etwas für ihn bereit. Aber jetzt, kurz vor Mitternacht in der Wohnung in Jaffa, ließ Epstein von den Seiten ab und begann erneut, hin und her zu wandern. Die Setzlinge brauchten noch sechs Wochen, ehe sie verpflanzt werden konnten. Mit dem März würde der Frühling kommen, und dann würde das Tal erblühen, Butterblumen und Alpenveilchen würden die Hügel bedecken und die Setzlinge herangewachsen sein. Sie würden ausgegraben, in Jute gewickelt, zu dem Berg im nördlichen Negev transportiert und von einer Armee fleißiger Helfer in den Boden eingesetzt werden. In Israel, wo die warme Sonne fast immer schien, wuchsen Bäume doppelt so schnell wie in Amerika. Wenn es Sommer wurde, würden sie Epstein schon bis an die Brust reichen, und im Herbst würden sie größer sein als er. Galit führte die Aufsicht über das Projekt; darauf hatte Epstein bestanden. In seiner Ungeduld

315

rief er sie täglich an. Seine Energie fürs Thema Wälder und Bäume war unerschöpflich, und nur sie konnte dabei mithalten. Das Wort *Humus* – das sie gebrauchte, wenn sie von dem reichhaltigen Boden sprach, den die Bäume an Ort und Stelle festhielten und auffrischten, wenn sie starben, indem sie ihm die Mineralien zuführten, die sie aus den Tiefen der Erde gezogen hatten – ließ Epstein einen Schauer über den Rücken laufen. Er entwickelte ein großes Interesse am Phänomen der Erosion, nicht nur in den Wadis, wo der Regen die kargen Hänge mit Sturzfluten überschüttete und sich, alles auswaschend, den kürzesten Weg zum Meer suchte, sondern weltweit und durch alle Zeiten. Als der Besitzer des Buchladens an der Allenby in Sachen Waldbau versagte, veranlasste Galit, dass bestimmte Titel bei Epstein in Jaffa abgegeben wurden, und in diesen las er, wie die Großreiche von Assyrien, Babylonien, Karthago und Persien allesamt durch Fluten und Wüstenbildung infolge der massenhaften Rodung ihrer Wälder zerstört worden waren. Er las, wie nach dem Kahlschlag der Wälder im alten Griechenland bald dessen Kultur verschwunden war und wie die gleiche destruktive Abholzung der Primärwälder Italiens später den Untergang Roms verursacht hatte. Und während er las und das Meer die großen dunklen Wellen in Richtung seiner Fenster rollte, wuchsen die Setzlinge heran, entfalteten ihre Blätter und streckten ihre Triebe gen Himmel.

Epstein nahm sein Buch wieder auf: *Gott, hilf mir; denn das Wasser geht mir bis an die Kehle.*

Sein Telefon klingelte.

Ich versinke im tiefen Schlamm, da kein Grund ist;
ich bin im tiefen Wasser,
und die Flut will mich ersäufen.

Es war Sharon, der es den Atem verschlug, ihn erreicht zu haben, da er so selten antwortete. Sie hatte die Suche nach seinem verlorenen Handy und Mantel noch immer nicht aufgegeben. Während Epstein auf dem kalten Fußboden in Jaffa stand, kam ihm das alles sehr lange her vor: Abbas im Plaza, die humpelnde Garderobenfrau, der Straßenräuber, der mit dem blitzenden Messer über seine Brust gefahren war. Aber Sharon hatte es nicht vergessen und sich weiterhin – in Epsteins Abwesenheit ohne sonstige Anweisungen – verbissen dahintergeklemmt. Aufgeregt berichtete sie, sie sei dem Telefon in Gaza auf die Spur gekommen.

Gaza?, echote Epstein und spähte nach Süden gewandt durch die dunklen Fenster.

Mit «Mein iPhone suchen», erklärte sie, sei es ihr gelungen, es über GPS zu orten. Und nach vielen Stunden am Telefon mit einem Techniker in Mumbai habe sie den Modus «Verloren» entsperrt und eine im Neuzustand auf Epsteins Telefon installierte App aktiviert, mit deren Hilfe man aus der Ferne den Auslöser für Fotoaufnahmen bedienen könne. Es sei nur eine Sache von Stunden, verkündete Sharon stolz, allerhöchstens eines Tages, bis die von Epsteins wanderndem Telefon gemachten Fotos ihr auf den Computer geschickt würden.

Epstein stellte sich im Speicher des verlorenen Telefons

zerbombte Häuser neben der Fotostrecke vor, die Lucie ihm von seinen Enkelkindern gesendet hatte.

Sharons Ton schlug unterdessen in Besorgnis um. Aber wie es ihm denn gehe? Sie habe seit zwei Wochen nichts von ihm gehört; auf Nachrichten, die sie hinterlassen habe, sei keine Antwort gekommen. Ob sie seinen Rückflug buchen solle?

Er versicherte ihr, es gehe ihm gut, und im Augenblick brauche sie nichts für ihn zu tun. Da er nicht weiter darauf eingehen wollte, machte er schnell Schluss, wobei er sich nicht einmal die Zeit nahm zu fragen, was sie eigentlich zu tun gedenke, wenn die Bilder von seinem Telefon aus Gaza erst einmal da wären.

Er zog eine Jacke an und ging die dunkle Treppe hinunter, ohne sich auch nur die Mühe zu machen, das Licht anzuschalten. Auf dem Treppenabsatz ein Stockwerk tiefer schlüpfte eine Katze aus einer offenen Tür und strich ihm um die Beine. Die Nachbarin von unten kam heraus, entschuldigte sich, schnappte die rothaarige Katze und lud ihn zu einer Tasse Tee ein. Epstein lehnte höflich ab. Er müsse ein bisschen an die Luft, erklärte er. Vielleicht ein andermal.

Auf dem Hafendamm aus Geröll und Betonblöcken fischten einige Araber im Dunkeln. Was versuchen Sie zu fangen?, fragte Epstein in seinem gebrochenen Hebräisch. Kommunisten, erwiderten sie. Und als er nicht verstand, machten sie mit Daumen und Zeigefingern klar, wie klein die Fische waren, auf die sie es abgesehen hatten. Er blieb eine Weile stehen und beobachtete, wie sie die Angeln auswarfen. Dann berührte er den jüngsten von ihnen am Ellbogen und deutete nach Süden aufs offene Meer. Wie weit bis Gaza?, fragte er. Der Junge grinste und spulte seine Schnur auf. Warum?, fragte er. Wollen Sie hin? Aber Epstein hatte nur versucht, die Entfernung einzuschätzen, eine Fähigkeit, die ihn zusammen mit anderen langsam zu verlassen schien.

———

Er war bekannt bei Sotheby's. Bei den Experten bekannt, die die verschiedenen Bereiche leiteten, ob alte Meisterwerke, Gemälde, Zeichnungen, moderne Kunst oder Teppiche. Dem Kurator der Sammlung primitiver Skulpturen und römischer Glaskunst. Wenn Epstein im neunten Stock seinen Cappuccino bestellte, wurde er gern mal von dem Fachmann für Tapisserien abgefangen, der ein Stück aus der Brüsseler Werkstatt hatte, das er unbedingt sehen müsse. Bei Vorbesichtigungen galt die Warnung BITTE NICHT BERÜHREN! nicht für ihn, er durfte befingern, was er wollte, und wenn er zu einer Auktion kam, wartete stets sein Bieterschild auf ihn. Doch so bekannt er auch sein mochte und so begierig sie gewesen wären, seine außergewöhnliche *Verkündigung* zu versteigern – auch diese war ihnen wohlbekannt, da sie ihm das Altarbild aus dem fünfzehnten Jahrhundert zehn Jahre zuvor verkauft hatten –, aus Haftungsgründen konnten sie das Gemälde unmöglich selbst abholen. Und es war zu spät dafür, einen Transport durch eine Drittpartei zu organisieren, wenn er es auf der bevorstehenden Auktion dabeihaben wollte: der Katalog wurde in zwei Tagen geschlossen.

Schloss kam nicht in Frage. Ebenso wenig Epsteins drei Kinder, da jedes eine andere Art von Alarm geschlagen hätte. Und Sharon war dermaßen besorgt um ihn, dass er befürchten musste, sie riefe womöglich Lianne oder Maya an, wenn sie entdeckte, dass er die *Verkündigung* verscherbeln wollte, um einen Film über den biblischen David zu finanzieren. Epstein beschloss, in der Eingangshalle an der Fifth Avenue anzurufen. Beim ersten Mal war Haaroon nicht im Dienst, nur der kleine Sri Lanker, dessen Namen er jedes Mal, wenn er ihn hörte, sofort wieder vergaß. Wäre Jimmy drangegangen, der schlanke, unnahbare Japaner, der den Aufzug mit distanziertem Respekt bediente und nie ein Wort sagte, hätte Epstein es vielleicht gewagt zu erklären, was er wollte. Der Sri Lanker aber war immer zu neugierig gewesen, als dass Epstein ihm vertraut hätte. Als er ein paar Stunden später erneut anrief, hatte Haaroon seine Schicht begonnen und nahm gleich nach dem ersten Klingeln ab. Er bat Epstein, einen Augenblick zu warten, während er den gelben Notizblock und einen Stift holte, die er in der Konsole in der Eingangshalle aufbewahrte.

«Ja, Sir», sagte er, den Block auf dem Arm balancierend, während er das Telefon zwischen Ohr und Schulter klemmte, und machte sich daran, die Anweisungen aufzuschreiben. O nein, das sei kein Problem, er könne es heute Nacht einpacken – ja, er werde äußerst vorsichtig sein – fast sechshundert Jahre alt – wie unerhört, ja, wirk-

320

lich, Sir – gleich als Erstes morgen früh zu Sotheby's, Seventy-Second Ecke York – oh, er werde es tragen wie ein Neugeborenes – wie? Ja, die Jungfrau, Sir, haha, sehr lustig – o wirklich, eine Madonna! – gewiss doch, Mr. Epstein, kein Problem.

Es war fünf Uhr morgens, als Haaroons Schicht endete und er seine Uniform ins Büro im Untergeschoss hängte, den Reserveschlüssel zu Epsteins Apartment nahm, mit dem Aufzug nach oben fuhr und den vor der Tür liegenden Gebetsteppich aus Isfahan befühlte, der eher dafür gewebt war, sich niederkniend zu verbeugen, als sich schmutzige Füße abzutreten. Er zog seine Schuhe aus und stellte sie nebeneinander unter die mit Messingfüßen veredelte Bank. Nachdem er sich mit dem Schlüssel eingelassen hatte, suchte er im Dunkeln den Lichtschalter, doch die glitzernde Aussicht schlug ihn in Bann. Vollkommen überwältigt durchquerte er das leere Wohnzimmer, das größer war als die Häuser seiner beiden Brüder im Punjab zusammen. Er blickte auf den Park hinaus. Der Bussard musste jetzt noch in seinem Nest schlafen. Demnächst würde sein neues Weibchen bereit sein, Eier zu legen, und dann würde Haaroon bald auf die Scharen räuberischer Krähen am Himmel aufpassen müssen. Voriges Jahr war ein Jungvogel aus einem Baum direkt vor das Gebäude gefallen, und er war hingerannt, hatte den Verkehr angehalten, um ihn zu retten, aber nach einer kurzen Benommenheit war der Vogel wieder zu sich gekommen und davongeflogen. Der treue Pförtner drückte seine Nase an die kalte Scheibe, sah aber nichts in dem noch schwarzen Himmel.

Er fand das Gemälde im Schlafzimmer, genau wie Epstein es beschrieben hatte. Es war kleiner als erwartet und doch von einem solchen Glanz, dass er sich nicht überwinden konnte, es gleich anzufassen. Fast auf Tuchfühlung davorstehend, hatte er das Gefühl, in etwas sehr Intimes einzudringen. Trotzdem konnte er die Augen nicht von dem Mädchen Maria und dem Engel lösen. Erst nach einiger Zeit bemerkte er, dass in der Ecke, halb außerhalb des Rahmens, eine dritte Gestalt war, ein Mann, der sie, die schmalen Hände anbetend zusammengelegt, ebenfalls betrachtete. Die lauernde Anwesenheit dieses Mannes störte ihn. Wer sollte das sein? Josef? Der nutzlose Josef, der sich dort einschleichen musste? Aber nein, er sah ganz und gar nicht wie Josef aus; ein Mann mit so einem Gesicht konnte bestimmt nichts mit dem erleuchteten Mädchen zu tun haben, das vor dem Engel kniete.

Der Himmel wurde schon heller, als Haaroon, das Päckchen unter den Arm geklemmt, durch den Dienstboteneingang aus dem Gebäude trat. Der Frühling würde nicht mehr lange auf sich warten lassen, aber noch war es so kalt, dass sein Atem unter den Straßenlaternen gefror. Es dauerte noch drei Stunden, bis Sotheby's öffnete, und so ging er, zu den kahlen Baumkronen hinaufblickend, in den Park. Die Bank, auf der er gerne seine Mittagspause machte, war von einem Obdachlosen besetzt, der mit dreckigen Stiefeln der Länge nach ausgestreckt unter einer verkrusteten, in Farbe und Beschaffenheit wie aus Lehm gemachten Decke auf der Sitzfläche lag. Als übte er sein Begräbnis, dachte Haaroon und ließ sich zwei Bänke weiter niedersinken, das kostbare Stück auf dem Schoß. Von dort aus war der große Himmelsausschnitt teilweise von den Zweigen eines riesigen Baumes verdeckt, aber er sah noch genug, um Ausschau halten zu können. Eine Weile folgten seine Augen den flinken Spatzen. Als er den Blick senkte, sah er voller Verwunderung, dass sogar das Licht, das von der Straßenlaterne durch die transparente Verpackung fiel, auf dem Heiligenschein der Jungfrau noch schimmerte. Dass er, der in der Provinz Punjab als Sohn eines Bauern geboren war, mit einem im Italien des fünfzehnten Jahrhunderts gemalten Meisterwerk auf dem Schoß in New York City sitzen sollte – er verspürte ein plötzliches Bedürfnis, das kleine Gemälde zu zerbrechen, und erschauerte. Für seine Brüder hätte so ein Ding nicht den geringsten Wert, und ihn überkam eine Traurigkeit ob der Distanz zu ihnen, die er nicht mehr überwinden konnte.

Wie entschlossen, ihn zu stören, drehte eine Krähe in seine Richtung ab, stolzierte durchs Gras und krächzte ihn an. Was für aggressive und verschwörerische Vögel, so böswillig intelligent – sie schienen sich aus der Zeit an ihn zu erinnern, als er einige ihrer Artgenossen mit Eicheln bombardiert hatte, um einen der flüggen Bussarde zu schützen, und jetzt krächzten sie ihn wütend an, sobald sie ihn erblickten. Haaroon hielt das Päckchen fest, stand auf und schwenkte den freien Arm, während er die Krähe anschrie: *Geh bloß wieder hin, wo du hergekommen bist!* Der Vogel flatterte davon, wobei die schwarzen Federn seiner Schwingen das Blau des Himmels reflektierten, und der Obdachlose regte sich unter der braunen Oberfläche.

323

Einen Moment später tauchte ein verfilzter Haarschopf auf, gefolgt von einem verwitterten Gesicht.

«Arschloch!»

«Tut mir leid», murmelte Haaroon und setzte sich grimmig wieder hin.

Der Obdachlose beäugte ihn aus seiner horizontalen Lage.

«Wonach guckst du, Drohnen?»

«Nicht wirklich.»

«Gestern habe ich eine *direkt* vor dem Fenster da fliegen sehen» – der Obdachlose zeigte mit einem steif ausgestreckten Finger auf das oberste Stockwerk eines Gebäudes auf der anderen Straßenseite – «zwei Minuten lang hat sie da geschwebt und reingeguckt.»

«Wirklich?»

«Spionagemission», sagte er, während er sich auf den Ellbogen stützte.

Der Park begann sich allmählich mit frühmorgendlichen Joggern zu füllen, und der Obdachlose beobachtete, wie sie auf dem Weg vorbeiliefen.

«Wenn du nicht nach Drohnen guckst, wonach dann?»

«Nach 'nem Bussard eigentlich.»

«Den hast du verpasst, den alten Katzenaar. Schon eine Taube gefangen heute Morgen. Hat ihr mit einem Hieb den Kopf abgerissen.»

«Wirklich!»

Aber der Obdachlose hatte sich die Decke wieder bis über die Nase gezogen.

Haaroon zog den Reißverschluss an seinem Kragen zu

324

und beobachtete, wie der Wind die Wolken vor sich hertrieb. Er wusste, dass der Bussard lieber wartete, bis der Himmel voller Licht war, ehe er sich zur Jagd in die Lüfte schwang. Da er merkte, dass er langsam einzunicken drohte, blinzelte er und krallte sich die Fingernägel in die Handfläche. Nach der Nachtschicht ging er gewöhnlich schnurstracks nach Hause ins Bett, und allmählich überwältigte ihn die Müdigkeit, seine Augen wollten nur noch zufallen, und das Kinn sank ihm auf die Brust.

Er konnte nicht lange geschlafen haben, als er ruckartig aufwachte und die weiße Bussardbrust hoch oben schweben sah. Klopfenden Herzens, den Kopf zurückgeworfen, sprang er mit einem Schrei auf die Füße. Oh, diese Pracht! Was für eine Schönheit unter dem Himmel! Der Pförtner konnte sein Glück kaum fassen. Auf einer Luftströmung segelnd, hielt der Bussard seine Schwingen fast reglos ausgebreitet; nur die Neigung seines Körpers ließ ihn im hohen Bogen über den Baumwipfeln kreisen. Dann hielt er in gespannter Wartehaltung inne, rüttelte und schoss im Sturzflug nach unten.

Haaroon rannte in die Richtung, wo er zu Boden gegangen war, und schlug sich den Weg durch die peitschenden Zweige frei, bis er die Wiese hinter den Bäumen erreichte. Und dort, in einem Flecken Sonnenlicht, stand der prächtige Vogel mit hochgezogenen Schultern, den Hals fast zärtlich über die in seinen Fängen kämpfende Beute geneigt. Im nächsten Moment war es vorbei. Die Maus hing ihm schlaff aus dem Schnabel, und der Vogel flatterte, ehe seine kräftigen Flügelschläge ihn wieder hinauftrugen.

Erst nachdem er den Bussard aus den Augen verloren hatte, blickte Haaroon nach unten und wurde sich seiner leeren Hände bewusst. Erneut stieß er einen Schrei aus. Klopfenden Herzens rannte er durch die Bäume zu der Bank zurück. Er sah schon, dass sie leer war. Aber er wollte es nicht glauben, strich verzweifelt mit den Fingern über die hölzerne Sitzfläche, als könnte die Madonna noch immer unsichtbar dort schimmern.

Als er sich umwandte, sah er, dass auch die Bank, auf der der Obdachlose gelegen hatte, jetzt leer war, bis auf die braune Decke, die formlos vom Sitz herunterhing. Der Pförtner stöhnte, hob die Hände an den Kopf und raufte sich die dünnen Haare. Während er sich hoffnungslos im Kreis drehte, suchte er mit den Augen die Wege und Bäume ab. Aber außer den Spatzen war alles still.

IN DIE WÜSTE

Ich hatte kein Gefühl dafür, wie viel Zeit vergangen sein mochte, seit Schectman mich dort abgesetzt hatte. In der Stille der Wüste einem Fieber ausgeliefert, verlor ich jeden Anhaltspunkt. Es konnte eine Woche gewesen sein, aber ebenso gut zehn Tage oder noch viel länger. Inzwischen mochte meine Familie mich ziemlich verzweifelt gesucht haben. Mein Vater dürfte der handfesteste und unermüdlichste der Suchenden gewesen sein. Er hat eine außergewöhnliche Fähigkeit, unter starkem Druck zu organisieren und etwas zuwege zu bringen, mein Vater; er hat das, was oft eine beherrschende Präsenz mit eisernem Willen genannt wird. Auf Anhieb hätte er Schimon Peres – der ein halbes Jahrhundert zuvor ein Freund meines Großvaters gewesen war, an der Hochzeit meiner Eltern im Hilton teilgenommen und mir bei einem teuren Abendessen sogar einmal gesagt hatte, er habe meine Bücher gelesen und möge sie, auch wenn ich nicht geneigt war, ihm zu glauben – ans Telefon bekommen. Ja, beschloss ich, mein Vater wäre eindeutig die treibende und führende Kraft der Suchmannschaft gewesen, während meine Mutter sich in ihrer

Verzweiflung als desorganisiert und weitgehend nutzlos erwiesen hätte. Meinen Kindern wäre sicher noch nichts gesagt worden. Und was meinen Mann anbelangt, so hatte ich wirklich keine Ahnung, wie er auf die Nachricht, dass ich verschwunden sei, reagiert haben mochte: Es war sehr gut möglich, dass er sie mit zwiespältigen Gefühlen aufgenommen hatte, vielleicht sogar erleichtert ob der Aussicht, den Rest seines Lebens ohne meine skeptischen Blicke zu verbringen.

Schectman hatte gesagt, jemand werde kommen, um mich abzuholen. Sein Befehl sei es gewesen, mich mit dem Koffer und der Hündin in diese Wüstenhütte zu bringen, und zu gegebener Zeit, vermutlich wenn ich meinen Auftrag erfüllt hätte, werde mich jemand abholen. Der Auftrag selbst wurde nie direkt erwähnt. Schectman muss angenommen haben, ich wüsste, was ich dort zu tun hätte. Behutsam, mit dem schüchtern verhaltenen Stolz eines Bräutigams, der seine Braut in ihr neues Heim führt, brachte er mich ins Haus und zeigte mir die Küche mit dem schwarzen Herd, das schmale Bett, über dem eine Wolldecke mit Schottenmuster lag, und schließlich den Arbeitstisch vor der Fensterbank, auf der zwei oder drei Fliegen den Geist aufgegeben hatten. Das Haus war winzig, fast komisch im Verhältnis zu der Weite, die von allen Seiten dagegendrückte. Auf dem Tisch waren ein paar Stifte, die in einem Glas steckten, ein mit einem glatten, ovalen Stein beschwerter Stapel Papier und eine alte Schreibmaschine. Aber die ist hebräisch, sagte ich, während ich unbeholfen die Einkaufstüte mit meinen Kleidern umklammerte. Ich hatte nie irgendetwas auf einer Schreibmaschine geschrieben und konnte nichts mit ihr anfangen, deshalb kann ich nur vermuten, dass mein Grund, dies hervorzuheben, ein Versuch war, Schectmans Aufmerksamkeit indirekt auf die Problematik der Situation im Allgemeinen zu lenken. Aber er blieb unbekümmert und sah die Schreibmaschine nur abschätzend an, bestenfalls mit dem Interesse dessen, der mechanische Geräte gern in ihre Bestandteile zerlegt.

Er bot an, mir einen Kaffee zu machen, und ich schaute mit verschränkten Armen an die Wand gelehnt zu, wie er in der kleinen Küche hantierte. Er konnte noch nicht über zwanzig sein, ging jedoch mit dem Kessel und dem Herd so selbstverständlich um, dass man den Eindruck hatte, er sei schon in jungen Jahren daran gewöhnt gewesen, für sich selbst zu sorgen. Vor dem Fenster hingen weiße Spitzengardinen, wie man sie von Chalets in den Alpen kennt, als hätte, wer immer es sein mochte, der sie dort aufgehängt hatte, durch sie hindurch auf glitzernde Schneeverwehungen zu blicken gehofft. Aber alles, was man sah, waren die ausgebleichte, trockene Landschaft, die sich in alle Himmelsrichtungen erstreckte, und der an den Jeep gelehnt eine Zigarette rauchende Fahrer.

Ich hätte mich weigern, schreien oder mich sonst wie wehren können, damit sie mich nicht dort ließen. Jemanden anzurufen, war unmöglich, da mein Handy keinen Empfang hatte. Aber ich hatte den Eindruck, dass sie ansprechbar gewesen wären, zumindest Schectman, der mich weiterhin von Zeit zu Zeit mit seinem freundlichen, traurigen Lächeln ansah, als bedauerte er es, mich dort allein lassen zu müssen. Aber ich widersprach nicht, ja beschwerte mich nicht einmal, hob lediglich hervor, dass die Schreibmaschine nutzlos für mich war. Vielleicht wollte ich ihn mit meiner Unabhängigkeit und Professionalität beeindrucken. Oder wollte ihn nicht von der Vorstellung eines unglaublichen Talents abbringen, das, sobald er abgefahren wäre, dem Wohl der Juden dienen würde. Vielleicht ahnte ich auch, dass ich schon zu weit gegangen war und es kein Zurück mehr gab. Wie auch immer, von dem Moment an, in dem Schectman seine Hand ausstrecke, um mir hinten in den Jeep zu helfen, hatte ich alles mitgemacht. Soweit ich mich erinnere, war die einzige Frage, die ich stellte, die nach Friedman.

Ich sei besorgt um ihn, erklärte ich Schectman, während wir unseren Kaffee tranken. Ich wolle wissen, wo sie ihn hingebracht hätten und ob es ihm gutgehe. Doch Friedmans Name schien Schectman nichts zu sagen, und als ich ihn weiter bedrängte, gab er zu, noch nie von einem Friedman gehört zu haben. Offenbar war er erst mitten in der Geschichte hinzugestoßen, ohne Kenntnis darüber, was geschehen war, bevor ich in seine Obhut kam, oder was danach geschehen würde. Alles, was er kannte, war seine eigene Rolle, die sich darauf beschränkte, mich mitsamt dem Koffer und dem Hund von einer Straßensperre am Rande Jerusalems in diese Hütte in der Wüste zu bringen. Aber ich vermute, in der Armee läuft es eben so, dass kein Beteiligter die ganze Geschichte erfährt. Überhaupt muss die Idee eines Narrativs beim Militär vollkommen anders sein, dachte ich. Man lernt, sich mit seinem kleinen

Puzzleteil zu begnügen, ohne wirklich eine Ahnung zu haben, wie es passt, braucht sich aber trotzdem keine Sorgen um das Ganze zu machen, weil es irgendwo jemanden gibt, der alles weiß und alles bis ins letzte Detail ersonnen hat. Die Geschichte existiert, wer weiß, woher sie gekommen ist und wohin sie gehen wird, du musst dich nur deinem eigenen Anteil daran widmen, den du polieren kannst, bis er in der vollständig dunklen Umgebung glänzt. Im Licht dieses Prinzips schien es wirklich eine eitle Hoffnung zu sein, sich vorzustellen, dass man je das Ganze erfahren könnte, und während ich darüber nachdachte, vergaß auch ich Friedman für einen Moment. Doch als ich merkte, wie Schectman mich über seine Kaffeetasse hinweg ansah, kehrte meine ganze Besorgnis mit einer Heftigkeit zurück, die mich überraschte. Was hätte ich dafür gegeben zu hören, dass es Friedman gutging. Ich kannte ihn nur so kurz, aber in diesem Moment vermisste ich ihn mit dem Gefühl, etwas verpasst zu haben, wie es mir mit meinem Großvater an dem Tag ergangen war, an dem ich ihn zum letzten Mal im Krankenhaus gesehen hatte, als ich mich verabschiedete und er mir hinterherrief: *Komm wieder, wenn du kannst.* Und dann: *Geh nur, ich werde warten. Wenn ich nicht antworte, mach einfach die Tür auf.* Mir schien, dass Friedman versucht hatte, mir Dinge zu sagen, die ich nicht schnell genug begriffen hatte.

Ich müsse wissen, was mit ihm geschehen sei, sagte ich erneut zu Schectman. Meine Angst muss deutlich erkennbar gewesen sein, denn er streckte den Arm aus, berührte meine Schulter und sagte, ich solle mir keine Sorgen machen. Überwältigt vor Dankbarkeit, wollte ich ihm glauben. So muss es bei Geiseln anfangen, die eine Bindung an ihre Kidnapper entwickeln, dachte ich: eine kleine, unerwartete Geste des Erbarmens löst etwas aus, was man nur Liebe nennen kann. Ich malte mir aus, Schectman und ich schauten uns auf dem kleinen Fernseher, den er mir zum Geburtstag mitgebracht hätte, Fußballspiele an, die nur auf Arabisch gesendet würden.

Wussten Sie, dass ich Kinder habe?, fragte ich ihn leise, um den vertraulichen Moment ein wenig zu verlängern. Zwei Jungen, erzählte ich ihm. Der ältere dürfte fast halb so alt sein wie Sie. Und der jüngere?, fragte er höflich. Aus irgendeinem Grund, ich weiß nicht, warum, sagte ich: Der jüngere steht wahrscheinlich gerade am Fenster und wartet auf mich.

Ich beobachtete, wie sich unter Schectmans Augen ein dunkler Schatten bildete. Vielleicht versuchte ich, ihn zu testen, um ihm seine wahren Gefühle zu entlocken. Doch als ich nach unten blickte, sah ich, dass es meine Finger waren, die zitterten.

Schweigend tranken wir unseren Kaffee aus, dann war es Zeit zum Aufbruch für ihn. Er bot mir ein paar Zigaretten an, die ich nahm, wie ich alles genommen hätte, was er mir angeboten hätte. Von der Tür aus sah ich ihn auf den Beifahrersitz neben dem Fahrer klettern. Ich konnte den Jeep noch lange sehen, klein und kleiner werdend, bis nur noch eine Staubwolke übrig war, und als auch die verschwand, kehrte ich ins Haus zurück.

Ich wusch die Tassen, stellte sie zum Trocknen am Rand

der Spüle ab und gab der Hündin frisches Wasser. Dann ging ich in das einzige andere Zimmer des Hauses und beäugte den Koffer, der noch immer hochkant an der Tür stand. Doch ich beschloss, der Moment dafür sei noch nicht gekommen. Stattdessen wandte ich mich den wenigen alten Büchern auf den Regalen zu. Da sie alle auf Hebräisch waren, versuchte ich, die Titel zu entziffern. Ein Buch sprang mir ins Auge. Es hieß יערות ישראל – *Wälder Israels* –, und innen waren Schwarzweißfotos von Gegenden, die ganz und gar nicht so aussahen, als wären sie in Israel: urwüchsige Wälder, in denen es noch möglich schien, von Wölfen großgezogen zu werden; dichte, dunkle, schneedurchwehte Wälder. Lange betrachtete ich die Bilder, und da ich die Legenden nicht verstand, musste ich mich damit begnügen, mir vorzustellen, was sie besagten. Da ich mir jedoch kaum vorstellen konnte, was die Legenden dieser Fotos von Wäldern, die unmöglich in Israel wachsen konnten, aber trotzdem unter dem Titel *Wälder Israels* versammelt waren, wohl besagen sollten, stand es mir frei, die Magie dieser Dissonanz zu genießen. Auf einem Bild fand ich einen kleinen weißen Hasen, fast vollständig vom Schnee getarnt.

In der Abstellkammer waren einige verrostete Gerätschaften, ein paar Schaufeln, ein nach Milcheimer aussehendes Metallgefäß, ein Erste-Hilfe-Kasten, etliche Knäuel Bindfaden, ein Wollschal, ein Rucksack aus Segeltuch und ein Paar abgelaufene Lederschlappen. Ich zog meine Schuhe aus, schlüpfte hinein und tappte ins Bad. Aus dem Wasserhahn kam eine braune Brühe, als würde die Wüste selbst durch die Leitungen gespült, während das Wasser aus dem Hahn in der Küche nur trüb und bitter war. Ich trank von dort.

Als ich alles gesehen hatte, was es drinnen zu sehen gab, ging ich zu weiteren Erkundungen nach draußen. Auf einer Seite des Hauses war ein kleiner, von Messerschnitten eingekerbter Picknicktisch, und hinten ein abgedeckter Steinbrunnen. Dort musste es eine unterirdische Quelle oder Wasserschicht gegeben haben, denn das ganze Haus war von einer Menge Gestrüpp und drei oder vier verkümmerten dornigen Bäumen umgeben. Tamarisken vielleicht oder Akazien. Bald würde der Regen auch hierherkommen und die Wüste mit einem grünen Teppich überziehen, aber noch war sie trocken und öde, bis auf ein paar einsame Flecken Lebens. Ich sah recht viele Tiere; ihre Wasserstelle musste irgendwo in der Nähe sein. Es gab Steinböcke in den Bergen, eine Familie kleiner Antilopen fraß regelmäßig das Gestrüpp ab, und einmal huschte ein Wüstenfuchs mit bernsteingelbem Fell, großen spitzen Ohren und einer kleinen schmalen Schnauze am Haus entlang und hielt inne, um durch die offene Tür zu spähen, als erwartete er halbwegs, jemand Bekannten begrüßen zu dürfen. Doch als er mich sah, lief er weiter, an keinem Kontakt interessiert. Es gab auch massenhaft Mäuse, die nach Belieben ein und aus gingen.

Erst nachdem ich das Haus innen und außen erforscht hatte, näherte ich mich dem Arbeitstisch. Näherte mich ihm beiläufig, sollte ich sagen, ohne die Absicht, dort auch nur irgendetwas zu tun, am allerwenigsten zu schreiben.

Und erst da, als ich mich auf den Stuhl setzte und geistesabwesend meine Finger auf die Buchstaben der Schreibmaschine legte, dämmerte mir, dass es Kafkas Haus war,
in das man mich gebracht hatte. Das Haus, in dem er am
Ende seines Lebens allein – unter den minimalen Bedingungen, nach denen er sich sehnte, endlich nur auf das
Zweifellose in ihm beschränkt – gelebt hatte und zum
zweiten Mal gestorben war. Dass es der Ort war, an den
Friedman mich die ganze Zeit hatte bringen wollen.

Sehr bald danach, vielleicht schon am folgenden Tag,
wurde ich krank. Es begann mit plötzlicher Schwäche
und einem Schweregefühl in den Gliedern, und zunächst
dachte ich, es sei einfach Erschöpfung aus mangelndem
Schlaf. Den ganzen Nachmittag lag ich auf dem Bett und
starrte lustlos aus dem Fenster in die mit dem Licht stetig
sich verändernde Wüste. Lag, ohne mich zu bewegen, wie
schon im Voraus erschöpft von dem, was da noch kommen mochte. Als ich zu frösteln begann und ein dumpfer
Schmerz sich vom Kopf abwärts durch alle Glieder zog,
dachte ich, es müsse psychosomatisch sein, eine Art und
Weise, mich davor zu drücken, auch nur den Versuch zu
unternehmen, etwas zu schreiben, mich mit dem zu konfrontieren, was ich wirklich dort machte, oder dem ins
Auge zu sehen, von dem ich im Herzen schon wusste,
dass es kommen würde. Körperlichen Schmerz fürchtete
ich nicht mehr, aber ich fürchtete den seelischen – meinen
eigenen, doch weitaus mehr jenen, den ich meinen Kindern zufügen würde, warf sich doch alles in mir auf, um sie

so lange wie möglich davor zu bewahren. Für immer, wenn ich konnte. Aber inzwischen spürte ich bereits, dass ich ihren Schmerz nur hinauszögern konnte, und je mehr ich ihn hinauszögerte, je länger ihr Vater und ich fortfuhren, bei einer Lebensform zu bleiben, an die wir nicht mehr glaubten, umso tiefer verletzt wären sie am Ende. Ich weiß, ich sollte hinzufügen, dass ich auch den Schmerz fürchtete, den mein Mann empfinden würde, aber sosehr ich es tat, fällt es mir schwer, diesen Satz heute zu schreiben. In den Jahren, die folgten, legte er ein Verhalten an den Tag, das mich ständig schockierte, wenngleich es fast durchgängig war. Wir entfernten uns Seite an Seite von unserer Ehe, aber obwohl wir beide danach sehr gelitten haben, glaube ich, dass ich mein Leben lang weiterhin viel für ihn hätte empfinden können, für diesen Mann, mit dem ich unsere Kinder geboren, der seine Liebe in sie ergossen hatte, wäre er nicht jemand geworden, den ich nicht wiedererkannte. Nicht nur vom Gesicht her, das ich noch lange Zeit danach ratlos studierte, sondern in seinem ganzen Wesen. Vermutlich ist es oft so, dass nach der Trennung von jemandem, mit dem man lange zusammen war, viele Dinge deutlich hervortreten, die bis dahin durch die Anwesenheit des anderen unterdrückt oder im Zaum gehalten wurden. In den Monaten nach dem Ende einer Beziehung kann man den Eindruck haben, einen Menschen geradezu wachsen zu sehen, wie in einer Naturdokumentation, wo wochenlange Aufnahmen mit Zeitraffer abgespielt werden, um die Entfaltung einer Pflanze in Sekunden zu zeigen, doch in Wirklichkeit ist die Person unter der Oberfläche die ganze

Zeit hindurch gewachsen und erst in ihrer neuen Freiheit, in ihrem haarsträubenden Alleinsein, kann sie es zulassen, dass diese Dinge aus dem Untergrund hervorbrechen und sich im Licht entfalten. Aber zwischen mir und meinem Mann war so viel Zurückhaltung und Schweigen gewesen, dass eine Nähe zu der Person, die in Sicht kam, als wir uns trennten und jeder schließlich in seinem eigenen Licht und Ausmaß erschien, unmöglich zu bewahren war. Vielleicht wollte er keine Nähe oder war unfähig dazu, was ich ihm nicht vorwerfe. Und heute, mit hinreichendem Abstand von dem Kummer, merke ich, dass ich nur staunen kann, wenn ich an ihn denke. Staunen darüber, dass wir eine Zeitlang überhaupt in dieselbe Richtung zu gehen glaubten.

In welchem Moment löst man sich aus einer Ehe? Anders als Liebe und Fürsorge ist das zeitliche Versprechen messbar, denn jemanden zu heiraten bedeutet, sich auf Lebenszeit an ihn zu binden. Heute denke ich, dass ich meine Ehe beendete, indem ich aus der Zeit fiel, was für mich, genau wie das Kofferpacken im Nebel der Schlaflosigkeit, die einzige Möglichkeit war. Während ich wach in Kafkas Bett lag, fiel ich aus der alten Ordnung der Zeit in eine andere. Draußen vor dem Fenster war nur Zeit, und desgleichen drinnen: Das über den Boden fallende Licht war Zeit, genau wie das Summen des Elektrogenerators, das Knistern der Glühbirne, die ein schwaches Licht ins Zimmer brachte, der um die Hausecke pfeifende Wind – alles nur irgendwo aufgegriffene und hierher beförderte Zeit, die jeden Zusammenhang mit einem Ablauf verloren hatte.

Vor langer Zeit, als ich noch nicht verheiratet war, hatte ich ein Buch über das antike Griechenland gelesen. Es war während einer Phase, in der ich mich besonders für Griechenland interessierte und mit meinem damaligen Freund die Peloponnes bereiste, wo wir eine Weile auf deren kühn ins Meer hinausragendem Mittelfinger, der Mani, lebten und beide zu schreiben versuchten, aber in unserem winzigen, von Ratten verseuchten Häuschen meistens nur vögelten und einander bis aufs Messer bekämpften. Das Buch war voller faszinierender Dinge, und ich erinnere mich, dass es ziemlich tief auf die alten griechischen Wörter für Zeit einging, derer es zweie gab: *chronos* im Sinn der chronologischen Zeit und *kairos,* um eine unbestimmte Periode zu bezeichnen, in der sich etwas von großer Bedeutung ereignet, eine Zeit, die nicht quantitativ ist, sondern eher einen dauerhaften Charakter hat und das enthält, was man «den entscheidenden Moment» nennen könnte. Und während ich in Kafkas Bett lag, schien es mir diese letzte Art von Zeit zu sein, die sich rings um mich her sammelte, und ich nahm mir vor, wenn es mir wieder besserginge, alles zu durchsuchen, um den entscheidenden Moment aufzuspüren, an dem mein bisheriges Leben sich insgeheim festgemacht hatte. Diese Nadel im Heuhaufen zu finden, schien mir von dringlicher Bedeutung zu sein, da jener Moment vermutlich gekommen und verstrichen war, ohne dass ich im mindesten verstanden hätte, welche Gelegenheit er bot. Bald war ich überzeugt, dass er im Lauf meiner Kindheit aufgetaucht sein musste, gekommen wie eine Motte, die ins Licht fliegt, nur um gegen einen stumpfen Schirm zu prallen, den erst neuerdings dort aufgestellten Schirm der keimenden Verantwortung für das, was jetzt, da ich acht oder zehn geworden war, von mir erwartet wurde, während ich vorher mit allen meinen Fenstern und Türen zur Nacht hinaus weit geöffnet gelebt hatte. Ich erinnerte mich, aus dem Buch, das ich in Griechenland im Vorgarten unseres Häuschens gelesen hatte, während die Ratten in der Küche an den Seilzügen entlanghuschten, mit denen die Regale gehalten wurden, und mein Freund im Schatten des Hintergartens Seite um Seite produzierte, als vertriebe er sich ganz unschuldig die Zeit, aber nur darauf wartete, dass ich den nächsten Grund fand, meine Wut an ihm auszulassen – aus besagtem Buch auch erfahren zu haben, dass das Wort *kairos* in der alten Kunst der Rhetorik für den flüchtigen Moment verwendet wurde, in dem die Gelegenheit sich bietet, einen Durchbruch zu erzielen – einen Durchbruch mit aller Kraft, die man aufbringen kann, um auch den letzten Widerstand zu überwinden. Und jetzt begriff ich, dass ich ihn in meiner Ignoranz nicht ergriffen, ja, nicht einmal erkannt hatte, diesen Moment, der mir – hätte ich die nötige Kraft gehabt – erlaubt haben könnte, direkt in jene andere Welt durchzubrechen, deren untergründige Existenz ich immer geahnt hatte. In meiner Selbstvergessenheit hatte ich die Chance verpasst und seither versucht, mich mit den Fingernägeln dorthin durchzugraben.

Manchmal glaubte ich, es sei Kafkas Bett, manchmal nicht. Manchmal, glaube ich, vergaß ich seligerweise fast, wer Kafka überhaupt war. Sein Koffer stand an der Tür, aber zeitweise erinnerte ich mich nicht mehr daran, wem er gehörte oder was drin war, obwohl ich nie das Gefühl verlor, dass er sehr wichtig war und ich ihn, was auch immer kommen mochte, nicht verlieren durfte. Dass irgendwo jemandes Leben, vielleicht mein eigenes, von ihm abhing. Manchmal nannte ich die Hündin Kafka, da der Name nahelag und es mir wie eine Erleuchtung erschien, ihn für die Hündin zu gebrauchen. Sie kam auch, obwohl das arme Tier da schon so hungrig war, dass es wahrscheinlich auf alles reagiert hätte. Vielleicht war es der Hunger, der eine so tiefe Intelligenz aus ihren Augen sprechen ließ. Ich gab ihr alles, was im Küchenschrank zu finden war. Ich glaube, sie hielt das für ein größeres Opfer, als es war, und es regte ihre Treue an. Doch als ich krank wurde, war schon für uns beide nicht mehr viel zu essen im Haus, außer einem großen Vorrat an Erdnussflips namens Bamba. Wenn sie das vertraute Knistern der Tüten hörte, kam sie auf der Stelle. Große Wolken von Staub oder vielleicht trockener Haut stiegen von ihr auf, sobald sie ihre Haltung änderte, und ich setzte mir in den Kopf, auch dies sei eine Art von Zeit, jener Zeit, die ihr noch blieb.

Manchmal sprach ich die Hündin an. Führte lange Monologe, denen sie mit aufgestellten Ohren lauschte, während sie einen Erdnussflip nach dem anderen aus meiner Tasche verschlang. Einmal, als die Bambas alle waren, sagte ich zu ihr: «Warum hast du nicht ein Corned-Beef-Sandwich?», wie mein Großvater es im Krankenhausbett zu mir gesagt hatte, ehe er mich gleich darauf fragte, ob er schon tot sei. Aber ich wusste, ich war nicht tot; im Gegenteil, es gab Augenblicke, da ich mich während dieser Krankheit wahnsinnig lebendig fühlte. Lebendiger, glaube ich, als ich mich seit meiner Kindheit je gefühlt hatte. Aufmerksam für das Geräusch vieler verschiedener Winde, fürs Dehnen und Zusammenziehen des Hauses, die Flügel einer im Spinnennetz gefangenen Fliege, die noch nicht aufgegeben hatte, und den leisen, anhaltenden Ton des über den Boden fließenden Sonnenlichts. Ich war in meiner Art immer ein bisschen verwildert gewesen, trotz all des häuslichen Aufwands, den ich zum Beweis des Gegenteils betrieben hatte, aber jetzt, allein gelassen und vom Fieber geschlagen, gab ich es auf, meine Sachen im Waschbecken zu waschen, schlief oft tagsüber und wachte nachts auf, bemühte mich nicht, mir das Haar zu bürsten oder den Fußboden zu wischen, der sich langsam mit feinem Wüstensand bedeckte. In der Kammer fand ich einen alten Wollmantel und gewöhnte mir an, ihn zu tragen, sogar im Bett. Wenn die Schmerzen unerträglich wurden, suchte ich mir eine kleine verfärbte Stelle an der Wand oder an der Decke oder einen Schmierflecken am Fenster und zwang alle meine Sinne mit enormer Intensität auf diesen winzigen Defekt, raffte auch das letzte Fitzelchen an Konzentration zusammen, um mich da hineinzubohren. Entweder infolgedessen oder infolge der Geduld, die sich von selbst aus dem Allein- und Ans-Bett-gefesselt-Sein ergibt, wurde ich mir langsam einer verschärften Sicht bewusst, und nachdem ich mit dieser Klarheit experimentiert, die wie Haare eines Insektenbeins von der karierten Decke abstehenden Fasern studiert hatte, entdeckte ich, dass ich sie auch auf die Innenschau anwenden konnte. Eine Weile hatte ich den Eindruck, mir was auch immer nur mit dieser Messerschärfe vornehmen zu müssen, damit es sich unverzüglich häuten ließ. Aber dann schwante mir etwas, was einen Schatten auf das Übrige warf, schonungslos und unverblümt, und es war einfach dies: dass ich die meiste Zeit meines Lebens dem Denken und Handeln anderer Leute nachgeeifert hatte. Dass so vieles, was ich getan oder gesagt hatte, nur eine Spiegelung dessen gewesen war, was um mich her getan und gesagt wurde. Und dass, wenn ich so weitermachte, auch die letzten Funken eines strahlenden Lebens, die noch in mir brannten, bald erlöschen würden. Als kleines Mädchen war es anders gewesen, aber an diese Zeit konnte ich mich kaum erinnern, sie war so tief vergraben. Ich war mir nur sicher, dass es eine Zeit gegeben hatte, in der ich die Dinge der Welt ohne das Bedürfnis betrachtete, sie einer Ordnung zu unterwerfen. Ich sah sie einfach als Ganzes, mit dem, was mir von Geburt an Originalität zuteilgeworden war, ohne ihnen eine menschliche Übersetzung aufzwingen zu müssen. Ich würde nie wieder in der Lage sein, die Dinge so zu sehen, das wusste ich, und doch, während ich dort lag, schien es mir, als hätte ich dabei versagt, das Versprechen dieser Sichtweise zu erfüllen, die ich einmal gehabt hatte, bevor ich allmählich zu lernen begann, alles so zu betrachten, wie andere es betrachteten, nachzuahmen, was sie sagten oder taten, und mein Leben nach ihnen auszurichten, als wäre mir keine andere Dimension des Daseins je bewusst gewesen.

Es ist nicht unmöglich, dass ich mich selbst häutete,

denn bisweilen war der Schmerz ziemlich spektakulär. Er ging durch Mark und Bein, bis ins Innerste; etwas Vergleichbares hatte ich nur ein einziges Mal erlebt. Aber wie ich schon sagte, fürchte ich den körperlichen Schmerz nicht mehr. Diese Furcht hörte auf, nachdem mein erster Sohn geboren war. Am Abend bevor meine Wehen einsetzten, besuchte mich eine Frau, um mir Babysachen zu bringen, die sie nicht mehr brauchte, und während sie auf meinem Sofa saß, erzählte sie mir, dass es für sie das Letzte gewesen wäre, bei den Geburtswehen flach auf dem Rücken zu liegen, taub vom Anfang der Wirbelsäule abwärts. Im Gegenteil, die einzig vorstellbare Möglichkeit sei die gewesen, aufstehen zu können und direkt auf den Schmerz zuzugehen, ihm mit aller Kraft, die sie gehabt habe, zu begegnen. Das klang mir so nach gesundem Menschenverstand, dass ich, als am nächsten Tag meine Fruchtblase platzte und ich mich gekrümmt vor Schmerzen im Krankenhaus wiederfand, alles ablehnte, sogar die I.V.-Kanüle, die sie mir gleich bei der Ankunft unbedingt am Handrücken anlegen wollten, und die nächsten siebzehn Stunden direkt auf den Schmerz zuging, ein fast zehn Pfund schweres Baby durch eine Öffnung zu bringen, die mir schon immer ziemlich eng erschienen war. Als ich schließlich wieder sprechen konnte, nach dem Blutverlust von all dem Reißen gerade eben dazu fähig war, und flach auf dem Bett ausgestreckt meine fünf Sinne zusammensuchte, sagte ich zu jemandem, der mich anrief, neugierig zu erfahren, wie es denn gewesen sei, ich fühlte mich, als wäre ich mir in einem dunklen Tal begegnet. Als wäre ich

343

hinabgestiegen und mir im Tal der Hölle begegnet. Und so war dieser Schmerz, diese Häutung des Selbst oder was es auch sein mochte, was mir jetzt widerfuhr, nicht dazu angetan, mich unterzukriegen. Dieser Schmerz, als würde mir mein ganzes Wesen von den Knochen geschnitten. Vielleicht fürchtete ich den Schmerz auch deshalb nicht, weil ich glaubte, meine Krankheit, was immer es war, sei zugleich eine Form von Gesundheit, die Fortsetzung einer bereits in Gang gekommenen Verwandlung.

Es muss irgendwann im Auge meines Fiebersturms gewesen sein, dass ich mich ein paar hundert Meter entfernt außerhalb des Hauses wiederfand, ohne eine Ahnung, wie ich dort hingekommen war. Ich beobachtete einen Fleck im Himmel, den ich für einen über mir kreisenden Adler hielt. Er schrie, und als wäre der Schrei mir selbst entfahren, spürte ich plötzlich, dass es Freude war, die mir auf die Lungen drückte. Ein wilder Jubel, wie er mich manchmal ohne Vorwarnung in der Kindheit überfallen hatte. Eine so gewaltige Freude, dass ich dachte, sie könnte mir die Brust sprengen. Dann geschah es, sie musste einfach ausgebrochen sein, denn einen Moment lang war ich nicht mehr in mir. Ein glatter Durchbruch in den Himmel. Ist das nicht die Bedeutung von Ekstase, wie wir sie von den Griechen kennen? In jenem Garten der Mani, verzehrt von Liebe und Wut, hatte ich es gelesen: *ex stasis – aus sich heraustreten.* Aber sosehr ich die Griechen damals bewundert haben mag, am Ende konnte ich das nie sein, und wenn du als Jude in der Wüste vollkommen aus dir heraustrittst, aus der alten Ordnung fällst, wird es immer etwas anderes sein, nicht wahr? *Lech lecha,* sprach Gott zu Abraham, der noch nicht Abraham geworden war: *Gehe hinweg – gehe aus deinem Vaterland und von deiner Freundschaft und aus deines Vaters Hause in ein Land, das ich dir zeigen will.* Aber bei den Worten *Lech lecha* ging es nie wirklich darum, sein Land zu verlassen und über den Fluss in das unbekannte Kanaan zu ziehen. Wenn man nur das herausliest, scheint mir das Wichtigste verlorenzugehen, denn was Gott von Abraham verlangte, war unendlich viel härter, fast schon unmöglich: dass er aus sich heraustrat, um dem Platz zu machen, was er nach Gottes Willen sein sollte.

Im Auge des Sturms – ich weiß nicht, wie ich es sonst nennen soll. Da, unter dem Einfluss des Energieschubs, der mich erfasste, als der Schmerz verschwand, muss es auch gewesen sein, dass ich beschloss, das Bett nach draußen zu schleppen. Es war schwierig, es durch die Tür zu bekommen. Ich musste es kippen, damit das Kopfende durchpasste, aber natürlich verkeilte es sich, und ich musste aus dem Fenster nach draußen klettern und von vorn kommen, um zu ziehen. Während ich wie verrückt zerrte, heulte die Hündin von innen, rannte herum und schnüffelte an der anderen Seite des Bettes. Ich glaube, sie dachte, ich wolle sie einsperren und verschwinden. Als das Kopfende sich plötzlich mit einem Ruck löste, fiel ich nach hinten, und die Hündin schoss aus dem Haus.

Ich zog es fünf Meter nach draußen. Mit großer Genugtuung breitete ich die Laken und die Schottendecke aus, strich sie glatt und legte mich unter das riesige Himmelszelt. Die Hündin beruhigte sich endlich und ließ sich auf dem steinigen Boden neben dem Bett nieder. Sie legte ihre Schnauze auf den Matratzenrand, abwartend, ob ich noch etwas hinzuzufügen hätte. Sie musste einmal Junge geworfen haben, vielleicht schon oft, denn die Zitzen hingen ausgelaugt unter ihrem Bauch. Ich fragte mich, wo sie jetzt sein mochten, ihre Kinder. Ich fragte mich, ob sie sich je damit beschäftigte. Vielleicht sprach ich auf diese Weise zu ihr: als ein Wesen, das die physischen Anstrengungen des Akts, Leben zur Welt zu bringen, ertragen hatte, zu einem anderen, in dessen Körper die Geschichte des Gebärens eingeschrieben war und ihm, wie es schien, keine Wahl ließ, als sie umzusetzen. Das die Wirkung der schieren Kraft ihrer Gesetze in seinem Inneren spürte und sich fragte, ob es irgendeinen Unterschied zwischen dem und Liebe gab. Ansonsten erinnere ich mich nicht mehr an das Thema unserer Gespräche.

Es war Spätnachmittag, die Wüste färbte sich ocker, und es herrschte eine ideale Temperatur, während ich ein paar wenige rosarote Wolken im Vorbeiziehen hoch oben beobachtete. Ich war erfreut über das Ergebnis meiner Arbeit. So sehr, dass ich nach einer Weile beschloss, auch den Rest der Möbel nach draußen zu holen. Den Lesesessel, dessen zerrissener Sitz mit einem alten Stück Segeltuch bedeckt war, den Arbeitstisch, ja, sogar die Schreibmaschine und den Stapel Papier samt dem Beschwerer, der nun einen Zweck erfüllte, da die Seiten ohne ihn vom Wind zerstreut worden wären. Zuerst sah es aus wie eine Art Ramschverkauf in der Wüste, was ganz und gar nicht dem entsprach, was mir vorgeschwebt hatte, und so verbrachte ich eine lange Zeit damit, das Durcheinander dort im Freien vor dem Haus zu arrangieren, einen wohlbedachten Abstand zwischen den einzelnen Dingen zu schaffen und alles in eine Form von unsagbarer Vollkommenheit zu bringen. Als es fast, aber noch nicht ganz vollkommen war, ging ich kurz ins Haus zurück und kam mit zwei Dingen wieder heraus: den Schlappen, die ich ans Bett stellte, und *Wälder Israels*, die ich auf den Nachttisch legte.

Dann brach eine Welle der Erschöpfung über mich herein. Ich war kaum noch fähig, einen Schritt tun, und sank auf die Matratze. Es war mir unbegreiflich, wie ich die Kraft für das alles gefunden hatte. Und doch fühlte ich mich dort, unter freiem Himmel, jener Fülle nahe, die man manchmal unter der Oberfläche von allem und jedem spürt, unsichtbar, wie Kafka einmal schrieb, sehr weit weg, aber dort bereitliegend, nicht feindselig, nicht widerwillig, nicht taub, und wenn man sie beim richtigen Namen rufe, dann komme sie.

Ich muss eingeschlafen sein. Als ich die Augen wieder öffnete, war es Nacht, und ich zitterte vor Kälte, während ich zu den blitzenden Sternen hinaufblickte. Ich zog den alten Wollmantel fester um mich. Auf der Suche nach Sternbildern dachte ich an den Tag, an dem ich mit meinem Freund den ganzen krummen Finger der Mani entlang dort hingefahren war, wo sich der angebliche Eingang zur Unterwelt befand. Alte Leben kehren immer wieder, aber im Lauf der zehn Jahre meiner Ehe war dieser spezielle

Tag mir öfter wiedergekehrt als andere, und jetzt kam er mir erneut in den Sinn. Um besser in den kleinen Höhlenmund schauen zu können, war ich auf alle viere gegangen, und während ich das tat, hatte der Freund mein Kleid gehoben und mich von hinten genommen. Die hohen Grashalme raschelten sanft im Wind, und so grub ich, um nicht laut zu schreien, meine Zähne in seinen Arm. Als wir nach Hause kamen, war eine Ratte im Sicherungskasten verschmort, und in dieser Nacht blieb uns nichts anderes übrig, als einander im Dunkeln gnädig zu sein. Und jetzt, flach auf dem Rücken unter den Sternen liegend, ging mir ein Licht darüber auf, was hinter meiner ganzen griechischen Wut gesteckt hatte: der jähe Moment, in dem der Widerstand einer fast erschreckenden Liebe weicht. Ich glaube nicht, dass ich je wirkliche Liebe erlebt habe, die nicht heftig gewesen wäre, und in diesem Augenblick, unter dem Wüstenhimmel, wusste ich, dass ich nie wieder einer Liebe vertrauen würde, die es nicht war.

Ich war zu schwach, um irgendetwas außer dem Bett wieder hineinzuschleppen. Ich ließ es mitten im Zimmer und stellte fest, dass ich von dort aus durch alle drei Fenster sehen konnte. Das einzige Buch, das mir auf Englisch zur Verfügung stand, war *Parabeln und Paradoxe*, und nachdem ich den Abschnitt über das Paradies mehrmals wiedergelesen hatte, schaute ich aus den Fenstern, betroffen von dem Gedanken, dass ich bei Kafka etwas missverstanden, es verfehlt hatte, die ursprüngliche Schwelle als Grund für jede andere in seinem Werk zu erkennen: diejenige zwischen dem Paradies und unserer Welt. Kafka hat einmal gesagt, er verstehe den Sündenfall wie kein Mensch sonst. Sein Gefühl entsprang der Überzeugung, die Vertreibung aus dem Garten Eden werde von den meisten als Strafe für das Essen vom Baum der Erkenntnis missverstanden. Aber wie Kafka es sah, wurden wir nicht deshalb aus dem Paradies vertrieben, sondern weil wir vom Baum des Lebens *nicht* gegessen hatten. Hätten wir von diesem anderen Baum gegessen, der ebenfalls mitten im Garten stand, wären wir uns des Ewigen in uns bewusst geworden, dessen, was Kafka «das Unzerstörbare» nannte. Jetzt, schrieb er, seien alle Menschen in der Fähigkeit zur Erkenntnis des Guten und Bösen im Wesentlichen gleich; der Unterschied beginne jenseits dieser Erkenntnis, wenn man bestrebt sein müsse, ihr gemäß zu handeln. Doch weil wir unfähig seien, gemäß unserer moralischen Erkenntnis zu handeln, seien all unsere Bestrebungen vergebens, und am Ende könnten wir uns durch unsere Versuche nur zerstören. Am liebsten wollten wir die Erkenntnis, die uns gegeben wurde, als wir im Garten Eden aßen, wieder rückgängig machen, doch da wir das nicht könnten, schafften wir Motivationen, von denen die ganze Welt nun voll sei. «Ja», sinnierte Kafka, «die ganze sichtbare Welt ist vielleicht nichts anderes als eine Motivation des einen Augenblick lang ruhen wollenden Menschen.» Ruhen, aber wie? Indem man behauptet, die Erkenntnis könne ein Selbstzweck sein. Unterdessen fahren wir fort, das Ewige, Unzerstörbare in uns zu übersehen, genau wie Adam und Eva fatalerweise den Baum des Lebens übersahen. Fahren fort, es zu übersehen, obwohl wir nicht ohne das Vertrauen leben können, dass es da ist, dauernd in uns, und sich mit den Zweigen nach oben reckt, um seine Blätter im Licht zu entfalten. In diesem Sinne mag die Schwelle zwischen dem Paradies und dieser Welt eine Illusion sein, und Kafka zufolge ist es möglich, dass wir das Paradies in Wirklichkeit nie verlassen haben. In diesem Sinne könnten wir, ohne es zu wissen, auch heute noch dort sein.

———

Es wurde klar, dass niemand kommen würde, um mich abzuholen. Vielleicht hatten sie es vergessen. Vielleicht war auch derjenige, der die ganze Geschichte kannte, abberufen oder im Krieg getötet worden. Kaddisch für die ganze Geschichte. Ich hatte nicht einmal versucht, meinen Anteil beizutragen: Der Koffer stand unberührt da, wo Schectman ihn gelassen hatte. Aber nein, das stimmt nicht ganz. Bevor ich krank wurde und bisweilen auch in meinem Fieber hatte ich mir viele Gedanken über Kafkas Nachleben gemacht. Vor allem stellte ich mir seine Gärten vor. Vielleicht war es die Kargheit der Wüste rings um mich her, die mich nach Üppigkeit dürsten ließ, nach dem schweren, überreifen, fast Übelkeit erregenden Geruch von dichtem Grün; jedenfalls ertappte ich mich wiederholt dabei, dass ich duftende Gartenwege beschwor, summend von Insektenleben, mit Lauben, Obstbäumen und Reben. Und immer Kafka mittendrin, bei der Arbeit oder ruhend, im Begriff, Torf oder Kalk zu mischen, harte Knospen zu befühlen, Wurzelballen zu entwirren, den Fleiß der Bienen zu beobachten, wie eh und je im schwarzen Anzug eines Leichenbestatters. Ich stellte ihn mir nie in einer für die Arbeit im Freien oder in der Hitze angemessenen Kleidung vor. Auch nachdem meine Vision von seinen Gärten sich an das zu halten begann, was meines Wissens tatsächlich dort wachsen konnte, nachdem ich sie mit Geißblatt und Granatapfelbäumen gefüllt hatte, konnte ich ihn nicht anders gekleidet sehen als in diesem steifen Anzug. Dem Anzug, und manchmal jener seltsamen Melone, die immer so aussah, als wäre sie zu klein für seinen Kopf, als könnte der geringste Wind sie fortblasen. Wenn mir die Vorstellung, er hätte seine alten Kleider abgelegt, wie unpassend sie auch für sein neues Leben sein mochten, nicht ganz einleuchten wollte, so vermutlich deshalb, weil ich nicht voll akzeptieren konnte, dass es ihm lieber gewesen wäre, einen Baum zu pflanzen, zu gießen, zu düngen und zu beschneiden, als das durch sein Blattwerk fallende Licht zu organisieren, ihn in ein oder zwei Sätzen die Wechselfälle von dreihundert Jahren durchstehen zu lassen, um ihn schließlich durch einen Hurrikan zu töten, der zu viel Salz an seine Wurzeln geschwemmt und ihn der Axt zum Fraß überlassen hätte. Weil ich letztlich nicht akzeptieren konnte, dass er sich unter den harschen und beschränkenden Bedingungen der Natur würde abrackern wollen, wo er doch die Fähigkeit besaß, weit darüber hinauszuweisen auf etwas, was in seiner Prosa immer mit dem Ewigen verbunden war.

Auf dem Regal stand ein Hebräisch-Wörterbuch, und während ich darin blätterte, versuchte ich mir vorzustellen, dass Kafka nach seinem Tod in Prag wirklich zum Hebräischen gewechselt und in diesen alten Buchstaben weitergeschrieben hätte. Dass die Ergebnisse der Vereinigung Kafkas mit der hebräischen Sprache eben die Papiere wären, welche die ganze Zeit versteckt in der Festung von Eva Hoffes Wohnung in der Spinoza Street gelegen hätten, geschützt durch einen doppelten Käfig und Evas Paranoia. Gab es so etwas wie den späten Kafka? War es möglich, dass der unausgesprochene Subtext des laufenden Prozesses zwischen der Israelischen Nationalbibliothek und der als Bevollmächtigte von Max Brod agierenden Eva Hoffe in Wirklichkeit dieser war: der Kampf um die Bewahrung des Mythos gegen den Kampf um den Anspruch desjenigen Staates auf Kafka, der sich als Repräsentant und Krönung der jüdischen Kultur versteht und auf einer Überwindung der Diaspora beruht, auf der messianischen Idee, nur in Israel könne ein Jude ein wahrer Jude sein? Das wissende Lächeln, das Friedmans Mund an dem Tag umspielt hatte, als er mich vor der Wohnung meiner Schwester absetzte, kam mir wieder in den Sinn: *Glauben Sie, das, was Sie schreiben, gehört Ihnen?* Erst jetzt, wo er fort war, war ich bereit, mit ihm zu streiten, ihm zu sagen, Literatur könne niemals im Dienst des Zionismus stehen, da der Zionismus sich auf ein Ende gründe – ein Ende der Diaspora, der Vergangenheit, des jüdischen Problems –, während Literatur sich in der Sphäre des Endlosen bewege und diejenigen, die schrieben, keine Hoffnung auf ein Ende hätten. Im Zuge eines Interviews wurde Eva Hoffe einmal gefragt, was sie glaube, wie Kafka das alles gefunden hätte, wäre er noch am Leben gewesen. «Kafka wäre keine zwei Minuten in diesem Land geblieben», hatte sie gezischt.

Die Hündin verfolgte von ihrem Platz in der Ecke aus, wie ich mich erhob, um das Hebräisch-Wörterbuch wieder ins Regal zu stellen. Sie hatte die ganze Zeit, solange mein Fieber dauerte, dort ausgeharrt und nur gewinselt, wenn sie rausmusste, um sich zu erleichtern. Ansonsten war sie nicht von meiner Seite gewichen. Den Ausdruck ihrer dunklen, feuchten Augen werde ich nicht so bald vergessen: als hätte sie verstanden, was ich nicht verstand. Doch nun schien sie zu wissen, dass der Höhepunkt des Fieber überstanden war, und begann, sich zu strecken und zu regen, ja, sogar mit dem Schwanz auf den Boden zu klopfen, als spürte auch sie, dass die Zeit zu uns zurückkehrte. Als ich in die Küche ging, um ihr Wasser zu holen, sprang sie auf und trottete mit neuer Leichtigkeit hinter mir her, als hätte sie im Lauf meiner Krankheit viele Jahre abgeschüttelt. Es war nichts mehr zu essen da, die Küche ausgeplündert. Ich war nicht scharf auf die Erfahrung, zu verhungern oder die Hündin verhungern zu sehen. Die ganze Nacht hatte ich das Grummeln ihres hungrigen Magens gehört.

Der Koffer wartete noch immer an der Tür. In dem Moment, in dem ich den Griff anfasste, begann die Hündin vor Erregung zu hecheln. Unter ihren aufmerksamen Blicken zog ich ihn durchs leere Zimmer. Er war viel leichter, als ich erwartet hatte. So leicht, dass ich mich spontan fragte, ob die Armee den falschen Koffer hiergelassen oder ob Friedman in Wahrheit überhaupt etwas aus der Spinoza Street mitgenommen hatte.

Ich füllte ein paar große Einmachgläser mit Wasser und steckte sie in den muffigen Rucksack aus Segeltuch, den ich in der Kammer gefunden hatte. Ich trug immer noch den Mantel, der Kafkas Mantel gewesen sein mochte, doch statt ihn wieder aufzuhängen, knöpfte ich ihn bis unters Kinn zu. Dann blickte ich mich ein letztes Mal in dem Zimmer um, das nicht mehr Erinnerung an Kafkas Zeit hier zu enthalten schien als an meine. Ich zog die dünnen Gardinen vor, so wenig sie auch dazu beitrugen, das Licht abzuhalten. Kaddisch für Kafka. Möge seine Seele eingebunden sein in das Bündel des Lebens. Er mochte dort gelebt haben, aber ich könnte es nie. Ich hatte Kinder, die mich brauchten und die ich brauchte, und die Zeit, in der ich in der Lage gewesen sein mochte, mich auf das Zweifellose in mir zu beschränken, war vergangen, als sie geboren wurden.

Ich öffnete die Tür, und die Hündin zögerte nicht. Sie rannte los, dreißig oder vierzig Sprünge voraus, dann wandte sie sich um und wartete auf mich. Sie schien mir zeigen zu wollen, dass sie den Weg kannte und ich ihrer Führung vertrauen konnte. Das Mobiliar war immer noch unter dem Himmel ausgestellt. Die Schlappen standen nebeneinander im Staub, wer weiß, auf wen sie warteten. Bald würde der Regen kommen und auf alles niederprasseln. Ich blickte zu dem von außen noch winziger wirkenden Haus zurück.

Die Hündin eilte voraus, abwechselnd mit der Nase am Boden und mit umgewandtem Kopf, um sich zu vergewissern, dass ich folgte. Der Koffer rumpelte über den steinigen Untergrund hinter mir her. Was zuerst leicht erschienen war, wurde bald schwer, wie es immer so ist.

Wenn ich zu weit hinterherhinkte, kehrte die Hündin um und trottete eine Weile bei Fuß, und wenn ich anhielt und mich auf den Boden setzte, winselte sie und leckte mir das Gesicht.

Wir gingen stundenlang. Die Sonne begann, gen Westen zu sinken, und schickte uns unsere Schatten voraus. Die Haut an meinen Händen war aufgescheuert, ich bekam Blasen, hatte kein Gefühl mehr in den Armen, und inzwischen war mein Glaube an die übernatürliche Fähigkeit der Hündin, mir den Weg zu weisen, mürbe geworden vor Erschöpfung und Angst, ich könnte hier draußen sterben und meine Kinder nie wiedersehen, nur weil ich dumm gewesen war. Nicht ohne Ekel vor mir selbst gab ich es auf, einen Koffer, den ich leer zu finden fürchtete, über den Boden einer Wüste zu ziehen, die einmal ein Meeresgrund gewesen war. Die Hündin sah ihn einen Augenblick lang mitleidig an, ehe sie die Nase zum Himmel hob und schnupperte, wie um zu demonstrieren, dass sie schon wieder anderen Dingen auf der Spur war.

Es war spät, als wir die Straße erreichten. Ich hätte auf die Knie fallen und auf den Asphalt weinen mögen vor lauter Dankbarkeit dafür, dass irgendjemand sich die Mühe gemacht hatte, ihn dort auszulegen. Ich teilte den letzten Rest Wasser mit der Hündin, und wir schmiegten uns wärmebedürftig aneinander. Ich schlief mit Unterbrechungen. Es muss ungefähr sechs Uhr morgens gewesen sein, als wir ein lauter werdendes Motorgeräusch hörten, das sich von der anderen Seite des Hügels näherte. Ich sprang auf die Beine. Ein Taxi kam um die Kurve; verzweifelt winkte ich dem Fahrer, der bremste, langsam zu uns an den Rand fuhr und sein Fenster herunterließ. Wir hätten uns verirrt, erklärte ich, und seien ziemlich mitgenommen. Er stellte die Mizrahi-Musik aus der Stereoanlage leiser und lächelte, dass ein Goldzahn blitzte. Er sei auf dem Rückweg nach Tel Aviv, sagte er. Da wollten wir auch hin, erklärte ich. Er blickte skeptisch auf die Hündin, deren Körper sich vor Spannung versteifte. Sie schien bereit zu sein, notfalls einen Satz zu machen und ihm die Zähne in die Halsader zu schlagen. Sie hatte nicht die geringste Ähnlichkeit mit einem Schäferhund, ob deutsch oder sonst was, aber am Ende hatte Friedman recht, sie war einer. Sie war ein außergewöhnliches Tier; man stelle sich vor, dass ich sie fast der Soldatin überlassen hätte. Nachdem ich aus dem Krankenhaus gekommen war, versuchte ich, sie zu finden. Ich hatte halbwegs erwartet, sie säße noch an derselben Stelle auf der Hinterhand, wo ich sie vor dem Eingang der Notaufnahme zurückgelassen hatte. Aber bis ich entlassen wurde, musste sie längst verschwunden sein. Sie hatte ihren Teil getan und sich auf die Suche nach ihrem Herrn gemacht. Später suchte ich ihn ebenfalls. Aber von Friedman fehlte jede Spur. In der Verwaltung der Universität Tel Aviv wurde mir gesagt, sie hätten keine Akte von einem Eliezer Friedman – niemand dieses Namens sei je an der Fakultät für Literaturwissenschaften oder einem sonstigen Fachbereich beschäftigt gewesen. Die Karte, die er mir gegeben hatte, hatte ich verloren. Ich ging die Telefoneinträge durch, aber obwohl in Tel Aviv Hunderte von Friedmans gelistet waren, gab es auch dort keinen Eliezer.

LECH LECHA

Als die gesendeten Fotos kamen, zeigten sie weder Trümmer noch Flammen. Das erste war von einem Fuß neben etwas, was wie bunte Plastiktüten aussah. Das zweite von demselben Fuß, verwackelt. Das dritte war nur ein Streifen bunter Farben. Und so ging es weiter, bis das sechste sich fertig geladen auf dem Bildschirm öffnete und Epstein in die Augen eines Kindes sah. Eines Jungen, nicht älter als acht oder neun; elf mit Rücksicht darauf, wie klein ein Kind durch Mangelernährung bleiben konnte. Sein schelmisches Gesicht war dreckverschmiert, und unter den geschwungenen Brauen leuchteten die dunklen Augen. Sein Mund war geschlossen, und doch schien er zu lachen. Gebannt brauchte Epstein eine Minute, bis ihm bewusst wurde, dass der marineblaue Kragen, aus dem der zarte Hals hervorragte, sein eigener war, sein Mantelkragen. Er malte sich aus, wie der Junge sich seinen Weg durch den Müll bahnte, über Autoreifen sprang und wie in einen Umhang gehüllt mit hinterherwehenden Saumfetzen eine Gasse hinunterrannte. Dann wurde das Gesicht auf Epsteins Bildschirm abrupt durch einen eingehenden Anruf von Schloss ersetzt. Er drückte den roten Knopf und leitete seinen Anwalt auf die schon volle Mailbox um.

Es war vier Uhr morgens. Epstein saß auf der Toilette und ließ sich vom heißen Duschwasser die Kälte aus den Knochen vertreiben. Die Rolle Toilettenpapier musste draußen vor der Tür gelagert werden, aber nachdem diese kleine Maßnahme einmal ergriffen war, begann er, die bequeme Position des Duschkopfs mit dem paraten Sitz darunter zu schätzen. Er wusch sich, indem er sich einseifte, auch zwischen den Zehen, wie seine Mutter es ihm beigebracht hatte. Der Spiegel über dem Waschbecken war beschlagen. Er stellte sich davor, rieb, und unter den Fingern erschienen seine Augen. Als sie erneut im Dunst verschwanden, wiederholte er den Trick. Dann ging er, schlotternd vor Kälte und eine Spur nasser Fußabdrücke hinter sich zurücklassend, seine Kleider suchen. Nackt vor dem Garderobenspiegel, sah er seine dünnen, geäderten Beine und die schlaffen Hautfalten um seinen Bauch. Er trat zur Seite und beeilte sich, in die Kleider zu schlüpfen.

Er steckte sein Exemplar der Psalmen in die Aktentasche, tastete seine Jacke nach der Geldbörse ab, wickelte sich einen Schal um den Hals und überlegte, eine Minute lang im Dunkeln stehend, ob er etwas vergessen hatte. Dann schloss er die Wohnungstür doppelt hinter sich ab. Das Taxi, das er bestellt hatte, wartete schon unten. Eine Katze lief ins Licht der Scheinwerfer und jaulte. Epstein nahm auf dem Beifahrersitz Platz, der Fahrer begrüßte ihn, und nach einer Minute Schweigen drehte er die Mizrahi-Musik im Radio auf.

Der Aufnahmeleiter holte ihn mit dem Auto am verabredeten Treffpunkt ab, einer Stelle am Straßenrand in der Wüste, nicht weit von Ein Gedi entfernt. Es sei schrecklich, was da ablaufe, berichtete er, während er sich mit der freien Hand durch das dünner werdende Haar fuhr. Ob es Epstein störe, wenn er rauche? Epstein kurbelte das Fenster herunter, wodurch der schweflige Geruch des Toten Meeres hereinströmte. Da das Budget kapp sei, bis sie die Gelder von ihm bekämen, hätten sie Kompromisse schließen müssen. Und das habe den ohnehin launischen und jähzornigen Regisseur in einen Tyrannen verwandelt. Sogar er, Eran, sei jetzt so weit, ihn zu hassen, sagte er zu Epstein. Seine einzige Motivation sei es immer gewesen, die Regisseure, für die er arbeitete, zufriedenzustellen. Mit all seinen Mühen und den endlosen Stunden, die er einsetze, wolle er ja nur den Regisseur glücklich machen. Aber Dan sei unmöglich. Nichts sei ihm gut genug. Wäre er nicht so ein Talent, hätte niemand sich das gefallen lassen. Wegen jedes kleinen Fehlers ging er in die Luft und spielte sich damit auf, die Schuldigen zu demütigen. Als der Regieassistent Bathseba nach Hause gehen ließ, weil er dachte, sie habe ihren Dreh für den Tag erledigt, drohte Dan, ihm den Schwanz abzuschneiden. Als Goliaths Beinschienen nirgendwo zu finden waren, rastete er genauso aus. «Goliath hat vier Sätze», brüllte er, «und einer davon heißt ‹Bringt mir meine Bronzeschienen!› Also, wo zum Teufel sind sie, die verdammten Schienen?» In weniger als einer Stunde hatten die Ausstatter ein Paar Schienbeinschoner aufgetrieben und mit Goldfarbe besprüht, aber obwohl sie überzeugend genug aussahen, warf Dan nur einen Blick darauf und schmiss einen Stuhl. Am nächsten Tag, als die Typen von der Technik keinen Kamerawagen für eine Kampfaufnahme hatten, stürmte er einfach vom Set und konnte erst zur Rückkehr bewegt werden, nachdem Yael sich über eine Stunde im Regiewagen mit ihm eingeschlossen hatte. Aber statt dann friedlich wiederzukommen, verlangte er eine größere Horde von Philistern. Angesichts dessen, dass er den Casting-Direktor gerade gefeuert hatte und das Budget sich für bezahlte Nebenrollen nicht mehr strecken ließ, hatte Eran – obwohl er Dan inzwischen hätte umbringen mögen – einen Ruf nach Freiwilligen auf Facebook gepostet und seinen Rockstar-Cousin veranlasst, ihn mit der vagen Andeutung, vielleicht persönlich beim Dreh zu erscheinen, mit seinen dreihunderttausend Fans zu teilen.

Und wie viele sind gekommen?, fragte Epstein.

Der Aufnahmeleiter zuckte die Achseln, warf die Zigarette aus dem Fenster und sagte, das werde man morgen sehen. Die Kampfszene sei verschoben worden, bis sie einen Kran beschaffen konnten.

Als sie den Drehort erreichten, ging die Sonne gerade auf. Dan und Yael waren noch unterwegs vom Hotel in einem nahegelegenen Kibbuz, aber der Kameramann war schon eifrig mit dem Aufbau beschäftigt und wollte so bald wie möglich beginnen, solange das Licht noch magisch war. Im Lauf des Tages sollten drei Szenen von David in der Wildnis, auf der Flucht vor Saul, gedreht werden. Zuerst David, der mit seiner Bande von Außenseitern und Banditen im Haus des wohlhabenden Kalebiters Nabal auftaucht, um zum Dank dafür, dass Nabals Schäfer und dreitausend Schafe unter ihrem Schutz keinen Schaden genommen hatten, Nahrung für sich und seine Männer zu erbitten. Danach die Szene von Nabals Tod und wie seine Frau Abigail gezwungen wird, David zu heiraten. Um die Mittagszeit, wenn es unter der brennenden Sonne zu heiß sein würde, um etwas anderes zu tun, wollte der Kameramann die Szene in der Höhle drehen, wo David heimlich den Zipfel von Sauls Königsgewand abschneidet, während dieser seine Notdurft verrichtet. Unmittelbar vor Sonnenuntergang sollte eine letzte Einstellung vom Ende des Films gedreht werden.

David war im Lastwagen, wo er geschminkt wurde. Dreißig Schafe waren mit ihrem Beduinen-Schäfer unterwegs. Saul, der Epstein als etwas übereifrig auffiel, stolzierte im Kostüm umher und scherzte mit den Kameraführern. Neben Epstein wickelte Ahinoam, Sauls Exfrau, sich eine Haarlocke um den Finger, während sie ihren Text vor sich hin brabbelte. Sie habe Probleme, erzählte sie ihm. Epstein fragte sie, weshalb, und sie erklärte, ihre Rolle im Drehbuch sei ziemlich umstritten. Sie werde in der ganzen Bibel nur zweimal erwähnt: einmal als Frau von Saul, die Mutter Jonatans, und einmal als Davids Frau, mit dem sie anscheinend schon verheiratet war, als er auch Abigail zur Frau nahm. Aber nirgendwo stehe etwas darüber, wie David Sauls Frau gestohlen haben müsse – was einem Umsturzversuch gleichkomme –, und dass dies der Grund gewesen sei, weshalb er in die Wildnis fliehen musste und David ihn verfolgen und töten lassen wollte. Aber da es im Buch Samuel nur darum gehe, Davids Königtum als Akt des göttlichen Willens zu begründen, habe der biblische Verfasser natürlich nicht so tief in das ganze Ahinoam-Debakel einsteigen können, erklärte Ahinoam, sonst wäre David ja als der ehrgeizige und gerissene Scheißkerl aufgeflogen, der er in Wirklichkeit war. Andererseits konnten sie auch nicht vollkommen ignorieren, was damals jeder wusste. Also mussten sie Ahinoams Namen irgendwie schlau einfließen lassen – ach ja, übrigens, David hatte auch noch diese andere Frau, ups! – und dann schnell unter den Teppich kehren, genau wie sie es mit der Tatsache gemacht haben, dass David sich den Philistern anschloss und wohl wirklich die Städte seines eigenen Volkes in Juda überfiel, wie er es Achisch erzählte. Aber Yael habe eine andere Sichtweise, sagte Ahinoam zu Epstein. Ihr David komme dem wirklichen David etwas näher, und ihr Drehbuch hebe auch die Bedeutung der Frauengestalten hervor, was gut sei für Ahinoam, sonst hätte sie überhaupt keine Rolle. Trotzdem habe sie nur drei Zeilen in der Hochzeitsszene, und da müsse sie eben eine Menge hineinlegen. Sie händigte Epstein das Drehbuch aus und bat ihn, ihr die Einsätze zu geben.

Als sie nach einem langen Morgen Mittagspause machten, stand nur noch der Dreh der Schlussszene am frühen Abend bevor. Doch um halb vier war der Schauspieler, der die Rolle des bejahrten David spielte, noch immer nicht erschienen. Auf dem Satellitentelefon ging ein Anruf ein: Zamir war krank. Er hatte gedacht, es sei nichts und nicht absagen wollen, aber nun war es doch etwas. Mit Bedauern ließ er aus dem Ichilov-Krankenhaus grüßen, wo er sich einigen Untersuchungen unterziehen musste. Der Regisseur, zu erschöpft, um noch zu schreien, goss langsam den Rest seines Kaffees auf den Wüstengrund und wanderte unter Selbstgesprächen davon. Das Set war inzwischen nahezu verlassen. Die anderen Schauspieler waren alle zum Kibbuz zurückgekehrt, und nur eine kleine Gruppe war mit Jeeps an diesen entlegenen Flecken gefahren. Yael tuschelte mit dem Produktionsleiter und dem Produzenten. Da sie einen Kopf größer war als die beiden, musste sie sich hinabbeugen, um leise genug zu sprechen, dass die Diskretion gewahrt blieb. Unter Stress, in dem Chaos am Set, war sie die Einzige, die sich nicht aus der Fassung bringen ließ. Ohne sie wäre Dan verloren gewesen, und nachdem Epstein das begriffen hatte, neidete er ihm ihre Aufmerksamkeit etwas weniger.

Dan warf geistesabwesend Steinchen gegen die Reifen eines Jeeps, als die kleine Runde sich auflöste. Während Epstein seinen Tee schlürfte, beobachtete er, wie Yael sich dem Regisseur näherte. So betrachtet war sie wirklich eine Schönheit. Sie legte ihm nicht die Hand auf die Schulter, behandelte ihn nicht wie ein kleines Kind oder schlich um ihn herum wie die anderen. Sie stand einfach gleichmütig da wie eine Königin und wartete, bis der Mann zu sich kam. Erst dann begann sie zu sprechen. Nach einer Weile wandten sie sich beide um und blickten in Epsteins Richtung. Er hob den Kopf, um in den Himmel zu blicken, und trank einen weiteren Schluck Tee.

Sie hatten mit dem Ende angefangen und vor vierzehn Tagen bereits die Szene gedreht, in der Salomo sich über David beugt, um die letzten Worte des sterbenden Königs zu hören. Es gab keinen Text mehr für den alten David: nur eine einzige lange Einstellung, wie er in die Wüste geht. Insofern musste der Ausfall des Schauspielers Zamir nicht unbedingt eine totale Katastrophe sein. Die letzte Aufnahme sollte in der Dämmerung erfolgen, von Fackeln beleuchtet, alles in Schatten gehüllt. Epstein war ungefähr genauso groß und ähnlich gebaut wie Zamir. Sie brauchten den Umhang nur am unteren Saum um einen, höchstens zwei Zentimeter zu kürzen. Die Frau von der Kostümbildnerei kniete zu seinen Füßen, die Nadel zwischen den geschürzten Lippen, während sie den Knoten in den Faden machte. Doch als alle zurücktraten, um ihr Werk zu bewundern, kamen sie zu dem Schluss, dass etwas nicht stimmte. Epstein richtete die schwere Gürtelschnalle gerade, während Yael ihren Kopf zu Dan neigte. Er sehe weder königlich genug noch tief genug gefallen aus, flüsterte die Schneiderin ihm unter einer schnellen, aber irrelevanten Korrektur an seinem Ärmel zu. Der leitende Ausstatter fand eine Krone. Aber das Gold wurde für zu glänzend erachtet, und man nahm schwarze Schuhcreme, um es zu mattieren.

Die Fackeln wurden angezündet. Er brauchte nichts anderes zu tun, als zwischen ihren beiden Reihen in die Ge-

genrichtung der Kamera auszuschreiten und dann weiterzugehen, bis der Regisseur sein «Danke!» brüllte. Doch als sie gerade mit dem Dreh begannen, kam ein Wind auf und blies die Hälfte der Fackeln aus. Sie wurden wieder angezündet, aber einen Moment später passierte das Gleiche. In der Nacht solle es einen Sturm geben, sagte jemand. Es ging immer heftig zu, wenn der Regen endlich in die Wüste kam: Der Produktionsleiter sah auf seinem Android-Handy nach und verkündete eine Sturzflutwarnung für die Gegend. Blödsinn, sagte Dan, der es auf seinem iPhone überprüfte, da sei nichts über Sturzfluten. Epstein blickte erneut zum Himmel auf, sah aber keine Wolken. Der erste Stern blinkte schon. Der Wind war stark, und die Techniker von der Beleuchtung konnten machen, was sie wollten, die Fackeln blieben nicht an. Die Luft füllte sich mit Kerosingeruch. Dann müssten sie es eben ohne drehen, meinte der Produktionsleiter. Aber Dan weigerte sich, von seinem Plan abzurücken, ohne Fackeln sei die Szene sinnlos.

Der Regisseur und der Produktionsleiter fuhren fort, lauthals zu streiten. Bald mischte sich der Produzent ein und dann auch der Kameramann, dessen Licht dahinschwand. Der Wind blies. Epstein hörte den Vivaldi in seinem Kopf. Er dachte an seine Bäume, die auch in diesem Augenblick wuchsen. Der Berghang konnte nicht weit von hier entfernt sein. War es möglich, dass sie schon begonnen hatten, die Setzlinge zu transportieren? Er hatte das Datum aus den Augen verloren. Sicher hätte ihm jemand Bescheid gesagt? Er dachte daran, Galit anzurufen, aber das Telefon steckte in seiner Jacke, die jemand von den Kostümen ihm samt seiner Hose abgenommen hatte.

Der wollene Umhang fing langsam an zu jucken. In den Streit vertieft, merkte es niemand, als er sich von der Doppelreihe der Fackeln entfernte und seine Aktentasche unter einem Stuhl entdeckte. Er zog den Umhang aus, ließ ihn lose über dem Rücken hängen und begann, den Hang hinauf zu dem Grat oberhalb zu gehen. Von dort aus würde er sehen können. Eine Weile hörte er sie noch streiten. Der Wind blies ihm ins Haar, und als er es zurückstreichen wollte, wurde ihm bewusst, dass er noch immer die mattierte Krone trug. Er nahm sie vom Kopf und legte sie auf einen Felsbrocken, dann bog er ab und schlüpfte in ein von Tausenden Jahren Wasser, Tausenden Jahren Wind zerfurchtes Wadi. Wenn der Regen kam und es keine Wälder gab, würde das Wasser die Hänge herabstürzen, sein altes Bett fluten und alles mitreißen zum Meer. Die Temperatur sank. Jetzt hätte er gern seinen Mantel gehabt. Aber besser, der Junge hatte ihn. Er keuchte, als er schließlich den Grat erreichte. Unten hörte er sie seinen Namen rufen. Jules! Aber von den alten Felsen hallte das Echo ihrer Stimmen ohne ihn wider: Juden! Juden! Juden! Er konnte jetzt sehr weit sehen, bis nach Jordanien hinüber. Als er aufblickte, war der Stern verschwunden, und Wolken hatten den Mond verdeckt. Er konnte den Sturm aus Richtung Jerusalem riechen.

———

Und jetzt tauchten die Philister auf, erklommen die Spitze des Berges, eine bebende, Licht und Luft verstörende Masse. Manche von ihnen wussten, dass sie Philister waren, und andere hielten sich nur für einen Teil von etwas Gewaltigem, das sich aus elementaren Gründen sammelte, wie der Ozean sich sammelt, um ans Ufer zu brechen.

Die Philister standen da und warteten. Hielten den Atem an. Ein Helm schlug klirrend auf den Boden. Eine rote Fahne flatterte im Wind, die Seide zerfetzt. Eine große Stille legte sich über das Tal. Aber es war keine Spur von David zu entdecken.

Und jetzt streckte ein Philister den Arm hoch in die Luft und schoss ein Bild mit seinem iPhone. *Wo bist du?*, tippte er, und während er seine Kampfmontur zurechtzog, drückte er auf Senden und schickte seine Nachricht in die Cloud.

SCHON DORT

Die Nacht, die ich in der Notaufnahme verbrachte, fühlte sich an, als wären es drei. Die Hydromorphonspritze, die ich endlich von der Schwester bekam, beruhigte die Schmerzen und machte mich benommen. In den Stunden davor hatte ich mich an dem breiten und schönen Gesicht einer Äthiopierin festgehalten, die, mit stiller Geduld ihren schwangeren Bauch umfassend, auf der anderen Seite des geöffneten Vorhangs saß. Aber nachdem die Nadel eingestochen war und das Kribbeln sich die Wirbelsäule hinauf und später bis in die Zehen hinunter ausbreitete, brauchte ich sie weniger, und auch sie muss ihr Bedürfnis nach mir, was immer mein Gesicht ihr in ihrem Schmerz gegeben haben mag, verloren haben, denn nach einer Weile stand sie auf und ging, und das war das Letzte, was ich von ihr sah. Inzwischen muss sie ein Kind haben und das Kind einen Namen, während ich meinen Virus nicht mehr habe, obwohl sein Name nie entdeckt wurde und ich ihn auch nicht mehr suchen will.

Irgendwann zeigte sich im Oberlicht, dass die Dunkelheit wich. Etwas änderte sich auch im Krankenhaus, so dachte ich jedenfalls, während ich mit dem Gesicht nach oben auf der Trage lag. Eine Art Ruhepause war eingekehrt. Die Nachtschicht war zu Ende, und die Ärzte und Schwestern, die in ihrer Dienstzeit so viele Notfälle versorgt hatten, würden sich wohl jetzt die Hände in Unschuld waschen und nach Hause gehen dürfen, aber nicht ehe sie die Übergabe an ihre Nachfolger gemacht hatten, in einem Gemurmel von medizinischem Fachjargon die Tabellen durchgegangen waren, wer was wann wofür bekommen musste, bis sie, aller Pflichten ledig, endlich frei waren, ihre Straßenkleidung anzuziehen und durch die automatischen Türen aus dem Gebäude in den Morgen hinauszutreten. Wer in diesem Krankenhaus wünschte sich nicht, entlassen zu werden? Ich hatte viele Male daran gedacht, das endlose Warten aufzugeben und selbst durch die besagten Türen zu verschwinden. Einmal hatte ich es versucht, war mit dem I.V.-Port noch in der Armvene von der Trage abgehauen, aber nicht weit den Flur entlanggekommen, bevor die rabiate Schwester von der Notaufnahme mir den Weg versperrte.

Irgendwann begann mein Fieber, wieder sprunghaft anzusteigen, und das war es, was schließlich die Aufmerksamkeit der Ärzte erregte. Genau genommen war es der Araber mit Bodenwischer und Stethoskop, der meinen Zustand bemerkte. Von dort aus, wo ich lag, halb hinter einem Vorhang, hatte ich Ausblick auf die kleine, von der Äthiopierin besetzte Zelle und den Gang zwischen ihrem winzigen Raum und meinem, auf dem ein Kommen und Gehen herrschte, nicht nur der Krankenhausbelegschaft, sondern auch der Patienten aus der Notaufnahme, zunehmend Stationäre, die in Rollstühlen, auf Tragen oder gelegentlich auf ihren eigenen zwei Beinen vorbeikamen. Ich erinnere mich, dass der Araber auftauchte und ich ihn dabei beobachtete, wie er den langen, rechteckigen Wischer, der eine feucht glänzende Spur wie von einer Schnecke hinterließ, vorbeischob. Ein paar Minuten später kam er wieder, den Wischer in die umgekehrte Richtung schiebend, und als er an meine Zelle gelangte, hielt er inne und schaute herein. Er hatte warme Augen, tief und braun, und schien zu alt für solche Arbeiten zu sein. Nach einem Moment legte er den Wischer hin und näherte sich mir. Ich dachte, er würde vielleicht das um seinen Hals hängende Stethoskop nehmen und an mich anlegen, vielleicht hoffte ich es sogar, weil ich mich inzwischen dringend nach einer freundlichen Geste sehnte. Aber stattdessen streckte er den Arm aus und drückte mir seinen Handrücken an die Stirn, dann an die Wange, sagte leise etwas in seiner Sprache und verschwand, wobei er den Wischer dort zurückließ, wo er war, sodass ich verstand, er würde wiederkommen. Als er es tat, kam er mit einer Schwester an, die ich bis dahin noch nicht gesehen hatte, schlank, einen grauen Ansatz in ihrem blonden Haar. Ich dachte, bei ihr vielleicht eine bessere Chance zu haben, und so versuchte ich erneut zu beschreiben, was mir zugestoßen war.

Die Schwester legte mir eine Hand auf den Arm und wandte sich dem Computer auf einem Gerätewagen zu, was unmissverständlich hieß, dass sie alles, was sie wissen musste, nicht von mir, sondern aus jener anderen, zuverlässigeren Quelle erfahren würde. Einmal auf dem Laufenden, blickte sie nach hinten, um den Pfleger etwas auf Hebräisch zu fragen, was er bejahend beantwortete, wobei er die Gelegenheit nutzte, einen Schritt vorzutreten und den Wischer mit dem schmutzigen Wuschelkopf aus meiner Zelle zu nehmen, ehe er sich wieder auf den Gang zurückzog. Dort blieb er stehen, während er geistesabwesend den Stiel zwischen den Händen drehte, die er benutzt hatte, um meine Temperatur zu schätzen, und deren Genauigkeit nun mit dem Thermometer, das die Schwester mir in seiner Einweg-Plastikhülle unter die Zunge schob, überprüft werden sollte. Es begann wild zu piepsen, und sie schnappte es mir mit einem verstörten Ausdruck wieder aus dem Mund, ehe ihre Augen sich vor Überraschung weiteten.

Sie ging weg und kehrte mit einer Art bitterem Sirup in einem Pappbecher zurück, dann verschwand sie wieder, vermutlich, um den Arzt zu holen. Als Nächstes erinnere ich mich daran, dass der noch immer im Gang stehende Pfleger sich verstohlen umsah, erst nach links, dann nach rechts, bis er glaubte, die Luft sei rein, und erneut näher kam, den Wischer an die Wand lehnte und mir abermals die Stirn fühlte, diesmal mit der Handfläche, sodass ich die erfrischende Kühle seiner Haut spürte. Während ich ihm ins Gesicht blickte, schien es mir, dass er aufmerksam lauschte. Als strengte er sich gespannt an, etwas zu hören, nicht mit dem Stethoskop, das weiterhin unbenutzt um seinen Hals hing, sondern mit der Hand selbst. Als könnten die feinen Instrumente seiner kalten Finger meine Gedanken lesen. Und obwohl ich weiß, dass es unmöglich ist – dass die Erinnerung, die ich unter der Berührung seiner Hände heraufbeschwor, noch gar nicht stattgefunden hatte –, ist es trotzdem so, gegen alle Vernunft.

Mit der kühlen Hand des Pflegers auf meiner Stirn erinnerte ich mich an einen Nachmittag im folgenden Winter, als mein Lover nach Hause kam und mit seiner Tasche das Schlafzimmer betrat. Zieh dich aus, sagte er zu mir. Es war ein klarer Tag, so kalt draußen, dass seine Finger in den Handschuhen gefroren waren. Ich erinnere mich, dass ich von dort aus, wo ich lag, die kahlen Zweige der Platane sehen konnte, gespickt mit den stacheligen Früchten, die weit über die Saison hinaus daran hängengeblieben waren. Ich zog das T-Shirt über den Kopf. Lass die Vorhänge offen, sagte ich. Einen Moment lang schien er das zu erwägen. Dann schickte er sich trotzdem an, sie zu schließen, ehe er vier schwarze Stricke aus seiner Tasche nahm. Sie waren sehr schön, schwarz und seidig, aber so dick, dass man ein scharfes Messer brauchen würde, um sie durchzuschneiden. Das Geschick, mit dem er meine Handgelenke an die Pfosten des Kopfendes band, überraschte mich. Was hast du ihnen erzählt, wofür du sie brauchtest, als du sie gekauft hast?, fragte ich. Um jemanden anzubinden, erwiderte er. Und weißt du, was sie mich gefragt haben? Ich schüttelte den Kopf. Eine Frau oder ein Kind?, sagte er, während er seine eisigen Finger über meine Brüste und die Rippen hinuntergleiten ließ, dann vorsichtig mein Halsband drehte, bis er an den Verschluss gelangte. Was hast du gesagt?, fragte ich zitternd. Beide, flüsterte er, und die Zärtlichkeit, mit der er mich berührte und diese einfache

Sache verstand, erfüllte mich mit einem Frieden, dass ich hätte weinen mögen.

Inzwischen war der kurze Winter vorbei. Eine einzige Rakete war durch den Iron Dome gefallen und hatte einen Mann an der Ecke Arlozorov und Ben-Ezra Street getötet. Die Sperre war durchbrochen worden, ein Riss im Himmel, aber die Wirklichkeit jener anderen Welt ergoss sich nicht daraus. Es gab nur einen weiteren Angriff von unvergleichbarer Gewalt in Gaza, und dann schließlich eine brüchige Waffenruhe. Nach meiner Entlassung aus dem Krankenhaus blieb ich noch eine Woche in Tel Aviv, überwacht von Dr. Genula Bartov, der kleinen, energischen Allgemeinärztin, unter deren Obhut ich während meiner Genesung gestellt worden war. Da das Fieber in unregelmäßigen Schüben gekommen und gegangen war, hatte sie streng darauf bestanden, mit dem Rückflug nach New York zu warten, bis ich über einen Zeitraum von achtundvierzig Stunden fieberfrei geblieben sei und die Ergebnisse der Serie von Untersuchungen, die sie gemacht hatten, vorlägen. Es kam ihr seltsam vor, dass ich nicht stärker daran interessiert zu sein schien, der Ursache meiner Infektion auf den Grund zu gehen, und sie vermerkte es als Apathie. Der Schmerz war vorbei, aber danach fühlte ich mich schwach, erschöpft und weiterhin ziemlich appetitlos. Mein Vater hatte Peres nicht angerufen, dafür aber seinen Cousin Effie, der die Polizei zur Wohnung meiner Schwester geschickt hatte, um die Tür aufzubrechen, die sie – hier war ja schließlich Israel – halb aus den Angeln hängend zurückgelassen hatte. Das wiederum hatten Leute als Einladung verstanden, die Wohnung zu betreten, den Fernseher von der Wand zu reißen und hinauszutragen, aber nicht ohne sich erst eine Nummer im Bett zu gönnen und die im Kühlschrank verbliebenen Pfirsiche aufzuessen.

Ich erzählte meiner Familie, ich sei wegen Recherchen zum Zelten in der Wüste gewesen, hätte keinen Handyempfang gehabt und sei krank geworden. Fürs Erste schien es zu genügen, dass ich außer Gefahr war, und sie bedrängte mich nicht weiter, obwohl mein Vater darauf bestand, Effie zu schicken, damit er nach mir sah. Infolgedessen fand ich mich in einen zweistündigen Disput mit dem zweiten Eindringling verwickelt, der ungebeten durch die kaputte Tür kam, diesem einen Meter neunundvierzig großen Ausbund von Unmöglichkeit. Am Ende wurde klar, dass Effie mich nicht zwangsweise zur Genesung unter Naamas Fürsorge in sein Haus nach Jerusalem bringen konnte, wenn ich nicht wollte, und so beschloss er, mich zum Hilton zurückzufahren. Unterwegs bat ich ihn, mir alles, was er könne, über Friedman zu erzählen, doch die Einzelheiten ihrer Freundschaft schienen immer verschwommener zu werden, je mehr er redete, bis er schließlich ganz vom Thema abkam und ich mich nur noch fragen konnte, wie gut er Friedman in Wirklichkeit überhaupt gekannt hatte.

Diesmal bekam ich ein Zimmer auf der Nordseite des Hotels, mit Ausblick auf das Schwimmbecken unterhalb und das Meer nach Westen hin, das ich von der Terrasse aus prompt mit dem angebrachten Hüftschwenken begrüßte. Der Generaldirektor rief im Zimmer an, um mich zu meiner Rückkehr willkommen zu heißen, und nun materialisierte sich auch der Obstkorb, den er mir schicken ließ, voll süßer Jaffa-Orangen von der Sorte, die nach dem arabischen Wort für «Leuchte» Shamouti genannt werden. Entweder hatte er seine frühere Skepsis vergessen, oder ich hatte sie mir nur eingebildet. Als ich ihn am nächsten Morgen auf dem Weg zum Frühstück erblickte, grüßte er mich mit einem Lächeln, während seine goldene Reversnadel nur so funkelte, und als mein Pass von zwei Beamten der Identitätsprüfstelle zurückgebracht und am Empfang für mich abgegeben wurde, ließ er ihn mir zusammen mit einer kleinen Schachtel Pralinen in einem Hilton-Umschlag aufs Zimmer bringen.

Noch geschwächt, verbrachte ich diese letzten Tage in Israel auf einem Liegestuhl am Pool. Mein Kopf war wie ausgehöhlt, ich brachte nicht einmal die Konzentration zum Lesen auf, und so schaute ich in die Brandung hinaus oder beobachtete die wenigen, die mutig genug waren, außerhalb der Saison zu schwimmen, zumeist die Älteren, die ihre langsamen, regelmäßigen Bahnen durch das Becken zogen. Ich fragte den jungen Bademeister, ob Itzhak Perlman gelegentlich noch herkomme. Aber er hatte – Gott segne ihn – noch nie von Itzhak Perlman gehört. Ich behielt mein Handy griffbereit, in der Hoffnung, Friedman würde doch noch anrufen – «in den heiteren Himmel», wie Effie beim ersten Mal gesagt hatte –, aber er tat es nie. Obwohl das Fieber vergangen war, blieben meine Träume lebhaft, und oft, wenn ich eindöste, tauchte Friedman darin auf, vermischt mit dem Nächstliegenden.

Die Träume zermürbten mich; ein traumloser Schlaf, der meine Gehirntätigkeit ausgeschaltet hätte, wäre mir lieber gewesen, aber in dieser Phase war ich noch dankbar, überhaupt schlafen zu können. Ich blieb lange draußen, auch nachdem der Bademeister die Liegestühle ihrer Polster beraubt hatte. Um fünf Uhr nachmittags am Mittelmeer, bei so schönem Licht, war leicht zu verstehen, wie Großreiche dort aufsteigen und fallen konnten, das Griechische und Assyrische, Phönizische und Karthagische, das Römische, Byzantinische und Osmanische.

Es war, während ich dort lag, am Schwimmbecken, dass ich einen Moment lang zu der drohenden Monstrosität des Hilton hinaufblickte und, eine Hand zum Schutz gegen die Sonne über die Augen gelegt, ihn da oben sah, auf einer Terrasse des vierzehnten oder fünfzehnten Stocks. Auf der ganzen Nordseite des Gebäudes war er der Einzige draußen, und zunächst hatte ich das Gefühl, er sei im Begriff, einen Trick vorzuführen. Vor zwanzig Jahren war ich einmal aus dem Lincoln Center gekommen und hatte ein Knäuel von Menschen am Gebäude hinaufblicken sehen, dessen Fenster in den oberen Stockwerken alle dunkel waren, außer einem. Und dort, in diesem erleuchteten Rechteck, konnte man ein Paar langsam miteinander tanzen sehen. Es mochte nur ein glücklicher Zufall gewesen sein, dass alle anderen Fenster dunkel waren und das Paar vollkommen ahnungslos, dass sich unten eine kleine Ansammlung von Zuschauern gebildet hatte. Aber ihre Bewegungen hatten etwas Vorsätzliches an sich, das uns den Eindruck vermittelte, sie wüssten es. Ich glaube, das muss es gewesen sein,

376

wodurch der Mann, der auf der Terrasse seines Zimmers im fünfzehnten Stock stand, meine Aufmerksamkeit auf sich zog: ein konzentriertes Gefühl von Absicht und Drama, das aus seinem Körper sprach, als er sich über das Geländer beugte. Ich war fasziniert und konnte den Blick nicht abwenden. Ich spürte, ich müsste den Bademeister rufen und ihn alarmieren, aber was sollte ich sagen?

Es geschah sehr schnell. Er verlagerte sein Gewicht nach vorn, auf die Hände, und hob ein Bein über den Metallrand. Eine aus dem Schwimmbecken kommende Frau schrie, und innerhalb von Sekunden hatte der Mann das andere Bein hinübergeschwungen und hockte auf dem Geländer, ließ die Beine über der Sechzig-Meter-Tiefe baumeln. Er schien plötzlich von einer unerhörten Kraft erfüllt zu sein, als triebe der ganz Rest seines Lebens ihn mit voller Wucht vorwärts. Dann sprang er mit ausgebreiteten Armen, wie ein Vogel.

Sechsunddreißig Stunden später bog das Taxi, das mich vom JFK durch die ätzende orange Dämmerung fuhr, die sich über Fast-Food-Restaurants und Bestattungsinstitute, über die Baptistenkirchen und die in Crown Heights durch alten Schnee hastenden Chassiden senkte, endlich in meine Straße ein, wo der Fahrer wartete, bis ich mit meinem Koffer die Eingangsstufen hinaufgegangen war. In unserem Haus brannte Licht. Durch das Fenster zur Straße hin konnte ich meine Kinder am Boden kauern sehen, die Köpfe über ein Spiel gebeugt. Sie sahen mich nicht. Und eine Weile sah auch ich mich nicht, auf einem Sessel in der Ecke sitzend, schon dort.

ANMERKUNG DER AUTORIN

Der Titel dieses Buches ist den folgenden Zeilen aus Dantes *Göttlicher Komödie* entnommen, die mir vor ein paar Jahren während einer langen Fahrt nach Jerusalem zitiert worden waren, hier in der deutschen Übersetzung von Karl Bartsch:

Ich fand auf unseres Lebensweges Mitte
in eines Waldes Dunkel mich verschlagen,
weil sich vom rechten Pfad verirrt die Schritte.

Ich möchte hiermit alle in diesem Buch Genannten, einschließlich Eliezer Friedman, von jeder Haftung freistellen. Sollte er mich je kontaktieren wollen, weiß er, wo ich zu finden bin.

Weitere Titel von Nicole Krauss

Das große Haus

Der Park

Die Geschichte der Liebe

Kommt ein Mann ins Zimmer

Waldes Dunkel